KB195723

나 직 이   불 러 보 는   이 름 들

나직이 불러보는 이름들

이동순 산문

문학동네

일러두기

본문에 인용된 시작품 중 작가명이 생략된 것은 모두 필자의 시다.

내 가슴속 판도라 상자

내 가슴속에는 살아온 시간만큼의 온갖 이야기가 담겨 있다. 하지만 그것을 아무때 아무렇게나 꺼내지는 못한다. 왜냐하면 그 이야기들 속에는 차마 남에게 드러내기 힘든 아프고 부끄러운 부분, 슬프고 당당하지 못한 요소들이 있고, 이를 노출하는 것을 삶의 치부로 여긴 적도 있었기 때문이다. 청년 시절에는 이러한 부분들이 치명적인 약점이나 열등감 혹은 콤플렉스로 작용하기도 했다. 그 어떤 흠결이 휘몰아오는 아픔이나 결손감은 처연했다. 한때는 왜 나만 이런 고통과 불행을 겪는 것인가 미욱한 자책을 하며 비관에 빠진 적도 있었다. 참 고지식하고 단순한 판단이지만 남에게 들려주는 이야기는 그저 자랑스럽고 완전하며 긍지에 찬 내용들이 주조를 이루어야 한다는 왜곡된 관점을 가진 탓이었다. 그런데 차츰 세월이 흘러가면서 이것이 나의 못난 편견이라는 생각을 갖게 되었다. 좋은 것은 좋은 것대로 또 부족한 것은 부족한 것대로 모두 삶의 도정에서 나름의 값진 의미가 있다는 관점에 다다랐다.

문단에 얼굴을 내민 지도 어느덧 오십 년 세월이 훌쩍 지나갔는데 어떤 방식으로든 내 가슴속의 감추어진 이야기를 드러낼 때가 왔다는 판단을 해보게 된다. 시인이나 작가로 작품을 쓰며 살아간다는 것은 그 작품을 통해 자신의 포부와 가치관, 경험, 잠재의식 등을 농도 짙게 투영해내는 일이기도 하다. 그것은 하나의 자연스러운 과정이다. 그러나 작품을 통해서도 드러내지 못한 이야기가 또 있는 법이기에 언젠가는 그걸 한 번은 정리해야겠다는 각오를 가진 적이 있다. 세월이 쉬지 않고 흘러가는 중에도 그런 기회는 좀처럼 찾아오지 않았다.

수년 전 소셜 미디어에 나의 출생과 유소년 시절, 중고등학교와 대학교 재학 시절의 이야기를 간결하게 정리해서 올린 적이 있다. 일종의 연재였는데 글 올리는 일을 나 스스로 관리하고 조절하면 되니 올려도 그만 쉬어도 그만이었다. 그러다가 어느 날부터 문득 흘러간 과거 시간을 집중적으로 나도 모르게 술술 풀어내기 시작했다. 씻어내기 어려운 상처와 아픔도 함께 섞여 쏟아져나왔다. 세월이 흐르면서 옛 기억이란 자꾸 희미해지고 알던 사실도 점점 흐려지기 마련인데 그 시절을 되새기며 하나둘 정리해 연재를 하니, 그 글을 본 여러 독자가 뜻밖의 뜨거운 격려와 갈채를 보내왔다. 그것은 나에게 치유 효과로도 작용했다. 나는 이러한 평가에 일단 긍정을 느끼며 내 살아온 과거 시간을 피하지 않고 직시하기로 했다.

단지 관습적 형식으로 엮어내는 회고록 체제를 나는 싫어한다. 다만 머리에 떠오를 때마다 하나둘씩 혹은 연쇄적으로 꼬리에 꼬리를 무는 방식으로 무수한 글이 쏟아져나왔다. 대체로 한 편의 분량이 짧고 간결한 방식이다. 그렇게 쏟아내고 나니 일종의 후련한 마음도 들었다. 이것도 일종의 카타르시스 효과인가. 사실 내가 쏟아낸 이야기중에는 남에게 쉽게 드러내기 힘든 쑥스러운 부분이 적지 않다. 그럼에도 나는 과감하게 그런 기억들을 여과 없이 쏟아냈다. 이런 내 글을 읽고 독자들이 나름대로의 즐거움이나 흥취를 느낀다면 나로서는 더 바랄 나위가 없다. 혹은 공감이나 자신을 향한 격려로 받아들인다면 더욱 기쁘고 감사한 일이다.

지금껏 살아오면서 흔쾌히 밝히지 못했던 이야기들을 쏟아내었으니, 나는 내 가슴속에 감추어둔 판도라 상자를 꺼내 그 잠금장치를 풀고 그 내부를 활짝 열어젖힌 격이다. 상자 속에서는 놀랍게도 지금은 곁에 계시지 않는 정겨운 얼굴이 하나둘씩 등장한다. 그분들은 내 가슴속 스크린 위로 흐릿한 파노라마처럼 스쳐지나간다. 한순간 내 눈에는 물기가 어린다. 옛 추억의 실루엣을 떠올리며 나는 그 정겨운 이름들을 나직이 불러본다. 어둡고 침침하던 마음에 환한 등불이 켜진다.

그리하여 나는 오늘 내 가슴속 판도라 상자를 열어 오래도록 제작한 목선을 바다로 진수하듯이 세상으로 조심스럽게 밀어내 보낸다. 독자 여러분도 적절한 때에 이른다면 자신의 마음속 판도라 상자를 반드시 열어 자라나는 후세에게 꼭 보여주고 들려주기를 바란다. 사실 거기에 무슨 특별한 게 있으리오만 혹시 누가 알겠는가. 그럼에도 불구하고 이러한 나의 글쓰기가 세상을 보다 더 아늑하고 부드러운 평화와 원융圓融의 공간으로 만들어가는 일에 작은 보탬이 될 수도 있지 않을까 한다. 그런 기대로 이 책을 낸다. 부디 신의 가호가 있기를.

2024년 12월
이동순

차례

2부

3부

4부

1
부

독립투사 이명균 조부와 할머니

나는 조부님을 그 누구보다도 존경합니다. 독립투사 이명균李明均 선생은 내가 태어나기 이십칠 년 전에 세상을 떠나셨으므로 한 번도 만난 적은 없습니다. 하지만 생시의 활동과 발자취를 아버지와 숙부님들에게서 어려서부터 들어왔기 때문에 그 내용의 윤곽은 잘 알고 있는 편입니다.

내가 시를 쓰는 시인이 되고 교수와 연구자의 길을 걸어가게 된 뒤로도 조부님은 손자에게 삶과 창작의 올바른 방향성을 바람결에 일러주셨습니다. 조부님의 유촉遺囑은 이렇게 아랫대로 전해져 실감으로 느낍니다. 조부님 행적을 음미하다보면 궁금하고도 납득이 어려운 부분이 있습니다. 그것은 첫째, 논과 밭 등 많은 부동산을 소유한 지주 자본가이셨는데 어떻게 민족 독립 사상을 가지고 그 재산을 군자금으로 바쳤을까 하는 점입니다.

식민지 체제에서 웬만한 부유층은 거의 99퍼센트 일제와 타협하고 아부했습니다. 그 까닭은 자기 재산과 기득권을 유지하는 최선의 방법이 체제 안주와 영합이었기 때문입니다. 그런데 조부님은 이 방법을 단호히 거부하고 도리어 민족운동에 바치셨습니다. 이로 인해 일제의 미움을 받았을 것입니다.

둘째로는 편강렬片康烈 같은 젊은 독립투사들과 나이를 초월한 우정을 나누고 그들을 격려하며 후원했다는 점입니다. 편강렬의 호는 애사愛史이며 황해도 연백 출생입니다. 열다섯 나이로 이강년 의병대에 들어가 일본군과 싸운 경력을 가졌고 고향에 학교를 세워 학생들에게 구국정신을 일깨웠습니다. 만주에서 무장투쟁 단체 '의성단義成團'을 조직하고 독립군으로 활동하다 체포되어 쉰셋을 일기로 서대문형무소에서 순국하셨지요.

편강렬의 이십대 청년 시절, 그는 김천 상좌원 조부님 댁을 찾아와 며칠씩 숨어지내다 가셨다고 합니다. 조부님은 무려 스물아홉 살이나 어린 약관의 청년에게 꼭 존댓말을 쓰며, 마치 오랜 친구처럼 다정하게 사랑채 밀실에서 불을 끄고 새벽까지 도란도란 시국정세와 대책을 깊이 토론하셨다고 합니다. 일본 형사가 냄새를 맡고 습격하면 편강렬은 집 뒤편의 담장을 단숨에 뛰어넘어 대숲으로 달아났다고 합니다.

악질적 조선 총독 데라우치 마사타케가 합천 해인사를 방문한다는 소식을 듣고 그의 암살을 비밀 모의했는데, 총독 방문이 돌연 취소되어 뜻을 이루지 못했다는 이야기도 들었습니다. 신분과 나이를 초월한 두 민족운동가의 우정과 연대가 못내 놀랍고 존경스럽게 느껴집니다. 이처럼 조부님은 열린 사고를 가진 분이셨지요. 나이나 지위를 따지는 고지식한 성품이었다면 매력을 느끼지 못했을 것입니다.

조부님 계시던 집은 자취 없이 사라지고 집터조차 남의 소유가 되었습니다. 그것을 지켜내지 못한 것이 못난 후손으로서 창피하기 짝이 없습니다. 조부님과 편강렬 의사가 밤 깊도록 시국을 토론하던 장소에 서서 가만히 귀를 기울여봅니다. 두 분의 말소리가 바람결에 들리는 듯합니다.

나의 할머니는 성산 여씨이고 친정은 경북 성주 벽진면입니다. 옛 여성들은 이름을 밝히지 않고 그저 관향만 썼습니다. 당신은 독립투사 이명균 조부님 아내이지요. 조부님은 첫 부인인 초계 정씨로부터 아들 셋을 얻고 병으로 그녀를 잃었습니다. 그런 가정에 다시 금선琴線이 이어져 할머니가 첫 시집을 오셨습니다. 그러곤 6남 1녀를 낳아 키우셨습니다.

내 아버지는 아들들 중 일곱번째, 할머니는 그렇게도 어질고 엄정하셨다고 합니다. 할머니가 찍힌 사진에서 할머니의 표정과 한복 맵시를 자세히 봅니다. 저고리 모양과 재단이 특이하네요. 단이 길고 옷소매도 넓습니다. 손목에는 방한용 토시를 끼셨습니다. 신발은 장인이 손으로 만든 가죽신을 신으셨네요. 크고 투박한 할머니의 손을 오래 바라봅니다.

조부의 희귀한 유품 하나

조부 이명균 선생의 묘소는 서울 동작동 국립현충원에 있습니다.

아호는 일괴 —槐, 마당에 심었던 우뚝한 회화나무를 가리킵니다. 당신은 그야말로 한 그루 거대한 회화나무처럼 한국근대사의 파란만장한 시간을 살아가셨습니다. 파리 장서에 유림 대표로 서명한 일, 비밀결사 '조선독립운동후원의용단'을 조직해서 군자금 모으던 일, 상해임시정부가 임명한 재무총장으로 놀라운 성과를 이루어낸 일, 데라우치 총독 암살에 연루된 일, 청년 투사 편강렬을 밀실에 은신시켰다가 만주로 안전하게 도피시킨 일 등등, 크고 빛나는 구국 사업에 헌신하셨습니다.

결국 '의용단' 활동의 기밀이 일본 경찰에 포착되어 온몸을 포승줄로 결박당한 채 끌려가 대구형무소에 수감되었지요. 죄명은 제령위반帝令違反. 미결수 감방은 피비린내로 가득했습니다. 날마다 계속되던 온갖 악독한 고문 속에 오십대 후반의 육신은 아주 만신창이가 되셨습니다. 매달 면회를 가도 상면조차 못한 채 그들이 던져주는 피로 흠

뺙 젖은 수의를 받아와서 눈물로 빨래하던 할머니의 심정이 어떠하셨을지요. 조부님이 결국 그 모진 고문을 이겨내지 못하고 혼수상태가 되어 죽음이 가까워졌을 때 왜적은 책임을 면하려고 병보석으로 석방했지만, 고향집에 오시자마자 이내 숨을 거두고 순국하셨습니다.

조부님 계시던 큰댁 안방 천장에는 왜경들이 일본도로 여기저기 찔러서 수색하던 어지러운 흔적이 그대로 남아 있었습니다. 세월이 지나는 동안 늘 궁금했던 건 김천 일대에서 천석지기 부자로 알려진 조부님이 어찌 독립운동에 헌신하셨는지 그 기막힌 의문입니다.

무릇 당시의 지주 자본가는 자신의 기득권을 지키려 대부분 일본과 야합하고 타협했습니다. 그런데 조부님은 그걸 결연히 거부하고 자신의 돈과 재산을 만주의 서로군정서와 상해임시정부로 비밀리에 송금했습니다. 결국 그 일 때문에 체포되어 고통을 겪다가 순국하셨지만 생각할수록 불가해한 일입니다. 조부님의 민족의식은 어디에서 기인했을까요. 거창의 유학자 면우 곽종석郭鍾錫 선생과 뜻을 같이하셨으니 사상적으로는 남명 조식曺植 선생 계열의 실천적 유학자의 삶과 길을 선택하신 듯합니다. 틈만 나면 우국의 비통한 시를 짓고 비밀결사 맹원들과 모의를 하며 은밀한 편지와 연락을 주고받았습니다.

조부님 유품은 남아 있는 게 별반 없습니다. 보시던 문집과 경사자집經史子集, 사서삼경四書三經 등의 고서는 내가 오래도록 지니고 있다가 계명대 고서박물관에 모두 기증했습니다. '상해임정'에서 보내왔다는 권총은 사라지고 총탄만 여섯 발 정도 보관하고 있습니다. 그런데 특이한 유품이 하나 있습니다. 그것은 1914년 9월 4일 김천군청이 발급한 지주조합地主組合 총회 개최 통지서입니다.

다가오는 9월 11일 오전 10시, 김천군청에서 총회를 개최하니 만장萬障을 제除하고 그 시간에 출두할 것을 통지함.

문장의 투가 몹시 위압적이며 일방적입니다. 일제 식민지 관료주의의 고압적 입김이 그대로 느껴집니다. 조부님이 이 회의에 과연 참석하셨는지 그걸 지금 확인할 길은 없습니다. 아버지가 누렇게 빛바랜 이 종이 한 장을 오래오래 보관해오다 어느 날 나에게 전해주셨습니다. 올해로 백십 년이 되는 귀한 문서 자료입니다. 식민지 시대 지주 자본가였던 조부님이 어떤 경로로 독립운동에 헌신하게 되셨는지 그게 지금도 몹시 궁금하고 놀라울 뿐만 아니라 더 큰 존경심으로 이어집니다. 그야말로 지주 자본가가 독립운동에 가담하기란 낙타가 바늘구멍에 들어가는 일과 같다는 말이 있지요. 전국에서 자본가로 독립운동에 헌신했던 사례가 과연 얼마나 되는지 궁금해집니다. 바로 그 부분에서 나는 할아버지의 인간적 훌륭함과 담대한 선택을 느낍니다.

소년기의 아버지

아무리 오래된 사진도 한참 살펴노라면 그 속의 시간과 공간의 내용이 어렴풋이 들여다보입니다. 인물의 품성뿐 아니라 평소 어떤 생각을 하고 사는지, 혹은 그의 기호와 취미는 무엇인지, 심지어 교우관계까지도 한 장의 사진은 우리에게 감춤이 없이 보여줍니다.

시대만 지금과 다를 뿐이지 생각과 선택은 옛날과 오늘이 같을 것입니다. 1920년대 소년들의 삶과 고뇌, 당시 현황을 한 사진으로 짐작하고 헤아려봅니다. 아버지가 남긴 사진 중에는 세 소년이 함께 찍은 것이 있습니다. 아버지와 조카 삼달씨, 또 한 소년은 누구인지 확인되지 않습니다. 어느 건물과 커다란 나무 앞에서 세 소년은 다소 경직된 자세로 포즈를 잡았습니다. 뒤에 선 사람은 두 손을 소매 속으로 넣었고 앞의 둘은 무릎 위에 가지런히 놓았습니다. 사진사가 이렇게 저렇게 포즈를 지시해서 만든 느낌이 강하게 풍겨납니다. 예전에는 사진 찍을 때 사진사의 지시가 절대적 권력이었지요. 시키는 대로 움직여야만 했습니다. 모두 검정 두루마기인데 아버지 혼자 흰 두루마기를 입었습니다. 아마도 삼년상을 치르는 중인 상주喪主의 복장이라 그럴 것입니다. 1924년에 찍은 것으로 사진 뒷면에 표시되어 있으니 할아버지가 순국하신 바로 이듬해입니다. 삶의 기둥이자 버팀목처럼 여기던 당신 부친을 허무하게 잃어버리셨으니 당시 치절 참담한 심정이 어떠했을지요. 1908년 출생이신 아버지의 열일곱 살 때 모습입니다.

오래된 사진이 보여주는 특유의 메시지가 담겨 있습니다. 우선 당시 표정에서 시대상이 어렴풋이 느껴집니다. 삶의 어떤 여유로움도 전혀 풍겨나지 않습니다. 이 시기는 일제가 억압적 식민 통치를 점차 강화해가던 무렵이었고, 어느 누구도 이런 억압에서 자유롭지 못했을 것입니다. 그다음으로는 사진 전면에서 느껴지는 경직성입니다. 밝고 활기찬 분위기로 넘쳐나야 할 소년들의 표정이 이렇게도 굳어 있고, 기계적 자세에다 표정에서까지도 침울함이 보입니다. 시대가 사람을 만들고 사람은 그 시대에 압도당할 수밖에 없음을 깨닫게 합니다.

당신의 부친이 일제의 형무소에 잡혀갔다가 심한 고문을 겪고 실신한 상태로 고향집에 돌아오신 모습을 대하는 아들의 마음속 풍경을 가늠해봅니다. 스산하기 그지없습니다. 행복도 불행도 모두 성장기의 중요한 밑거름이었을 터이지만 아버지는 할아버지의 고통과 불행을 지켜보면서 자라났을 것입니다. 밝고 환한 웃음으로 가득해야 할 소년의 감성은 모조리 실종되고 보이지 않습니다. 침울함이 극도로 쌓여서 돌부처 같은 무표정으로 굳어버렸습니다. 세 소년이 하나같이 경직된 자세로 서서 사진을 찍었으니 마치 독립투사들의 포즈처럼 보이기도 합니다.

삼달씨는 아버지 둘째 형님의 아들입니다. 형님과 나이 차가 많이 나니 아버지보다 불과 한 살 아래입니다. 또래라 할 수 있겠지요. 그렇지만 아저씨와 조카 사이가 되니 한자로 일컫는 숙질간叔姪間입니다. 하지만 삼달씨는 당숙에게 항상 깍듯한 높임말을 썼습니다. 그 삼달씨가 1920년대 초반, 당신 어머니께 보낸 편지도 본 적이 있습니다. 대구의 어느 중학교에 입학하고 그 부근의 동네에 하숙을 정한 뒤 자세한 보고를 어머니께 아뢰는 편지였는데 글씨나 문장이 뛰어나고 참 잘 쓴 편지글이었습니다. '어마님전 상사리'로 시작되는 옛 편지를 읽어보면 삼달씨의 품성은 아주 반듯하고 정의를 존중하던 소년이었던 것 같습니다. 내 아버지를 유난히 좋아해서 우리집에 자주 찾아오셨고 두 분이 나누는 대화가 몹시 은근하고 다정함이 느껴지던 기억이 납니다. 그 삼달씨는 이승만 정권 시절에 공연히 참의원 선거에 후보로 등록하고 출마했다가 낙선했지요. 정치적 야심을 가졌던가봅니다. 그것 때문에 삼달 형님의 집안은 경제적으로도 기울고 본인도 충격에서 헤어나지 못한 채 이곳저곳을 넋을 놓고 유랑하던 모습이 떠오릅니다.

사진 속에서 삼달씨는 열여섯 살 소년의 해맑은 얼굴입니다. 그 순정한 소년의 표정을 삼달씨는 그 하찮은 선거 때문에 어느 순간 잃어버렸습니다. 우리 시대에는 결코 어둡고 우울한 시간을 만들지 말아야 하겠습니다. 후세들에게도 돈이나 물질이 아니라 밝고 활기찬 표정을 잘 지켜갈 수 있도록 건강하고 튼튼한 시간을 물려주어야 할 것입니다.

아버지의 축귀문

　어린 날 새벽이면 아버지가 혼자 어둑한 방안에 앉아서 외시는 독경이 잠결에 들렸습니다. 이불 속에서 듣는 아버지 음성은 밀물처럼 가까이 다가왔다가 썰물처럼 아스라이 멀어졌습니다. 하루는 아버지께 새벽마다 늘 읽으시는 글이 무슨 뜻이냐고 물었습니다. 그때 들려준 아버지의 말씀은 등골이 오싹할 정도로 소름이 끼쳤습니다. 집안을 침노하려는 나쁜 기운이 공중에는 늘 가득하기 때문에 그것들이 절대 우리 가정을 범접하지 못하도록 호되게 꾸중하는 내용, 결코 다가와서는 안 되는 논리 따위를 조목조목 적어서 귀신에게 호통치는 내용이 담겨 있다고 하셨습니다.

　그것은 '축귀문逐鬼文'이란 것으로 악귀를 쫓는 경문經文인데 이를 외면 집안에 들어온 귀신이나 밖에서 들어오려고 기회를 엿보는 잡귀들이 독경소리만 듣고도 깜짝 놀라 달아난다고 했습니다. 귀신에게도 인간의 말을 알아듣는 귀가 있나봅니다. 나쁜 기운이 집안으로 들어온다는 것은 그리 흔쾌하지 않습니다. 어떻게든 그것들이 들어오지 못하도록 막아야만 합니다. 나라도 개인도 제대로 되는 일이 없던 갑갑한 시절에 우리 겨레는 어떤 우울하고 불길한 기운으로부터 탈출하려는 심리가 삶의 바탕에 깔려 있었던 것 같습니다.

부 귀소이유차 귀숭자는 만만부당하니 고천 소멸이 가야라
석자구여 난덕지후에 내명 남정중하야 사천이 속신하고
화적려로 사지이 속민하야 사무상 침독하시니
부포백 마사옥석과 금목수토 등사는 사지자지 소관이요
행운세우와 위뢰위무와 내풍내양 등속은 사천자지 소관야라
— '축귀문' 부분

위낙 매일 새벽 잠결에 들던 독송讀誦이라 몇 대목은 저절로 따라서 외울 수 있을 정도였습니다. 가만히 생각해보면 아버지의 마음속에는 늘 근심과 걱정이 들어 있었고, 그것이 가정에 어떤 위해를 끼칠 수가 있다는 염려를 크게 하셨던 것임에 틀림없습니다. 마흔셋에 나를 얻고 이듬해 아내를 병으로 잃으셨습니다. 상처喪妻라고 하지요. 두 아들을 질병으로 먼저 떠나보냈으니 아버지 가슴은 잠시도 맑은 날이 없었으리라 여겨집니다. 그 어디에도 심정적으로 의지할 곳이 없었을 터이고, 자녀들은 아직 어려서 제 앞가림을 전혀 해내지 못하는 시기에 이런 횡액을 당하셨으니 이런 경문에 마음 기대는 날들이 생겨났을 것입니다.

이 '축귀문'은 당신의 큰형님, 그러니까 나의 백부님에게 받은 것이라고 합니다. 백부님은 유난히 풍수지리, 도참圖讖, 무속 분야에 대한 관심이 많아서 언제나 명당과 길지를 찾아 돌아다니셨습니다. 형제들

이 아프거나 집안에 궂은일이 생길 때 그것을 귀신의 장난이나 시샘으로 여겨 반드시 축귀문을 외도록 했다고 합니다.

젊어서 백부께 받아둔 축귀문을 보물처럼 평생 지니고 있다가 행여 무슨 일이 잘 안 풀리거나 고통스러운 장애물이 앞을 가로막을 때 아버지의 축귀문 읽으시는 소리는 더욱 커지고 그 의존도가 높아졌던 것 같습니다. 얼마나 마음 기댈 곳이 없었으면 이런 축귀문 외기에 의탁하셨던 것일까요. 처음엔 두루마리로 돌돌 말아서 접었을 터이나 매일 펴고 읽다보니 귀퉁이가 닳고 삭아 어떤 토굴 속에서 출토된 고대 문서처럼 나달나달해졌습니다. 귀퉁이의 상한 부분이나 찢어진 곳을 아버지는 한지를 오려서 풀로 발랐습니다. 눈물인지 빗물인지 습기에 젖었다가 마른 얼룩도 군데군데 보입니다. 이토록 오랜 세월 속에서도 축귀문의 문장만큼은 여전히 서슬 푸르고 단호하며 엄정합니다. 귀신들은 여전히 이 축귀문을 두려워하면서 우리집 주변을 피해서 다닐 것이고, 눈치를 흘끔흘끔 보면서 다니리라 여깁니다.

이 축귀문의 유래나 기원에 대해선 전혀 아는 바가 없습니다. 듣기로는 동학농민운동에 가담하던 농민군들이 이런 경문을 품속에 지니고 다니다가 전세가 위기에 빠질 때 황급히 읽었다고 합니다. 심지어는 동학 경문을 적은 종이를 태워 그 재를 물과 함께 삼키고 효과를 기원하는 방법도 썼다고 하지요. 그 주문은 필시 '궁궁을을弓弓乙乙' '시천주조화정侍天主造化定' '영세불망만사지永世不忘萬事知' 등의 글귀였을 것입니다. 충남 공주의 우금치전투에서 일본군의 현대적 병기 앞에 속수무책으로 무너지고 추풍낙엽처럼 쓰러질 때 이 주문을 외고 그 태운 재를 복용하던 동학군들의 절절한 가슴속을 생각해봅니다. 아버지가 새벽마다 축귀문을 외던 것도 바로 전투 현장의 농민군 심정과 같았을 것입니다.

앞날을 생각하면 온통 막막함과 아득함으로 가득차 있었을 터이지요. 그 황량하던 심정을 상상해봅니다. 어떤 실오라기에라도 마음 기대어보려 했던 아버지의 내적 갈망과 풍경을 곰곰이 되짚어보는 새벽입니다. 어린 날 잠결에 아련히 듣던 아버지의 축귀문 독송이 다시 들리는 듯합니다. 그 소리가 들리면 나는 일부러 이불을 끌어당겨 머리 위로 덮었습니다. 하지만 그럴수록 아버지의 독경소리는 더욱 선명하게 들려왔습니다. 국한문 혼용으로 표기된 축귀문의 맨 마지막 대목은 언제나 "급급急急 여율령如律令 사바하娑婆訶"였습니다. '급급 여율령'이란 맹인이 잡귀를 몰아낼 때 외는 상투적인 마무리 구절입니다. 이 구절은 중국 한나라 때 전투 형세가 몹시 다급함을 나타내는 뜻에서 시작되었습니다. '이 주문 내용대로 속히 시행하라'는 엄정한 어투입니다. '사바하'라는 대목은 모든 일의 원만한 성취를 기원하는 의미가 담겼지요. 각종 진언의 끝말은 모두 이 '사바하'입니다.

잃어버린 어머니 사진

1960년대 중반, 중학 졸업반 때 동급생 C와 친하게 지냈습니다. 그의 피부색은 다소 검고 콧날은 뾰족했지요. 일찍부터 우표수집에 남다른 취미를 갖고 세계 각국의 갖가지 우표를 모았습니다. 그것을 가지런히 정리한 앨범을 늘 가방에 갖고 다니면서 급우들에게 선보이며 이야기도 들려주었습니다. 이미 우표에 대한 지식이나 수집의 솜씨가 보통 수준이 아니었습니다.

당시로는 무섭던 공산주의 국가 소련과 중공의 우표까지 보여주었습니다. 한번은 남에게 절대 말하지 말라며 북한 우표도 손바닥에 감아와서 슬며시 구경시켜주었습니다. 거기서 김일성의 얼굴을 처음 보았습니다. 이런 특별한 취미생활을 하는 친구가 몹시 부러웠습니다. 원래 자기 형이 우표수집의 대가인데 형이 교통사고로 몸을 다친 뒤그 모든 우표 책이 자신에게 넘어왔다고 했습니다.

부러운 기색을 보였더니 친구는 그 우표 앨범 중 한 권을 내게 팔수 있다고 했습니다. 사실 그때 나에겐 모아둔 돈이 조금 있었지요.

다락방 비밀 상자에 꼬깃꼬깃 감춰둔 명절에 받은 세뱃돈을 드디어 쓸 데가 온 것입니다. 나는 떨리는 손으로 몰래 비자금을 모두 꺼내어 그 우표 앨범을 기어이 내 것으로 만들고야 말았습니다.

온갖 세상의 기기묘묘한 그림들이 우표 속에 모두 담겨 있었지요. 우표는 세계 여러 나라의 문화적 특색을 생생히 들여다볼 수 있는 창문이었습니다. 나는 우표 책에 심취해 그걸 비밀 상자에 감춰놓고 날마다 다락방에서 한 장씩 은밀히 감상했습니다. 지금 생각하니 그 아끼던 물건을 내가 좋아하던 여자아이한테 선물로 주고 말았군요. 직접 주지 못하고 그녀의 남동생을 통해 전했는데 그게 과연 제대로 전달이 되었을까 의문입니다. 종내 아무런 반응이 없었으니 결국 선물만 허무하게 날려버린 것일 테지요.

당시 상자에 보관된 물품으로는 식민지 후반기에 아버지가 일본 고쿠라小倉에서 노동자 시절에 찍으셨다는 사진과 또 한 장의 정말 귀한 사진, 어머니가 세상에 남긴 유일한 사진이 있습니다. 아마도 초등 6학년 가을로 기억이 됩니다. 아버지가 계모 몰래 나를 다락방으로 부르셨습니다. 거기서 아버지는 엄지손톱 크기의 흑백사진 하나를 지갑 속에서 꺼내주셨습니다.

"이게 유일한 네 엄마 모습이란다."

요즘 주민등록 사진에 해당하는 도민증 사진이었지요.

나는 태어나서 한 번도 만나지 못했던 어머니 얼굴을 한순간 울컥하면서 보고 또 보았습니다. 그리고 가슴에 살포시 껴안았습니다. 그 작은 사진에 왈칵 안길 순 없으므로 내가 어머니를 안았던 것입니다.

누렇게 빛이 바래 이미 알아보기 힘든 어머니의 흐릿한 모습은 사진 속에서도 점차 표정을 잃어가고 있었습니다. 나는 그날 이후로 보물 제1호가 된 이머니 사진을 비밀 상자 내부의 깊은 곳에 감춰놓았습니다. 혹시 계모가 이 사실을 알면 무서운 소란이 일어날 게 뻔합니다. 거기에 나의 보물 2호가 된 우표 앨범도 들어갔습니다.

하지만 내가 우표에 심취해 있는 동안 어머니 사진은 뒷전이 되고 말았습니다. 어느 날 문득 어머니 얼굴이 그리워서 다락방에 올라가 비밀 상자를 뒤졌는데 이게 대체 어찌된 일입니까. 세상에 하나뿐인 어머니 사진이 사라지고 보이질 않았습니다. 상자 속 온갖 잡동사니를 와르르 쏟아놓고 샅샅이 뒤져봤으나 어머니 사진은 기어이 나타나지 않았습니다. 내가 어머니 사진에 무심한 동안, 어머니는 서운함을 느끼고 내 곁을 홀연히 떠나신 것이 틀림없습니다.

컴컴한 다락방에서 나는 망연자실해 넋을 놓은 채 오후 내내 우두커니 앉아 있었습니다. 기억 속에서 흐릿해져가던 어머니 얼굴을 영영 잃고 만 것입니다. 세상에서 가장 슬프고 참담한 일이 그때 그렇게 일어난 것이지요. 당시의 비극적 사태를 생각하니 지금도 눈물이 나려고 합니다.

일본 고쿠라역을 지나며

조부님은 감옥에 갇히기 전 이미 종생을 예감하신 듯합니다. 아홉 명의 아들과 딸 하나에게 골고루 토지를 분배해주셨습니다. 장남 아무개씨는 풍류랑風流郎이었습니다. 1883년생으로 자는 익중, 호는 문재. 풍수와 명리학 관련 책도 즐기고 마음에 드는 책이 있으면 필사도 했습니다. 기방 출입과 전국으로 떠돌아다니는 일도 즐겼다고 하네요. 하지만 건실함을 두루 갖추지는 못한 듯합니다.

가진 재산을 탕진했으니 용돈이 점점 부족해졌고 마침내 아우들 유산을 탐내기 시작했습니다. 그 바람에 아버지도 결국 당신 맏형의 강박에 당하고 말았지요. 어느 날 인감도장을 잠시 달라고 했답니다. 혼례는 올렸다지만 인감의 중요성을 전혀 느끼지 못한 터라 아무 생각 없이 그냥 넘겨주었대요. 그랬더니 결국 아버지의 전답 소유권이 몽땅 남에게 넘어갔습니다. 백부가 모두 팔아치운 것입니다.

생계가 극히 곤궁해진 아버지는 1941년 가난에서 탈출해보려고 현해탄을 건넜습니다. 일제가 조선 학도 정신대를 조직하고 국민근로보

국협력령을 내리던 해입니다. 제국주의 일본이 돌연 미국 하와이로 비행기를 보내 진주만 폭격을 개시한 해이기도 합니다. 독일 아우슈비츠 수용소에 갇힌 유대인들이 독가스로 집단 살해되던 시기였습니다.

2차세계대전이 한창이던 뒤숭숭한 시기에 아버지는 일본 고쿠라의 발전소 건설 현장에서 잡역부로 일했습니다. 강제징용은 아니었던 것으로 보입니다. 특별한 기술이 없으니 공사 현장의 미장, 혹은 목공 보조였겠지요. 당시 아버지의 명함을 보면 이름 앞에 토목공土木工이라 표기된 글자가 보입니다. 아버지가 일본에서 피땀을 흘리실 때 어머니는 고향집에서 어린 자녀들과 더불어 지독한 가난과 몸부림으로 싸웠습니다. 땟거리가 없어서 아이들이 배고파 울면 보다못한 어머니는 바가지를 들고 양식 구걸하러 친척집을 이집 저집 전전하셨답니다.

봉계 숙모는 눈이 펑펑 내린 날 맨발로 눈길을 걸어온 어머니에게 울면서 쌀 됫박을 퍼준 얘기를 흐느끼며 들려주었지요. 그처럼 혹독한 시절이었나봅니다. 아버지는 해방되기 직전 일본에서 귀국했으니 사 년 정도 머물다 오셨습니다. 가장이 돌아온 집안은 당장 활기를 회복했고 조금씩 살림도 안정되었습니다. 내 어린 날 명절 아침이면 제사를 지낸 뒤의 음복 상 앞에서 아버지는 꼭 한두 잔의 술을 마셨습니다. 술기운이 슬슬 오르면 늘 일본에서 고생하던 이야기, 맏형에게 재산 약탈당한 이야기를 귀에 못이 박이도록 반복하셨지요. 크나큰 상처로 가슴에 남았던가봅니다.

몇 해 전 가족들과 일본을 여행하다 열차편으로 후쿠오카의 기타큐슈를 지나가는데 문득 고쿠라역 표지판이 보였습니다. 어릴 때부터 자주 듣던 지명이라 차창 밖으로 한참을 이리저리 둘러보았습니다. 옛 흔적은 전혀 없었으나 변두리 공단 부근을 지날 때 그 거리 어디메쯤 고독한 가슴으로 혼자 터벅터벅 서성이셨을 아버지를 생각했습니다.

처자식을 고향에 두고 이역땅으로 와서 차별과 설움 속에 일하시던 아버지의 고단한 실루엣을 떠올렸습니다. 하루하루가 얼마나 처절 참담했을까. 당시 아버지 나이 불과 서른셋. 고쿠라 다이몬 전차 정류소 앞에 있었다는 다부세田伏사진관에서 촬영한 사진을 유심히 들여다봅니다. 깡마른 얼굴과 퀭한 눈이 애달픕니다. 나는 달리는 열차 안에서 한 편의 시작품을 썼습니다.

70여 년 전 한 식민지 청년이
현해탄을 건너와 삐걱거리는 내륙 열차를 타고
도착했던 일본 고쿠라

그곳 발전소에서 잡역부로 일했던
한 조선 청년의 땀과 눈물과 고독을 생각한다
그 청년은 나의 아버지다

멀리 보이는 굴뚝에서
흰 연기가 뭉글뭉글 피어오른다
그 굴뚝 언저리 어딘가에
아버지의 발전소는 있었으리

구불구불한 골목길을 따라

무거운 등짐을 지고 힘겹게 걸어가는

청년의 뒷모습이 보인다

　　　　　　　　　　　　—「고쿠라역을 지나며」 전문

아버지의 청탁 편지

아버지는 1908년 무신생戊申生입니다. 아들에게 보내신 아버지의 편지가 그리 많진 않습니다. 독립운동을 하시던 일괴공 조부님은 당신 아들들의 일본식 학교교육을 일절 거부하고 마을 서당에만 다니게 하셨지요. 그 때문에 아버지의 편지글은 대개 한문투의 문장으로 고전적 격조가 있었습니다. 이것은 오로지 서당에서 훈장 선생이 읽어가는 대로 소리 내어 『통감』『동몽선습』『명심보감』 등을 따라 읽었던 전통적 학습 효과와 그 습관이 몸에 밴 탓입니다. 때로는 국한문혼용도 아닌 너무 심한 한문 현토체懸吐体로, 난삽한 한문에 오로지 국문 토吐만 달아놓은 그런 이해 불가의 문장으로도 쓰셨습니다.

그 까닭을 가만히 헤아려보니 아들에게 무슨 어려운 부탁을 하고 싶은데 그 속뜻은 슬쩍 감추고 짐짓 아버지로서의 체통과 자존심은 당당히 지키고 싶은 그런 심정으로 쓰신 게 분명합니다. 내 어릴 적 아버지는 부부간 비밀 대화를 나눌 때 꼭 일본말로 계모와 얘기를 주고받았습니다.

마치 그것처럼 난처한 부탁을 하느라 일부러 한문투의 격식을 갖춘 문장으로 쓰셨습니다. 말하자면 아들에게 은근한 체면치레를 하신 것이 분명합니다. 그런데 그 부탁이란 다름아니라 아버지가 다니시던 노인복지대학에서 교지校誌를 발간하는데 거기 실을 원고 한 편을 대필로 요청하는 내용입니다. 아들이 신춘문예에 당선한 시인이고 문장가이니 그런 부탁쯤은 해도 된다는 생각을 하신 게 분명합니다.

당신 아들은 현재 사병으로 군 복무중인데 일부러 편지까지 부대로 보내어 대필 작품을 당당히 청탁해오셨습니다. 아버지의 이런 각별한 부탁을 어찌 거절하리오. 뭐라고 쓰긴 했는데 기억은 전혀 나지 않습니다. 아버지는 아들의 대작代作을 받아 자랑스럽게 마감 기일 안에 제출하셨을 것입니다. 그것이 과연 노인복지대학의 교지에 실렸는지 여부는 모릅니다. 다만 아버지의 부탁을 충실히 지켰던 기억만 떠올라 혼자 빙그레 미소 짓습니다.

아버지는 성주골 뒷산 묘소에서 이 추운 겨울밤을 여러 해 보내다가 지금은 경북 군위의 가톨릭묘원으로 가 어머니와 함께 같은 유택에 계십니다. 응달진 곳에 있다가 이제는 햇살 바른 곳에 머물고 계십니다. 봄이 되면 풀꽃 같은 귀여운 증손녀를 안고 가서 재롱을 보여드려야겠습니다.

　　東海 열어보거라

네가 부모 슬하를 떠난 지 여러 달이 지나니 생각이 많이 나는구나.

날씨는 추워지고 한 해도 저무는데 너는 부대장님 모시고 군복무를 충실히 이행하고 있는지 궁금하다. 이곳 아비는 늘 하루같이 잘 지내고 있으니 걱정하지 않아도 된다.

너에게 하고 싶은 말은 다름아니라 너도 잘 알고 있다시피 한국사회사업대학 부설 노인복지대학 수료식이 2월 26일이다.

2월 8일까지 수기나 감상문을 원고지 5~6매 분량으로 작성해서 제출하라고 한다.

네가 잘 궁리해서 한 편 써 보내거라.

좋은 작품은 신문에도 싣고 원고는 본교에 영구 보존한다더라.

되도록이면 잘 지어 보내주기 바란다. 그리고 이번 음력설 엄마 제사엔 꼭 참석하거라.

하고 싶은 말은 많지만 이만 줄이노라.

1976년 2월 2일

부父 서書

추신: 작품 마감 기한은 2월 8일까지이니 한 주일 내로 보내주기 바란다.

아버지의 꽃씨 봉투

나에게는 땅에 뿌리는 꽃씨가 아니라 서가에 올려놓고 보는 꽃씨가 있습니다. 아버지의 유품을 정리하던 중 우연히 발견한 것인데요, 그냥 폐기할 물건들 사이에서 무심코 주운 것입니다. 그것은 별것 아닌 꽃씨 봉투입니다. 1992년 늦여름이나 초가을 무렵으로 짐작됩니다. 아버지는 꽃밭에서 잘 여문 분꽃이나 봉숭아, 옥창앵두 씨앗을 받으셨습니다. 그 뒷모습이 지금도 또렷하게 기억이 납니다. 그런데 아버지는 씨앗을 보관할 봉투가 마땅치 않아서 이리저리 궁리하셨습니다. 한참 뒤에 창고에서 꺼내온 것은 '돌가루 종이'라 부르던 시멘트 부대입니다. 그 누런 빛깔의 두툼한 종이를 가위로 오리고 재단해서 풀을 발라 작은 봉투를 직접 만들었습니다. 거기에다 씨앗을 넣고 겉봉에 일일이 친필로 종류를 써둔 것이지요.

오늘 그 꽃씨 봉투를 쓰다듬으며 일일이 씨앗을 갈무리하시던 아버지의 정성어린 마음을 생각합니다. 봉투를 만들 때 아버지는 해마다 저 씨앗에서 싹이 돋고 집안 대대로 사랑과 믿음과 축복이 꽃처럼 피어나기를 마음속으로 갈망하셨을 것입니다. 평소 말씀이 거의 없고 무뚝뚝하기 짝이 없는 전형적 경상도 남성이었지요. 그런데도 이처럼 이후 세월에 대한 준비를 하면서 자상하고 섬세한 배려를 자식들 모르게 품고 사셨던 아버지를 생각합니다.

내가 첫돌 전에 어미 잃고 배고파 울면, 아버지는 말린 홍합을 갈아 쌀가루 넣고 미음을 끓여 저에게 떠먹여주셨습니다. 막내가 젖배를 곯고 울 때 비슷한 시기에 아기 낳은 산모를 찾아가 동냥젖을 먹이셨다고 합니다. 나는 워낙 아기였으니까 이런 사실을 전혀 모르고 숙모가 전후 사정을 그림같이 설명해주셨지요. 마치 판소리 〈심청가〉에 등장하는 엄마 잃은 아기 청이와 너무도 같습니다. 그렇게 내가 자랐습니다. 꽃씨를 받아 봉투에 넣던 아버지 마음도 어린 아들에게 암죽 먹여주시던 바로 그 정성과 사랑이었을 것입니다.

나는 아버지로부터 물려받은 물질적 재산은 아무것도 없습니다. 땅도 집도 돈도 전혀 받은 것이 없지만 여러 유품 속에서 찾아낸 이 꽃씨 봉투가 아버지가 남긴 최대의 유산입니다. 하마터면 이 귀한 것을 그냥 버릴 뻔했습니다. 그걸 서가에 올려두고 그윽이 바라보며 아버지 생각에 잠깁니다. 아버지는 어떤 유품보다도 값지고 소중한 물건을 남겨주셨습니다.

어릴 적 밤잠을 깨어 칭얼대면 아버지가 아들을 품에 꼬옥 안아주었습니다. 어린 나는 아버지의 목 울대뼈를 손바닥으로 만지작거리다 스르르 잠이 들었다고 합니다. 그걸 어머니의 젖꼭지로 여긴 것이지요. 당신 울대뼈를 자꾸 만지작거리는 어린 아들을 품에 안은 아버지의 심정이 어떠했을까요. 이제 아버지가 세상에 계시지 않으니 나는 아버지의 꽃씨 봉투만 쓰다듬습니다. 이렇게 아버지 생각을 하노라니 박남수 시인의 「할머니 꽃씨를 받으시다」가 떠오릅니다.

> 할머니 꽃씨를 받으신다./방공호 위에/어쩌다 핀/채송화 꽃씨를 받으신다.//호壕 안에는/아예 들어오시질 않고/말이 숫제 석어지신/할머니는 그저 노여우시다.//—진작 죽었더라면/이런 꼴/저런 꼴/다 보지 않았으련만······//글쎄 할머니/그걸 어쩌란 말씀이셔요./숫제 말이 적어지신/할머니의 노여움을/풀 수는 없었다.//할머니 꽃씨를 받으신다./인젠 지구가 깨어져 없어진대도/할머니는 역시 살아 계시는 동안은/그 작은 꽃씨를 받으시리라.
> —박남수, 「할머니 꽃씨를 받으시다」 전문

6·25전쟁 시절, 공습경보 사이렌이 울려서 주민들이 모두 방공호에 숨었습니다. 그런데 할머니는 위험한 밖으로 나가서 방공호 위의 채송화 꽃씨를 받으십니다. 할머니의 표정은 숫제 분노와 노여움으로 굳어 있습니다. 그것은 전쟁에 대한 노여움이지요. 가족들은 방공호 안에서 조마조마한 심정으로 바깥의 할머니를 염려합니다. 할머니가 꽃씨를 받는 까닭은 미래 시간과 이어져 있습니다. 설령 지구가 깨어져 사라진다 할지라도 할머니의 그런 신념은 변하지 않습니다. 내 아버지가 꽃씨를 받아 직접 만든 봉투에 정갈하게 담으시던 마음도 이 시에 등장하는 할머니의 마음과 같을 것입니다.

아버지가 만드신 꽃씨 봉투를 품에 살며시 안아봅니다.

부모님 묘소 합장

어머님 돌아가신 지 칠십이 년, 아버님 돌아가신 지 이십삼 년, 드디어 두 분을 함께 한곳에 모시려고 만반의 준비를 해두었습니다. 새 장지는 경북 군위의 가톨릭묘원입니다. 이장 허가를 받으려 고향의 면사무소에 들렀다가 오는 길에 아버님 묘소를 미리 찾아가 이장 사실을 낱낱이 아뢰었습니다.

지난 한가위 벌초도 말끔히 했었는데 불과 한 달 만에 찾은 묘소는 참혹할 정도로 손상이 심했습니다. 봉분의 절반이 참혹하게 허물어졌네요. 이것저것 가리지 않는 멧돼지란 놈들이 떼를 지어 몰려다니며 주둥이로 하필 봉분을 허물고 주변 땅을 괭이로 판 듯 험상궂게 일구어놓았습니다. 아마도 땅속 벌레나 풀뿌리를 먹으려고 이런 짓을 벌여놓았을 것입니다. 평소 깔끔한 것을 즐기던 아버님 심정은 이런 모습을 견디지 못하셨을 것입니다. 무덤 속에서 의사표시도 제대로 못하고 얼마나 힘드셨을까 생각합니다.

이제 닷새 뒤면 봉분을 열고 유해를 수습합니다. 여기서 한참 떨어진 나정羅井 골짜기의 가파르고 일 년 내내 바람도 세찬 산등성이에 계신 어머님 묘소도 그날 함께 작업합니다. 칠십 년이 훌쩍 넘어 내부엔 무엇이 남아 있을지 궁금합니다. 만약 어머니 유골의 흔적이라도 찾게 되면 나는 그것을 품에 안고 얼굴에다 마구 비비어보려고 합니다. 그걸 생각하니 벌써부터 가슴이 두근거려 잠이 제대로 오지 않을 것 같습니다. 어머니는 나를 낳고 곧 병을 얻어 갓난아기에게 젖도 못 물려보고 당신 자식을 품에 안을 수도 없었습니다. 세상과 아주 작별한 것이 1951년 5월 14일의 일입니다.

그래서 나는 어머니 얼굴도 목소리도 모릅니다. 나 태어나고 불과 열 달 만에 떠나가셨지요. 이제 두 분을 함께 한자리로 모십니다. 마흔셋을 일기로 한 많은 세상을 떠난 어머님은 마침내 당신 낭군님 옆으로 가십니다. 눈물이 앞을 가립니다.

드디어 이장 날 아침이 밝았습니다. 부모님 묘소 합장을 앞두고 가슴이 설레 간밤·겨우 한 시간 남짓 눈을 붙였는지 모르겠습니다. 아침 아홉시, 일꾼들과 마을 입구에서 만나 산으로 오릅니다. 먼저 나정 골짜기 산등성이에 계신 어머님 묘소부터 열기로 했습니다. 가시덤불 우거진 산길을 낙엽에 미끄러지며 겨우 올랐습니다. 무덤 앞에 엎드려 두 번 절 드린 뒤에 내가 큰 소리로 외쳤습니다.

"어머니, 지금부터 큰 소리가 들리더라도 제발 놀라지 마셔요. 여기보다 더 편한 곳으로 어머니를 모셔가려고 한답니다. 아버지와 함께 계실 거예요."

나는 다정한 목소리로 마치 살아 계신 어머께 아뢰듯 알려드렸습니다.

이윽고 일꾼들이 삽을 들고 봉분의 한가운데를 집중적으로 파내려

갑니다. 늘 이런 일만 전문적으로 해온 분들이라 진척이 빠릅니다. 어머니 무덤 속은 곧 보송보송한 마사토가 드러나고 습기라곤 전혀 없습니다. 본래 관곽棺槨이 놓여 있었을 듯한 지점까지 꽤 깊이 파들어 갔는데 아무것도 보이지 않네요. 일꾼들이 그 내력을 도란도란 들려줍니다. 묻힌 지 칠십이 년 된 어머니는 완전히 흙으로 돌아가셨다고 합니다. 여러 군데 다녀보지만 이렇게 좋은 곳은 처음이라고 말합니다. 어머니는 아들에게 당신의 남루한 흔적을 보이지 않으려고 당신 육신의 자취를 완전히 빗자루로 쓸듯 없애버리신 것입니다. 일꾼들은 한지를 땅바닥에 펴고 무덤 속에서 약간 거무스름한 빛깔의 흙을 붓으로 쓸어모아 거기에 두어 줌 정도 담아서 고이 쌉니다. 그걸 그대로 항아리에 넣는다고 합니다.

혹시라도 나는 어머니의 유골이 나오길 은근히 기대했는데 어머니는 아주 정갈하게 당신 자리를 거두셨더군요. 나는 어머니 누워 계시던 구덩이에 들어가 그대로 털썩 주저앉아서 어머니를 나직한 목소리로 가만히 불러보았습니다.

"어머니—"

일꾼이 무언가를 집어서 건네줍니다. 보니 작은 관솔 조각 두 개입니다. 워낙 오래되어 빛깔조차 거무스레합니다. 육신을 얹었던 칠성판이 다 썩고 거기 나무옹이가 흙속에서 나온 것입니다. 나는 어머니의 남은 육신으로 여기며 주머니에 슬쩍 집어넣었습니다.

옹이야, 소나무 옹이야. 너는 어머니를 눕히고 아주 흙이 될 때까지 노고가 크고 많았구나. 네가 곧 어머니 육신을 대신하는 땅의 사리舍利로구나.

그날 집에 돌아와 나는 그 옹이를 물에 깨끗이 씻어 내 책장 선반

위에 고이 모셨습니다. 이따금 집어서 손바닥에 올리고 가까이 들여
다볼 때도 있습니다.

시 「새벽 연필」과 한포 숙부

아버지의 아홉 형제 중 셋째 숙부 이름은 이현구李鉉久입니다. 1892년 생으로 성산 이씨와 혼인해서 두 아들을 얻었습니다. 하지만 병약한 아내가 먼저 떠나갔지요. 성산 숙모 별세 후 새 아내를 맞았는데 집 안에서 택호는 첫 부인 것을 그대로 썼습니다.

첫 부인 고향이 성주 한포라 한포댁 재취로 들어온 숙모도 여전히 한포댁으로 불립니다. 한포 숙부는 원대동 시장 골목 입구에 살았습니다. 가난한 서민들의 마을입니다. 태평로 집에서 그리 멀지 않아 나는 아버지 심부름을 자주 다녔습니다. 그 심부름이란 주로 달걀이나 술병, 방금 끓인 고깃국, 메모나 편지 등을 숙부께 전하는 일입니다. 이런 메신저를 내가 전담했습니다.

한포 숙부 댁 살림은 소박했습니다. 단칸방 한쪽으론 한약방을 차렸는데 약 지으러 온 손님은 한 번도 못 봤지요. 서쪽 벽으로는 새 숙모의 특별 공간이지요. 거기엔 무청巫廳이 차려져 있습니다. 숙모는 신내림을 받은 신딸입니다. 벽에는 긴 수염의 옥황상제와 각종 신장님들이 울긋불긋 칠해진 각종 족자와 그림들이 빼곡히 배열되어 있고 촛대와 향로엔 모락모락 연기가 오르고 있었지요. 그 앞으로는 온갖 과일에 떡에 과자에 지폐까지도 제물로 바쳐져 있습니다. 그 앞에 서서 합장하고 기도하는 숙모의 얼굴은 굳고 엄숙해서 무섭게 보였습니다.

숙부가 앉아 계신 공간은 한약방입니다. 낮은 천장과 벽에 한약재 봉지들이 오롱조롱 매달려 있습니다. 숙부가 붓으로 정갈하게 쓴 글씨가 봉지마다 깨알같이 박혀 있습니다. 당귀, 택사, 복령, 갈근, 진피, 감국, 작약, 음양곽, 인진, 숙지황. 그 옆으로는 숙부의 초상화 액자가 길게 세워져 있었는데요, 작은 방 크기에 비해 초상화 액자는 너무 컸던 기억이 납니다. 그 속에서 숙부는 유건과 도포를 입고 돌 안경을 썼는데 근엄한 학자의 포즈로 앉아 계십니다.

눈비가 오거나 조용한 날은 한약 봉지 아래서 사서삼경을 읽습니다. 또 어떤 날은 당신이 존경하신다는 두보나 도연명의 한시를 붓으로 쓸 때도 있었습니다. 그런 시간에 틈틈이 당신 시작품도 분명 여러 편 쓰셨을 것입니다. 왜냐하면 숙부는 세간에 알려진 시인이었기 때문이지요. 국문시가 아니라 5언, 7언 등의 한시입니다. 숙부가 엮은 한문본 시집을 본 기억이 있습니다. 그 책은 직접 손으로 써서 만든 시집이라 출판되지는 못했을 것입니다.

어느 날 숙부는 내 손목을 가까이 끌어당겨 당신 곁에 앉히더니 서랍에서 무언가를 꺼내어 건네주셨습니다. 연필 한 다스입니다. 당시에는 지우개 달린 연필이 귀하던 시절인데 그것까지 달린 고급품으로 자루에는 은빛 글씨가 보입니다. 그 글씨가 지금도 내 가슴을 두근거리게 합니다. 바로 '새벽연필'이라는 네 글자입니다. 그런데 그 '새벽'이라는 단어가 어찌 그리도 가슴에 사무치게 느껴지던 것일까요.

어린 조카에게 숙부는 열두 자루, 즉 한 다스의 풍성한 새벽을 물려주셨습니다. 당신 평생토록 한 번도 제대로 맞이해보지 못한 그 새벽을 조카에게 주신 것입니다. 숙부가 세상을 떠나신 지 오래건만 내 가슴엔 아직도 여전히 그날 숙부에게 받은 새벽이 그때 그대로 은빛의 반짝임을 유지하고 있습니다. 그 새벽은 나에게 언제까지나 영원한 새벽으로 남아 있을 것입니다. 나도 언젠가는 내 손자들에게 이 '새벽' 기운을 물려주고 싶습니다. 어느 날 새벽에 일어나 한 편의 시를 썼는데 그 제목이 '새벽연필'입니다. 한포 숙부 생각을 하면서 그 추억을 쓴 것입니다.

어느 날 숙부는
방 아랫목 궤짝에서
무언가를 꺼내어주셨다
머리끝에 지우개도
안 달린 알몸 그대로의
연필 한 자루

어슴푸레한 은박이
깡마른 자루에 운명처럼 박힌
'새벽연필'이란 네 글자가 샛별로 반짝였다
침침한 숙부님 방에서
연필은 오로지 빛나는 새벽이었다
기약 없이 새벽만 기다리던 분

그토록 기다리던

새벽은 언제나 숙부를 비켜 갔다

한 번도 와주지 않은 새벽

그 소중한 새벽을

숙부는 조카에게 미련 없이 물려주고

홀로 먼길 떠나셨다

—「새벽연필」 전문

시 「민들레꽃」과 봉계 숙모

아버지의 형제들이 도합 아홉이니 며느리도 아홉, 저에겐 모두 하늘 같은 숙모님인데 대개 일찍 작고하셨고 다섯 분은 모습을 뵌 적이 있습니다. 서방님들은 키가 커서 겨릅대처럼 우뚝한데 마나님들은 하나같이 민들레꽃처럼 작고 나직했습니다.

맨 맏집 양동댁 백모는 아흔 넘어 사셨고 넷째 한포 숙모는 재취로 신딸이셨지요. 늘 일만 하시던 여섯째 수다곡 숙모도 떠오릅니다. 일곱째가 저의 어머니. 저를 낳고 바로 세상을 뜨셨지요. 여덟째는 말재간이 좋은 영천 숙모입니다. 아홉째 막내 숙모가 바로 인정 많고 재치 가득한 봉계 숙모이지요.

봉계 숙모의 친정은 경북 김천시 봉산면 봉계리. 직지사 가는 길목 정씨들의 집성 마을입니다. 거기서 멀지 않은 상좌원으로 시집오셨지요. 늘 정치적 반골로 살아온 봉계 삼촌은 일생을 야당 쪽에서 활동했으므로 항시 살림이 쪼들렸습니다. 게다가 만년엔 결핵으로 고통을 겪으며 치료약인 파스와 나이드라지드 등을 거의 한줌씩 복용했습니다.

이런 힘든 가정을 묵묵하고도 알차게 꾸려온 분이 봉계 숙모입니다. 재치 넘치고 잔걱정을 하지 않으며 익살과 해학으로 가득하던 분이었습니다. 딸, 사위들과 고스톱을 치다가 '패가 시원찮으면 그만 들어가시라'는 말을 손아래 것들이 하자 곧장 화투장을 던지며 말씀하셨지요.

"그래 난 먼저 뒈졌다 — 어디 네놈들끼리 잘 놀아보거라!"

이런 농담으로 좌중을 웃기던 어른이었지요.

살아가다가 삶의 위기와 맞닥뜨릴 적에도 결코 힘든 내색 하지 않았던 분입니다. 봉계 숙모 말씀을 들어보면 일괴공 할아버지의 아홉 며느리들이 하나같이 체구가 민들레꽃처럼 작았습니다. 동서들끼리 함께 모여 일할 때면 "멀리서 보니 모두들 달걀 꾸러미 같아요"라며 웃었다고 합니다.

그 마나님들끼리 모여 일하다가 쉴 때는 봉계 숙모가 내 어머니에게 꼭 노래를 청했는데 이를 자꾸 꽁무니 빼면서 거절하더랍니다. 그래서 봉계 숙모는 이렇게 응수했다지요.

"형님! 그렇게 노래를 안 부르실 거면 배꼽이라도 한번 보여주셔."

내 어머니의 배꼽은 출생시에 짧게 자르지 못해 그게 굵은 배꼽으로 남아 있었다고 합니다. 그런 배꼽을 흔히 '참외배꼽'이라 부르지요. 이 사실을 아는 봉계 숙모가 내 어머니의 약점인 배꼽을 거론한 것입니다.

이렇게 모두들 조르며 박장대소하니 분위기에 놀란 어머니가 마지못해 밑도 끝도 없는 노래 한 자락을 부르셨다고 합니다. 그런데 어머니가 부르셨다는 그 노래가 전래 민간 잡가나 속요 중의 한 대목 같은

데 무엇인지는 전혀 알 길이 없습니다.

명주 전대 꽃 쌈지에
돈 닷 푼 싸서 들고—

봉계 숙모는 음식 솜씨가 좋으셨는데 특히 밀가루 반죽으로 곱
게 펴서 칼로 썰어내는 '누른국수'가 일품이었습니다. 외지의 자손들
은 고향을 찾아오면 무조건 누른국수부터 끓여 내라고 보챕니다. 어
느 해 가을 귀향길에 봉계 숙모 댁에 들렀더니 마당귀에 조그마한 밭
을 혼자 일구어놓고 거기서 맨발로 마늘을 심고 계셨습니다. 그 숙모
가 나를 가엾게 여겨 무척 살뜰한 사랑으로 거두어주었습니다. 나는
1991년 어느 날, 봉계 숙모 추억이 몹시 그리워 한 편의 시를 썼습니
다. 가슴속에 이슬처럼 맺힌 그리움이 시가 되어서 살그머니 터져나
왔습니다. 봉계 숙모를 가만히 불러봅니다.

일괴공 조부께서는
아홉 아들들 모두 쑥대 같았으나
며느리는 하나같이
키 낮은 앉은뱅이꽃이었다

집안 대소사에
여덟 숙모들 모인 모습은
달걀 꾸러미의 달걀처럼 가즈런하였다

그 숙모들 거의 다 돌아가고
'명주 전대 꽃 쌈지에
돈 닷 푼 싸서 들고'라는 노래를
즐겨 흥얼거렸다는 어머님마저 돌아가신 후
이제 상좌원 연안 이씨
번성하던 집안은 텅 비었다

못난 종손 태어나
백구두 신고 양춤 추러 다니더니
급기야 집터에 위토답까지 다 팔아먹었다

지난 성묘길에
쓸쓸한 고향 마을을 찾았더니
팔순 가까운 봉계 숙모가 혼자 남아
양지바른 앞마당에 맨발로 마늘씨를 놓고 있었다
늦가을 외진 구석에 혼자 남은
마지막 한 송이의 앉은뱅이 꽃이시여

—「민들레꽃」 전문

큰누나 혼례식

1959년 봄입니다. 화단의 꽃들이 피어나고, 큰누나가 혼례식 올리는 날입니다.

이 행사를 위해 아마도 보름 전부터 준비했을 것입니다. 각종 도구와 재료 구입, 이 분야 전문 기술자의 초청, 청첩장 제작과 발송, 잔치에 쓸 돼지 맞추러 가기 따위의 일들로 큰일을 앞둔 집안은 보름 전부터 몹시 수선스러웠지요.

나는 아직 뵙지 못한 자형의 생김새가 궁금했습니다. 부부의 나이가 대여섯 살 간격이 있으니 주변 사람들이 늙은 신랑이라고 쑤군거렸지요. 하지만 막상 대면하니 잘생긴 얼굴입니다. 그리 늙어 보이지도 않습니다. 당시 대구에서는 자형을 '새형님'이란 호칭으로 불렀습니다. 사모관대를 차려입은 모습이 꽤 장엄하고 이채로웠습니다. 태평로 우리 '큰 대문 집' 마당에서 전통 혼례로 식이 열렸습니다. 이날 행사를 위해 일가친척들이 잔치 전날부터 고향 마을에서 내려와 집안방마다 모여서 시끌벅적했습니다.

그 여러 손님 중에 정매正梅란 이름의 한 아줌마가 생각납니다.

초로의 늙수그레한 얼굴은 야위어 볼우물이 움쑥 들어갔고, 가냘픈 몸매였지만 바쁘게 다니며 이것저것 호기롭게 지시를 했습니다. 그것으로만 봐도 정매씨는 이미 혼례식 분야의 경험 많은 특별한 장인匠人임을 알 수 있었습니다. 정매 아줌마가 주로 하는 일은 혼례 교배상交拜床에 올리는 한 쌍의 봉황을 찹쌀떡으로 만드는 것입니다. 오색으로 물들인 찰떡이 정매 아줌마 손을 거치면 기기묘묘한 봉황으로 빚어졌습니다. 또 마른 문어를 통째 가위로 정교하게 오려서 봉황의 깃을 만듭니다. 사람들은 둘러서서 그 모습을 보며 탄복합니다.

드디어 혼례의 날은 밝아 이른 아침부터 마당에 차일遮日과 병풍을 치고 초례청을 준비합니다. 정매 아줌마가 만든 모든 작품은 상 위로 올라가 한가운데에 자리를 잡습니다. 살아 있는 닭 두 마리도 비단 보자기에 싸여 오릅니다. 닭들은 놀란 눈알을 두리번거리며 꼬꼬댁거리다가 나중에는 포기한 듯 그냥 눈을 감고 가만히 있습니다.

마당 우물가에선 팔뚝이 억센 장정 둘이 커다란 돼지 한 마리를 끌고 와 눕힙니다. 그러곤 곧 잡을 준비를 합니다. 발목이 묶인 돼지는 체념한 듯 바닥에 누운 채 산만한 비명만 지릅니다. 한 일꾼이 돼지의 목을 밟고 올라서더니 곡괭이 뾰족한 날을 돼지 양미간에 콱 박습니다. 돼지는 그 순간 엄청난 소리를 한 번 지르고 이내 잠잠해집니다. 뜨거운 물을 돼지 몸에 부어 털을 벗기고 이어서 각을 뜨기 시작합니다. 돼지의 살점은 아직도 살아 꿈틀꿈틀합니다. 김이 모락모락 나는 돼지의 간은 일꾼들이 그대로 썰어서 소금에 찍어 먹습니다. 소주도 큰 잔으로 들이켭니다. 그 손놀림이 한두 번 해본 수준이 아닐 정도로 몹시 능숙합니다. 돼지의 오줌보는 동네 아이들에게 던져줍니다. 아이들은 어느 틈에 그 돼지 오줌보에 자전거펌프로 바람을 넣어서 불그레한 빛깔의 공을 만듭니다. 그 공으로 골목길에서 축구를 합니다.

드디어 혼례식이 시작되었습니다. 얼굴에 연지곤지 찍고 화려하게 단장한 누나는 좌우로 두 여성의 부축을 받으며 시선을 아래로 내리고 아주 조신한 자세로 초례청에 섭니다. 새신랑으로는 이마에 굵은 주름이 제법 드러나는 자형이 사모관대하고 나타납니다. 여기저기서 웅성거리던 소리가 한순간 조용해지며 이윽고 식이 진행됩니다. 도포를 잘 차려입은 유사儒士가 부채를 손에 들고 '서동부서壻東婦西'라 크게 외칩니다. 이는 사위 될 신랑은 동쪽, 그 아내 될 누나는 서쪽에 서라는 행사의 지시어입니다.

대문 앞은 벌써부터 동네방네 걸인들이 다 몰려와서 술과 고기를 내놓으라고 고래고래 소리를 칩니다. 그들의 소란을 막는 임무를 집안의 사촌형들 중 힘센 사람이 맡았습니다. 소란을 막으려고 진작 술상을 차려 대문 앞에 내어놓았는데 또다른 패거리의 걸인이 나타나서 새로 술상을 요구합니다. 한 상을 말끔히 다 비운 그들은 다음 차례로 술 먹을 돈을 요구합니다. 이런 요구를 다스리고 진압하느라 사촌형들과의 담판이 길게 이어집니다. 나중엔 그들끼리 골목길에서 싸움판이 벌어집니다.

이윽고 혼례식이 진행되고 간간이 사람들 웃음소리가 들립니다. 이날의 하이라이트는 그날 저녁 대청마루에서 펼쳐진 피로연입니다. 사촌 자형 중 박노봉(가명)이란 분이 있었는데 보통 박서방이라 불렸지요. 이분의 재담과 익살이 대단했습니다. 본인 말로는 젊은 시절 유랑극단을 따라다녔다고 합니다. 사촌누나와 결혼했지만 두 사람의 뜻이 맞지 않아 새 부인을 얻어 따로 살림을 차리고 산다는 말을 들었습니다. 하지만 헤어진 부인의 집안 혼례식에 스스럼없이 나타나 사람들과 자연스럽게 어울립니다. 이런 그는 옛날의 풍류객, 놀량패의 일족에 속하는지도 모르겠네요. 박서방의 노래와 만담, 익살과 능청으로 좌중은 배꼽을 잡고 데굴데굴 구릅니다. 모임에는 이런 재능을 가진 사람이 꼭 필요하다는 생각을 합니다.

그날의 피날레는 박서방의 곱사춤입니다. 달아오른 흥이 다시 가라앉을 때쯤이면 어디선가 베개를 등에 넣고 돌연히 나타나 곱사춤을 추는데 자리는 완전히 뒤집어졌지요. 이런 박서방은 참 귀한 존재입니다. 전쟁과 가난에 시달린 민초들이 박서방 같은 재주꾼의 익살 덕분에 잠시나마 시름을 잊었다고 할 수 있겠지요.

음식을 조달 공급하는 곳을 과방果房이라 했는데 이곳을 여인네들이 슬금슬금 눈치를 보며 드나들었습니다. 할머니, 여인네들은 배고픈 아이들을 잔치에 데리고 와서 실컷 배불리 먹인 다음 과방에 가서 음식을 더 챙겨서 돌아가는 것입니다. 이렇게 누나의 혼례식 날 일가 친척들이 한자리에 모여 자정이 넘도록 떠들며 놀다가 여기저기 쓰러져 그대로 잠이 들었지요. 평소 조용하던 집안이 온통 인파로 왁자지껄하던 그날의 분위기가 몹시 그립습니다.

작은누나 혼례식

나의 중학교 2학년 가을 그러니까 1963년 10월 하순, 장독대에 감나무 잎이 뚝뚝 떨어지던 때 작은누나가 혼례를 올렸습니다. 큰누나 때와 마찬가지로 마당에서 올리는 전통 혼례식입니다. 그런데 이번에는 큰누나 혼례 때보다 확실히 축하객도 적고 분위기가 빈약했습니다. 그 이유 중 하나는 구식 혼례 상차림의 달인이던 정매 아줌마가 한 해 전 고인이 되었기 때문입니다. 혼례상에 올라가는 물품도 예전처럼 정교한 솜씨가 아니었고, 시장에서 이미 만들어놓은 기성품을 사다 썼기에 정매 아줌마 시절의 분위기를 전혀 따르지 못했습니다.

돼지도 잡지 않고 시장에서 삶은 수육을 사다가 썼습니다. 5·16 군사 쿠데타가 일어난 이후로 늘 강조되어온 간소한 스타일로 모든 것이 바뀌었습니다. 이게 혼례식에도 많은 영향을 준 것 같습니다. 관혼상제의 간소화가 늘 강조되던 시기라 분위기조차 건조하고 썰렁했습니다. 그만큼 세상이 급속도로 달라지고 있었던 것입니다. 옛것은 급속히 밀려나고 지난날의 낡은 것, 진부한 것, 케케묵은 것은 철저히 무시되는 경향이 생겨났습니다.

혼례식을 마치고도 큰누나 혼례 때처럼 하루이틀 묵어가는 고향 사람들이 없었습니다. 하객들은 왔다가 식만 보고 그날로 바로 돌아갔습니다. 과방에서 음식을 신문지에 둘둘 말아 몰래 챙겨가는 사람도 별로 보이지 않았습니다. 풍류랑이자 만년 취객 박서방도 썰렁한 분위기에 놀음판이 없는 탓인지 당일로 식만 보고 바쁘다며 서둘러 돌아갔습니다. 그나마 하나의 예전 절차가 남아 있었으니 그것은 사촌형들이 집행관이 되어 새신랑에게 잔뜩 술을 먹인 뒤 대청마루 대들보에 발목을 묶어 거꾸로 매달아 발바닥을 때리는 통과의례입니다. 신랑이 신부를 훔쳐갔으니 이에 대한 마땅한 벌을 받아야 한다는 관습이지요. 형벌의 도구는 마른 북어입니다. 양말을 벗긴 자형의 맨발에 북어를 막대기 삼아 사정없이 내리치자 애절한 비명이 대청마루에 쏟아졌습니다.

"아이구, 나 죽네!"

아프기도 할 테지만 다소 과장도 섞인 이 소리를 들으며 작은누나는 안방에서 눈물만 흘렸습니다. 새신랑이 관용을 빌면서 제발 살려달라고 애걸하자 집행관들은 아무개를 평생 잘 돌볼 자신이 있느냐고 물었습니다. 자형은 모든 물음에 기꺼이 수락을 했습니다. 집행관들은 그제야 묶었던 발을 풀고 대청마루엔 낭자한 술판이 벌어졌습니다.

우리 구식 혼례에선 어찌하여 이런 풍습이 존재했던 것일까요. 중국 동상례東床禮의 습속이 잘못 변형되어 호된 절차의 신랑 다루기로 바뀌었던 것이라고 전해져옵니다. 예전에는 신랑이 신부를 '도둑질'해 간 것이라고 여겼나봅니다. 그러니까 신랑 다루기는 이런 과정에 대한 정겨운 징벌인 셈입니다. 이런 호된 절차를 겪으며 신랑은 신부와 처가 식구들, 그리고 마을 사람들과도 각별한 친분을 갖게 됩니다.

처가 쪽 청년들이 신랑을 대들보에 거꾸로 달아매고 막대기나 마른 북어로 발바닥을 내리칩니다. 신랑은 이런 풍속의 절차를 이미 알고 있기에 일부러 장모를 애절하게 부르며 살려달라고 호소합니다. 마치 죽는 듯한 비명도 과장되게 질러댑니다. 이런 소란이 끝나면 처가에서는 신랑에게 푸짐한 음식을 제공합니다. 이 모든 절차는 신랑과 신부를 하나로 결합시키고, 때로는 여전히 남아 있을 수 있는 서먹함이나 어색함을 누그러뜨리게 합니다. 혼례식 과정에서 치르는 한바탕 몸부림이기도 하지요.

이런 광경이 외국인에게는 몹시 낯설게 해석될 수도 있을 것입니다. 6·25전쟁 와중에 경북의 어느 농촌 마을에서 실제로 있었던 일입니다. 혼례식이 있었고 신랑을 대들보에 매어 거꾸로 달아서 올렸는데 난데없이 장총을 든 미군들이 들이닥쳤습니다. 그러곤 그 자리를 인민재판으로 오인해서 거기 있던 모든 사람을 사살했다는 비극적인 얘기도 있습니다.

아무튼 그날 저녁 낭자한 술판에서 새신랑과 사촌형들은 그 통과의례로 더욱 친해져서 밤새 술을 마시고 대취해서 대청마루에 쓰러져 코를 골고 잤습니다. 그후로 세월이 오래 지나도 자형은 그때 발바닥 두들겨맞던 이야기를 집안 모임 때마다 들먹이곤 했습니다. 그러고 보니 새신랑이던 그 자형도 이미 고인이 된 지 오래군요.

형의 결혼식

나의 중학교 3학년 겨울, 형님이 드디어 결혼식을 올렸습니다.

두 누이동생을 먼저 시집보내고 오래 시간을 끌다가 마침내 늦장가를 든 것입니다. 형님은 선택이 몹시 까다로웠습니다. 집안사람들 말씀에 의하면 맞선을 아마도 백 번은 더 봤으리라 추정합니다. 늘선을 보고 오면 불만부터 털어놓았습니다. 그런데 그 불만이란 게 대개 눈 밑에 작은 점이 있어서 슬픈 인상이라느니, 오른쪽 입꼬리가 아래로 처져 있다느니, 귀가 쪽박처럼 생겼다느니, 심한 곱슬머리라 고집이 셀 것 같다느니, 음성이 다소 탁하고 쉰 목소리를 낸다느니, 키가 너무 커서 불편할 것 같다느니 등등 대개 이런 까탈들입니다. 사실 그 소감들은 어린 내가 들어도 웃음이 터질 지경이었습니다. 하기야 평생 함께 살아갈 배우자를 고르는 일이니 신중할 필요도 있었겠지요. 아무튼 그러한 과정 때문에 결혼이 이처럼 늦어진 것입니다.

형님의 맞선 장소는 주로 대구 반월당의 고려다방입니다. 그곳은 대구 지역 청년들의 단골 맞선 장소입니다. 정확한 발음이 대체로 잘

되지 않는 대구 사람들은 그곳을 늘 '고래다방'이라 불렀습니다. 평일은 물론이거니와 휴일에도 맞선 보는 이들로 바글거렸습니다. 맞선은 두 사람이 만나지만 상대가 궁금한 양측 지인들이 손님으로 가장해 주변에 슬쩍 앉아 곁눈질로 줄곧 '눈빨기'를 했습니다. '눈빨기'란 말은 백석 시인의 시작품에 나오는 평안도 표현인데 안 보는 척하면서 몰래 훔쳐보는 것을 뜻합니다. 그러니 다녀와서 가족들과 의견 일치를 이루기란 하늘의 별 따기보다 더 힘든 법입니다.

제각기 자기 의견을 털어놓으면 누군가는 꼭 반대나 불만을 쏟아냈습니다. 맞선의 음료값은 항상 남자측의 부담입니다. 이상한 관례지요. 일단 마음에 들어 두번째 만나게 되면 성사되기가 수월한 편이었습니다. 하지만 다섯 번 보고도 깨어진 경우도 흔했습니다. 이런 맞선을 형님은 백 번도 넘게 봤으니 참으로 놀랍거니와 대단한 그 인내심에 감탄합니다.

점차 분위기가 무르익어 결혼식 택일이 이뤄지고 대구 남산성당에서 혼배미사가 열리게 되었습니다. 누나 둘은 모두 전통 혼례였는데 형님은 처음으로 서양식 결혼 예식을 올립니다. 그것도 가톨릭 방식으로 천주교회당에서 열렸습니다. 입춘이 가까운 무렵이지만 몹시도 추웠습니다. 고향 상좌원에서 막내 숙부 내외가 오시고 대구의 두 숙부도 모두 오셨습니다. 여러 사촌과 조카들도 자리를 가득 채웠습니다.

결혼식이 끝나고 피로연을 식당이 아니라 태평로 집에서 열었는데 아버지는 숙부 세 분과 사형제가 모처럼 함께한 자리에서 귀한 사진을 찍었습니다. 가장 손위는 한포 숙부, 그 아래로 아버지와 영천 숙부, 봉계 숙부 차례입니다. 한포 숙부는 특별한 날이라며 명주 한복 두루마기에 갓을 쓰고 오셨습니다. 평소 늘 아끼는 거북 껍질로 만든 대모代瑁 테의 돌 안경까지 쓰셨습니다. 대모는 거북의 등껍질인데 그것으로 만들었다는 고급 안경테입니다. 앉은 채로 앞에 지팡이에 두 손을 얹고 계십니다. 아우님 세 분은 모두 양복 차림입니다. 그 어른들이 한자리에서 합동으로 촬영한 장면은 썩 드물고 귀한 광경입니다. 조카의 결혼식에 참석하신 날 우연히 이런 사진을 찍을 수가 있었나봅니다. 장소는 태평로 우리집 마당의 장작더미 앞이었지요. 지금 다시 음미해보노라니 너무도 귀하고 소중한 장면입니다.

　번성했던 연안 이씨 문중이 할아버지 순국 이후로 차츰 약화되기 시작했고, 그 자제들도 연로해서 하나둘 세상을 떠난 뒤로 문중의 기반은 뚜렷하게 약화되었습니다. 어린 시절만 하더라도 가천 숙부, 황산 숙부, 한포 숙부, 하계 숙부, 수다곡 숙부, 영천 숙부, 봉계 숙부 등 여러 어른이 삼대처럼 늠름하게 행사장에 서 계셨습니다. 그런 모습을 떠올리면 가슴부터 뛰었지요. 그분들 하나둘 차례로 세상을 떠나시고 문중의 위계와 질서는 본래의 권위를 유지하지 못했습니다. 귀퉁이가 허물어지면 차츰 본체까지도 잇달아 무너지게 된다는 원리가 문중에도 그대로 적용이 되었습니다. 나의 고향은 그렇게 해체되고 붕괴되어갔습니다.

형의 졸업 사진과 사인첩

지금은 세상을 떠난 형님의 잡기장 책갈피에 끼워진 오래된 사진 한 장을 보았습니다. 거기에는 단기 4280년(1947년) 6월 13일에 찍었다는 글자가 있습니다. 정확히는 구성공립국민학교. 그때는 일본식으로 '국민학교'라 불렀습니다. 조국이 일제의 쇠사슬로부터 해방된 지 딱 이 년 세월이 지난 미군정 시절입니다. 식민지 시대에 지은 것으로 보이는 단층의 학교 건물과 국기 게양대가 보입니다. 1941년 입학이었으니 보나마나 그 시절 국기 게양대엔 일장기가 종일 바람에 펄럭였겠지요. 붉은 태양을 상징하는 히노마루 앞에 서서 형님은 기미가요를 크게 부르고 황국신민서사도 했을 것입니다. 기미가요의 내용은 이렇습니다.

덴노(천황)의 대는 천대 만대로 이어져
작은 돌이 큰 바위 되어 이끼가 낄 때까지

'작은 돌이 큰 바위 되어'라는 대목이 우리의 눈길을 끕니다. 우리의 애국가는 '동해물과 백두산이 마르고 닳도록'으로 시작됩니다. 일본 국가는 점층의 표현이고, 우리나라 국가는 점강의 과정으로 표현되었습니다. 점점 마르고 닳게 된다면 결국 소멸로 이어지는 길이 아닐까요. 이 부분을 지적하며 애국가의 가사를 반드시 바꿔야 한다는 비판적 시각도 적지 않았습니다. 황국신민서사는 일제강점기 후반인 1937년부터 해방이 되던 1945년 무렵까지 일제가 한국인들에게 매일같이 외도록 강요한 충성 맹세문입니다. 같은 시기 일제의 또다른 점령 지역이었던 중국이나 타이완, 동남아시아 등지에서는 이런 괴기적인 맹세문이 사용되지 않았다고 합니다. 살펴보면 불쾌감이 치밀고 노예적 굴종을 강요하는 가슴 쓰라린 내용입니다. 그렇게 외우던 문장의 앞부분은 다음과 같습니다.

하나, 우리는 대일본제국의 신민입니다.
둘, 우리는 마음을 합하여 천황폐하에게 충의를 다합니다.

구성국민학교 교사 뒤로는 헐벗은 산과 앙상한 나무들이 보입니다. 태평양전쟁을 겪고 6·25전쟁이 시작되기 직전인 1947년 무렵에도 한국의 산들은 이처럼 민둥산이었나봅니다. 여학생들은 모두 치마저고리 차림이고 남학생들은 꾀죄죄한 일본식 셔츠나 학생복 차림입니다. 그 옷들은 대개 일본군 사병들이 입던 헌 군복을 구해다가 줄여서 입힌 것으로 보입니다. 6·25전쟁 후 미군 군복을 줄여 입던 모습과 같습니다. 선생님들은 거의 양복 차림이네요. 사진 속 인물들에 한 사람씩 눈길이 머뭅니다. 형님 모습은 너무 왜소하고 가련해서 누구라고 차마 얘기 못합니다. 영양실조와 부진한 발육 상태가 한눈에 느껴집니다. 다른 아이들과 비교하면 화가 치밀어오를 정도입니다.

이 사진을 찍은 1947년은 엄혹한 분단 초기 남북이 서로 으르렁거리며 맹목적 이념 대립과 분노로 활활 타오르던 시절입니다. 사진을 같이 찍었던 동료 교사들도 해방 후 좌익과 우익으로 나뉘어 같은 직장 안에서 날카롭게 대립하고 갈등했을 것입니다. 이 오래된 사진 한 장에서는 그러한 시대적 특성이 내뿜는 독특한 분위기가 있습니다. 그 시절의 땀과 눈물, 고독과 절규, 애환과 갈등까지도 은연중에 배어납니다. 사진은 그런 것들을 감추지 않고 슬그머니 모든 내밀한 것들을 그대로 보여줍니다. 이게 오래된 사진을 제대로 보는 맛입니다.

북조선인민위원회가 만들어지고 남쪽에선 그해 삼일절 기념식을 좌익과 우익이 각각 별도로 했습니다. 행사를 마친 군중은 서울 남대문 거리에서 무섭게 충돌하여 대결 현장에서 서른여덟 명이 죽거나 다쳤습니다. 요즘 진보와 보수 진영의 긴장된 분위기와 크게 다르지 않지요. 덕수궁에선 미국과 소련이 제각기 다른 꿍꿍이속을 품은 채 한반도를 자기 방식으로 영구 분단시킬 궁리로 언성을 높여 싸우고 있었지요. 미소공동위원회가 바로 그것입니다. 어떤 결론도 내지 못한 채 두 진영은 등을 돌렸지요. 이 삼엄한 시기에 시골 국민학교 운동장은 아무런 영문도 모른 채 그저 무심한 듯 평화롭기만 합니다. 불과 삼 년 뒤 이 나라의 땅덩이가 모진 전쟁에 휘말리게 될 줄 그 누가 짐작인들 했을까요.

형님이 예전에 쓰던 유품 속에는 옛날 학창시절에 유행했던 '사인첩帖'도 보입니다. '사인지'란 것은 요즘 학생들은 잘 모르는 그 시대만의 풍습입니다. 요즘엔 '롤링 페이퍼'라는 이름으로 사인지를 대신한다 합니다. 친구에게 백지 한 장을 던져주며 나에게 하고 싶은 말을 모두 적으라고 합니다. 주로 졸업을 앞둔 시기에 이런 짓을 꽤 많이 했습니다. 백지가 대부분이지만 가끔 노랑이나 핑크도 섞여 있었습니다. 남이 준 그 백지 앞에 멍하게 앉아 있노라면 망망대해를 앞둔 심정이 됩니다. 무얼 적을 것인지 아득한 두려움마저 느낍니다. 이른바 백지 공포증입니다. 친구를 비난할 수도 없고, 또 마냥 칭찬하고 싶은 생각도 없습니다. 그저 의례적 문구를 떠올려 거기 적었지요.

대체로 등대를 상투적으로 그리는 학생이 많았는데, 이 등대 그림은 험한 세상에 밝은 빛을 뿌리는 그런 선구자적 인물이 되라는 틀에 박힌 메시지의 전달이지요. 때로는 친구와의 추억담을 늘어놓기도 했습니다. 내가 고등학교 졸업 무렵에 받았던 사인지엔 몹시 낡은 군화 한 짝이 그려진 것도 있었습니다. 재학 시절 내내 군화만 신고 다녀서 친구는 그런 그림을 그렸나봅니다. 이런 사인지를 묶어서 윗부분에 구멍을 뚫고 책으로 엮어서 서가에 꽂아둡니다. 그런 채로 수십 년 세월이 흘렀습니다. 잦은 이사를 하면서 그 사인지 따위는 버려지거나 제풀에 사라지기가 일쑤였습니다. 그런데 얼마 전 책장을 뒤지다가 오래된 사인첩 한 권을 만났습니다. 물론 내 것이 아니고 형님의 물건이었지요. 이게 왜 나의 책장에 꽂혀 있는지 그 경로를 알 수가 없습니다.

한 장씩 넘기며 보는데 거기엔 기막힌 청춘의 내용들이 많습니다. 형님 친구가 보내준 글과 그림도 있고 끝내 보내지 못한 형님의 애달픈 연애편지, 청년기의 신세한탄과 푸념, 읽으면 웃음이 터져나오는 형님만의 탄식과 투박한 인생론, 자기가 좋아하던 옛 노래 가사, 부모에 대한 원망과 넋두리 등등. 이런 내용들이 대부분입니다. 나는 오래전 세상을 떠난 가형家兄의 청년 시절 비밀스러운 잡기장을 본 것입니다.

어떤 꿈도 이룩하기 어렵던 답답한 1950년대, 펜촉에 푸른 잉크를 찍어 써내려간 당시 특유의 길게 휘어지는 고전적 필체와 그림 등 어설프고 투박한 내용들뿐이지만 그런대로 보는 맛도 아주 없는 건 아니었지요. 이렇게라도 무거운 가슴을 스스로 쪼개고 단근질하며 자기감정을 조절하던 형의 모습이 눈에 선하게 떠올랐습니다. 이 사인첩은 조카에게 우편으로 보내주었습니다. 내가 지닐 물건이 아니었기 때문이지요.

처음 가본 외가 마을

나는 너무 일찍 어머니를 잃어서 외가를 모릅니다. 오래 사셨다면 엄마 손 잡고 외가에도 더러 다녀오곤 했을 테지만 그런 복이 나에겐 없었네요. 어머니 택호는 지동댁池洞宅. 달성군 현풍면 지동이 친정입니다. 서흥 김씨 후손으로 나셨으니 조선왕조의 거유巨儒이셨던 한훤당寒暄堂 김굉필金宏弼 선생의 후손입니다. 달성군 현풍면의 도동서원道東書院에 한훤당 위패가 모셔져 있지요. 내 몸과 얼의 절반은 연안 이씨, 또 절반은 서흥 김씨입니다.

외조부 김태직金兌稷 선생은 딸만 넷 두었는데 내 어머니가 맏딸입니다. 그 아래로 도진 이모, 그리고 내가 전혀 만난 적이 없는 성명 미상의 이모, 또 맨 끝의 막내 이모가 있지요. 막내 이모는 대구 근교의 옻골 최씨 며느리가 되었는데 친정아버지의 친구 아들에게 시집갔습니다. 그 옻골 이모를 처음 만난 게 내 초등학교 5학년 때입니다. 우리집엔 계모가 있어서 이모가 발걸음을 전혀 안 하셨지요.

이모를 만난 뒤로는 엄마와 가장 많이 닮았다는 옻골 이모에게 심신을 의지하며 괜스레 엄마라고 불러보거나 이따금 가서 자고 오기도 했습니다. 이모는 엄마 잃은 조카를 볼 때마다 몹시 애달프고 측은했겠지요. 나를 다정하게 껴안고 등을 토닥거려주었습니다. 그로부터 세월이 한참 흐른 어느 날 옻골 이모가 전화를 걸어왔습니다. 딸만 둔 외조부모 산소를 돌볼 사람이 없고 이젠 당신도 늙어서 어쩔 도리가 없이 파묘破墓를 하게 되었으니 그 현장에 꼭 참석하라는 기별이었습니다. 그날의 파묘 행사를 지켜보려 나는 외가 마을을 난생처음 방문했습니다.

커다란 못이 있어서 '못골'이라고도 부르는 달성군 현풍면 지동 마을에 드디어 도착했습니다. 서흥 김씨 종택 맞은편 낮은 언덕으로 오르는 길을 나는 천천히 걸었습니다. 이 길은 아마도 어머니가 어린 시절 혼자 거닐기도 하셨을 그런 오래된 오솔길입니다. 그때 훈풍이 볼을 스치며 지나갔는데 마치 어머니 손길처럼 따스하게 느껴졌습니다. 윙— 하는 소리도 들렸는데 그것은 꼭 어머니의 다정한 소곤거림 같았습니다.

'네가 내 친정 마을에 와줘서 무척 기쁘고 흐뭇하구나.'

이런 말씀으로 느껴졌지요. 이곳에서 나고 자랐을 시절의 어머니를 생각하노라니 갑자기 눈물이 핑 돌았습니다.

외조부 묘소의 봉분을 포클레인이 걷어내고 일꾼이 조심스럽게 파내려가니 관곽의 흔적이 보입니다. 워낙 오래되어 다 삭그라지고 유골은 몇 줌의 거무스름한 흙으로 흔적만 남았습니다. 일꾼은 그걸 붓으로 쓸어모아 복숭아나무 가지로 말끔히 태웠습니다. 복숭아나무가 잡귀를 쫓는 역할을 한다고 하네요. 이모는 미리 준비해 온 찰밥과 외조부 유해를 소각한 가루를 정성껏 반죽해서 새알처럼 뭉친 작은 경단을 사방의 들판과 산기슭에 뿌렸습니다. 이 절차는 마치 티베트의 장례 방식인 조장鳥葬을 떠올리게 했습니다.

파묘 행사를 마치고 연안 이씨와 서흥 김씨 두 집안사람들이 자리에 앉아 술잔을 나눕니다. 그들은 서로 뼈 있는 농담을 즐깁니다. 서흥 김씨측에서 먼저 수작을 걸어봅니다.

"자네들은 양반이 부족해서 오늘 이곳으로 서흥 김씨 양반을 묻으러 왔지."

이 말에 연안 이씨측에서는

"천만의 말씀! 서흥 김씨네가 양반이 부족한 듯 보여서 오늘 조금 끼쳐주러 왔다네."

이렇게 뼈 있는 농담에도 막힘이 없이 즉각 주고받는 이날의 응구첩대應口輒對가 즐겁습니다. 산등성이엔 유쾌하고 듣기 좋은 웃음꽃이 만발합니다. 그 막내 이모도 연전에 돌아가시고 이젠 외가 마을에 갈 일이 아주 없어졌습니다. 풍문에 들으니 종손 김병의金秉義씨도 별세했고 그 위풍당당하던 서흥 김씨 종가 한훤당고택은 서양식 카페로 바뀌었다고 하네요. 종가를 드나드는 사람이 많은 것은 무방하지만 종가가 찻집으로 바뀐 것은 불편한 마음이 듭니다. 이렇게 옛것은 자꾸 무너지고 사라져갑니다.

1992년 가을, 그날 외가 마을을 난생처음으로 다녀와서 초행길의 깊은 감개를 느끼며 쓴 한 편의 시가 있습니다.

슬하에
딸 넷뿐이라
절손絕孫 끝에 집도 무너져버린

달성군 현풍면 못골
태어나서 처음 와본 외가댁 마을은
인적 끊어지고
잡초와 풀벌레 소리만이
초가을 햇살 속에 쓸쓸하였다
실낱같이 이어져 있다던
외조부 산소로 가는 길은 지워지고
고속도로가 보이는 묏등에 올라
나는 물끄러미 서흥 김씨 마을을 내려다보았다
나를 낳으시고
내가 첫돌이 되기 전에 돌아가신 어머니
어머님은 그 지긋지긋한 시집 살림 다 떨치고
어린 날의 고향으로 바람결 되어 돌아가
아무도 돌보는 이 없는 친정 부모
무덤 곁을 혼자서 지키며 다니셨을 것이다
강산이 네 번씩 변하도록
이승 저승으로 갈라져 살아온 이 아들을
어머님은 알아나 보실까
방금 불어간 바람결이
'너 왔구나' 하고 반기시는 어머님 손길이라 생각하니
나는 그제야 왈칵 눈물이 솟구친다

—「외갓집」 전문

대구 '자갈마당' 이야기

1920년대 이야기입니다. 친일 매국노 박중양이 대구관찰사가 되어 부임한 직후 그의 후견인이었던 일본의 초대 조선통감 이토 히로부미와 공모해서 대구읍성을 완전히 허물었습니다. 그렇게 해서 생겨난 부동산을 대구에 거주하는 일본 거류민들에게 넘겨주기 위한 조치였지요. 무자비하게 파괴한 읍성의 자갈과 토사를 수천 마리 소달구지에 실어서 대구의 북서쪽 습지로 옮겨 매립했습니다. 그곳을 세칭 '자갈마당'이라고 합니다. 왜냐하면 땅을 파고 파도 자꾸 자갈이 나왔기 때문이지요. 이게 '자갈마당'이란 명칭의 유래입니다.

이 자갈마당 매립 초기에 대구 거주 일본인 이와세岩瀬란 자가 헐값에 불하를 받아 시작한 첫 사업이 야에가키초八重垣町 유곽입니다. 일본식 2층 가옥을 일정하게 지어서 각각 1호, 2호 따위의 일련번호를 붙였습니다. 1916년 일본식 공창제가 본격적으로 실시되면서 대구의 유곽은 날개를 단 듯이 성업을 이루었습니다. 대구 '자갈마당'이란 말에서 곧장 매춘을 떠올리게 되는 역사적 배경에는 이런 사연과 그늘이 숨어 있습니다. 이 자갈마당은 식민지의 공창 시대를 거쳐 해방 이후 잠시 위축이 되었다가 곧 살아났습니다.

6·25전쟁과 더불어 엄청난 피란민들이 무작정 대구, 부산으로 밀려들던 시절, 자갈마당은 다시 번성한 모습으로 확장되었습니다. 서울 출생으로 함경남도 원산에서 성장한 구상其常 시인은 원산이 자신의 고향과 다름없었습니다. 그곳의 젊은 문화 예술인들과 어울려 다채로운 활동을 펼쳤습니다. 청년 시인들의 동인지『응향凝香』도 원산에서 그렇게 발간되었습니다. 화가 이중섭李仲燮이 표지화를 그렸습니다. 하지만 그 책에 발표한 구상의 시는 해방 직후 김일성 정권 초기의 분위기에 찬물을 끼얹는 냉소가 들어 있었습니다. 허무주의적 비탄의 표현이 문제가 되었던 것이지요. 평양 북조선문학예술총동맹에서는 즉각 긴급회의를 열어 구상을 비판하는 검열관을 파견합니다. 소설가 최명익崔明翊, 김사량金史良, 송영, 김이석이 그들입니다. 이 사실을 탐지한 구상은 도망치듯 원산을 탈출해 남으로 왔습니다.

김일성 정권의 종교 탄압이 노골화되면서 원산의 베네딕도 수도원도 경북 왜관으로 내려왔습니다. 구상은 왜관의 수도원 부근에 거처를 잡았고 의사였던 아내는 그곳에서 순심병원을 열었습니다. 구상은 영남일보 논설위원으로 일하며 대구와 왜관을 왕래했습니다. 그 시절 월남한 원산 친구들이 왜관의 구상의 집에서 종종 묵어갔습니다. 화가 이중섭도 그중의 하나입니다. 그 무렵 구상이 발표한「초토焦土의 시」연작은 대구의 글벗들과 어울리던 시절, 항상 다니던 도원동 유곽촌 주변의 남루한 풍경과 전쟁의 비극성을 결합한 시집입니다. 다음 인용 시가 바로 1951년대 대구의 도원동 자갈마당을 배경으로 쓴 작품이지요.

하꼬방 유리 딱지에 애새끼들
얼굴이 불타는 해바라기마냥 걸려 있다.

내려 쪼이던 햇발이 눈부시어 돌아선다.
나도 돌아선다.

울상이 된 그림자 나의 뒤를 따른다.
어느 접어든 골목에서 걸음을 멈춰라.

　　　　　　　　　　　—구상,「초토의 시 1」부분

　중학생 시절 친구 아버지가 운영하던 떡 방앗간의 피댓줄이 빙빙
돌아가던 그 서성로 길 옆엔 달서천達西川이 흐르고 있었습니다. 지금
은 완전 복개되어 도로가 깔렸고 예전의 흔적은 아주 사라졌지요. 달
서천은 달성의 서쪽을 흐르는 하천이란 뜻입니다. 앞산의 물과 대명
동 영선못 쪽에서 흘러온 물줄기가 합수되어 달서천을 이루고, 다시
팔달교 쪽의 금호강으로 합류해 흘러갑니다. 그 금호강은 낙동강으로
이어져서 더 크게 넘실거리는 강물이 됩니다. 달서천 둑길을 따라 한
참 올라가면 서문시장으로 이어지는 넓은 도로와 만납니다. 이 도로
부근 일대를 시장북로라 불렀습니다. 시장은 필시 토박이들이 '큰장'
이라 부르는 대구의 대표적인 서문시장일 것입니다.
　대구 북구 태평로에서 수창학교까지 가는 등굣길, '큰 대문 집'을
나서 골목을 빠져나오면 바로 경부선 철둑입니다. 왼쪽으로 돌아서
금성이발소 앞을 지나 한참 걸어가면 철둑 건너편으로 넘어가는 오르

막길과 만납니다. 암뽕, 피순대, 보살감투 등을 파는 돼지골목과 바로 이어지지요. 온종일 가마솥에서 돼지 국물이 설설 끓었습니다. 그 골목에 형님 친구가 운영하는 대영약방이 있었습니다.

철둑을 넘어서면 바로 노동회관으로 이어지는 골목길입니다. 골목 끝 오른쪽이 노동회관, 왼쪽은 친구 영배네 부모님이 일하는 평화세탁소입니다. 그로부터 한참 뒤의 일이지만 평화세탁소에 불이 나서 2층에서 잠자던 영배네 어린 삼형제가 불길을 빠져나오지 못하고 말았지요. 평화세탁소의 평화는 참혹하게 깨어지고 말았습니다. 불길을 피해 영배는 맨 처음 도망쳐 나왔지만 불 속에서 나오지 못한 두 동생을 구하러 다시 들어갔다가 결국 셋 다 빠져나오지 못하고 만 것입니다. 친구의 부모님은 거의 실신 상태였고, 영배네 삼형제 유골을 어느 비 오는 날 동촌 금호강에 보트를 타고 들어가 우리 친구들이 울며 뿌렸지요. 볼을 타고 흘러내리는 빗물과 합쳐져서 눈물은 다행히 보이지 않았습니다.

이 세탁소 앞 도로를 건너면 전매청 옆길로 이어집니다. 왼쪽은 전매청 붉은 벽돌담이고 오른쪽은 자갈마당 도원동 유곽입니다. 전매청 굴뚝에서는 밤새도록 잎담배 찌는 연기가 피어오르고 담배 특유의 알싸한 냄새가 났습니다. 워낙 오래 겪어서 너무 익숙해진 그 담배 냄새를 맡으며 걸어가면 길게 이어진 적산가옥 2층집에서 일찍 잠이 깬 여성들이 잠옷 바람으로 나와 길가에 서서 눈을 비빕니다. 출입문 앞길에 대야를 가져다놓고 부엌에서 끓여온 물을 거기 부어서 냉수와 섞었지요. 그러고는 머리를 수건으로 질끈 매고서 엉덩이를 번쩍 치켜든 채 푸푸 세수하는 광경이 자주 보였습니다.

이제 그 자갈마당 사창가는 모두 철거되어 고층아파트 단지로 바꾸고 전매청도 대구예술발전소로 간판을 바꿔 달았네요. 엄청난 탈바꿈이 이루어졌지요. 그 건물 앞에만 서면 지난날의 실루엣이 흑백사진으로 아련히 떠오릅니다. 세월은 이렇게 과거를 자꾸 쓸어 덮고 지우고 묻으며 또 낯선 얼굴로 변모시켜갑니다.

미국산 밀가루 부대로 만든 팬티

6·25전쟁을 겪은 뒤 1960년대는 힘든 회복기였습니다. 시중에는 미국 정부가 보내온 구호물자가 넘쳤습니다. 이런저런 구제품이 많았는데 가장 흔했던 건 역시 미제 밀가루입니다. 자루 표면에는 '미국 국민이 기증한 밀로 제분된 밀가루'란 글씨가 박혀 있습니다. 그 아래로 미국과 한국이 악수하는 상징적인 모습이 성조기를 배경으로 있네요. 또 그 아래로는 '팔거나 다른 물건과 바꾸지 말 것'이라는 푸른 글씨가 선명하게 보입니다. 당시 대한제분주식회사가 이 미국산 밀가루 공급 일을 도맡았습니다.

이 밀가루는 주로 서민들의 밥상에서 호박, 감자, 푸성귀 등을 넣어 끓인 수제비로 올랐지요. 또 오래 반죽해서 홍두깨로 쓱쓱 밀고 눌러서 구수한 누른국수를 끓이기도 했습니다. 여름날 저녁, 마당의 평상에 가족들이 둘러앉아 뜨거운 김을 후후 불며 먹던 기억이 생생히 떠오릅니다. 먹어도 먹어도 곧 배가 꺼지고 허기지던 시절이었습니다.

밀가루를 다 먹고 나면 빈 자루는 깨끗이 빨아서 말린 다음 조심스레 재봉선을 면도날로 뜯습니다. 그것을 다시 가위로 촘촘히 마름질을 한 뒤, 깊은 밤 손틀로 자분자분 박아서 여러 종류의 수제품을 만듭니다. 모자, 아기 옷, 밥상보, 작은 주머니 등을 이렇게 빚어내는 데 참으로 솜씨 좋은 이 땅의 어머니들은 그걸로 아이들의 팬티까지도 만들어 입혔습니다. 그 미제 광목천은 여러 번 빨아도 질기고 튼튼해서 오래 입을 수 있었습니다. 고등학생 시절 운동장에서 학반 대항 축구 시합이라도 열리면 녀석들 중 서넛은 꼭 이 팬티를 입고 그라운드를 달리는 게 보였습니다.

달리는 엉덩이 위로 미국과 한국이 굳게 손을 잡은 악수의 그림이 보입니다. 미국 쪽의 손은 털이 숭숭 돋은 굵은 손가락으로 그려졌고, 한국의 손은 앙상하고 깡마른 모습입니다. 성조기의 많은 별과 붉은 줄이 친구의 엉덩이 근육 위에서 좌우로 실룩거리던 재미있는 광경이 떠오릅니다. 이 장면이 상상이나 되시는지요. 당시 우리 어머니들은 그야말로 폐품 재활용의 기발한 천재들이었습니다.

아버지들도 마찬가지입니다. 군용 철모에 서슴없이 구멍을 뚫고 자루를 박아서 재떨이나 똥바가지를 만들었습니다. 그것은 요긴한 생활 도구로 즐겨 사용되었습니다. 아버지는 발사한 대포의 중석 탄피를 구해와서 쇠톱으로 한중간을 자르더니 납작하고 귀여운 재떨이로 만들었습니다. 국방색 캘리버 탄약통은 각종 연장을 넣는 상자로 변신했지요. 때로는 깊은 밤 해삼 장수가 해삼을 담는 통으로 쓰였습니다. 아, 허름한 구멍가게에서 할머니가 돈통으로 쓰는 것도 보았네요.

미군 군복은 청년들이 검게 물들여 즐겨 입었습니다. 모든 군용 물품이나 도구들을 이처럼 등산 용품이나 레저 용품으로 쓸 수 있다면 좋겠다 생각해본 적이 있습니다. 군사분계선의 삼엄한 철조망도 단숨에 걷어내고 녹여서 각종 농기구나 생활 도구로 만드는 상상도 해봅니다.

그 재활용 군대 물품들을 하나둘 떠올리노라면 우리 한국인의 은근한 반전 의식이 거기에 무르녹아 있음을 알아챌 수 있습니다. 6·25전쟁은 그 얼마나 지긋지긋한 전쟁이었습니까. 우리 겨레는 밀가루 부대의 성조기 마크를 엉덩이로 과감히 깔고 앉아서 뭉갰고, 서슬 푸른 군용 철모를 똥바가지로 둔갑시켰습니다. 이게 반전 의식의 구체적 표현이 아니고 무엇입니까. 생각하면 참으로 놀랍고도 경이로운 한국인의 삶입니다. 전쟁이 계속되는 동안 무려 300만 명 가까운 동포가 희생되었습니다. 남북한을 합친 전체 인구의 10퍼센트가 넘게 목숨을 잃은 것입니다. 한반도의 대다수 지역이 파괴와 폭격으로 초토화되었고, 산업 시설은 망가져버렸습니다.

북한의 반공 동포들이 대거 남쪽으로 내려오며 엄청난 인구 이동이 이루어졌습니다. 그에 따라 음식 문화도 함께 이동했습니다. 냉면이나 온반, 오징어순대 같은 북한 지역의 음식들을 남한에서도 상시로 먹을 수 있게 되었지요. 지주와 소작인 관계로 단단히 나뉘어 있던 시골 공동체와 계급 관계도 전쟁을 치르는 동안 해체되었습니다. 혹독한 전쟁을 치른 뒤로 남과 북의 냉전체제는 더욱 고착되었고 이에 따라 분단과 독재는 한층 공고한 체제로 또아리를 틀었지요. 같은 민족끼리 서로를 괴뢰, 혹은 철천徹天의 원수로 부르며 냉전의 담장은 더욱 높아만 갔습니다.

마당 우물에 대한 추억

　대구 태평로 집 마당에는 오래된 우물이 있었습니다. 꽤나 깊어서 두레박줄을 아래로 내리면 한참 내려갔지요. 두레박은 옛날식 나무가 아니라 미국에서 제조한 분유 깡통입니다. 그게 우물로 내려갈 땐 주변의 돌에 부딪쳐 공명共鳴을 하며 달그락거리는 소리를 냈습니다. 윤동주 시인은 우물을 들여다보면서 「자화상自畵像」이란 시를 썼지요. 나도 어린 시절 우물가에 서서 허리를 구부리고 들여다보기를 무척이나 즐겼습니다.

　우물 속에는 우물 크기만큼 파란 하늘이 들어와 있습니다. 구름도 지나가고, 눈과 빗방울도 떨어지고, 길 잃은 벌 나비와 풍뎅이, 잠자리가 우물 속으로 곤두박질치기도 합니다. 가장 재미있는 것은 우물에 상체를 숙인 채 노래 연습을 해보는 시간입니다. 자칫 위험할 수도 있지만 거꾸로 떨어지지 않도록 테두리를 단단히 붙잡은 채 힘 조절을 잘해야 하지요. 우물 속으로 얼굴을 넣고 노래를 부르면 그 소리가 마이크나 확성기처럼 크게 들립니다. 그것도 공명 효과 덕분입니다. 큰 장독에 머리 넣고 부르는 것보다 우물이 더 효과적입니다. 동요도 부르고 유행가도 불렀습니다. 특히 황금심의 〈알뜰한 당신〉을 부를 때면 정말 마음이 슬퍼졌습니다.

울고 왔다 울고 가는 설운 사정을
당신이 몰라주면 그 누가 알아주나요

백석 시인의 애인 자야子夜 할머니는 어린 시절, 꾸중을 듣고 한 번씩 서러움이 북받칠 때 장독대로 달려가 허리를 구부리고 그 속에서 흐느껴 울었다고 합니다. 나중에는 너무도 크게 들리는 자기 울음소리에 슬픔이 더해져 더욱 큰 소리로 울었는데 이때 뚝뚝 흐르는 눈물이 독 안의 식수 위로 떨어졌다네요. 한바탕 울다가 또 그 물을 마셨다니 물은 맨 처음의 몸으로 들어가 눈물을 만들고 그 눈물이 다시 장독 안으로 흘러 떨어졌네요. 슬픔이라는 정서가 그야말로 기막힌 순환의 과정에서 생겨나는 것을 보여줍니다.

경남 통영의 충렬사 아래쪽에는 명정明井이란 이름의 우물이 있습니다. 거기로 내려가면 두 개의 우물이 있는데 하나는 일정日井, 다른 하나는 월정月井이지요. 해와 달이란 뜻의 그 둘을 합치면 비로소 명정이 됩니다. 이 우물은 17세기 통영에 주둔하던 어느 통제사가 팠다고 합니다. 처음엔 한 군데만 팠는데 물이 탁하고 수량도 적었습니다. 그래서 그 곁에 다시 하나를 더 팠더니 그제야 물이 맑아지고 양도 많아졌다고 합니다. 일정은 관청의 제사 때 사용했고, 월정은 민가에서 썼다고 합니다. 백석을 비롯하여 박경리, 김춘수 등의 문학작품에는 이 명정이란 지명이 자주 등장합니다. 지금도 통영에는 명정골이란 지명이 여전히 쓰이고 있습니다. 가슴에 슬픔 가득한 여성들이 삶을 마감하는 장소로 우물을 선택하기도 했고, 전쟁을 치르는 동안 학살된 시신들을 이 우물 속으로 밀어넣었던 참혹한 경우도 있었습니다. 우리나라의 전역에는 이처럼 유명한 우물들이 많았습니다. 하지만 이제는 펌프와 상수도의 발달로 그 자취가 거의 사라져버렸습니다.

한여름 삼복더위에 아버지가 수박을 한 통 사오면 꼭 두레박에 매달아 우물물에 살짝 잠기도록 드리웠습니다. 몇 시간 뒤 수박이 상당히 차가워졌을 즈음 그걸 꺼내어 화채도 만들고 그냥 숭덩숭덩 잘라 먹기도 했습니다. 어찌 그리도 달고 시원하고 맛이 좋았던지요. 지금 냉장고에 채워둔 수박과는 비교할 수가 없고 차원이 아주 다른 것 같습니다. 우물물의 냉장 효과는 지금 생각해도 신비스러운 느낌마저 감돕니다.

그렇게 먹고 난 수박의 껍질 부분은 외피를 깎은 뒤 속살을 다시 가늘게 썰어 박나물처럼 참기름을 넣고 볶아 먹습니다. 때로는 수박 껍질을 헬멧처럼 둘러쓰고 동네 골목을 뽐내며 다니기도 했네요. 여름날 밖에서 더위 먹고 돌아오면 누나는 냉큼 내 윗도리를 벗기고 우물 옆 바닥에 두 손을 짚게 한 뒤 우물물을 한 두레박 길어올려 등에 사정없이 쏟아부었습니다. 등목을 해주는 것이지요. 그 차가움이란 어금니를 꽉 깨물고도 참아낼 수 없는 냉기입니다.

"으- 으- 으- 으-"

내 입에서 터져나오는 가련한 신음소리가 온 집안에 가득합니다. 나는 끝내 참아내지 못하고 온몸에서 물을 주르르 흘리면서 감나무 밑으로 도망칩니다. 누나는 씩 웃고 보는 가족 모두가 일제히 까르르 웃습니다. 여름날 오후는 이렇게 우물가에서 혼곤히 저물어갔습니다. 이윽고 여름밤이 깊어지면 누나 둘이 우물가에서 목욕을 합니다. 이불 홑청을 빨랫줄에 걸어서 가리개를 하고 우물물을 길어서 온몸에 그대로 들이붓나봅니다. 비명과 웃음소리가 들리고 절대 내다보지 말라는 소리가 들립니다. 그 말을 들으며 스르르 잠에 빠져들지요.

새벽에 일어나 이를 잡다

　살아가는 일이 마냥 춥고 서럽고 허기도 느껴지던 1950년대, 매주 일요일 저녁을 먹고 라디오를 켜면 가수 송민도宋旻道가 부르는 연속 방송극 〈청실홍실〉의 애잔한 시그널 뮤직이 들려왔습니다. 라디오는 재일동포인 사촌형이 선물로 사다준 트랜지스터에다 커다란 건전지를 고무줄로 칭칭 감은 모습이었지요. 그러면 오래 쓸 수가 있었습니다. 저녁을 먹어도 곧 출출해서 소쿠리에 담아온 날고구마를 깎아 와삭거리며 깨물다보면 스르르 졸음이 파도처럼 몰려옵니다. 이부자리도 펴지 않은 채 그대로 아랫목에 발을 묻고 잠에 빠져들었지요. 씹던 고구마도 입에 그대로 들어 있는 채로 말입니다.

　그런데 자다가 자꾸만 스멀스멀 살이 가렵고 겨드랑이에 뭔가 솔솔 기는 느낌입니다. 처음엔 손톱으로 벅벅 긁다가 긁은 곳을 또 찾아서 계속 긁다가 기어이 피를 내고 맙니다. 짜증이 솟구쳐오릅니다. 벌떡 일어나서 호롱불을 밝히면 아버지는 먼저 아들의 내복 윗도리부터 훌러덩 벗깁니다. 방안의 외풍이 심해서 내가 줄곧 재채기를 해대자 아버지는 이불을 등에 둘러주십니다. 전등이 있지만 껌뻑거리다가 아주 꺼진 지 오래입니다. 부잣집은 종일 전기가 들어오는 특별선, 서민 가정은 저녁에만 불이 들어오는 일반선입니다. 일반선은 저녁 여섯 시가 되어야 불이 켜지는데 그것도 수시로 정전이 되곤 합니다. 그래서 만만한 석유 호롱불을 켜놓고 본격 작업이 시작됩니다.

그건 바로 내복을 박음질한 재봉선 틈에 숨거나 끼어 있는 '이'란 놈을 잡아내는 살벌한 수색 작업입니다. '이'라는 기생충은 인간과 더불어 무려 수만 년을 함께 살아왔을 것입니다. 너무 작고 가벼워 한자로는 슬蝨, 바람 풍 자에서 왼쪽 획이 하나 빠진 야릇한 글자로 상형이 아주 적절합니다. 말하자면 바람보다 가벼운 존재란 뜻입니다. 그런데 그놈들이 사람의 의복에 붙어서 대량으로 알을 낳고 번개같이 수를 불립니다. 그 번식 속도가 참으로 무섭지요.

아버지는 호롱불 옆에서 이를 찾아 보는 족족 좌우 엄지손톱을 마주 눌러 터뜨립니다. 굵은 놈은 터지면서 때로는 탁 소리를 내기도 합니다. 그래서 아버지 손톱은 봉숭아 꽃잎 같습니다. 눈에 보이는 큰 놈은 이렇게 잡아서 없애지만 재봉선 틈에 긴 알들이 가장 어려운 문제입니다. 그 알은 서캐의 방언인 '씨가리'란 이름으로 불렸는데 아버지는 호롱불에 슬쩍 재봉선을 따라서 갖다댑니다. 그러면 알들이 불길에 타서 사라집니다. 이따금 찌지직 소리도 납니다. 속이 다 후련합니다. 몰래 옷 속에 숨어서 내 피를 빨아먹던 못된 기생충을 박멸하는 시간입니다.

겨울밤은 점점 깊어가고 마당엔 소리 없이 눈이 내립니다. 장독대 위에 눈이 소복이 얹혔습니다. 방안에선 아버지랑 마주앉아 이를 잡습니다. 중국 작가 루쉰의 『아큐정전阿Q正傳』을 보면 주인공 '아큐'가

한겨울 양지쪽에 앉아 옷을 벗고 이를 잡는 광경이 등장하지요. 잡는 즉시 입으로 털어넣는 장면 묘사가 떠오릅니다. 해방 후 귀국선을 타고 일본이나 중국에서 돌아오는 귀환 동포들 몸에는 감격의 축하 꽃다발이나 선물 대신 독한 살충제 DDT 가루 세례가 기다리고 있었다지요.

예전 군복무 시절엔 사병들 내복에 광목천으로 만든 이약 주머니를 달았습니다. 내복의 살이나 겨드랑이, 항문 쪽에 하얗게 꿰매어 달았던 이약 주머니를 보면 저절로 웃음이 터졌습니다. 그 주머니에 DDT를 넣었는데 그게 얼마나 효과가 있었는지는 모릅니다. 고약한 이놈은 대체로 사람의 몸에 서식하지요. 때로는 소녀의 머리에 붙박여 살거나 차마 밝히기 거북한 곳에서도 피를 빨고 살았습니다. 기생하는 위치나 장소에 따라 이름도 제각기 다릅니다. 머릿니, 몸니, 사면발니 등등 그야말로 등골에 소름이 끼치는 기생충입니다.

이젠 삶의 환경이 아주 바뀌어 이를 쉬이 볼 수 없는 세상이 되었네요. 하지만 주변을 유심히 둘러보면 이 같은 꼴로 살아가는 부류가 분명히 있습니다. 2020년 아카데미상의 여러 부문을 휩쓸었던 한국 영화 〈기생충〉은 그걸 담아내었는가봅니다. 젊은 봉준호 감독이 제작한 영화로 한국사회의 상류층과 하류층, 두 가족의 기이한 만남을 다룬 사회 고발적 성격의 블랙코미디였지요. 요즘 뜻밖에도 수십 년 전에 사라진 것으로 알려진 빈대가 다시 나타나 창궐중이라고 야단입니다. 으으, 생각만 해도 온몸에 냉기가 느껴집니다. 이 빈대 때문에 한바탕 난리를 치던 지난날의 추억도 있었지요.

철도에 뛰어드는 사람들

　태평로 집은 경부선 철도 바로 지척에 있었습니다. 주민들은 자나 깨나 열차 지나가는 굉음에 익숙하지요. 그런데 달리는 속도가 아니라 느릿느릿한 속도로 통과할 때가 있습니다. 그건 대개 대구역 쪽에 무슨 문제가 있거나 어떤 돌발 사고가 발생했을 때입니다.

　한번은 골목에서 놀고 있는데 갑자기 열차가 스르르 멈추었습니다. 아이들은 직감적으로 "사고다—"라고 외쳤습니다. 우리는 철둑에 올라 사람들이 모여서 웅성거리는 곳으로 강아지처럼 마구 달려갔습니다. 한 여성이 달리는 열차에 몸을 던져 스스로 목숨을 끊은 처참한 광경이 눈앞에 펼쳐져 있었습니다. 붉은 핏자국과 여기저기 부서져 흩어진 살점, 피비린내도 확 풍겼습니다. 누군가 가마니 한 장을 들고 와서 그 참혹한 현장을 덮었어요. 경우가 다르긴 하지만 철둑 가에서 놀다가 열차에 치여서 죽은 한 어린이의 모습도 보았습니다. 거의 실신 상태의 아버지가 축 늘어진 아들의 주검을 팔에 안고 철도에서 통곡하는 광경 앞에서 그 현장을 지켜보던 모든 사람은 함께 눈물지었습니다. 작은누나가 아버지께 심한 꾸중을 듣고 철둑 가에 밤이 깊도록 혼자 앉아 있던 것을 기억합니다. 틀림없이 나쁜 생각을 품고 철로 변에 앉아 있었을 것입니다. 그날 내가 울면서 누나에게 이제 그만 집으로 가자며 재촉했던 것도 떠오릅니다. 누나의 마음속에서는 모진 결행이 주저되어 쉽지가 않았을 것입니다. 그런 결행에도 엄청난 용기가 필요했을 것입니다. 아니면 완전히 이성을 잃고 실성한 상태였다면 오히려 저지르기가 쉬웠겠지요.

옛날에는 철도 자살을 하는 여성들이 많았다고 합니다. 학대와 가정불화, 생활고, 여성 차별 등 여성에게 가해지는 편견과 불평등이 빚어낸 염세와 비관 때문이었겠지요. 또다른 원인으로 사랑의 진실을 증명하기 위한 방법으로서의 선택, 부채 상환 능력 상실, 우울증, 수면장애, 사기 연루, 정신분열증 등도 있습니다. 방법은 미리 철도에 누웠거나 아니면 아무도 몰래 철도 부근에 숨어서 기다리다 달려오는 열차 앞머리에 몸을 날리는 방법, 혹은 철도 옆의 높은 언덕에서 그대로 투신하는 것입니다.

1931년 신문기사 하나는 두 여성의 열차 투신을 싣고 있네요. 서울의 김용주, 홍옥임. 두 소녀는 동덕여고보 동급생이었습니다. 집안도 좋고 총명했지만 조혼에 실패하고 남편의 배신을 겪은 뒤 서로 비슷한 처지끼리 만나서 사랑에 빠지게 되었습니다. 그 두 소녀는 자신의 신세를 한탄하고 당시로는 결코 용납되지 않던 동성애를 비관하다가 기어이 열차에 몸을 던졌습니다. 홍옥임은 작곡가 홍난파의 조카딸입니다. 홍난파는 조카의 참담한 소식에 깊은 충격과 절망에 빠져들었습니다.

울 밑에 선 봉선화야/네 모양이 처량하다
길고긴 날 여름철에/아름답게 꽃필 적에
어여쁘신 아가씨들/너를 반겨 놓았도다

이 〈봉선화〉(1920)란 슬픈 노래가 조카딸의 죽음을 애도하는 작품이라는 설도 있지만, 이 곡은 사고 훨씬 이전에 발표되었습니다. 경부선 철도 옆 동네에서 십여 년을 살면서 이런 철도 사고를 수없이 보았습니다. 열차가 끼익 소리를 내며 멈추면 현장으로 달려갔으니까요.

달려오는 열차에 몸을 던져서 삶을 마감하는 철도 투신자살은 자살의 여러 방식 중에서도 가장 여파가 큰 경우라고 합니다. 우선 파괴된 시신의 상태가 너무도 참혹합니다. 기관사가 그 현장을 목격하는 경우가 많은데 그 일을 겪으며 엄청난 트라우마로 고통을 받게 됩니다. 사망자의 죽음이 자신의 책임 때문이라는 부담에서 헤어나지 못합니다. 그러다가 기관사 역시 자살하는 경우가 적지 않다고 합니다.

전쟁의 상처에서 벗어나지 못한 1950년대 후반, 대구라는 한 지방 도시의 풍경입니다. 한국의 근대화는 무수한 파란과 황폐함 속에서 펼쳐졌고 이런 으스스한 철도 사고도 그 가운데 하나가 아닐까 합니다. 지금은 철도 자살이 많이 줄어들고, 대신 지하철 투신 사망 사고 기사가 이따금 보입니다. 연간 숫자도 적지 않습니다. 인간은 세상이라는 차디찬 공간에 내던져진 피투성被投性의 존재란 말이 있습니다. 일단 태어난 이후로는 자신의 심신을 잘 관리하고 다스려야 할 책임이 누구에게나 엄정하게 주어져 있지요. 이처럼 하나뿐인 목숨을 가벼이 여기며 함부로 방기해선 안 될 것입니다.

진달래만 보면 생각나는 것

4월 중순, 이 무렵이면 태평로 철둑 동네 아이들은 가슴이 뜁니다. 진달래 꺾으러 갈 궁리로 온통 흥분 상태에 빠지지요. 서너 명이 한 조가 되어 북쪽 금호강 건너 조곡동, 노곡동을 지나 '반티산'으로 갑니다. 반티는 함지박을 가리키는 대구 방언입니다. 지금은 반티산 쪽이 완전히 개발되어 함지산 시민공원이 만들어지고 반티산이란 이름도 함지산으로 바뀌었네요. 산 아래는 칠곡지구 아파트 단지가 들어섰지요.

1950년대 후반 함지산 쪽은 인적이 드물고 으스스한 공포의 골짜기였습니다. 그런데도 조무래기 아이들은 함지산 기슭으로 용감하게 참꽃을 향해 다가갑니다. 산중에는 여기저기 진달래꽃 지천입니다. 허겁지겁 다가가서 가지를 닥치는 대로 꺾습니다. 한아름 꺾어 안고 산을 내려오는데 어느 후미진 골짜기 모퉁이에 허름한 외딴집 하나가 보였습니다. 예나 지금이나 호기심은 참지 못하지요. 가까이 다가가니 방문은 다 부서지고 처마밑은 온통 거미줄, 누가 살다 떠난 지 오래된 폐가입니다. 뒤란으로 돌아드는데 죽은 짐승의 사체가 보입니다. 개 같기도 하고 너구리 같기도 합니다. 죽은 지 얼마 되지 않은 듯 파리가 날고 구더기가 살 속에서 바글거립니다.

그 순간 누군가 돌연 비명을 지릅니다.

"으아아아아—"

모두 불에 데기라도 한 듯 일제히 "엄마야—" 소리를 지르며 뜁니다. 애써 꺾은 진달래도 한쪽으로 팽개쳐버리고 죽을힘을 다해 뜁니다. 귀신이 바로 꼭뒤까지 따라오며 옷깃을 잡는 느낌입니다.

팔달교 밑에 이르러 비로소 안도의 숨을 내쉽니다. 무서움의 근원은 빈집이 아니라 바로 내 마음속이었지요. 아이들은 조금 전의 일을 다 잊고 후다닥 옷을 벗어던진 채 강물로 풍덩 뛰어듭니다. 그때만 해도 강물이 맑았습니다. 흐르는 물살의 속도는 생각보다 훨씬 빨랐습니다. 헤엄치기, 조금 더 깊은 곳으로 헤엄쳐갔다가 다시 되돌아오기, 자맥질로 바닥에서 돌 줍기, 물장구치기 등으로 한참 놀았습니다. 나도 덩달아 이리저리 다니며 흠뻑 물놀이에 온 정신이 팔렸지요.

그러다가 한순간 물 밖에 나오니 같이 놀던 아이들이 보이지 않습니다. 모두들 어디로 사라졌는지 주변은 괴괴합니다. 흐르는 강물소리만 크게 들릴 뿐입니다. 강가로 나와서 옷을 찾는데 내 옷이 보이질 않습니다. 악동들이 나의 옷을 감추고 몰래 사라진 것입니다. 예상치 않은 고립이란 무섭고 두려운 것입니다. 무엇 때문에 녀석들이 나를 한순간 배척하고 따돌림을 시켰는지 이해가 되질 않습니다. 그들은 내 마음을 전혀 헤아리지 않은 채 오직 자기들의 장난거리로 약자인 나를 선택한 것입니다. 나는 아무런 이유도 없이 녀석들에게 당한 것이지요. 주변의 온 자갈밭을 헤매 다녔는데 멀리 큰 돌 밑에 감춰진

윗도리만 겨우 찾았고, 팬티는 끝내 보이질 않았습니다. 이 꼴로 집에 돌아갈 걱정이 태산 같았습니다. 몹시 화가 나고 분한 마음이 들었지만 달리 어찌할 도리가 없습니다.

셔츠 자락을 아래로 힘껏 당기니 아랫도리가 겨우 가려집니다. 이런 꼴로 어떻게 걸어서 가나. 그냥 고개를 푹 숙인 채로 길 가장자리에 붙어서 죄인처럼 돌아왔지요. 행인들의 눈에는 실성한 아이로 보였을 것입니다. 집에선 아버지가 대나무 회초리를 들고 단단히 벼르며 나를 기다렸습니다. 아니나다를까 무서운 치도곤을 겪었지요.

"이놈이 대관절 무엇이 되려고…… 그렇게 노는 것이 좋다면 앞으로도 어디 실컷 놀아보거라."

등짝, 팔뚝, 종아리에 아버지가 후려친 회초리 자국이 진달래 꽃빛으로 선명하게 찍혔습니다. 뜨거운 눈물이 셔츠 위로 뚝뚝 떨어졌습니다. 아버지는 아들을 때린 회초리를 두 동강으로 뚝 부러뜨려서 꽃밭으로 집어던졌습니다. 진달래만 보면 그날의 아픔이 생각납니다.

태풍 사라호와 새 운동화

태풍 사라호를 아십니까. 정확히 1959년 9월 17일의 일입니다. 오키나와 일대를 휩쓸고 한반도 남해안에 성큼 상륙한 태풍은 그때부터 새로운 발달이 시작되었습니다. 새벽 세시 반경에 불어닥쳐 천 명에 가까운 사망자를 냈고, 총 삼십칠만 명의 이재민을 발생시켰지요. 침수된 선박과 농경지, 유실 파괴된 도로 및 제방 축대 교량의 숫자는 너무도 많아서 제대로 파악할 길이 없었습니다. 초가집이나 양철로 입힌 함석집은 엄청난 강풍에 지붕이 통째로 날아갔습니다. 흙으로 지은 건물들은 벽이 물에 젖어서 스멀스멀 허물어져버렸습니다.

그날은 추석날 오전이었지요. 수창학교 4학년이었던 나는 추석빔으로 선물받은 새 운동화를 싱거 미싱 발틀 위에 모셔놓고 어서 신고 나갈 때만 기다립니다. 그런데 새벽부터 장대비가 주룩주룩 양동이로 퍼붓듯 휘몰아치는 게 아닙니까. 마당의 오동나무는 강풍에 굵은 가지 여러 개가 부러져 처참합니다. 삽시에 불어난 물로 하수도가 넘쳐 마당과 골목까지 흙탕물이 출렁거립니다.

무서운 빗소리를 들으며 제사도 속히 지냈습니다. 식구들 모두 망연한 얼굴로 마루끝에 서서 마당만 내다봅니다. 물은 넘쳐서 이미 부엌까지도 물구덩이입니다. 아버지는 이날까지 살아오면서 이렇게도 큰 태풍은 처음이라고 합니다. 요란한 빗소리가 한결같습니다.

라디오를 틀어놓고 태풍 관련 소식에 귀기울입니다. 경부선 철도 여러 곳의 축대가 강풍과 폭우에 무너져 열차 운행이 중단되고 육상 해상의 모든 교통은 끊겼습니다. 전신 전화도 연락망이 완전 두절되었다고 합니다. 전국의 강물이 모두 넘쳐 농경지가 침수 유실되었고 대규모 정전 사태가 발생했습니다. 해상 방파제가 부서지는 바람에 바닷물이 넘쳐 해안 마을까지도 물에 잠겼다고 합니다. 전국이 온통 아수라장입니다.

태풍의 길이라고 할 수 있는 영남 지역의 피해가 가장 극심했었는데 사망자 팔백여 명, 주택 만이천 채가 부서졌다네요. 강가의 집들은 통째로 떠내려가고 소, 닭, 개, 돼지 등 가축들이 불어난 강물에 그대로 둥둥 떠내려갔습니다. 갑자기 휘몰아닥친 가을 태풍에 사람들은 속수무책으로 발만 굴렀습니다. 우리집 마당도 종일 물 천지입니다. 재래식 화장실도 물이 넘치고 말았네요. 썩지 말라고 콜타르를 방부제로 칠해놓은 검정 나무 담장이 빗물에 흠뻑 젖어서 무게를 못 이기고 저녁 비바람에 기어이 풀썩 쓰러졌습니다.

마당의 개가 온몸이 젖은 채 마루로 다가와 온몸을 벌벌 떨기만 합니다. 시간이 지나면서 마당의 물이 조금씩 빠지는 것이 느껴지지만 그 속도는 몹시 더딥니다. 아버지는 양동이와 쓰레받기를 들고 부엌으로 들어가 바닥의 물을 퍼서 마당으로 쏟아냅니다. 세상이 온통 난리법석인데 나는 그저께 추석 선물로 받은 새 운동화를 신지 못한 것에 안달이 났습니다. 미싱 발틀에 올려둔 운동화를 껴안고 쓰다듬다가 기어이 신었지요. 마당으론 못 내려가고 방과 마루를 오가며 새 신을 혼자서 즐겼습니다. 철부지란 이를 두고 하는 말인가봅니다.

그날 오후 나는 태풍의 눈을 보았습니다. 여전히 물이 빠지지 않은 마당에 나가서 하늘을 올려다보는데 새까만 먹구름 더미가 북동쪽으로 이동해가는 모습이 보입니다. 그런데 그 어느 중간 부분에 맑고 동그란 구멍이 하나 보입니다. 그 구멍은 이동하는 구름과 함께 움직이고 있었습니다. 구멍 안은 밝은 빛깔이었고, 어떤 야릇한 고요가 그 속에 깃들여 있었습니다. 작은 돋보기 같다는 생각이 들었습니다. 보통 태풍의 눈은 직경의 길이가 30에서 50킬로미터라고 합니다. 이것을 동떨어진 땅 위에서 올려다보니 작은 구멍이나 구름의 눈알처럼 보입니다. 주변은 난장판인데 저 혼자 평화롭고 조용한 분위기에 잠겨 있는 모습을 흔히 태풍의 눈에 비유하기도 하지요.

사라호 태풍이 지나간 뒤에 슬픈 노래들이 음반으로 나왔습니다. 가장 먼저 나온 것은 빅토리레코드의 SP 음반 〈태풍 14호〉(야인초 작사, 백영호 작곡, 신해성 노래)입니다. 노래 가사에는 실종된 사람에 대한 이야기와 물바다로 변한 풍경이 그려져 있습니다. 〈눈물의 묵호항구〉(반야월 작사, 고봉산 작곡, 이미자 노래)란 노래도 있습니다. 내용은 비슷합니다.

가장 대표적인 노래는 최숙자가 부른 〈눈물의 연평도〉(강남풍 작사, 김부해 작곡, 최숙자 노래)입니다. 연평도와 호남 지역의 어선들이 조기 철을 맞아서 출어出漁했다가 태풍 소식에 잠시 대피중이었는데 엄청난 피해를 입었다고 합니다. 다수의 어민들이 실종되거나 사망했습니다. 연평도 주민들은 지금도 이 노래를 처연히 부른다고 합니다.

노래의 2절에 태풍 사라호 얘기가 나옵니다. 풍랑에 남편을 잃은 연평도 아낙네 사연이 담겼네요.

태풍이 원수더라 한 많은 사라호
황천 간 그 얼굴 언제 다시 만나보리
해 저문 백사장에 그 모습 그리면
등댓불만 깜빡이네 눈물의 연평도

―〈눈물의 연평도〉 2절

마구간 있던 자리

태평로 집 골목을 나오면 경부선 철둑길. 거기서 오른쪽으로 계속 가면 내 다정했던 친구의 집이 있고 거기서 조금 더 가면 원대동 후미키리ふみきり가 있지요. 후미키리는 열차 건널목을 가리키는 일본말입니다. 그 조금 못 미처 높은 굴뚝이 세워져 있는 고무공장 건물이 보였지요. 친구네 아버지는 마부, 어머니는 고무공장 노동자입니다. 한겨울 싸락눈 뿌리는 날 친구네 집 앞을 지나노라면 마구간 조랑말이 혼자 여물 먹다가 말굽으로 바닥을 차는 소리, 콧김 푸르르 내는 소리, 목의 방울이 딸랑거리는 소리가 들렸지요.

친구의 아버지가 마구간에서 말을 끌어내어 달구지를 달고 시내로 출동하는 걸 늘 봅니다. 일을 마치고 돌아오면 망치로 말굽을 손질하거나 말 등의 털을 끙게로 쓱쓱 긁어주는 걸 자주 봤습니다. 이럴 때 말은 기분이 좋다고 히힝거리며 머리와 꼬리를 흔들어대고 마구간 바닥에 굽을 탁탁 쳐댑니다. 유쾌하다는 표시인가봅니다.

친구 어머니는 꼭두새벽에 고무공장에 갑니다. 나는 친구네 집에 가서 숙제도 같이 하고 참꽃도 따러 다니며 친하게 지냈습니다. 방안에서 놀다보면 마구간에서 방울소리가 딸랑딸랑 들렸습니다.

　내 친구는 어른처럼 생각이 깊고 신중했습니다. 일요일에 친구 집에 놀러가면 어머니가 나를 품에 꼭 껴안아주시며 "어린 네가 새엄마 밑에서 눈칫밥 먹느라 얼마나 힘이 들겠니" 하고 등을 토닥거려주었지요. 그게 좋아서 자주 놀러갔던 것 같습니다.

　박용래朴龍來 시인의 시 「저녁 눈」을 읽으면 꼭 내 친구네 집 마구간 풍경을 그대로 보는 듯합니다.

　　늦은 저녁 때 오는 눈발은
　　말집 호롱불 밑에 붐비다

　　늦은 저녁 때 오는 눈발은
　　조랑말 발굽 밑에 붐비다

　　늦은 저녁 때 오는 눈발은
　　여물 써는 소리에 붐비다

　　늦은 저녁 때 오는 눈발은
　　변두리 빈터만 다니며 붐비다

　　　　　　　　　　　　　　—박용래, 「저녁 눈」 전문

　그런데 친구네 집의 말방울소리를 영영 듣지 못하게 된 사건이 일어났습니다. 고무공장에 큰 화재가 발생해서 친구 엄마가 빠져나오지 못한 것입니다. 엄마 도시락을 전하러 갔던 친구도 엄마와 같이 불길에 갇혔습니다. 함께 일하던 노동자들도 여럿 목숨을 잃었습니다. 수십 대의 소방차가 출동했고, 주변은 온통 화재 진압을 위해 바쁘게 뜀박질하는 소방관들, 불구경하러 모인 인파로 빽빽했습니다. 처자식을 한꺼번에 잃은 마부의 통곡소리가 여러 날 밤 가슴을 후벼 팠지요.

어느 날 학교에서 돌아오니 조랑말도 말집 주인도 사라지고 없습니다. 말은 팔려갔을 터이고 친구네 아버지는 처자식을 잃고 어디론가 쓸쓸히 떠나가셨나봅니다. 이마에 수건을 맨 일꾼들이 마구간을 해머로 때려 부수고 있었습니다. 정겹던 마구간은 없어졌어도 나에게는 여전히 옛친구네 집입니다. 그 앞을 지날 때마다 친구와 그의 가족들 소리, 말방울소리가 들리는 것만 같습니다.

경부선 철길 옆
친구네 말집 고요하네
아주 고요하네

친구는 없고
조랑말은 마구간에 서 있네
싸락눈 뿌리네 뿌리네

마구간 옆 지나오면
혼자 서서 콧김 푸르르 내던
말굽소리 들리네 들리네

엄마 도시락 전하러 갔다가
고무공장 불길 속에서
끝내 못 빠져나온 내 친구

말은 마구간에서
방울소리 딸랑대는데
마부 아비 혼자 방안에서 우네
　　　　　　　　　—「마구간 있던 자리」 전문

친구네 집에서 만난 장 전축

대구 수창초등 2학년 때 찍은 사진을 봅니다. 사진 속 다른 친구들에 비해 꽤 부잣집 아이처럼 차려입은 멋진 입성입니다. 같은 반 친구인 정목이가 나를 생일잔치에 초대했지요. 이 말을 듣고 아버지는 추레한 차림으로 가서는 안 된다며 교동시장 양복점에 데리고 가서 양복 한 벌을 맞춰주셨습니다. 그날 초대받은 아이들은 모두 넷입니다. 수근이는 얼굴을 찡그리며 사과를 한입 깨물고 있는 중입니다. 나는 수근이 옆자리에 앉았습니다. 더블 양복에 하얀 셔츠를 받쳐 입고 나비넥타이까지 매어 모양새를 갖추고 있네요. 또다른 친구 하나는 먹던 사과를 오른손에 들었고 입에는 방금 베어 문 사과가 보입니다.

왼쪽 끝 까까머리 소년은 또다른 친구 최종달입니다. 별명이 종달새였지만 과묵한 성격이었고 다른 기억은 별로 떠오르는 게 없습니다. 뒤에 선 소녀는 정목의 누이동생입니다. 이름은 모르지요. 역시 부잣집 딸아이답게 볼이 통통하고 영양 상태도 좋아 보입니다. 귀여운 색동저고리를 입고 커다란 꽃무늬 비단치마를 입었네요.

오늘의 주인공은 단연 정목입니다. 친구는 자기 집 이곳저곳으로 우리를 데리고 다니며 여러 진기한 것들을 보여주었습니다. 사진 속에서 뒤로는 고급스러운 장롱이 보입니다. 그걸 당시에는 일본말로 단스たんす/簞笥라 불렀습니다. 가난한 집에서는 들여놓을 엄두도 내지 못했습니다. 단스 옆에는 고급 장藏 전축 한 대가 있습니다. 벽에 기대는 방식이 아니라 아예 벽에다 붙박이로 장 전축을 설치했나봅니다. 그 시절의 고급 장 전축이라면 대개 영국제 마그나복스, 다이나트론, 데카 데콜라, 퍼거슨 혹은 독일제 텔레풍켄, 그룬디히 등입니다. 아니면 미국산 RCA 빅터 등을 즐겨 구입했지요. 대부분 앰프가 진공관 방식이었습니다. 내 기억으로는 진공관에 귀여운 초록색 등이 있었고 우퍼에서 들려오는 저음의 은은한 공명이 매우 듣기 좋았습니다. 말하자면 스피커 성능이 아주 뛰어났다는 얘기입니다.

우리가 식사를 마치고 나자 정목이 아버지는 동요 음반을 장 전축에다 걸었습니다. 턴테이블 위에서 음반이 빙빙 돌아가고 톤암에 붙은 바늘이 음반의 홈을 긁어서 소리를 재생합니다. 진공관 앰프가 이것을 받아서 아름다운 소리를 스피커로 내보냅니다. 음악책에 나오는 노래들이 음반에 모두 담겨 있으니 신기한 물건입니다. 장 전축은 왕왕 울리는 소리가 참 좋습니다. 그때 들었던 전축소리가 너무도 좋아서 나는 지금도 장 전축으로 LP 음반 듣기를 즐깁니다. 나무통에서 울려나오는 음향은 마치 목관악기를 연주하는 연주자 앞에서 직접 듣는 실감마저 납니다. 특히 비 오는 날 바흐의 무반주 첼로 연주를 장 전축으로 듣는 맛이 기막힙니다. 바이올린 연주나 옛 가요들도 장 전축으로 들으면 그 맛이 특별합니다. 단소, 대금, 가야금, 거문고 등의 국악기 연주도 장 전축으로 들을 때 푹 빠져들게 됩니다. 이런 취미생활이 아마도 정목이네 집에서 처음 들었던 장 전축 때문에 시작된 게 아닌가 합니다. 이를 보면 어릴 때 처음 보고 들었던 것은 평생토록 유지되는 것인가봅니다. 아득한 옛날에 들어본 소리였으므로 거기에 향수를 느껴서 다시 찾아 듣게 되지요. 하지만 장 전축은 점점 귀한 물건이 되어서 이젠 구하기가 쉽지 않습니다.

정목이네 집은 수창학교 정문 맞은편 골목 입구의 첫째 집입니다. 그곳은 인교동 일대지요. 한국의 초기 영화감독이었던 이규환李圭煥 선생도 인교동에서 태어나 자랐습니다. 그는 청년 시절 중국 등지를 방랑하다가 누군가의 권유로 일본에 가게 되었고, 거기서 영화사에 들어가 영화 제작과 기법을 공부하며 감독의 길을 걷게 되었습니다. 스즈키 주키치鈴木重吉 감독 밑에서 부감독으로 일하다가 돌아와 영화 〈임자 없는 나룻배〉를 제작했지요. 나운규羅雲奎, 문예봉文藝峰 등이 출연했던 작품입니다. 이규환 감독의 영화 〈나그네〉와 〈춘향전〉 〈심청전〉 등도 모두 대구에서 제작했습니다. 낙동강의 사문진역사공원에는 이규환 영화비가 세워져 있습니다. 일제 말 영화 〈임자 없는 나룻배〉를 촬영할 때 이곳에 와서 여러 날 현장 촬영을 했다는 기록이 있어서 그것을 기념하는 뜻으로 달성군에서 세웠습니다. 내가 제의해서 그 영화비가 건립되었지요.

내 속의 아버지

누렇게 빛바랜 사진은 지난 시절을 사무치게 그리워하게 합니다. 사진 속 아버지는 깃을 목까지 세워 올린 검정 오버코트에 갈색 중절모, 동그란 로이드안경을 끼셨네요. 이것만 봐도 은근한 멋쟁이로 여겨집니다. 마치 영화 〈대부〉에 나오는 마피아 중 한 사람 같습니다. 크게 멋을 부리는 편은 아니지만 저절로 우러나는 멋쟁이, 당신은 악극이나 영화 보기를 좋아하셨습니다.

1957년 겨울 몹시 춥던 날, 대구극장에서 막을 올리는 악극 〈목포의 눈물〉을 보러 가던 길입니다. 예전에는 이렇게 길거리에서 느닷없이 셔터를 눌러 사진을 찍은 다음 주소를 묻고 그 비용을 받아 챙기는 거리의 사진사들이 많았습니다. 며칠 뒤엔 사진이 어김없이 집으로 배달되어 왔습니다. 먹고살기가 힘든 시절이라 별의별 직업들이 많았던 것 같습니다. 큰누나랑 길거리를 걸어가다가 거리의 사진사에게 찍힌 사진도 남아 있는데 당시 거리의 상점들이나 행인들의 풍경이 그대로 실감나게 보입니다. 아버지와 함께 찍은 이 사진도 그렇게 해서 남게 된 명작 중 하나입니다. 배경은 대구 교동시장 골목 어딘가로 보입니다.

그러한 거리의 사진사 덕분에 이런 귀한 장면이 포착되어 남아 있을 수 있었겠지요. 그 시절 일부러 사진관에 가서 사진기 앞에 서면 공연히 온몸이 굳고 표정도 엄숙하게 바뀝니다. 입술은 왜 그렇게도 굳게 한일자로 다물고 있는지. 사진을 찍을 때면 사진사가 미리부터 주의를 줍니다. 조명으로 마그네슘을 터뜨리는데 그 돌연한 섬광에 눈을 감지 않는 경우는 거의 없습니다. 펑 소리와 함께 나는 눈을 감고 맙니다. 이 때문에 사진 찍는 일이 그리 즐겁지 않습니다.

아버지는 막내아들 손목을 잡고 걷는데 아들은 주변을 둘러보느라 정신이 없네요. 수창초등학교 1학년 끝 무렵입니다. 그해 겨울엔 악극 〈눈 나리는 밤〉도 봤지요. 그걸 보러 가는데 함박눈이 내렸어요. 이 두 악극의 주인공은 '눈물의 여왕'으로 알려진 배우 전옥全玉입니다. 그녀가 한탄조로 대사를 외며 흐느낄 때 눈가루 뿌리는 소품 담당이 눈 바구니를 통째 쏟아버리는 실수를 저질렀지요. 하지만 노련한 전옥은 멋진 즉흥 대사로 난처한 장면을 자연스럽게 커버했답니다.

"하늘도 무심하셔라. 제 앞길을 힘들게 하시려고 눈을 이렇게 바구니째 쏟아부으시는 것입니까."

위기를 재치로 헤쳐가는 전옥의 노련한 연기에 관객들 박수가 소나기처럼 쏟아졌습니다.

이 땅의 악극단 역사는 꽤나 길다고 하겠습니다. 1929년 삼천가극단에서 시작되어 해송가극단, 오양가극단을 거쳐 도원경악극단, 반도가극단, 라미라가극단, 약초악극단에 다다릅니다. 1950년대로 접어들면서 그야말로 악극단 전성시대가 펼쳐집니다. 백조악극단, 무궁화악극단, 새별악극단 등 수십 개의 악극단이 전국을 돌며 공연을 펼쳤습니다. 전옥은 백조악극단 대표로 활동하면서 늘 자신의 악극단 무대에 주연으로 출연했지요. 아버지는 이 전옥의 악극을 특히 즐겨 보셨습니다.

1908년 출생인 아버지는 여든아홉까지 살다가 세상을 떠나셨습니다. 내가 어느 조용한 오후에 방에서 혼자 헛기침을 했는데 그 소리가 꼭 아버지의 기침소리와 너무도 같아서 소스라쳐 놀랐습니다. 아버지가 꼭 곁에 계신 것만 같았습니다. 내가 성장해가면서 아버지의 유전인자는 자주 바깥으로 불쑥 그 모습을 나타냅니다. 아버지의 육신은 비록 계시지 아니하지만 어디 멀리 떠나지 않고 아들의 몸속에 그대로 남아 머물러 계시다는 걸 그제서야 알았습니다.

한 해가 저물어가는 어느 세밑 방안에서 혼자 시를 쓰다가 문득 헛기침한 적이 있었는데 그때 나는 깜짝 놀랐습니다 내 기침소리가 어린 날 새벽 잠결에 듣던 아버님 기침소리였기 때문입니다

(……)

아버님 육신은 이 땅에 계시지 아니하지만 당신은 진작 이 아들의 삶 속에 둥지 틀고 들어와 좌정하고 계셨습니다 나이를 먹어가면서 내가 점점 아버지와 닮아가는 것은 내 속에 계신 아버지가 갑갑해서 이따금 바깥으로 불쑥 나오시기 때문입니다

—「내 속의 아버지」 부분

다시 가본 옛집

　이농민의 가족은 1953년 도시로 무작정 이주했습니다. 대구 중구의 수창동, 서내동 등으로 옮겨다니며 살다가 드디어 본가를 장만한 곳이 북구 고성동(옛 태평로4가)입니다. 114-52란 번지까지도 기억이 나네요. 여기서 나는 아침마다 경부선 철길을 무단으로 가로질러 노동회관 골목으로 빠져서 수창학교를 다녔습니다. 아마 초등 5학년 봄이었을 것입니다. 그곳이 왠지 궁금해져서 얼마 전 일부러 찾아가 보았습니다.

　어느 날은 허장강, 어느 날은 게리 쿠퍼로 동아극장 영화 포스터는 수시로 바뀌었습니다. 바로 그 맞은편 자갈마당 옆길을 지나 원대동 굴다리를 통과하고 계단을 오르면 경부선 철길을 가로막은 담장이 보였습니다. 그 철둑길 따라 왼쪽으로 길게 뻗은 비포장길이 있습니다. 그 부근 일대에 우리 가족이 살았던 집이 있었지요. 당시엔 자갈마당에서 바로 경부선을 종단하는 길이 있었고 그 주변은 오가는 사람들이 많아서 작은 잡화 상점들이 제법 있었습니다. 행인들이 많아서 장사가 잘되었던가봅니다. 쌀집, 엿집, 참기름집, 솜틀집, 꽈배기집, 술집, 채소 가게, 어물전 등등 작은 시장에 버금가는 골목입니다.

철로를 조심스레 건너면 눈앞에 고무공장 굴뚝이 높다랗게 보였습니다. 철둑길 따라 걸어가면 왼편으로 아버지가 마부였던 친구네 말집이 있었고, 성이 풍馮씨였던 한 화교네 높은 추녀도 한눈에 들어옵니다. 곧이어 동사무소를 지나면 저녁마다 내가 늘 뛰어다니며 놀던 추억의 골목이 있습니다. 대문 옆에 대나무를 높이 세우고 빨간천을 매단 무당집도 여러 곳 보입니다. 골목 입구 왼쪽에는 아버지가 교회 장로였던 아무개네 집이 있고 그 골목으로 조금 걸어가면 왼쪽으로 들어가는 작은 골목이 있었습니다. 그 끝 집이 내가 은근히 좋아했던 소녀의 집입니다. 동네 아이들 숨바꼭질할 때면 나는 늘 그 아이의 뒤로 다가가서 숨었지요. 날이 저물면 소녀의 아버지가 한잔술에 취한 걸음걸이로 무언가 혼자 중얼거리며 터벅터벅 골목으로 들어가곤 했습니다.

큰 골목에서 곧장 들어가면 보이는 오른쪽 대문은 또다른 친구네 집입니다. 빼곡히 방을 넣었고 거기 달세를 사는 가난한 서민들이 바글거렸습니다. 그 집 넓은 마당에는 우물도 하나 있었는데 어느 해 여름, 그 집에 세를 들었던 한 여성이 세상을 비관하며 그곳에 투신자살을 하는 슬픈 일이 일어났습니다. 어른들은 그런 일이 일어난 뒤로 우물의 뚜껑을 아주 덮어서 시멘트로 발라버렸습니다. 그럼에도 나는 그 우물 곁을 지나가기가 무서웠습니다.

그 집 대문 앞 공터가 제법 넓었습니다. 골목 아이들 십여 명은 늘 거기서 소 타기, 말타기, 의병놀이, 숨바꼭질, 가이센がいせん 놀이, 딱지치기, 맞대 놀이, 오자미 놀이, 고무줄놀이를 하느라 날이 저무는

줄도 몰랐습니다. 그 공터는 우리들의 아지트였지요. 가이센 놀이가 일본군이 전쟁에서 항시 사용하던 개선凱旋이란 말의 제국주의 잔재였음을 뒤늦게 알고 무척 놀란 적이 있습니다. 또 아이들과 행렬을 지어 뛰어다니며 부르던 동요도 있었는데 이것도 일본군이 부르던 군가 〈노영의 노래〉였다고 하네요.

> 갓뎀 구루마 발통 누가 돌렸노
> 집에 와서 생각하니 내가 돌렸네
> 갓테 구루조토 이사마시쿠勝ってくるぞと勇ましく(이기고 오겠노라 씩씩
> 하게)
> 지캇테 구니오 데타카라와誓って故郷を出たからは(맹세하고 고향을 떠
> 나왔으니)

우리가 즐겨 부르던 이 노래의 가사가 일본 군가였으니 기가 막힐 노릇입니다. 일본어 '갓테'가 영어 '갓뎀'으로 바뀌고 '구루조토'란 일본말이 '구루마 발통', 즉 수레바퀴란 뜻으로 바뀌었으니 희한한 세태였음을 보여줍니다. 이 일본 군가는 1937년 9월, 일본 컬럼비아 레코드사에서 발매된 군가 〈진군의 노래〉에 수록된 곡입니다. 일본 시인 기타하라 하쿠슈北原白秋와 기쿠치 간菊池寛이 야부우치 기이치로의 가사에 '노영의 노래'라는 제목을 짓고, 작곡가 고세키 유지古關裕而가 곡조를 붙였습니다. 이게 해방 이후인 1950년대 초반 한국의 소년들에게 꼴이 바뀐 채 그 어렴풋한 잔재가 전해지고 있었던 것이지요.

땅거미가 내리고 골목이 차츰 어두워지면 집집마다 어머니들이 대문 앞에 나와 자기네 아이들 이름을 불러서 데리고 들어갔습니다. 함

께 놀던 아이들이 다 불려가고 나면 나 혼자 우두커니 캄캄한 골목에 남았습니다. 왜냐하면 나는 그렇게 불러줄 어머니가 계시지 않았기 때문입니다. 내 어머니는 첫돌 전에 돌아가시고 이후에 들어온 계모는 단 한 번도 살뜰히 내 이름을 불러준 적이 없습니다.

우리집은 경부선 철둑길에서 들어와 골목 끝에서 왼쪽으로 돌면 나타나는 커다란 대문 집입니다. 비록 솟을대문까지는 아니더라도 아버지가 목수에게 특별히 주문 제작으로 맞춘 금속 장석이 박힌 그럴 듯한 목제 대문이지요. 이 때문에 동네에서 우리집 별칭은 '큰 대문 집'이었습니다. 나는 자연스럽게 큰 대문 집 아들로 불렸습니다. 문을 열 때 유난히 삐걱거리는 대문으로 들어서면 먼저 오른쪽 옆으로 높다란 벽오동나무 한 그루가 보입니다. 그 나무는 우뚝 서서 바람소리를 내었고 가을 달빛에 커다란 잎이 눈물처럼 반짝였습니다.

아버지는 벽오동 맞은편으로 시렁을 세우고 그 위에 제법 등걸이 굵은 청포도를 옮겨다 심었습니다. 한여름이면 그 아래로 종일 시원한 그늘이 드리워졌는데 아버지는 커다란 평상 하나를 구해 거기 놓았습니다. 나는 그 평상 위에서 잠도 자고 책도 읽고 또 이따금 앞집에서 들려오는 내가 좋아하던 소녀의 목소리에 귀를 쫑긋 기울이기도 했습니다.

이런 추억의 실루엣을 가슴에 담고 옛 터전을 더듬어가노라니 너무 황폐해진 모습과 시간이 해체된 풍경에 옛 길과 집들은 전혀 찾을 길이 없었습니다. 그저 느낌과 짐작으로 이 부근에 누구네 집 누구네 집이 있었지 하면서 괜스레 이곳저곳 기웃거리며 다녔지요. 재개발 지역이라는 푯말이 보였고 여러 집은 대문마다 자물쇠가 걸려 오래도록 주인이 살지 않은 듯 괴괴했습니다.

지난해의 마른풀들이 블록 담장 위로 말라붙어 앙상했는데 어디선가 개 짖는 소리가 요란히 들려왔습니다. 지난 시절은 아득한 곳으로 떠나가버렸는데 추억 속 풍경은 여전히 생생합니다. 다시 가본 옛집은 어떤 소멸 직전의 불안감과 을씨년스러운 분위기 속에 잠겨서 아슬아슬한 모습으로 겨우 버티고 있었습니다.

오래된 사진 한 장

오래된 사진 한 장을 가만히 음미하듯 들여다봅니다.

컬러사진이 나오기 전 길거리 스냅으로 찍은 흑백사진이고 숱한 세월이 할퀴고 지나간 풍랑의 발자국이 여기저기 찍혀 있지요. 원래 매끈하고 반짝였을 표면이 잔주름과 긁힌 자국으로 가득합니다. 바위도 주름이 진다는데 조그마한 종이 사진 한 장이 지금껏 사라지지 않고 남아 있다는 사실만으로도 장한데요. 긴 세월의 온갖 위험과 부대낌 다 견디고 그때 그 시절의 영상을 고스란히 보여줍니다.

큰누나는 어머니 돌아가시고 마치 어머니처럼 온갖 집안일을 두루 돌봅니다. 언제나 우뚝하고 든든한 기둥이자 대들보 같았습니다. 어딜 가는 길이었는지 지금은 전혀 생각나지 않습니다만 하여간 바쁘게 걸음을 옮깁니다. 내 나이 일곱 살 무렵 대구 수창초등학교에 갓 입학한 직후로 보이고 누나는 이십대 중반으로 짐작됩니다.

큰누나는 전매청 엽연초 제조창의 궐련 만드는 생산 현장 노동자였습니다. 어느 겨울 휴일을 맞아서 시장을 갔거나 생필품 사러 가는 길이었을 것입니다. 어렴풋이 떠오르는 건 누나의 결혼식을 앞두고 어떤 물품 구입차 길을 나선 것이 아닌가 합니다. 나는 귀 덮는 털모자를 쓰고 허리에 조임 버클이 달린 한 벌짜리 코르덴 옷을 입었네요.

갈색 모자는 기억나는데 옷에 대한 기억은 전혀 없습니다. 모자 이마 쪽엔 반짝이는 별 세 개가 달려 있고 육군 중장 계급으로 제법 위풍당당합니다. 목에 머플러까지 싸맨 걸 보면 누나가 막냇동생을 위해 미리 찬바람 막아주는 배려를 한 것 같습니다.

누나는 속에 한복 차림이고 바깥으로는 코트를 입었네요. 한복 속바지와 버선코 고무신이 밖으로 드러나 보입니다. 누나가 걸음을 재촉하는데 막내는 자꾸만 먼산바라기를 합니다. 누나는 막내 손을 꽉 잡고 오직 전방만 골똘히 주시하며 바쁘게 길을 갑니다.

사진 속 거리가 대구의 어디쯤인지 전혀 떠오르지 않습니다. 신사복 부인복 드라이라고 쓴 세탁소 간판과 유리 가게 간판도 보입니다. 길 건너편 지물포 앞으로는 나보다 어린 아이를 데리고 길을 걷는 몇몇 행인이 보입니다. 높다란 나무 전봇대와 우중충히 낡은 일본식 2층 목조건물이 길게 이어져 있습니다.

1950년대 중반 대구의 거리 풍경입니다. 그때로부터 불과 구 년 전 바로 그 길에서 1946년 대구 시월항쟁이 일어났었지요. 당시 미군정의 양곡 정책에 저항하는 진보적 시민들의 집단 시위가 발생했고 이를 진압하려는 우익 경찰과 맞서 싸우다 경찰의 발포로 많은 군중이 희생되는 대참사가 발생했던 곳이지요. 얼마 전 작고한 대구의 원로 문태갑 선생은 경북대학병원 바로 옆길에서 경찰의 총에 맞은 좌파 청년들 시신이 하수구에 겹겹이 쌓인 채 방치된 그 현장을 직접 보았다고 증언하기도 했습니다.

그 시절 대구는 격정과 변혁의 꿈으로 들끓던 불안한 혁명의 도시였지요. 이승만 조봉암이 대결했던 대통령 선거에서 조봉암의 전국 득표율은 불과 30퍼센트. 그런데 그중 대구에서만 70퍼센트를 얻자 이에 분노한 이승만은 대구를 '한국의 모스크바'라 했답니다. 4·19민주혁명의 잉걸불이 된 2·28학생의거도 그런 대구의 기질에서 비롯된 것입니다. 교원 노조만 하더라도 대구에서 가장 먼저 시작되었지요. 1946년 해방 직후 조직된 조선교육자협회는 미군정의 좌익 대검거로 와해되고 말았습니다. 이 전통을 이으려는 교원노조 창립 운동이 1958년에 일어났지만 법적인 활동 금지가 내려졌습니다. 4·19혁명 직후인 1960년 7월 한국교원노동조합총엽합회가 대구의 교원들을 중심으로 발족해서 전국적 규모로 확산되어갔습니다. 하지만 1961년 5월 군사 쿠데타로 집권한 군사정권은 교원 노조 활동을 용공분자로 몰아서 강제해산하고 참여한 교사들을 강제 해직했습니다. 그로부터 대구는 지난날의 집권 세력의 통치에 대한 저항적 색조와 비판 의식이 해체되고 급격히 보수 우경화의 기질로 변질되어갔습니다.

사진 속에서 1950년대 후반, 대구 하늘의 햇빛은 왠지 어둡고 침울하게만 느껴집니다. 찬바람 싸늘하게 몰아치는 삭풍의 거리를 많이도 걷고 걸어서 오늘에 이르렀네요. 이 오래된 사진 한 장은 지금도 그 시절의 빛깔과 향기를 전해주고 있습니다.

2부

고향 가는 길

방학이 다가오면 늘 가슴 설레고 두근거렸다. 아버지 손잡고 고향 가는 즐거움이 기다리고 있기 때문이다. 계모가 고향 상좌원 가는 걸 별로 달가워하지 않아 아버지는 거의 혼자 다녀오셨다. 고향 사람들의 계모 바라보는 눈빛이 싫었던 탓도 있었다.

내가 세 살 때 고향을 떠난 뒤로 아버지와 다시 상좌원 마을로 돌아간 건 열 살 무렵이다. 대구역에서 타는 김천행 열차는 검은색 완행이다. 열차 맨 앞에 '미카'란 하얀 두 글자가 보인다. 출발을 앞두고 증기기관차의 화통에선 허연 김이 씩씩 뿜어져나온다. 기적소리를 길게 한 번 짧게 두 번 울리는 건 이제 곧 출발한다는 신호다.

실그물로 엮은 대구 능금을 팔던 행상들이 모두 내리면 이윽고 열차는 출발한다. 나는 차창으로 밖을 내다본다. 얼마나 오래 석탄 연기와 분진이 내려앉았던지 철도 주변 동네는 온통 암회색 크레용으로 칠한 듯하다. 어둡고 우울을 자아내는 빛깔이다. 태평로4가 우리집도 저 가운데 하나다. 칠성시장 굴다리를 지나자 먼저 돼지골목이 보이고 금성이발소 간판도 보인다. 곧 우리집 들어가는 골목이 나타나고 그 골목 끝에 우리집이 있다. 하지만 대문은 보이지 않고 지붕들 위로 솟아 있는 벽오동나무의 일부만 보인다.

높은 데서 내려다보는 철도 연변 동네는 몹시 우중충하고 침울하다. 친구네 마구간도 지나서 원대동 건널목을 통과한 뒤 천천히 바라보는 비산동 쪽은 더욱 음산하고 살풍경하다. 기와집은 몇 채 되지 않고 대부분 벌겋게 녹이 슬어가는 함석집이나 초가들이다. 파란 미나리가 한창 자라나는 저습지도 눈에 선명하게 들어온다.

쇠바퀴 소리만 덜컹거리고 열차는 곧 논과 밭, 인가를 벗어나 들판을 나귀처럼 달린다. 왼쪽은 금호강, 오른쪽은 논밭이 펼쳐진다. 철로 변에 일정 간격으로 전봇대가 서 있고 군사용 통신 도구인 삐삐선이 아래로 드리워져 있다. 대구를 벗어나면서 논과 밭, 산과 산 사이 가끔씩 터널도 통과한다. 열차가 터널 속으로 들어가면 쇠바퀴 소리는 더욱 요란하게 들린다. 철도의 이음새 부분을 지나갈 때 덜커덩 소리가 더욱 크게 들려온다.

열차가 속도를 더해가면 간헐적으로 들리던 덜커덩 소리가 연속으로 바뀐다. 터거덕 터거덕 터거덕 터거덕— 이렇게 규칙적인 네 박자의 음향이 반복해서 들린다. 차창 밖으로 보이는 것은 줄곧 오르락내리락하는 전선뿐이다. 이럴 때면 차창으로 다가앉았던 몸은 저절로 좌석 등받이 쪽으로 기대게 되고, 졸음이 안개처럼 스르르 몰려오면서 나도 모르게 잠에 빠져든다. 그 졸음을 도저히 참을 수가 없다.

완행열차는 역이란 역은 모두 정차한다. 속도가 느리기도 하지만 뒤에서 달려오는 급행열차가 먼저 앞질러가도록 자주 멈추어 길을 비켜줘야 하기 때문이다. 승객들은 전혀 급하지 않다. 차 안 풍경은 모로 기대어 잠든 사람이 절반, 나머지는 멀뚱히 창밖을 보거나 앞 사람과 이야기를 주고받는다. 술을 마시며 크게 떠들어대는 사람들도 있다.

다시 열차가 출발할 즈음 잠에서 깨면 플랫폼의 표지판을 먼저 보며 이름을 기억한다.

대구-지천-신동-왜관-약목-구미-아포-대신-김천.

손가락으로 여덟 개 역을 모조리 기억하기까지 그리 오랜 시간이 걸리지 않는다. 김천역 풍경은 대구역보다 더 옹색하고 초라하다. 시골티가 난다. 푸르뎅뎅한 2층 건물을 구름다리로 건너서 내려와 맞은편 정류장에서 황금동 방향으로 가는 시내버스를 탄다. 황금동에는 김천에서 서쪽 지역으로 출발하는 시외버스 정류장이 있다. 옆구리에 '거창여객'이라 표시된 버스가 항시 대기하고 있다. 시동을 걸어둔 상태라 꽁무니에서 피어오르는 매연이 지독하다. 숨쉬기조차 힘들 지경이다. 김천 장날이면 버스 안은 콩나물시루가 된다. 좌석은 이미 먼저 온 사람들이 차지하고 앉았다. 너무도 많은 승객으로 꽉꽉 들어차서 키 큰 어른들 사이에 낀 나 같은 소년은 호흡이 곤란해진다. 콩나물시루란 말이 실감난다.

장 보고 돌아가는 사람들 바구니엔 닭, 강아지, 오리 새끼도 들어있다. 차 안은 짐승들 소리, 승객들 웃고 떠드는 소리, 때로는 여기저기서 싸우는 소리로 온통 난리법석이다. 버스는 결코 제시간에 떠나지 않는다. 출발 시간이 한참 지났는데도 운전기사는 나타나지 않는다. 뒤늦게 차장이 버스 옆구리를 손바닥으로 탕탕 치며 "오라이" 하고 외치면 버스는 그제야 느릿느릿 출발한다. 만원 버스의 승객들 사이에서 나는 점점 가슴이 답답해서 견딜 수가 없다. 그들의 허리쯤에 내 얼굴이 끼여 있다. 몸은커녕 고개조차 돌릴 수가 없다. 속이 울렁거리고 호흡도 곤란해진다. 입에 군침이 돌고 속이 메슥거린다.

버스가 도로의 모퉁이를 돌 때 승객들의 몸은 일제히 한쪽으로 쏠린다. 운전사가 일부러 급격하게 커브를 도는 것이다. 그러면 버스 내부에 약간의 여유가 생기기도 한다. 여기저기서 비명이 들린다. 어떤 싱거운 승객이 크게 고함을 지른다.

"아이구, 내 젖 다 터지네ー"

이 말에 차 안은 온통 웃음 도가니가 된다.

마을마다 버스가 서고 여러 명씩 내리면서 차 안은 조금씩 숨통이 트인다. 상좌원 마을까지 탈없이 도착해야 할 텐데, 이런 소망을 간절히 품고 군침을 여러 번 삼켜가며 드디어 주막거리에서 하차할 때 나의 얼굴빛은 도화지처럼 창백하다. 가물가물 현기증이 돌면서 몸은 중심을 잃고 비틀거린다. 걸음을 걷는데 다리가 꼬이기도 한다. 목이 가늘고 허약한 소년은 차멀미를 이토록 심하게 했던 것이다. 방학 때마다 고향에 찾아가는 건 좋지만 이 공포의 차멀미만 생각하면 새삼 두려워지고 지금도 온몸이 움츠러든다.

고향 마을에서 들었던 방성

초등학생 시절, 김천 상좌원 고향 마을에 가면 대개는 봉계 숙모님 댁 사랑방에서 잤다. 나이가 비슷한 사촌 형제와 마을 또래들이 거기 많이 모였기 때문이다. 고모는 아버지와 나를 위해 미리 사랑채에 군불을 많이 넣어서 뜨끈하게 데워놓았다. 고모는 잠들기 전 머리맡에 앉아서 손바닥으로 내 머리도 쓸어주고 혀를 차며 정겨운 애련의 말씀도 하셨다.

"쯧쯧 난리통에 엄마 잃고 젖배 곯고 어린것이 말 못할 고생도 얼마나 많았을꼬."

이런 말씀을 하며 연신 코를 훌쩍이셨다. 아내를 잃고 홀로된 남동생과 어린 조카가 그렇게도 측은했던 것이다. 나는 따끈한 아랫목에 누워서 고모님 사랑을 받던 그 시간을 은근히 즐겼다.

고모의 이름은 이현규李鉉奎. 일괴 할아버지의 열 남매 중 외동딸이다. 조부님은 딸자식 이름을 마치 사내처럼 지었다. 상좌원 출생이라 고모의 택호는 상림댁으로 불렸다. 고모부는 전주 최씨로 봄 햇살처럼 온화하게 짓는 미소가 얼굴에 늘 가득하셨다. 성난 얼굴을 한 번도 볼 수 없었다. 뚜렷한 직업은 없었지만 침술이 용하다는 소문이 돌아 각종 병을 가진 사람들이 많이 찾아왔다. 주역이라도 읽으신 듯 괘에 맞춰 이름을 지어주는 작명, 사주나 관상, 택일을 보러 오는 사람의 발길도 끊이지 않았다.

고모는 연안 이씨 집안에서 음식 솜씨가 특별하다는 평판으로 고모부에게 사랑을 많이 받으신 듯하다. 고모 댁 아래채에는 6·25전쟁에 참전했다가 다리를 다쳐 상이용사로 제대한 고종형이 누워 있었다. 그 아래로 작은 형님도 있었는데 힘이 장사였다.

상림댁에서 누워 자노라면 새벽마다 들리는 소리가 있다. 그것은 예전 한국의 농촌에서 흔히 듣던 지금은 아주 사라진 습속 방성榜聲이라는 것이다. 마을에 방을 알리기 위하여 구장이 큰 목소리로 마을 위아래를 다니며 직접 보고하거나 외치는 소리를 방성이라고 했다. 윗마을로 다니면 '웃방성', 아랫마을로 다니면 '아랫방성'이다. 방성은 사위가 고요해진 밤중이나 새벽 시간에 또렷하게 들렸다. 내가 상좌원에서 들었던 방성은 대체로 이런 내용이다.

"내일 아침 한밭 보에 물막이 공사 하니 집집마다 한 사람씩 나오소—"

"내일 아무개 집에 환갑잔치가 있으니 모두들 점심식사 하러 나오소—"

"내일 마을 앞길에 눈 치우러 나오소—"

"내일 아무개 댁에서 마을 윷놀이가 있으니 집집마다 한 사람씩 나오소—"

마을의 공동 부역이라든가 경조사, 각종 공지 사항을 알리는 방법이었다. 지난날의 마을 구장들은 이런 방성 활동을 하러 마을 전역을 여러 번씩 오르내리느라 몹시 힘이 들었으리라.

백석 시인의 시 「개」에는 1920년대 식민지 조선의 평안도 지역 농촌 마을에서 깊은 밤 방성 다니는 마을 구장의 아련한 풍경이 그려져 있다.

접시 귀에 소기름이나 소뿔등잔에 아즈까리 기름을 켜는 마을에서는 겨울 밤 개 짖는 소리가 반가웁다

이 무서운 밤을 아래웃방성 마을 돌아다니는 사람은 있어 개는 짖는다

—백석, 「개」 부분

내가 고모 댁에서 잘 때 밤중이면 이런 방성을 자주 들을 수 있었다. 구장이 외치는 방성은 점점 가까이로 다가오다가 아련히 멀어졌다. 그것은 구장의 이동 위치를 짐작하게 해준다. 방성이 들릴 때마다 온 동네 개들이 덩달아 요란히 짖어대었다. 개소리마저 조용해지면 밤은 점점 더 깊어만 갔다. 그런 날 새벽이면 잠시 잠이 깼다가도 다시 이불깃을 끌어올리고 방문 창호지에 처마끝이 훤히 비칠 때까지 잤다.

근간에는 이런 방성이 완전히 사라지고 방송이 생겨났다. 마을 이장 집에 설치된 앰프와 마이크를 켜서 온 동네에 쩌렁쩌렁하게 방송을 하는 것이다. 이장의 방송은 언제나 "아 – 아 – 이장입니다"라는 말로 시작되었다. 마이크를 켜면 이장이 말보다 먼저 훅훅 입바람을

불어 마이크가 제대로 작동되는지부터 시험한다. 어찌 그렇게도 마을마다 꼭 같은 모습일까. 예전 전화기가 귀하던 시절에는 이장 집에 설치된 전화기로 마을 주민 누군가를 찾는 전화가 걸려오면 그걸 받으러 오라고도 방송했다. 그런데 그 볼륨이 너무 커서 소음으로 들릴 때가 많았다. 어떤 날은 이장이 좋아하는 이미자나 나훈아의 노래를 온종일 틀어놓을 때도 있었다. 어디 이뿐인가. 군청에서 직접 송출하는 방송까지 있다. 주로 봄철의 산불 조심이나 병충해 방지, 혹은 농약 살포, 비료 공급 따위에 대한 공식적 전달이다. 어떤 경우는 무려 한 시간 이상 녹음된 말을 반복해서 내보내기 때문에 무척 짜증이 날 때도 있다. 요즘 농촌에서 호젓하고 조용한 분위기를 기대하는 것은 무리다. 농촌도 점점 도시화가 되면서 예전 농촌의 빛깔을 현저히 잃어가고 있다. 최근에는 이장이 언제 어디에 있든 스마트폰으로 편리하게 모든 소식을 직접 방송한다는 이야기도 들린다. 아날로그 시대의 아련함은 아주 사라지고 말았다.

동족 마을의 분계선

세 살 때 떠났다가 방학이면 돌아가던 곳. 그곳은 언제나 마음속에서 잊지 못하던 상좌원 고향 마을이다. 남겨둔 집과 어머니 무덤만 덩그러니 있는 쓸쓸하고 적막한 고향이다. 경북 김천시 구성면 상좌원리. 수백 년 전부터 연안 이씨들이 모여 사는 집성 마을이다. 수백 호가 되는 이 마을은 언제부터인지 아랫마을과 윗마을로 나뉘어 있다. 그 지역 말로는 '아릇마' '웃마'라고 부른다. 이름조차 하원리 상원리로 구분되어 있다. 그런데 이름만 나뉜 게 아니라 동족 마을 두 지역은 야릇한 분단의 냉기마저 느껴진다. 그게 대체 무슨 일일까.

마을 주민 모두가 서로 촌수를 헤아릴 수 있는 일가친척이다. 그런데도 두 구역은 서로 소통하지 않은 채 냉랭한 관계로 오랜 세월을 살아왔다. 처음엔 자존심 지키기로 비롯된 것이 나중에는 본격 대립으로 커졌고, 점점 외면과 상극으로 이어지는 심각한 갈등으로 펼쳐졌다. 당쟁 시대엔 노론과 남인으로 반목했을 터이고 이런 차디찬 분위기가 오늘까지 전해진 것은 아닐까. 그 원인과 배경을 확실히 규명

할 수는 없지만 한번 쌓인 오해는 또다른 증오로 겹겹이 누적되고 그것이 풀리지 않은 채 빙하처럼 이날까지 방치되어온 것이다.

실제로 확인해보면 아무것도 아닌 그저 단순한 명분 다툼, 명예 싸움 때문이다. 어이가 없을 뿐만 아니라 실소마저 터져나온다. 이게 무슨 부끄러운 꼴인가. 이는 남북한 분단 체제와 너무도 비슷하다. 박찬승이 쓴 『마을로 간 한국전쟁』을 보면 6·25전쟁의 후유증과 그 비극성은 남북한군 사이의 직접적인 교전과는 별개로 마을이라는 공간에서 벌어진 주민들 간의 크고 작은 학살의 여러 사례를 조사해서 다루고 있다. 같은 마을 주민들 간의 신분과 이념, 종교와 토지 소유 따위에서 빚어지는 여러 갈등이 전쟁과 결합되어 더 큰 갈등으로 연결된 것이다. 내 고향 마을도 이와 비슷한 꼴이다. 두 진영으로 나뉘어 일가끼리 서로 고발하고 죽음의 수렁으로 내몰았던 사례들이 실제로 있었다.

국토의 한허리를 동강내어 그곳이 삼팔선이 되었다가 다시 철책을 친 남북 분계선이 된 것처럼 상좌원 마을도 윗마을 아랫마을을 구분하는 작고 폭이 좁은 도랑이 하나 있다. 그런데 그 도랑은 평소 물이 흐르지 않는 개울로 단지 경계선을 표시하는 기능만 할 뿐이다. 그 경계 지점과 맞닿은 윗마을 쪽에 택호가 지동댁인 우리집이 자리잡고 있었다. 이른바 접경 지역인 셈이다.

옛 충청북도는 신라와 고구려의 접경 지역이었다. 자고 나면 지배하는 나라가 바뀌었다는 곳이다. 때문에 그곳 주민들은 자신들의 속내를 낯선 사람에게 결코 드러내지 않는다고 했다. 생존과 관련되었기 때문이다. 내가 어릴 때 보았던 아버지는 집 부근에서 아랫마을 쪽 사람들과 마주쳐도 인사 없이 외면하며 지나쳤다. 이런 모습은 그

쪽에서도 마찬가지다. 멀리서부터 고개를 돌리고 걸어왔다. 이렇게 냉랭한 관계로 무려 백 년 세월을 허송해온 것이다. 이런 대립적 현실은 6·25전쟁을 겪으며 더욱 심각한 모습으로 나타났다. 인민군 점령 시절과 국군 수복 시기에는 아랫마을과 윗마을이 서로를 고발해서 무서운 보복을 받게 했다. 이때 두 차례나 주민들이 끌려가서 집단으로 처형된 현장이 상좌원 마을에 여러 군데였다. 마을에서 김천으로 나가는 국도변의 돌고개 부근 산골짜기도 그런 처형장이었고, 모성정 뒤쪽 나정지의 깊은 골짜기에서도 슬픈 몰죽음이 있었다고 들었다. 사촌의 안내로 직접 찾아가본 그곳은 숲이 너무 우거지고 대낮인데도 음산한 냉기가 느껴졌다. 하필 그곳에 예로부터 일찍 죽은 아기들을 묻는다는 애장터까지 있어서 더욱 스산한 느낌이 들었다.

1960년대의 어느 날로 기억된다. 집안 누군가의 무덤 자리 문제로 일가끼리 큰 소란이 일어났다. 기존의 무덤 옆이 명당이라 반드시 그곳에 자기 집안 어른의 묘소를 써야겠다고 가묘를 설치했다. 이 사실을 알게 된 상대측에서 가묘를 파내고 거기 오물을 퍼부었다. 이게 기어이 법정 소송으로 비화되었다. 동족 일가들은 서로 무서운 적이 되어 법원 마당에서 흉기를 들고 싸웠다. 어떤 이는 도끼를 들고 현장에 나타나 휘두르기도 했다. 감정의 골은 점점 더 깊어지고 심리적 냉전은 계속 이어졌다. 이런 참담한 수치가 어디 있는가. 인륜을 저버리고 야수적 본능에 충실한 꼴을 드러내 보였다. 남 보기에 창피하기 그지없다.

왜 우리는 국토와 민족의 분단을 이날까지 그냥 방치해두고 있는 것인가. 1970년대에서 1980년대에 그토록 뜨겁게 달아올랐던 통일론도 점차 무관심 속으로 빠져들고 있다. 오랜 세월이 지나는 동안 상처

와 피멍으로 얼룩진 내 고향 마을의 명분 없는 분계선을 보며, 거기서
시작된 감정이 결국 슬픈 분단으로까지 이어진 우리 겨레의 운명을
곰곰이 생각한다.

내가 만든 이름 '길소개'

방학이면 아버지와 기차 편으로 김천까지 갔다. 거기서 황금동 시외버스 정류장으로 가서 다시 거창여객 버스로 한참 달려 드디어 상좌원 면소재지에서 내린다. 나는 차멀미로 휘청거리는데 아버지는 건재하다. 벌써 주변의 여러 고향 사람들과 악수를 나누며 안부를 묻는다.

"언제 오셨습니가."

"점심은 드셨습니가."

"이번엔 무슨 일로 오셨습니가."

대개 이런 인사들을 주고받는다. 그런데 김천 상좌원 주민들이 왜 '~니까'를 꼭 '~니가'로 발음하는지 그게 참 이상하게 들렸다. 이런 언어적 습속은 아무래도 그 뿌리가 오래되었을 것이다. 방언학을 연구하는 학자들에게 이런 부분이 밝혀졌는지도 모르겠다. 아마도 이 지역 말투의 여러 사례가 있을 것이다.

면사무소 쪽 길에서 낯빛이 거무스레하고 대낮인데도 이미 술냄새가 확확 풍기는 한 사내가 비척거리는 걸음으로 걸어와 아버지에게 인사를 한다. 그런데 허리가 구십 도로 접혀 코가 땅에 닿을 듯한 자세다. 알고 보니 그는 주막거리 푸줏간에서 소와 돼지를 잡아 고기를 판매하는 백정으로 이름은 '삼술三述'이다. 그의 집안은 대대로 백정이었다고 한다. 나는 그를 몰랐는데 마을 아이들이 그 사실을 나에게 슬그머니 들려주었다.

연안 이씨 양반집 누구를 만나도 굽실굽실하면서 말을 깍듯이 높였다. 이런 경칭을 꼭 어른들만이 아니라 어린아이들에게도 썼다. 성씨도 뿌리도 모르는 그저 백정 삼술이로 통하던 인물이다. 아버지 말씀으로는 그런 사람을 일러 '고리백정'이라 부른다고 했다. 그게 무슨 말인지 몰랐는데 나중에 알고 보니 대대로 물려받은 천민 신분이란 뜻이었다. 손에 피가 묻어서 남들이 꺼리는 도축을 생업으로 하고 버드나무 가지를 엮어서 고리짝 짜는 일이 그들의 생계 방편이었기 때문이다. 그러니까 고리백정에서 고리는 고리짝의 고리였던 것이다. 다 같은 인간으로 태어났음에도 어찌 높고 존귀한 계급과 비천한 계급이 따로 나뉘는지 알 수 없었다. 1950년대 후반인데도 그런 신분의 높낮이가 고향 마을에는 여전히 엄격하게 남아 있었다.

나는 여기에 대한 의문을 오래도록 가졌다. 이십대 후반이 되었을 무렵, 김의환金義煥 교수가 쓴 조선형평운동에 대한 논문을 읽고 비로소 그 궁금증이 풀렸다. 그래서 나는 어린 시절에 봤던 고향 마을 주막거리 삼술이를 모델로 설정해서 백정 테마의 시를 한 편 쓰겠다는 구상을 갖게 되었다.

백정은 성씨가 없다가 민적民籍이 생기며 성씨를 갖게 되었는데 그들은 주로 최고의 양반 성씨만 골라 썼다고 한다. 백정들은 전주 이씨, 남양 홍씨, 안동 김씨 등 양반들의 성씨를 즐겨 썼다. 백정의 자식은 학교에도 못 보냈고 혹시 입학에 성공해도 신분이 알려지면 무서운 집단 등교 거부가 일어났다고 한다. 예전 나환자촌 부근 학교의 미감아 입학 거부 사례와 매우 비슷하다. 육류 판매업으로 돈을 많이 벌어서 자본가가 된 사람들도 많았다고 한다.

예전 백정들은 대개 마을에서 멀리 떨어진 곳에 그들끼리 살았는데 양반들의 마을에 함부로 들어올 수가 없었다. 어쩌다가 장터에 나타나더라도 반드시 신분이 표시될 수 있도록 검정 버선만 신도록 했다. 이런 역사적 자료를 두루 수집하면서 「검정버선」이란 장시를 쓰게 되었다. 오랜 궁리와 고심 끝에 내가 설정한 주인공 이름은 '길소개吉小介'. 그것은 마치 길 속에 꾸무럭거리는 벌레처럼 천대받으며 살아왔다는 뜻이다. 완전한 창작이며 가공적 인물의 설정이다. 그렇게 완성한 장시 작품을 1980년대 말 『창작과비평』 가을호에 발표하고 첫 시집 『개밥풀』에도 실었다. 그로부터 얼마 뒤 작가 K씨가 안동으로 나를 찾아왔다. 그는 대뜸 길소개 노인을 자신에게 소개해달라고 청했다.

난감하기 그지없었다. 그래서 그 내력과 전후 사연을 모두 말했더니 자기가 곧 장편 신문 연재소설을 시작한다면서, 주인공 이름으로 「검정버선」의 길소개를 빌려다 쓰고 싶다고 했다. 하지만 그 길소개의 모델이 된 내 고향 마을의 푸줏간 주인 삼술 노인도 이미 세상을 떠난 지 오래여서 나는 그의 요구를 충족시킬 도리가 없었다. 내가 만든 길소개란 이름을 그냥 쓰라고 할 것인가, 아니면 거절할 것인가. 내 마음은 선뜻 동의가 되지 않았다. 그날 저녁 작가는 나를 술집으로 데리고 가서 나에게 술을 권하며 다시 허용해줄 것을 요청했다. 이런저런 이야기를 나누다가 술기운도 오르기 시작했다. 알고 보니 그는 나의 고등학교 선배이기도 했다. 그 바람에 결국 나는 "뜻대로 하시지요"라고 수락하고 말았다.

이런 전후곡절을 겪으며 내가 만든 '길소개'란 백정의 이름은 다른 작가의 장편 대하소설 주인공으로 다시 태어났다. 그 소설은 TV 드라마, 만화로도 제작되었고 문학관까지 차려졌다. 하지만 다수의 독자들은 길소개란 이름이 모두 그 작가의 궁리 속에서 빚어진 것으로 안다. 그러나 그 길소개의 작명은 내가 최초로 한 것이다. 이 비화秘話를 모르는 이가 많을 듯해서 여기에 몇 자 적는다.

성모당에서 바라보는 대건중학교

중학생 시절을 가만히 짚어보노라니 당시의 힘들었던 기억이 떠올라 가슴이 먹먹해진다. 1960년대 초반은 현대사가 크게 흔들리던 격동의 시기였다. 4·19를 대구 수창초등학교 5학년 때 보았고, 군사 쿠데타 5·16은 초등 졸업반 때 일어났었다. 극장 만경관 옆 대구경찰서 네거리에 기관총을 설치하고 그 토치카에서 철모 쓴 병사 여럿이 날카로운 눈초리로 행인들을 쏘아보던 삼엄한 모습이 떠오른다.

그 이듬해인 1962년에 대건중학에 입학해 경부선 철둑 너머 태평로에서 남산동 언덕배기까지 이후 삼 년을 줄곧 도보로 등교했다. 대건중학교는 가톨릭 순교자 김대건金大建 안드레아 신부, 그 이름을 기리기 위해 일으켜세운 학교였다. 입학식 날 가본 학교의 모습은 낯설었다. 붉은 벽돌로 지어진 성당과 유럽식 중세풍의 긴 회랑이 있는 건물들이 다소 이색적이지만, 어린 나에게는 그것이 그리 특별한 정감이나 친근한 장소로 와닿지는 않았다. 집안이 화평해야 마음도 편할 텐데 날마다 계모로 인한 가족 갈등 소란과 잡음이 끊일 새가 없는 가정환경에 나는 지칠 대로 지쳐 있었다.

태평로에서 학교가 있는 남산동까지 걸어가려면 우선 경부선 철길부터 서둘러 건너야 한다. 차단기가 있는 원대동은 조금 더 돌아가는 거리였기 때문에 가까운 지름길을 더 좋아했다. 태평로 일대 주민들은 대개 그 지름길로 다녔다. 평소 행인이 많이 다니는 그 골목길에는 만화방, 구멍가게, 어묵집, 참기름집, 연탄집, 솜틀집, 잡화상이 있었고, 점집에 방앗간도 하나 있었던 듯하다. 골목길을 냉큼 빠져나가면 바로 오른편이 자갈마당 재래시장이다. 왼쪽으로는 도원동 유곽과 전매청이 있고, 자갈마당 삼거리는 항시 오가는 행인과 차량으로 붐볐다. 도원동 쪽 큰길가에는 동아극장, 또 그 옆으로는 초등학교 동기 친구 K의 아버지가 운영하는 소표국수 공장이 있었고, 그 길 맞은편 쪽으로는 삼중당三中堂백화점이 있었다. 거긴 버스정류장이 있어 늘 인파로 와글거렸다. 삼중당이란 이름은 원래 식민지 시절 북성로에 있던 '삼중정三中井백화점'에서 빌려온 것인데, 다소 큰 잡화 상점이었지만 백화점 규모에는 훨씬 못 미쳤다.

대건중학교는 5월 행사가 크고 화려하다. 가톨릭에서 5월은 거룩한 달이라 성모성월이라 부른다. 모든 신자가 성모마리아를 각별히 공경하면서 도움을 청하며 그의 모범을 본받도록 한다. 전교생과 신자들이 함께 모여 성대한 미사를 드렸는데 그때 부르던 성가를 아직도 기억하고 있다.

성모의 성월이요 제일 좋은 시절
사랑하올 어머니 찬미하오리다
가장 고운 꽃 모아 성전 꾸미오며

기쁜 노래 부르며 나를 드리오리

장병보蔣柄補 교장 신부는 크고 높은 의식용 모자를 쓰고 미사를 집전했다. 라틴어를 미사에서 그대로 썼다.

"도미누스 보비스쿰/엣 쿰 스피리투 투오"
(주님께서 여러분과 함께/또한 사제와 함께)

대구교구의 서정길徐正吉 대주교는 위엄이 느껴지는 뾰족한 고깔 모자를 썼다. 이날 붉은색의 작고 동그란 바가지처럼 생긴 주케토 Zucchetto를 쓴 여러 신부가 미사 집전에 참가해서 화려하고 엄숙한 분위기를 더욱 고조시켰다. 나는 신자는 아니었지만 그 분위기에 압도되어 끝까지 흥미롭게 미사를 지켜보았다.

학교 바로 뒤쪽으로는 천주교 성모당이 있었다. 이곳은 1911년 봄, 천주교 대구교구의 초대 교구장으로 부임한 드망주(한국명 안세화) 주교가 프랑스의 성모마리아 발현지인 루르드의 미사비엘 동굴 모양을 그대로 본떠 만든 곳이다. 가톨릭 신자들에겐 성지처럼 알려진 곳이기도 하다. 1920년대의 슬픈 히키코모리였던 요절 시인 고월 이장희도 하루해가 저물면 종일 웅크리고 있던 방에서 슬며시 나와 다녀갔다. 그는 친일파인 아버지와 대면하기 싫어서 늘 누에고치처럼 방안에만 틀어박혀 있었다.

중학교 재학 시절 내가 눈 쌓인 성모당을 배경으로 형의 가죽점퍼를 입고 오른손을 옆구리에 받치고 제법 젠체하며 찍은 사진이 아직도 남아 있다. 2학년 겨울방학이었을 것이다. 그해 겨울은 몹시 추웠으나 나는 전혀 춥지 않았다. 형님에게 얻어 입은 가죽점퍼 덕분이다. 그 시절에 가죽점퍼는 귀한 물건이었다. 짙은 고동색으로 목둘레에 인조 모피가 달렸다. 손목과 허리는 바람을 막도록 조임 방식으로 만들어졌는데 나는 그게 마음에 들었다. 이 점퍼만 입으면 왠지 모르게 어깨에 절로 힘이 들어가고 걸음걸이도 느릿느릿해졌다. 친구들은 이 점퍼를 모두 부러워했다.

형님이 이 옷을 나에게 양도한 것은 동생을 배려하는 마음도 있었겠지만 체중이 늘어나 도저히 낄 수가 없었기 때문이다. 그 때문에 저절로 내 차지가 되었다. 아무리 삭풍이 불고 온도가 내려가도 이 가죽점퍼만 입으면 따뜻했다. 그것을 입고 친구들 앞에서 "오늘 바람이 부냐?" 하면서 우쭐거리기도 했다. 그까짓 의복 하나가 뭐라고. 나중엔 가죽이 낡고 옷이 몸에 꺼서 이웃집 후배한테 물려주었다. 이 가죽점퍼를 입고 대구 남산동 가톨릭 성모당에 놀러갔었다.

성모당 상부에는 '1911 EX VOTO IMMACULATAE CONCEPTIONI 1918'라는 글자가 새겨져 있다. 1911은 대구대교구청이 처음 생긴 해이며, 가운데의 글자는 '원죄 없이 잉태하신 성모님과의 약속대로'라는 뜻의 라틴어다. 1918은 이곳에 드망주 주교가 성모당을 완공한 해다.

이 성모당 뒤편에는 천주교 대구교구에서 평생 일하다가 세상을 떠난 가톨릭 교역자 묘역이 있다. 19세기 후반 대구교구에서 일하던 외국인 신부의 이름들이 보인다. 비교적 근년에 세상 떠난 성직자들까지 모두 거기 나란히 묻혀 있다. 면적이 그리 넓지 않아 아담하다. 성모당 묘역에 묻힌다는 것은 당사자로서는 큰 영광에 속한다. 묘지로 들어가는 입구는 돌로 만들어졌다. 그 왼쪽 기둥에는 'Hodie Mihi', 오른쪽 기둥에는 'Cras Tibi'란 라틴어 글귀가 보인다. '오늘은 나, 내

일은 너'라는 뜻이다. 타인의 죽음을 보면서 자신의 죽음을 엄숙히 깨달아야 한다는 의미로 다가온다. 이 문구는 로마시대의 공동묘지에 흔히 쓰이던 문구라고 한다.

얼마 전 성모당이 궁금해 혼자서 들렀다가 발걸음을 일부러 묘지 쪽으로 향해보았다. 매장된 시기에 따라 묘지 형태와 비석의 모습들이 각양각색이었다. 오래된 묘비에는 검푸른 이끼가 내려앉았다. 이곳저곳 무심히 발걸음을 옮기는데 낯익은 이름이 보였다. 그곳은 중학생 시절의 교장 장병보 신부의 영면 장소였다. 서양식으로 비석에 사진도 넣었고, 생몰 연도가 돌에 새겨져 있었다. 나는 그 무덤 앞에서 재학 시절을 생각하며 잠시 묵상에 짖었다. 당시 선생의 풍모는 후덕한 인상으로 아침 조회 시간에 듣던 잔잔한 음성이 떠오른다.

성모당에서 내려다보는 옛 모교의 풍광은 그 시절 그 모습 그대로다. 이제는 고목이 된 플라타너스, 밑동에 굵은 주름이 잡힌 느릅나무, 우아한 선으로 솟아 있는 성당의 첨탑도 그대로다. 하지만 지금의 대건중학교는 대구의 외곽으로 옮겨간 지가 이미 오래고, 이 자리는 대구가톨릭대학교 유스티노 캠퍼스로 바뀌었다. 모교가 있던 곳에서 신학생들이 학업을 갈고 닦아 장차 사제 성직자로 배출되는 것이다.

무릇 학교라는 공간은 그 얼마나 뜻깊고 보람 있는 육성의 장소인가. 누군가를 배움으로 연마시켜서 한 사람의 당당한 인간으로 배출시키는 것! 이보다 더 거룩하고 값진 사업이 어디 있으랴. 나는 성모당 앞 벤치에 앉아서 옛 모교 쪽을 물끄러미 내려다봤다. 재학 시절로부터 강물 같은 세월이 흘러갔구나. 눈을 지그시 감았다가 뜨니 오십칠 년 광음이 훌쩍 지나가버렸다. 그 시절은 비록 외롭고 고단한 심신이었으나 이제 와 되짚어보노라니 참으로 풋풋하고 싱그럽던 성장의 시간이었다. 꿈도 많고 사랑도 풍성했던 그 청춘의 시간은 이제 멀고 아득한 곳으로 떠나갔다. 그러나 눈물의 습기로 젖은 파릇한 추억들은 내 가슴속에서 햇살에 반짝이는 사금파리처럼 제각기 생기의 빛을 머금고 있다.

친구 어머니의 전축

인교동 골목 입구에는 친구 H의 집이 있었다. 같은 중학교로 진학하게 되어서 우리는 등굣길에도 하굣길에도 언제나 동반자였다. H의 집이 학교 가는 길의 중간 지점이었기에 갈 때 들르고 올 때도 반드시 놀다가 왔다. H의 집은 홀어머니가 운영하는 철공소였다. 일찍 남편을 잃고 험한 업계에 뛰어들어 고달프고 힘겨운 사정이 얼마나 많았을 터인가. 친구의 어머니가 술에 취해 방에서 홀로 전축에 걸어놓은 LP 음반을 듣다가 눈물을 닦고 있던 모습을 본 적도 있다.

친구 어머니가 즐겨 듣던 장 전축은 가로로 길고 투박해 보였지만 네 다리에 목각으로 꽃모양이 정교하게 새겨진 고급 물건이었다. 얼핏 보면 라디에이터처럼 생겼다. 위로 뚜껑을 열면 내부에 음반 꽂이가 있고, 전축과 라디오를 번갈아 들을 수 있었다. 고풍스럽게 느껴지는 멋도 있었다. 지금 생각해보면 미국산 마그나복스로 짐작이 된다. 그 장 전축은 친구 어머니가 가장 아끼는 보물이라고 했다. 음반 꽂이에는 남인수, 백년설, 고복수, 이난영, 황금심, 장세정, 이인권, 신카나리아, 송민도, 이해연, 남일연, 백설희, 백난아, 한복남, 안다성 등등 기라성 같은 옛 가수들의 음반들이 거의 빠짐없는 구색으로 갖춰져 있었다. 노래를 워낙 좋아하는 친구 어머니가 이 음반들을 구입해 모은 것임에 틀림없었다.

친구의 어머니는 노래를 들으면서 철공소 업무 때문에 겪는 여러 피로와 고달픔을 해소하고, 자기 나름대로의 행복감을 껴안을 줄 아는 지혜로운 분이었다. 그런데 술에 취한 상태에서 노래를 들으면서 눈물짓는 때가 잦았다. 무엇이 친구 어머니로 하여금 그리도 눈물 흘리게 만들었을까. 가슴에 무언지 모를 슬픔이 가득해 보였다. 남자들조차 힘들다는 그 살풍경한 철공소 운영을 혼자서 도맡아가야 하니 압박감이나 헤어나기 힘든 난관이 얼마나 많았을 터인가. 나는 친구 어머니의 전축을 켜서 노래를 들어보고 싶었지만 H는 그건 절대 불가능하다며 도리질을 했다.

그로부터 여러 달이 지난 뒤 나에게 행운이 다가왔다. H는 한 가지 조건을 내걸며 전축 듣기를 허락했다. 어머니가 멀리 일보러 가서 집에 안 계실 때만 한 시간 정도 들을 수 있다는 것이었다. 얼마나 고대하던 기회였던가. 나는 H를 데리고 호떡집으로 가서 고마움에 보답했다. 그 정도는 하는 것이 도리라고 여겼다.

드디어 H로부터 소식이 날아들었다. 어머니가 서울로 출장 가서 이틀 뒤에 돌아온다는 것이었다. 나는 쾌재를 불렀다. H는 먼저 어머니의 방으로 들어가 나에게 전축 켜고 끄는 법, 바늘을 절대로 음반 위에 떨어뜨려서 충격을 주지 말 것, 바깥으로 소리가 새나가지 않도록 볼륨을 최대한 낮출 것 등등 주의 사항을 전달했다. 드디어 내가 장 전축으로 노래를 들을 수 있는 시간이 온 것이다. 나는 학교에서 돌아오는 길에 H의 집에 들러서 곧장 어머니의 방으로 진입했다. 거기서 날 저물 때까지 옛 노래를 듣고 또 들었다. 처음에는 음반 재킷 뒷면의 가사를 보면서 노래를 들었는데 이 가사를 모두 기록으로 옮겨두고 싶었다. 다음날 나는 문방구에서 커다란 노트 두 권을 구입한 뒤 전축 앞에서 노래를 틀었다. 그러면서 방바닥에 엎드린 채 노트에다 가사를 옮겨 적었다. 이렇게 기록한 노래의 숫자가 오백여 곡은 되었으리라. 그러고는 노트의 표지에다 난데없이 '경세유표經世遺表'란 제목을 써넣었다. 이것은 조선 후기의 학자 정약용 선생이 전남 강진에서 유배 생활을 하던 중 현실 개혁의 여러 구체적 방안을 쓴 44권의 방대한 책이다. 내가 옛 가요 수백 곡의 가사를 적어넣고 왜 하필 이런 제목을 붙였던 것일까. 노래야말로 나에게 힘을 주고 나를 힘든 정황에서 구원해줄 수 있는 변혁의 도구라는 생각을 했기 때문일 것이다. 그만큼 노래에 대한 애착은 크고 막중했다.

전축으로 노래를 직접 들으며 가사를 채록하는 시간은 너무도 행복하고 흐뭇하며 즐거웠다. 집안이 유족한 동급생 친구들 중에는 일찍부터 모차르트나 베토벤, 바흐와 헨델, 요한 슈트라우스 등의 고상하고 고답적인 서양 클래식에 심취한 경우도 더러 있었다. 대개 제 부모님이 음악을 즐겨 듣는 마니아였고 그런 분위기 속에서 갖게 된 취미생활이었을 것이다. 그런데 기이하게도 나는 십대 초반의 어린 나이에 뜬금없이 한국의 옛 가요 속으로 한없이 빠져들었다. 지금도 내가 기억하고 있는 수백 곡의 레퍼토리는 대부분 그때 익힌 것들이다.

친구의 방은 철공소 2층, 창틀의 난간으로 내다보면 북동쪽으로 전매청과 수창학교 운동장이 보였고 도원동 쪽의 2층 목조건물들이 한눈에 들어왔다. 서쪽으로는 자갈마당과 서문시장이 보였다. 그 창문의 난간에 아슬아슬 걸터앉아 나는 친구에게 담배를 배웠다. 그게 중학 2학년 무렵이다. 친구는 나보다 일찍 철이 들어서 술과 담배의 맛을 알고 있었다. 어른들이 금기시하는 그 요물들을 나 역시 그때부터 슬금슬금 맛보기 시작했다.

다시 등굣길로 돌아가보기로 하자. 친구네 철공소를 지나면 서성로 방앗간 골목이다. 그곳은 삼성그룹 창립자 이병철의 삼성상회 목조건물이 있던 거리다. 1938년에 지었다는 그 목조건물은 1997년 붕괴 우려가 있어서 철거되었고 그 자리에는 실물을 축소한 청동 모형이 설치되었다. 거기서 사업가 이병철은 청과물과 건어물 판매를 시작했다고 한다. 북성로에서 서성로에 이르는 긴 구간의 골목엔 각종 철공소, 철재상, 공구상 등 철물과 관련된 업체가 즐비하게 들어차 있다.

온종일 쇠 깎는 소리, 긁어내는 소리, 자르는 소리, 비비는 소리, 두들기는 소리, 갈아대는 소리, 지지직거리며 용접하는 소리 따위에다 노동자들끼리 싸움질하는 소음까지 잠시도 조용할 틈이 없던 지역이다. 미군 부대에서 기름을 담았던 빈 드럼통도 이곳에 오면 반듯하게 잘리고 두들겨지고 펴져서 온갖 생활 도구로 다시 태어나곤 했다. 심지어 버스도 거뜬히 만들어졌다. 길바닥은 어디나 오래전 기름때와 쇳가루로 얼룩져 있고, 후줄근한 작업복을 입은 일꾼들이 낮술에 취한 불콰한 얼굴로 돌아다녔다. 이 때문에 그 시절 대구 시민들은 이 서성로 일대를 '깡통도로'라 불렀다.

송충이 잡으러 가던 날

중학생 시절의 추억으로 기억나는 것은 그리 많지 않다. 그런데 송충이 잡으러 갔던 날은 지금도 또렷하게 떠오른다. 어느 늦은 봄날이었다. 담임선생이 다음날은 수업을 하지 않는다며 각자 도시락을 준비해서 오전 아홉시까지 수성못 입구에 모이라고 지시했다. 그 시절 소나무에는 어찌 그리도 송충이가 극성이었던지 요즘의 소나무재선충 피해와 비슷한 형세였다. 어떤 산은 송충이가 온통 솔잎을 다 갉아먹어 소나무가 앙상하게 말라죽어가는 광경도 흔했다. 잎도 없는 솔가지에 송충이만 더께더께 붙어 있는 광경은 보기에도 몸이 오글거렸다. 그렇게 한 나무를 모두 절단내고 나면 그놈들은 옆의 다른 나무로 옮겨갔다. 어른들 말씀으로는 세상의 형세가 험악하니 송충이 따위가 창궐하는 것이라고 했다.

송충이는 솔나방의 애벌레로 갈색 몸통은 길이가 8센티미터가량 되며 얼핏 누에처럼 생겼다. 하지만 온몸에 가시가 숭숭 돋아서 보기만 해도 징그러웠다. 그 가시는 독이 있어서 한번 쏘이면 몹시 따갑고 살갗이 점점 부풀어올랐다. 이놈들은 한 주일 만에 알에서 깨어난다고 했다. 애벌레가 되어서 한동안 솔잎을 갉아먹다가 솔나방이 되고, 그 나방이 또 알을 낳으니 이런 악순환이 자꾸만 반복되어서 전국의 산이 민둥산으로 바뀌어갔다. 어쩌다 소나무 아래를 지나다가 이것들이 어깨 위로 툭 떨어질 때가 있다. 그럴 때 터져나오는 비명은 무시무시하다. 흔히 분수 넘치는 행동을 하는 사람에게 "송충이는 솔잎만 먹어야지 갈잎을 먹으면 죽는다"는 말을 하기도 했다. 사람도 저 송충이란 놈처럼 남에게 해만 끼치는 이들이 분명 있을 것이다. 눈썹 털이 유난히 길고 숱이 많은 사람을 일러 송충이 눈썹이라 불렀다. 아무튼 송충이는 징그러움의 대명사였다.

우리가 그날 배당받은 일은 각자 빈 통조림 캔을 하나씩 준비해 가서 나무젓가락으로 송충이를 조심조심 집어 열심히 캔에 담는 것이었다. 송충이로 한가득 채워지면 담임선생에게 가서 확인을 받았다. 담임은 출석부 이름 옆에 일일이 동그라미로 점검 표시를 했다. 그런데 이날의 행사를 '송충이 구제'라고 했다. 나는 그것이 이상하게 느껴져서 "송충이를 우리가 잡아서 없애는데 왜 구제라고 하나요?" 이렇게 질문했다가 선생에게 꿀밤만 맞았다. 나중에 알고 보니 그 구제는 구출한다는 구제救濟가 아니라 몰아내어 없앤다는 구제驅除로 한자가 전혀 달랐다. 담임선생도 내 질문에 명쾌한 대답을 주지 못했으니 이것은 꽤 어려운 한자말이다.

전교생이 오전 내내 잡은 송충이를 미리 파놓은 구덩이에다 모으니 두엄더미처럼 수북이 쌓였다. 거기다 석유를 뿌리고 태우기 시작하는데 그때 번지는 노린내는 참고 견디기가 어려웠다.

우리는 늦은 점심을 수성못 둑에 앉아서 먹었다. 봄바람이 살랑살랑 불고 배가 고파서 먹는 도시락은 가히 꿀맛이었다. 그런데 못 저쪽에 사람들이 무언가를 둥글게 에워싸고 웅성거리는 게 보였다. 워낙 호기심이 많아서 이걸 그냥 지나치지 못한다. 궁금해서 바로 달려가보았더니 여성의 시체가 땅바닥에 그대로 놓여 있었다. 물에 둥둥 뜬 것을 조금 전에 건져올렸다고 했다. 창백한 시신의 입과 코에서 누런 액체가 볼을 타고 흘러내렸는데 그곳을 따라 파리가 새카맣게 앉아 검은 줄처럼 붙어 있었다. 온몸에 소름이 오싹 끼쳤다. 삼십대 중반쯤으로 보이는 그 여성은 왜 수성못에 몸을 던졌을까. 당시 수성못은 자살 사고가 빈번하게 발생했다.

수성못은 대구 시민들의 대표적인 휴식 공간이다. 주말이나 휴일이 되어도 딱히 갈 곳이 마땅치 않은 사람들에게 이곳은 가장 만만한 쉼터이자 위락 장소다. 이 수성못 축조 과정의 배경엔 어떤 사연이 있다. 1915년 일본에서 건너와 대구에 정착한 미즈사키 린타로水崎林太郎란 사람이 있었다. 그는 개척 농민이란 명분으로 들어와 수성면에서 대규모 화훼농장을 운영했는데 화초 재배에 꼭 필요한 물이 항상 부족했다. 그래서 조선총독부의 특별 지원을 받아 농업용수 개발을 위한 저수지를 만들었으니 이게 바로 수성못 축조의 시작이다.

이 내력을 제대로 알지 못하는 사람들이 그를 무슨 은혜로운 시혜자로 높이 추앙하며 업적을 칭송하기도 한다. 그뿐만 아니라 수성못을 한일 친선의 상징으로 기리자고도 했다. 린타로는 자기 농장에 부족한 물을 공급하려 저수지를 만들었을 뿐이지 그것이 조선 농민들을 위한 배려는 아니었다. 그의 무덤이 아직도 수성못 옆 산에 있는데 그 추종자들이 해마다 제물을 준비해서 추모제까지 정성껏 올린다고 하니 참 무섭고도 놀라운 일이다. 대구를 찾는 일본인들 중엔 미즈사

키 린타로의 무덤을 반드시 들러서 참배하고 가는 사례가 많다. 바로 그 무덤이 있는 뒷산에서 우리는 종일 송충이를 잡았고, 투신자살한 여성의 시신을 보았다. 이후 여러 날 동안 마음이 편하지 않았다.

'눈 할마시' 이야기

내가 안경을 처음 낀 날은 중학교 2학년이던 1963년 11월 22일이다. 날짜를 기억하기가 쉽기 때문이리라. 그런데 여기엔 하나의 야릇한 곡절이 있었다. 언제부터인가 눈앞이 침침하고 교실에서 칠판의 글씨가 잘 보이지 않았다. 시력이 떨어지니 자꾸만 양미간을 찌푸리게 되고 눈이 따가워져서 급기야 눈물이 줄줄 흘렀다. 손등으로 눈을 자꾸 비벼서 충혈이 되기도 했다. 앞이 잘 보이지 않으니 길 가다가 돌부리에 걸려 넘어지기도 했다.

이런 힘든 정황을 이야기하자 계모는 나에게 눈병 잘 고치는 할머니를 아는데 거기 가보자고 했다. 동네 사람들은 그 할머니를 일컬어 '눈 할마시'라고 했다. 나는 태평로 철둑 가 길을 계모의 뒤를 따라 걸어갔다. 접어들면 돼지고기 삶는 냄새가 확 풍기는 돼지골목의 중간쯤에 '눈 할마시' 집이 있었다. 허름한 기와집으로 마당이 넓었다. 그곳 마루에는 이미 여러 사람이 즐비하게 누워 있었다. 그들은 이미 눈 치료를 받은 뒤 회복을 기다리는 환자들이다. 어떤 시술을 받은 뒤엔 이렇게 시간이 지나야 눈이 제대로 떠진다고 했다. 이윽고 내 차례가 왔다. '눈 할마시'는 나를 대뜸 마룻바닥에 눕히더니 곧바로 눈꺼풀부터 까뒤집었다. 무서워서 비명을 지르니 사내자식이 이것도 못 참느냐고 호통을 쳤다. 할머니의 카리스마가 대단했다. 누구도 그 할머니의 말에 대꾸하거나 반항을 하지 못했다. '눈 할마시'는 내 눈을 이리저리 뒤집어보더니 '도라홈'이라는 눈병이 왔다고 진단했다.

도라홈은 트라코마trachoma의 일본식 발음이다. 위키백과에 따르면 이것은 클라미디아 트라코마티스라는 복잡한 이름의 박테리아에 의해 발생하는 무서운 감염병이다. 눈꺼풀의 안쪽 표면이 몹시 거칠어지니 따갑고 심한 통증이 느껴진다. 안구에 고통을 주면서 차츰 각막이나 바깥 표면까지 붕괴시킨다. 제대로 치료하지 않고 감염을 방치하면 자칫 영구적 실명으로도 이어질 수 있는 무서운 병이다. 무엇인지 모르지만 몹시 중한 눈병에 걸렸다는 것을 '눈 할마시'의 말투로 감지했다. 아, 이걸 대체 어쩌나. 내가 실명할 수도 있다니. 앞을 못 보게 된다면 어떻게 살아가지. 나는 누운 채로 하늘이 빙빙 도는 것을 느꼈고 현기증으로 속이 메슥거렸다. '눈 할마시'는 과감하게 치료를 시작했다.

"걱정 말아라. 내가 네 눈을 바로 낫게 해줄 거야."

그녀는 내 눈꺼풀을 거침없이 뒤집더니 대나무를 잘게 쪼개어 직접 만든 이쑤시개보다 가는 도구를 두 개쯤 모아 쥐었다. 그것을 눈꺼풀 안쪽 점막에 대고 사정없이 문질렀다. 자꾸만 긁어서 자극하고 벗겨내기를 반복했다. 중간에 출혈이 심했을 것이다. 시술 당시 나는 그 과정을 볼 수 없었지만 나중에 다른 사람들에게 행하는 과정을 낱낱이 보고서 알게 되었다. 내가 받은 시술도 그것과 꼭 같았다.

'눈 할마시'는 평소 이런 도구를 많이 만들어 뒷머리에 수십 개씩 꽂고 있었다. 말하자면 그게 수술 도구였던 것이다. 아무런 소독 처리도 없이 그걸 머리에서 뽑아 눈꺼풀 안쪽을 마구 문질러댔으니 얼마나 불결하고 비위생적이었을까. 참으로 위험한 불법 의료 시술이었다.

시술하는 동안 계속 피가 흐르는데 '눈 할마시'는 그것을 줄곧 휴지로 닦아냈다. 불이 활활 타는 듯 견디기가 힘들 정도의 쓰리고 따가운 통증이 느껴지면서 눈 부근이 화끈거렸다. 이런 시술은 각 환자마다 오 분 정도의 시간이 소요된다. 시술이 끝나면 무엇인지 모를 하얀 분말을 환부에 뿌렸다. 흐르는 피와 분말은 눈물과 혼합이 되어 굳어버렸고, 나는 당연히 눈을 뜨지 못한 채 마루 한쪽에 누워서 한참을 대기했다. 경부선 철도 지척이라 열차 지나가는 바퀴 소리가 요란하게 들렸다.

어찌 트라코마 따위에 걸린단 말인가. 나는 비관에 젖어서 신세한탄의 마음이 들기도 했다. 이런 일로 가뜩이나 덧쌓인 내 열등감은 더욱 커진 듯했다. 한참을 누운 채 기다리면 '눈 할마시'가 와서 눈에 무언가를 부어줬다. 증류수라고 했다. 빽빽하게 굳었던 눈이 차츰 녹기 시작하면서 아래위가 붙었던 눈시울이 스르르 열렸다. 나는 수돗가로 비틀비틀 걸어가서 핏물로 범벅이 된 가루를 마저 씻어냈다. 거울을 보니 돌연히 시달린 두 눈이 마치 달에서 쫓겨난 토끼 눈처럼 빨갛게 변했다. 아마도 이렇게 한 달을 '눈 할마시' 집에 다녔을 것이다. 그래도 앞이 잘 안 보이는 건 회복되지 않았다. '눈 할마시'의 치료가 별반 효과가 없다는 것을 확인하자 아버지는 누군가의 제의로 북성로의 안경점으로 나를 데리고 갔다. 거기서 난생처음으로 시력검사를 하고 내 눈에 잘 맞는 안경을 썼다. 그야말로 신천지가 눈앞에 환히 펼쳐졌다. 근시였던 것이다. 보이지 않던 것이 환히 보이고 아버지 이마의 깊은 주름살까지 또렷하게 보였다. 나는 그것도 모르고 바보같이 '눈 할마시' 집을 여러 날 다니며 내 눈에 엄청난 고통만 주었던 것이다. 그 불법 시술로 시력을 잃지 않은 것이 천만다행이었다. 어찌 그리도 무지하고 몽매했던가. 당시에는 이런 불법 시술이 곳곳에 만연했다.

이런 고통의 과정을 거쳐서 내가 처음으로 안경을 착용하게 된 날이 11월 22일이다. 나는 그날의 감격을 잊지 못한다. 안경은 이제 내 신체 기관의 중요한 일부다. 이것을 착용해야 외출도 운전도 가능하고 무엇보다도 인간 구실을 제대로 한다.

노래 속에서 찾아낸 어머니 목소리

고등학생 시절 소풍을 가면 오후가 되면서 온몸에 힘이 빠지고 나른해진다. 먹는 것도 부실한데 피로까지 겹치니 그저 풀밭에 누워서 멍하니 새소리를 듣거나 흘러가는 구름을 보는 것이 좋았다. 그러다 보면 소르르 졸음이 왔다. 꼭 그러한 때 나를 다급히 깨우는 녀석이 있었다. 담임선생이 나를 찾는다는 것이다. 나는 직감으로 그 까닭을 알아차린다. 학반 대항 노래 시합이 벌어지는 것이다.

아니나다를까 어느 무덤 둘레에 농림학교 임업과 두 반 학생들이 모두 소복이 모여 있다. 나는 어느 해부터인가 소풍에서 열린 노래 시합에 출전해 우승하고부터 학반의 대표 가수가 되었다. 학반 명예를 위해서 이 출전을 거부할 도리가 없다. 내가 아무리 힘들더라도 노래 부르기만큼은 거절하지 않는다. 선수가 오르는 무대는 야산의 봉분 위다. 그 끝에 올라서서 긴장하며 내 차례를 기다린다. 대구농림고등학교 임과 1반의 대표 선수는 공정보(가명). 그는 이미 그 학반의 대표 선수로 나와 여러 차례 겨룬 경력이 있는지라 낯설지 않고 또 내 나름대로의 자신감도 있다.

정보의 노래 솜씨는 잔잔하고 매끄러운 바이브레이션이 장기다. 그에 비해 내 노래는 가사를 어떻게든 호소력이 느껴지도록 전달하는 방식이다. 그러기 위해서는 우선 발음이 분명해야 하고, 발성과 창법이 듣는 사람에게 감화력을 지녀야 한다. 지난 두 해 동안의 노래 시합에서 정보가 두 번 이기고 내가 세 번 이겼다. 실력은 비슷했으나 정보의 솜씨와 수준도 결코 만만하지 않다. 하여간 나로서는 그저 나의 시간에 최선을 다하는 도리밖에 없다. 그날 나는 고봉산의 〈용두산 엘레지〉를 불렀고 정보는 남인수의 〈감격시대〉를 열창했다. 정보는 후리후리한 체격에 바지 주름을 칼날처럼 세워서 입고 다녔다. 학창시절에 이미 연예인을 연상케 하는 옷차림이었다. 떨림과 두근거림 속에 시합은 끝이 났다.

이윽고 두 담임선생의 채점표가 집계되고 그날은 내가 운좋게 이겼다. 임과 1반 급우들의 함성이 산정에 울려퍼졌다. 무릇 남에게 무언가를 인정받고 칭찬 듣는 일은 언제나 즐겁고 신명난다. 엄청난 격려로 작용하는 것이다. 그후로도 나는 노래가 필요한 자리라면 마다하지 않았다. 고교 졸업반 시절, 친구 집에 입시 공부를 하러 가면 친구 부모님이 안방으로 불러서 노래를 요청했다. 그러면 시장에 갓 출시된 라면을 끓여주셨는데 그 맛은 가히 환상이었다. 김치를 썰어넣고 달걀까지 풀었으니 더 무슨 호사를 바라겠는가.

군대 시절에는 제대를 며칠 앞둔 고참병이 나를 호출했다. 이미 소주에 취해 있는 그의 앞에 서서 나는 〈불효자는 웁니다〉를 불렀다. 그가 잠시 뒤에 고개를 푹 숙이더니 어깨를 들썩이며 울었다. 나는 그의 가장 민감하고 아픈 부분을 노래로 건드린 것이다. 집안 모임에서도 자주 노래를 불렀고 친구들과 만나면 노래로 밤을 새우는 일이 잦았다. 1980년대 중반엔 청주에서 김지하 시인과 노래 시합을 펼쳤다. 새벽까지 오백여 곡은 족히 불렀을 것이다. 1990년대 중반에는 부산의 후배들과 만나 동래 온천장 포장마차에서 부산 노래만 골라 부르기 시작했는데 어느덧 새벽 동이 훤하게 밝아온 적도 있다.

이 무슨 유랑 가수의 기박한 운명이고 팔자인가. 아직까지도 가수협회에 등록도 하지 않은 무명 가수의 고달프고도 자족적인 세월 속에 나는 살았다. 이런 시간 속에서 어느 날은 내가 왜 이토록 노래를 좋아하는지 나 스스로에게 물었다. 결국 그 답은 바로 어머니였다. 내가 들어보지 못한 어머니의 목소리가 궁금했고, 그것을 노래 속에서 발견했기 때문이었다. 아버지가 정오 무렵에 틀어놓은 진공관 라디오에서는 여자 가수의 노랫소리가 들렸다. 그 순간 나는 노트를 들고 와서 가사를 받아 적으며 곡조를 곧장 외웠다. 이난영, 장세정, 이은파, 이화자, 이해연, 황금심, 송민도, 박재란, 박단마 등등. 그 여자 가수들의 목소리는 다름 아닌 내 어머니의 목소리였다. 내가 전혀 기억하지 못하는 그리운 어머니의 목소리를 나는 자꾸만 듣고 싶었던 것이다.

노래 부르는 시간은 우선 즐겁고 행복하다. 어떤 근심도 걱정도 범접하지 못한다. 내가 사고를 당해 늑골이 여러 대 골절되는 중상을 입고 병원에 입원해 있던 시절, 친구가 병문안을 왔을 때도 나는 그애와 함께 노래를 불렀다. 가만히 있으면 결리고 아픈데 노래를 부르니 통증도 느껴지지 않았다. 실제로 여러 연구에 의하면 노래를 부를 때 인간의 신체 내부에는 즐거움이나 행복감을 유발하는 각종 호르몬과 신비한 물질이 생성된다고 했다. 엔도르핀, 도파민, 옥시토신 등이 그런 것들과 관련이 있을 것이다.

옛 가요를 테마로 한 흥미로운 에세이를 잡지에 일 년간 연재했다. 제목은 '이동순의 재미있는 가요 이야기'. 이게 인연이 되어 한 방송사 라디오의 가요 프로를 맡아서 오 년간 진행한 적이 있다. 같은 제목으로 타이틀을 정했다. 그 방송사의 창립 기념으로 진행했던 프로에서는 내가 두 주일 동안 직접 녹음한 노래를 송출하기도 했다. 그후 가요를 주제로 펼쳐지는 각종 강연회나 해설의 자리에서 나는 미리 준비해 간 반주로 자주 노래를 불렀다. 그때마다 나는 객석에 앉은 사람들의 표정을 유심히 살펴본다. 처음엔 우울하고 근심에 가득한 듯한 표정들이 함께 노래를 부르고 즐기노라면 어느 틈에 화사하고 밝은 얼굴로 바뀌는 것을 본다. 이처럼 노래는 마음속의 어두운 기운을 몰아내는 비약秘藥이다. 틈날 때마다 자주 노래를 불러보시기 바란다. 그것은 보약을 먹는 효과와도 같다.

깊은 밤의 노래 공연

고교 졸업반 시절의 여름방학이었다. 나는 가람동우회 동기 H군의 집에 가서 그와 함께 수험 준비에 골몰했다. 나를 도와주려는 친구의 정성은 놀라웠다. 인문계 명문이었던 자신의 고등학교에서 모의고사를 치고 나면 그 시험지의 연필 흔적을 지우개로 말끔히 지워서 나에게 가져다주었다.

당시 친구가 다니던 K고등엔 실력파 교사들이 많았다. 모두들 우수한 경력을 지녔고 개중엔 해외 유학파도 있었다. 그들이 출제한 문제는 여러 명문대 출제와 일치될 때도 있어서 그 적중률이 늘 화제에 오르곤 했다. H는 내가 좋아하는 국어, 국사 과목의 부교재까지도 구해주었다. 친구를 향한 정성이 대단했다. 나는 날이 저물면 그의 집에 가서 공부하다가 야간 통행금지 직전에 돌아오거나 아니면 밤샘 공부를 한 뒤 통금 해제 직후인 새벽에 돌아오곤 했다.

그런데 어느 날 뜻밖의 일이 있었다. 친구와 공부하고 있는데 누가 방문을 똑똑 두드렸다. 보니 친구 어머니였다.

"잠깐만 안방으로 와볼래?"

안방에는 친구 아버지도 앉아 계셨는데 평소 워낙 무뚝뚝한 표정이어서 말도 붙이기 어려운 분이었다. 긴장한 자세로 엉거주춤 서 있는데 친구 어머니가 말했다.

"이리 들어오거라. 공부하느라 얼마나 힘이 들겠니?"

그 말에 바로 뒤이어서 어머니는 "너에게 한 가지 부탁이 있단다"라고 하셨다. 나는 혹시 내가 무슨 잘못이라도 해서 꾸중하려고 부른 줄 알았다. 하지만 친구 부모님은 환하게 웃으면서 다정하고 부드러운 목소리로 말했다.

"네가 옛 노래를 잘 부른다고 우리 아들한테 들었단다. 매일 저녁 우리집에 와서 공부하다가 쉴 때 잠시 안방에 와서 노래 두 곡씩만 불러줄 수 있겠니?"

이 뜻밖의 제의에 내 가슴은 흥분으로 콩콩 뛰었다. 노래라면 언제든 자신이 있는데 친구 부모님이 원하신다면 그야말로 지극정성으로 기꺼이 불러드리리라.

"네, 기꺼이 불러드릴게요."

이 약속을 드린 바로 그날 저녁부터 나의 토막 공연은 시작되었다. 우선 두 분의 첫 신청곡은 〈어머님 전 상서〉(이화자)와 〈북국 오천 킬로〉(채규엽) 두 곡이었다. 나는 허리를 펴고 반듯하게 앉아서 이 노래를 불러드렸다. 이화자의 노래를 부를 때는 울음 섞인 애조로, 채규엽의 노래를 부를 때는 북만주 벌판을 썰매로 달리는 경쾌한 리듬으로 불렀다. 〈어머님 전 상서〉는 1939년 오케레코드에서 조명암 작사, 김영파 작곡으로 이화자가 부른 노래다. 이화자는 경기도 부평의 어느 선술집에서 작부로 일하다가 가수로 발탁된 인물이다. 음색에 묻어나는 슬픔은 가히 탄복의 경지에 다다랐다. 출생의 사연도 알지 못하는 이화자는 기생 어머니에게서 태어났고, 아버지는 누구인지 모른다. 본명은 이원재李願載, 술집에서 태어나 술집에서 자랐다. 이 음반에는 '자서곡自敍曲'이란 명칭이 붙어 있다. 자서전에 해당하는 노래란 뜻이다. 온갖 구박과 천대 속에서 성장한 이화자의 한 맺힌 슬픔이 덕지덕지 묻어난다.

> 어머님 어머님
> 이 어린 딸자식은 어머님 전에
> 피눈물로 먹을 갈아 하소연합니다
> 전생에 무슨 죄로 어머님 이별하고
> 꽃피는 아츰이나 새 우는 저녁에
> 가슴 치며 탄식하나요
>
> ─이화자, 〈어머님 전 상서〉 2절

원래 제목은 '상서' 아니라 '상백上白'이다. '백白'은 웃어른께 아뢴다는 의미다. 노래의 시작 부분에서 '어머님'을 두 번 부르는 이화자의 목소리는 거의 울먹이는 창법이다. 대개 이 대목에서 듣는 사람들의 눈물이 솟구친다. 자신의 설움을 곧바로 건드리기 때문이다.

이 노래의 가사를 음미해보노라면 '지독지정舐犢之情'이란 사자성어가 떠오른다. 그 의미를 곰곰이 생각해본다. 어미 소가 제 낳은 송아지를 줄곧 핥아주는 것을 가리키는 말이다. 일제 말, 이 땅의 부모님들은 사랑하는 자녀를 정신대란 이름으로 만리타국으로 떠나보내며 가슴이 찢어졌을 것이다. 당시 젊은이들은 지원병, 징용이란 명목으로 일본 군대와 전쟁터에 동원되었고, 여성들 또한 그렇게 끌려가서 반인륜적 악행을 강요받았다. 이 노래 가사에 담겨 있는 고통과 탄식은 이러한 현실의 경과를 참으로 실감나게 증언해주고 있다.

〈북국 오천 킬로〉란 노래 역시 같은 해 1월에 박영호 작사, 무적인 작곡으로 채규엽이 불러서 히트한 노래다. 이 노래의 가사에는 식민지 조선에서의 비통한 현실을 견디지 못하고 탈출하듯 만주로 떠나간 동포들의 아득한 심경이 나타나 있다. 누가 오라는 곳도 없이 마냥 정처 없는 방랑을 거듭하는 당시 겨레의 처지와 심경이 실감나게 느껴진다. 폴카풍의 곡조로 작곡이 되어서 씩씩하고 경쾌하다. 차디찬 칼바람이 볼을 스치고 지나가는 현장감마저 든다.

> 눈길은 오천 킬로 청노새는 달린다
> 이국의 하늘가엔 임자도 없이
> 흐드겨 우는 칸데라
> 페치카 둘러싸고 울고 갈린 사람아
> 잊어야 옳으냐 잊어야 옳으냐
> 꿈도 슬픈 타국 길
>
> ─채규엽, 〈북국 오천 킬로〉 1절

나는 이 두 곡을 가사의 분위기에 맞도록 절절하게 불렀다. 친구 부모님은 완전히 내 노래에 심취한 몸짓이다. 덩달아 박수도 치고 신명이 나서 어깨춤까지 들썩인다. 노래를 부르는 나도 한껏 신이 났다. 한참 노래를 부르다보면 친구 아버지는 방바닥으로 고개를 숙였고, 어머니는 눈물까지 글썽였다. 가까이 다가와 내 어깨를 감싸안아주면서 "너는 어쩌면 그렇게도 노래를 잘하니. 네 노래를 들으면 왜 이렇게 눈물이 나는지 몰라. 얘야, 정말 정말 고맙구나" 하셨다.

친구는 옆에서 괜히 토라진 목소리로 "엄마는 나보다 내 친구를 더 좋아하네. 아들을 바꾸세요"라고 볼멘소리를 했지만 내심 싫지는 않은 듯했다.

친구 어머니는 한바탕 코를 푸신 다음 바로 부엌으로 가 라면을 밤참으로 끓여주셨다. 거기 노란 달걀이 오르는 건 당연한 일이다. 1967년 국내에 라면이 처음으로 출시되던 무렵의 그 맛은 어찌 그리도 환상적이었던지 설명할 길이 없다. 매일 저녁 옛 노래를 반짝 공연하고 출연료로 라면을 특식으로 대접받는 즐겁고 행복한 시간이 한동안 이어졌다.

당시 내가 즐겨 불러드린 곡목들은 고복수의 〈타향살이〉 〈사막의 한〉, 황금심의 〈알뜰한 당신〉 〈삼다도 소식〉, 장세정의 〈연락선은 떠난다〉, 남인수의 〈애수의 소야곡〉 〈청춘 고백〉 〈추억의 소야곡〉 〈감격시대〉 〈물방아 사랑〉 〈울며 헤진 부산항〉 〈무너진 사랑탑〉 〈달도 하나 해도 하나〉 〈고향의 그림자〉 〈서귀포 칠십 리〉, 이난영의 〈불사조〉 〈목포의 눈물〉 〈다방의 푸른 꿈〉 〈해조곡〉 〈목포는 항구다〉, 백년설의 〈나그네 설움〉 〈번지 없는 주막〉 〈어머님 사랑〉 〈고향설〉 〈고향 길 부모 길〉 〈대지의 항구〉 〈만포진 길손〉 등이다. 사실 이 곡들은 친구 부모님이 무척 좋아하는 애창곡이었으므로 여러 번 반복해서 부른 경우가 많았다. 그분들은 대단한 가요 팬이었다. 내가 평소 즐겨 부르던 이런 노래들을 매일 저녁 반드시 두 곡씩 어쩌다 신이 나면 다섯 곡까지도 잔잔하게 불러드렸다. 깊은 밤에 펼쳐진 노래 공연이었다.

농장 장학생 시절의 추억

1966년 봄이었다. 나는 대구농림학교 임과 재학생이었다. 마침 농장에서 일할 사람을 뽑는다는 공고가 교문 옆 게시판에 붙었다. 그 명칭은 '농장 장학생'이라고 했다. 학교의 여러 농업 시설을 돌보고 관리하는 농림학교의 일꾼으로 보다 정확히 말하자면 학교 머슴이었다. 남보다 일찍 등교해서 묘포장에 물을 주고 방과후엔 본격적으로 농장을 관리하는 것이다.

작업복을 갈아입고 묘포장, 버섯 재배장, 임업 시험장 등을 두루 돌며 파종에서부터 제초 작업, 급수 작업, 방제 작업, 어린 묘목 관리 작업 따위로 몹시 바쁘고 분주하였다. 고학년 선배들은 군대 상관처럼 한가히 빈둥거리며 느긋한 시간을 보내지만, 이제 갓 입학한 초년 후배에겐 언제나 격렬한 노동이 강요되었다. 선배들의 몫까지 모두 도맡아야 하니 일과가 이만저만 분망한 것이 아니었다.

이렇게 몇 달을 눈코 뜰 새 없이 그야말로 코에 단내가 날 정도로 휘둘리면서 나의 생활 리듬과 일과는 차츰 제자리를 잡았다. 농장 장학생의 대가와 보수는 공납금 면제다. 학교에 내는 모든 부과금도 면제다. 집안 형편이 몹시 어려울 때라 농장 장학생 취업은 학업의 위기를 모면하게 해준 크나큰 혜택이었다.

당시 계모는 '산통'이라는 일종의 돈놀이를 하다가 크게 일을 저지르고 서울로 도피중이었다. 남이 맡긴 돈을 돌려주지 못했으니 결국 범죄로 결말이 났다. 날마다 빚쟁이들이 찾아와 집안에 틀어박혀 있었으니 한시도 편할 날이 없었다. 이 꼴을 피하려고 새벽에 눈만 뜨면 학교로 서둘러 달려갔다. 저녁에도 일부러 해가 저물어 돌아왔다. 다른 농장 장학생 선배들이 모두 돌아간 뒤 그들이 팽개쳐두고 간 흙 묻은 삽이나 괭이를 반들반들 윤이 나도록 물로 깨끗이 씻어 농기구 실에 걸어둔 다음 주변이 어두워져서야 귀가했다.

주말이나 공휴일도 농장에 가서 살다시피 했다. 새참은커녕 끼니를 제때 해결하지 못해 배에선 걸신이 아우성치는 꼬르륵 소리가 들려왔고, 발걸음은 허기로 힘이 빠져 터벅거렸다. 하지만 언제나 고통만 있었던 것은 아니었다. 가만히 회고해보노라면 묘포장에 소나무의 종자나 각종 씨앗을 파종한 뒤 그 새싹이 파릇파릇 돋아나는 광경을 들여다보는 것은 참으로 이색적인 체험이었다. 생명에 대한 외경심과 숭고함을 깨닫는 뜨거운 경험을 그때 처음 할 수 있었던 것이다. 소나무의 종자는 몹시 작다. 입으로 훅 불면 날아갈 정도다. 그걸 묘포장에 파종한 뒤 정성껏 물을 주면 어느 날 아주 작고 가늘며 파리한 생명이 제 몸 위의 엄청난 흙을 들치고 밀어내며 뾰족이 연녹색 얼굴을 보이기 시작한다. 그 파릇한 싹은 머리 위에 자기가 들어 있던 껍질을 모자처럼 얹은 채 빠끔히 세상으로 얼굴을 내미는 것이다.

이 놀라움과 경이로움은 신선했다. 이토록 엄청난 기적이 또 어디 있겠는가. 이는 나도 저 새싹처럼 살아야겠다는, 환경의 악조건을 나무라거나 투덜거리지 말아야겠다는 반성과 각오로 이어졌다. 농림학교에 다니는 기쁨과 보람을 그때 비로소 깨닫게 되었고 하루하루가 즐겁고 행복했다. 나는 식물과의 대화와 교신에 성공한 것이다. 표고버섯 재배장을 만들 때도 참나무 등걸에 종균을 박아놓고 날마다 물을 주며 습기를 알맞게 유지시키면, 어느 날 작고 귀여운 아기 버섯이 고개를 쏘옥 내밀었다. 일하다 지치면 농장의 그늘에 누워 흘러가는 구름을 하염없이 바라보다가 스르르 토막잠에 빠지기도 했다.

농장 장학생의 일과는 남보다 일찍 등교해 농장을 보살피는 것으로 시작해 남들 모두 하교한 뒤에도 과업은 이어진다. 아침부터 버섯 재배장 물 뿌리기, 묘포장 제초 작업, 밤새 어린싹에 덮어놓은 거적 이불 벗기기, 연장에 묻은 흙 씻어내기, 창고 내부의 비품을 말끔히 정리정돈하는 일 등등 학교의 농장 일은 해도 해도 끝이 없었다. 늘 열심히 하는데도 선배들은 수시로 신참들을 창고 뒤로 불러 기합을 주었다. 엎드려뻗쳐, 각목으로 엉덩이 때리기, 이것은 정말 억울한 일이다. 자기들은 늘 빈둥거리다가 돌연히 나타나 이런 포악한 짓만 해대니 그 꼴이 고울 리 있겠는가. 선배들이 없는 시간이 평화의 시간이었다.

농장 일과를 서둘러 마치면 내가 가는 곳은 학교 도서실이다. 대구농림은 1910년 경술국치로 나라가 기울던 시절에 학교가 만들어졌다. 개교의 역사가 오래된 만큼 소장 도서가 많았다. 책등이 누렇게 빛이 바래고 더러는 겉장이 분리되어 너덜너덜한 책도 있었다. 그 많은 책 가운데 나의 관심은 오로지 시집이었다. 식민지 시기에 발간된 대면하기 어려운 시집들도 적지 않았다. 지금도 생각나는 것들로는 김

소월, 한용운, 황석우, 변영로, 정지용, 김기림, 신석정, 이해문, 김해강, 서정주, 유치환, 박목월, 박두진, 조지훈, 윤곤강, 장만영, 박남수 등등의 시집들이다. 서가에는 이런 시집들이 즐비하였다. 농림학교에서 문학 관련 서적들은 오로지 내 차지였다. 다른 학생들의 관심은 주로 취업과 자격 취득을 위한 안내나 참고서 쪽으로 쏠려 있었다. 나는 그 여러 시집 가운데 신석정辛夕汀 시인의 시집을 특히 탐독했다. 책장만 펼치면 어머니란 시어를 만날 수 있었기 때문이다.

> 비 오는 언덕길에 서서 그때
> 나는 어머니를 부르던 소년이었다
> 그 언덕길에서는 멀리 바다가 바라다 보였다
> 빗발 속에 검푸른 바다는 무서운 바다였다
>
> 어머니 하고 부르는 소리는 이내
> 메아리로 돌아와 내 귓전에서 파도처럼 부서졌다
> 아무리 불러도 어머니는 대답이 없고
> 내 지친 목소리는 해풍 속에 묻혀갔다
> ─ 신석정, 「어머니의 기억」 부분

　해 저무는 저녁, 학교 도서실에서 혼자 이 시를 읽다가 내 눈에는 눈물이 맺혔다. 어머니 얼굴도 모르고 목소리도 들어보지 못하고 어머니 품에 안겨 젖도 못 빨아본 그 애절한 심정을 이 시작품이 위로해주는 듯하였다.
　신석정 시인이 발간한 시집 『촛불』 『슬픈 목가』 『빙하』 이 세 권은 그날부터 온통 내 차지였다. 노트에 베끼고 종이에 옮겨 적어서 벽에 붙여놓고 암송하기도 했다. 신석정 시를 읽으면 어머니에 대한 갈증이 상당히 해소되었다. 속이 후련해지면서 어떤 위로를 받는 것만 같았다. 세상에 어찌 이처럼 나를 위해 만든 책이 있는가. 읽고 또 읽으며 시작품 속으로 깊이 몰입했다.

그로부터 오랜 세월이 흘러 수년 전 전북 부안의 신석정 묘소를 찾게 되었다. 전주의 시인 김익두金益斗 교수가 나를 안내했다. 나는 묘소 앞에 서서 고등학생 시절 석정 시인으로부터 크고 따뜻한 위로와 격려를 받았던 나만의 경험을 속으로 가만히 고백했다. 그러곤 두 번 절 드렸다. 무덤 속의 석정 시인이 가만히 다가와서 내 어깨를 감싸며 안아주는 듯했다.

친구 엉덩이의 늑대 이빨 자국

대구농림학교 개교기념일에는 마라톤 대회가 열렸다. 나와 같은 농장 장학생 친구 허태홍(가명)은 해마다 거기 출전해서 꼭 입상했다. 작은 키에 담력이 세찼으며 어떤 악조건에도 결코 당황하는 얼굴을 하지 않았다. 세상에 두려운 것이 없었으며 위기를 헤쳐가는 돌파력이 강했다. 그의 집은 포항 외곽의 학산동에 있었다. 형과 어머니가 그곳에서 양계장을 운영했다.

어느 해 여름방학 때 친구의 초청을 받아 포항으로 놀러갔다. 머무는 동안 양계장 청소와 달걀 거두기를 도왔다. 친구의 형은 당시로서는 첨단적 방법이었던 배터리 케이지Battery Cage 사육법을 도입했다. 이것은 닭 한 마리가 겨우 들어가는 철제 닭장이 다닥다닥 붙어 있어서 그 모습이 마치 가지런한 건전지와 비슷하다는 뜻으로 붙은 이름이다. 말하자면 공장식 양계장 운영인데 이를 '빠다리' 사육이라고도 했다. 일본어로 파타리ばたり란 말이 가벼운 물건이 아래로 툭 떨어지는 것을 뜻한다고 하는데, 철사를 얽어서 만든 이 닭장에서는 암탉이

산란한 달걀이 툭 떨어져서 경사진 앞쪽으로 또르르 굴러나오기 때
문에 붙은 이름으로도 짐작된다. 몸을 제대로 움직일 수 없는 비좁은
철망 칸칸이 닭들이 들어 있었다. 알을 낳으면 비스듬한 철망 바닥으
로 또르르 굴러서 앞으로 왔다. 그걸 달걀판에 주워 담으면 되었다.
닭들의 배설물은 바닥으로 떨어져 청소하기가 편리했다. 운영하는 사
람은 편할지 모르지만 닭이 겪는 스트레스는 이만저만이 아니다. 시
간이 지나면 점차 산란율이 줄어든다고 한다. 잠시 편할 수는 있어도
장기적으로 보면 오히려 손실이다. 이제 이 방식의 양계는 사라지는
추세다.

친구의 집에서 먹는 아침식사는 특별했다. 친구 어머니는 새벽 부
두로 나가 밤새 잡혀온 싱싱한 도다리를 사왔다. 그것을 큼직하게 썰
어서 회로 장만해 접시에 담았다. 포항에서는 도다리를 '돈지'라 부
른다. 나는 친구 집에서 생선회라는 것을 처음으로 먹었다. 친구는 고
교 졸업 후 바로 육군에 자원입대했고 백마부대 병사로 베트남전쟁에
참전했다. 군복무 시절 사진과 편지가 자주 날아왔다. 나는 위문편지
를 쓰는 기분으로 친구에게 답장을 보내곤 했다. 제대 후 그는 용접
분야에서 일했고 나중엔 용접 기술 학원을 차렸다. 군대 시절에 용접
기술을 배웠다고 한다. 하지만 사업 운이 따르지 않아서 손을 대는
족족 실패했다. 그 와중에 사기를 당해서 세상을 몹시 탄식했다. 그러
던 친구가 어느 날 돌연히 가족 모두를 데리고 미국으로 이민을 떠나
버렸다.

그는 미국 동부의 메릴랜드주에 정착해서 병아리 감별사가 되었다.
부부가 새벽 네시에 아침 도시락을 싸서 출근하면 곧바로 감별 작업
에 들어간다. 이렇게 다섯 시간을 내리 일한 뒤 오전 열시면 퇴근했

다. 특이한 직업이었는데 소득은 꽤 높은 편이었다. 열심히 돈을 모아 농장을 구입했고 거기에서 한국식 과수원을 운영했다. 배, 사과, 복숭아를 재배했는데 비옥한 토질에다 한국과 비슷한 기온으로 과수 농사는 대성공이었다.

그의 초청으로 친구의 집을 방문한 적이 있다. 친구 부부는 미국 이민자로 거의 사십 년째 살아가는데 여전히 이민 초기의 생활습관을 갖고 있었다. 검소, 절약, 긴축 등 철저한 삶의 지표가 몸에 배어 있었다. 친구는 경산 와촌에서 태어났다. 어린 날 새벽녘 마루끝에 서서 오줌을 누고 있을 때 늑대가 나타나 친구를 한입에 물고 숲으로 달아났다. 비명을 들은 어머니가 마을 사람들에게 다급하게 알렸고, 주민들은 징과 냄비를 두드리며 늑대 뒤를 쫓아서 갔다. 놀란 늑대가 언덕에 친구를 그대로 버리고 갔다. 구사일생으로 목숨을 건진 것이다.

친구 엉덩이에는 그때 늑대한테 물린 이빨 자국이 그대로 남아 있다. 친구는 어느 날 목욕탕에서 그 흉터를 나에게 보여주었다. 맹수에게 물려갔다가 다시 살아날 수 있다니. 이것은 하나의 전설이나 신화에 등장하는 이야기를 떠올리게 했다. 그걸 내가 시로 써서 친구에게 보냈다. 가족들이 그 시를 읽으며 박장대소했다는 답신이 왔다. 당시 친구가 늑대에게 물려갔다는 경산은 이제 농촌이 아니다. 엄청난 변화 속에서 완전히 도시로 탈바꿈한 지 오래다. 친구의 엉덩이를 깨물었던 늑대 녀석은 지금 어디로 갔나. 문명의 메커니즘에 시달리고 피로가 느껴질 때면 친구 엉덩이의 늑대 이빨 자국을 떠올린다. 우리에게도 그런 시절이 있었다.

　　엉덩이에 늑대 이빨 자국 선명하던

옛 친구 홍이가 생각납니다

다섯 살이던가 여섯 살이라던가

잠에 취한 새벽 툇마루 앞에 나와 서서

오줌발도 줄기찬 쉬를 하고 있는데

갑자기 늑대란 놈이 달려들어

홍이 엉덩이를 물고 대밭 속으로 달아났다지요

마을 사람들이 꽹과리 치며 뒤따라와

깜짝 놀란 늑대는 홍이를

밭고랑에 버려두고 달아났답니다

그렇게 살아난 홍이 엉덩이에는

지금도 늑대 이빨 자국이 그대로 남아 있습니다

목욕탕에서 서로 등 밀어주기 하다가

홍이는 이런 내력 들려주었지요

이 문명 시대에 늑대 설화는 참 신이 납니다

먼 나라로 이민을 떠난 홍이 녀석은

여전히 속옷 밑에 늑대 이빨 자국 감추고

바쁜 삶을 살아가고 있겠지요

오늘 그 홍이가 문득 그립습니다

녀석과 한잔하고 싶습니다

—「홍이 생각」 전문

개교기념일의 돼지국밥

대구농림학교의 5월은 풍성하다. 개교기념일이 있기 때문이다.

나라의 주권이 일본에게 넘어간 1910년 5월 10일에 대구공립농림학교가 문을 열었다. 국치일은 8월 29일인데 개교는 이보다 먼저다. 조선왕조 마지막 황실의 칙령으로 개교에 힘을 얻었다. 처음에는 농업과, 임업과 둘로 시작했다. 그후 격동기에서 여러 변화를 거쳐오다가 6·25전쟁중인 1951년 대구농림고등학교란 이름으로 자리를 잡았고 현 명칭은 대구농업마이스터고등학교다. 농업, 임업, 축산, 원예 등 4개 학과를 설치하고 21학급의 규모로 정식 체계를 갖추었다. 3·1독립운동이 일어났을 때 농림학교 재학생들이 다수 참가했고, 1920년대의 항일운동 조직에 맹원이 된 사례도 있다. 1960년 2월 28일 대구에서 일어난 반독재 민주화운동에도 참가해서 농림학교 학생들의 불타는 의기를 세상에 알리기도 했다. 그 시절에는 그만큼 투철한 구국 정신으로 다져진 청년들이 많았다고 한다. 기울어가는 나라를 농업으로 일으키자는 뜻이 창학 이념에도 반영되어 있다.

해마다 개교기념일이 다가오면 농장 장학생들의 일과는 바빠진다. 농산물 품평 대회에 학교 농장에서 재배한 곡식이나 채소, 각종 과일들을 출품하는 시간이 다가오기 때문이다. 호박만 해도 한아름이 넘는 크기가 있어서 호박 하나를 손수레에 실어 옮겼다. 토마토나 감자, 고구마 등도 매우 굵고 훌륭했다. 이 모든 것을 우리 농장 장학생들이 리어카에 실어서 직접 품평회장으로 옮겼다. 거기는 대구농림학교 출품 농산물을 보기 좋게 전시하는 미술부의 디자이너들이 미리 대기하고 있다. 출품한 몇 가지 품목은 반드시 최우수 농산물에 선정되곤 했다.

즐거움은 이뿐이 아니다. 개교기념일 점심이면 운동장에서 얼큰한 돼지국밥을 학반별로 끓인다. 학반 대표가 가서 줄을 서 돼지고기 뭉치와 각종 채소 등의 식재료를 받아온다. 학생들은 모두 학반별로 운동장의 지정된 곳에 자리를 잡고 천막을 친다. 학교 울타리 부근에 무거운 가마솥을 설치하고 즉석 도마와 식칼 등 여러 주방 기구까지 모두 완비해둔다. 거기서 역할을 분담한 학생들이 제각기 재료를 씻고 다듬고 썰어서 가마솥에 쏟아붓는다. 마늘과 고춧가루 등 양념도 듬뿍 넣고 오래도록 끓인다. 여기 들어가는 재료는 모두 학교에서 제공해준 것들이다. 이 때문에 학교 축사에서 기르던 돼지가 한꺼번에 열 마리도 넘게 제물로 바쳐져야만 했다.

운동장 가녘의 담장 쪽으로 길게 설치한 학반별 가마솥에서는 연기가 피어오르고, 임시 주방 시설을 설치한 풍경은 마치 피란민 행렬의 끼니때처럼 장엄하게 보이기도 했다. 각 반에서 취사를 지원한 팀이 앞치마를 두르고 모든 업무를 도맡았다. 숫돌에 칼만 전문으로 갈아대는 친구도 있었다. 시골에서 낫을 많이 갈아본 솜씨다.

솥에선 고깃국이 부글부글 끓고 가마솥에선 익어가는 쌀밥의 구수한 냄새가 풍겼다. 음식이 준비되는 동안 운동장에선 축구 대회 결승이 벌어졌다. 예선을 거쳐 결승전을 개교기념일에 치르는데 우리 반은 단 한 번도 결승에 오르지 못했다. 난 원래 약한 몸이라 운동 체질이 못 되었다. 단 한 번도 선수진에 끼지 못하고 언제나 주방 보조 업무가 주어졌다. 학생회장 친구는 확성기 앞에서 창학 정신 문구를 줄곧 떠들어댔다. 마이크 상태가 불량했고, 자주 삑삑거리는 소리가 나서 거의 소음에 가까웠다. 이를 귀기울여 듣는 사람은 아무도 없었다. 창학 정신 낭독을 마치면 다시 교가(김홍섭 작사, 김홍교 작곡)를 틀어준다. 지금 가사를 음미해보면 당시 고등학생들로서는 알아듣기 힘든 한자말이 많았다. 학도, 유구, 궁륭 따위의 단어들은 무슨 뜻인지 제대로 판독이 되지 않았다.

동녘에 해는 솟아 아침 이루고
눈앞에 돌아드는 태백의 줄기
장할 손 흘러 넘는 생명의 원천
이 땅에 으뜸 자랑 우리 배움터
아아 농림 농림 우리의 모교
— 〈대구공립농림학교 교가〉 1절

농장 장학생 동기 허태홍은 워낙 다부진 성품이라 어금니를 악물고 그라운드를 누볐다. 때마침 공이 친구 쪽으로 굴러올 때 그는 너무 흥분하고 말았다. 공을 향해 달려가서 냅다 걷어찼는데 아뿔싸 공은 몸을 옆으로 살짝 비켜가고 신발은 벗겨져서 공중으로 높이 솟구쳤다. 흥분 속에서 눈을 질끈 감고 헛발질을 해버린 것이다. 이 모습을 보면서 모두가 허리를 잡고 웃었다. 한참 웃고 나니 허기가 졌다.

이윽고 국밥을 나누는 시간, 각자 받아온 식판에다 밥과 국을 담는다. 만약 그날 친한 녀석이 국자를 들고 있으면 솥 바닥에 가라앉은 고기 건더기를 듬뿍 받을 수 있었다. 학생들 중에는 몰래 막걸리를 감춰와서 슬며시 돌리는 이도 있었다. 하지만 담임선생은 이를 알고도 이날만큼은 모른 척 눈을 감아주었다. 그게 그 시절의 풍경이고 또 여유로움이었다. 따스한 봄바람은 볼을 간질이며 살랑살랑 불어오는데 운동장 흙바닥에 퍼질러앉아서 먹는 점심식사, 그 얼큰한 돼지국밥이 어찌 그리도 별미였던지. 그때를 생각하면서 전국의 여러 돼지국밥집을 다니며 먹어보았지만 그날의 돼지국밥과 비슷한 맛을 찾아내지 못했다.

어디서도 먹을 수 없는 국밥을 소년들이 직접 끓여서 나눠 먹던 광경은 아름답고 풍성한 모꼬지였다. 이것이 한 해에 딱 한 번 있었던 대구농림만의 개교기념일 정겨운 풍경이다.

신라문화제 전국고교백일장에 참가하다

고등학생 시절 나는 문예반 활동으로 심리적 안정을 얻었다. 글쓰기에 관심 가진 선후배들과 토론하고 작품 평가회를 갖는 시간이 몹시 즐거웠다. 교내 백일장에서 나는 늘 단골 입상자였다. 독후감 경시대회에서도 최고상을 받았다. 그에 따라 글쓰기에 대한 자신감은 점점 높아졌다. 대구농림은 2010년에 개교 백 주년을 맞았다. 그러니까 올해로 114년이 될 정도로 역사가 깊다. 그 때문에 학교 도서실에는 책등이 누렇게 바랜 고서들이 많았다. 나에게 참으로 다행이었던 것은 분단 시대에 금지되었던 김기림金起林, 정지용鄭芝溶 등의 북으로 올라간 시인들 시집까지도 버젓이 꽂혀 있었다는 사실이다. 그게 어떤 가치를 지니는지 대체로 무관심했으나, 나로서는 교과서에서 대면하지 못했던 낯선 시인들의 오래된 시집들도 읽을 수 있었으니 그곳은 내 문학 공부의 수련장이자 보물 창고였다. 농장 장학생 일과를 마친 뒤 반드시 찾아가던 곳. 늦은 시간이 되면 책을 대출하던 곳. 그 도서실에서 나는 문학사의 여러 시인을 만나고 읽을 수 있었다. 시인이 되려는 나에게 그보다 더 귀한 경험이 어디 있겠는가. 도서실에는 마침 나와 친한 후배가 당번으로 일하고 있어서 책 대출을 항상 도와주었다. 한 권으로 제한된 대출을 다섯 권이나 몰래 허락해주기도 했다.

어느 날 국어 선생님이 부르셨다. 경주에서 해마다 신라문화제가 열리고 그 행사 중 전국고교백일장이 있는데 거기에 학교 대표로 출전하라는 것이다. 왕복 여비와 식대까지 모두 학교에서 챙겨주었다. 경주 가는 방법과 지리를 몰라 당황하는데 마침 그곳이 고향인 문예반 후배 이남덕(가명)군이 자청해서 자기가 모든 안내를 도맡겠다고 했다. 나는 국어 선생님께 후배 이군과 함께 대회에 참석할 수 있도록 요청했다. 그때 대구농림 대표로 참가한 학생은 후배와 나 둘뿐이다.

초등학생 시절 수학여행으로 다녀온 뒤 오 년 만에 찾아간 경주는 몰라보게 발전하고 변화되어 있었다. 무성한 숲이 단풍으로 물들어가는 반월성 내부 평평한 광장에서 백일장이 열렸다. 반월성 언덕에 서면 첨성대와 안압지가 바로 한눈에 내려다보였다. 이날 전국에서 행사에 참가한 학생들은 박목월 시인의 발제를 받았다. 시제는 '탑'이었던 것으로 기억된다. 교과서에 시작품도 실린 목월 시인은 경주가 본관이라 했다. 청록파 중 한 분이었고, 키가 우뚝하며 당신 시작품에 나오는 청노루 같은 어진 눈빛으로 참가 학생들을 내려다보았다. 들리는 말로는 서정주 시인도 참석했다는데 확인하지 못했다. 전국의 글쓰기 준재들이 참가한 이날 행사에서 나는 안타깝게도 입상하지 못했다. 더 잘 쓰는 선수들이 있었던 것이다. 하지만 상을 받지 못한 것이 전혀 아쉽거나 허전하지 않았다. 참가한 것만으로도 자랑스러운 일이 아닌가.

후배 남덕군의 안내로 경주 시내를 거닐며 경주의 가을 정취를 마

음껏 즐긴 다음, 저녁엔 잔디밭에 앉아 막걸리를 마셨다. 후배의 친구
도 여럿 와서 함께 둘러앉았다. 은행나무 가로수들이 온통 노랗게 물
들어가는 경주는 아름다웠다. 경주의 가을 거리를 터벅터벅 걸어서
나는 후배의 친척집에 하루를 묵게 되었다. 여관비를 절약할 수 있게
되었으니 그 돈으로 막걸리와 안줏거리를 또 사왔다. 후배와 나는 백
일장 낙방 기념으로 만취했던 듯하다. 우리가 입상이 되고 안 되고는
그다지 중요한 문제가 아니었다. 나에게는 문학을 향한 열정을 얼마
나 오래도록 진득하게 품고 자신을 이끌어갈 것인가 다만 그것이 중
요할 뿐이었다. 경주의 밤은 그렇게 깊어만 갔다.

　그 무렵 나는 고향을 테마로 하는 시조 작품 쓰기에 골몰해 있었
다. 사실 세 살 때 떠난 고향이 나에게 얼마나 뚜렷하게 남아 있었을
것인가. 하지만 방학 때마다 찾아가던 고향은 나에게 언제나 아쉽고
부족한 미지의 공간이었다. 고향의 풍물, 고향의 역사, 고향의 여러 인
물을 두루 살피고 탐색하고 싶었다. 이 부족한 고향을 가슴속에 채우
기 위해 고향 테마를 설정한 것이 아니었을까. 다음날 나는 후배 남
덕과 함께 늦가을 경주 거리를 무작정 걸었다. 그의 안내로 무열왕
릉, 분황사, 포석정, 서출지 등을 다니며 후배의 해설을 들었다. 후배
는 고등 졸업 후 농과대학 원예과로 진학했고 나는 국문과 진학의 꿈
을 이루었다. 실업계 고등 출신으로 대학에 들어가기란 하늘의 별 따
기라는 말이 있었는데 후배도 나도 참으로 행운을 껴안게 된 셈이다.
후배도 열심히 시를 썼고, 나도 시 창작에 공력을 기울였다. 우리 둘
은 마침내 2인 시화전을 열기로 했다. 주로 족자 방식의 걸개를 만들
어 거기 작품을 쓰고 그림 그리는 친구가 삽화를 도와주었다. 이런
행사를 주관하면서 가슴이 두근거렸다.

시화전을 마친 뒤로 한동안 시를 계속 쓰던 후배는 어느 날 앞으로 시와 작별하겠다는 폭탄 선언을 했다. 무슨 영문인지 알 수 없었다. 문학적 기질로 살아가기가 불편하고 부적절하다는 판단에 이르렀다는 해명이 있었다. 문학을 떠난 후배와는 차츰 멀어졌다. 대학을 졸업한 뒤 한동안 사업에 골몰하다가 돌연히 찾아온 난치병으로 오래 고생했다. 여러 불행을 겪더니 결국 실의에 빠져 헤어나지 못하고 홀연히 세상을 떠났다는 소식만 인편에 들었다. 친했던 사람과도 이별은 이렇게 느닷없이 오는 것인가보다. 문단에서 대구농림을 졸업한 작가로는 김주영과 김원일 두 선배가 있다. 하지만 그들은 나보다 나이가 한참 많다. 시인이 된 사람은 나뿐인 듯하다.

내연산 향로봉 정상에 오르다

역사가 깊은 대구농림은 과거 전국의 명문 학교 중 하나였다. 주로 관료 등 관계官界 인물들이 다수 배출되었다고 한다. 영남 지역 여러 곳에 학교림學校林이 있었는데 그 가운데 포항시 죽장면의 것이 으뜸이었다. 두어 차례는 그곳을 다녀왔을 터이다. 1966년 여름, 그 폭염 속에서 대구농림 학교림을 거쳐 송라면의 가장 높은 산인 해발 930미터 향로봉香爐峯을 오른 기억이 지금도 뇌리에 생생하다. 떠나던 날은 보슬비가 내렸다.

죽장으로 가는 여정에서 점심은 경주 건천에서 먹고 가기로 되어 있었다. 건천에 도착해 예약된 식당으로 갔는데 한옥으로 지어서 옛 주막집 분위기가 났다. 식당 벽에 박목월 시인의 시 「나그네」를 적은 액자가 붙어 있었다. 그러고 보니 건천은 목월 시인의 고향 마을이었다. 목월은 일제강점기 이곳에서 면서기도 지냈었고, 단정하고 화사한 서정시를 습작하면서 『문장』에 투고했다. 『문장』의 시 추천위원은 1930년대의 대표적인 이미지스트 정지용 시인이다. 우리 모국어의 미감을 시작품으로 더욱 그윽하고 향기롭게 재창조하는 놀라운 솜씨를 지닌 분이다. 지용은 목월의 시를 보고 탄복했다. 세 차례 작품 게재를 해준 뒤 추천 심사평을 이렇게 썼다. "조선에는 두 개의 달이 있는데 북에는 소월이요 남에는 목월이라." 기막힌 절창으로 격찬을 받은 것이다. 목월은 존경하는 스승 지용의 시적 스타일에다 자신만의 고유성을 실어서 개성을 빚어내는 데 성공했다. 경상도의 지역 정서와 향토적 서정이 절묘하게 배합된 작품을 써냈다. 나는 진작 목월 시에 심취한 경험이 있었던지라 점심식사 후의 휴식 시간에 비 오는 건천의 이곳저곳을 거닐었다. 때마침 봄비가 촉촉이 내려서 만개했던 벚꽃은 땅에 떨어져 젖은 길바닥을 흥건하게 덮고 있었다. 나는 그 벚꽃을 밟으며 목월 시인의 비 오는 고향 마을을 천천히 거닐었다. 서울에서 내려온 조지훈 시인과 목월 시인이 처음으로 만났던 건천역도 가보았고, 한적한 건천의 거리를 음미하였다.

그러곤 다시 버스는 죽장면으로 달려갔다. 죽장에서 우리 일행은 먼저 개울가 야영장에 여장을 풀어서 텐트를 설치하고 캠프파이어를 비롯해 밤을 지낼 여러 준비를 마무리했다. 내연산을 끼고 있는 죽장면의 맑은 공기는 상쾌하고 달다는 느낌마저 들었다. 그렇게 하루를 자고 다음날은 동해안 남쪽의 매우 우뚝한 산봉우리인 향로봉에 오르기로 예정되어 있었다. 학교림의 관리인이 산길을 환히 알기 때문에 그의 뒤를 따라가면 되었다. 높은 산은 올라가본 적이 없는데 과연 무사히 등정할 수가 있을까 은근히 걱정도 되었다.

이 내연산은 본래 종남산으로 불려왔으나 신라의 진성여왕이 견훤의 공격을 받았을 때 황급히 피신한 뒤로 개칭되었다. 6·25전쟁 시기에 이곳은 국군과 적군이 날카롭게 대결하던 격전지였다. 그만큼 골짜기가 깊다는 뜻이다. 보경사 쪽에서 오르는 코스는 기암괴석과 폭포가 군데군데 있어서 등산객이 지루할 틈이 없다. 사실 향로봉이란 이름의 산은 전국에 여러 군데가 있다. 금강산, 설악산, 덕유산 등 전국 여덟 곳에 같은 이름의 봉우리를 확인할 수 있다. 우뚝한 산형이 마치 향로의 모양을 닮았다고 해서 생긴 이름이다. 지금은 등산로가 잘 닦여 있지만 예전에는 포항 내연산의 향로봉으로 오르는 등산로가 따로 없었다. 다만 나무꾼이 다니는 가느다란 오솔길을 더듬어서 정상까지 어렵게 올라갈 수 있었다. 오르는 도중의 여러 구간이 밀림으로 울창했다. 산을 오르다가 바위에 발이 걸려 넘어져 정강이에 피가 철철 흐르기도 했다. 가파른 벼랑에서는 가끔 우르르 굴러내려오는 낙석도 있었다. 위험하고 아슬아슬한 구간이 여러 곳 있었다. 1960년대 중반, 향로봉을 오르는 코스는 길조차 희미해서 처음 오르는 사람은 길을 잃기가 십상이었지만, 학교림의 관리인은 자신에게 익숙한 그 길을 우리에게 잘 안내해주었다.

갑자기 나타난 인간들의 말소리에 놀란 고라니들이 이리저리 풀쩍풀쩍 뛰어서 달아났다. 달아나는 고라니의 엉덩이에 돋아난 하얀 털이 귀여웠다. 바로 그 흰 털이 사냥꾼들의 표적이 된다고 했다. 꿩들은 길가에 조용히 숨었다가 하필 사람들이 지나갈 때 앞에서 돌연히 푸르르 날아올랐다. 가만히 숨어만 있었다면 그냥 지나칠 터인데 어리석은 녀석들은 꼭 사람들이 지나갈 때 날아올라 자신의 존재를 드러내고야 만다. 깊은 산중에서 날렵한 독사가 갑자기 나타나 발 앞을 쏜살같이 가로질러가기도 했다. 줄곧 맑은 개울이 곁에 있어서 목이 마르면 길바닥에 그대로 엎드려 산짐승처럼 물을 꿀꺽꿀꺽 마셨다. 천국이 있다면 필시 이런 모습이리라.

악전고투 끝에 정상 부근에 다다르자 눈앞에 키 작은 관목 숲이 펼쳐지고 거기서 조금 더 오르니 아예 바위들만 널려 있었다. 세찬 강풍에 고산식물들은 제대로 자라지 못했다. 모두 바람이 부른 방향으로 몸이 쏠려 있었다. 향로봉 정상에서는 푸른 동해의 수평선이 일망무제一望無際로 펼쳐져 한눈에 다 담아낼 수 없었다. 탁 트인 시야와 거칠 것 없는 정상에 오른 통쾌함. 최초로 높은 산봉에 오른 성취감으로 가슴속은 흥분의 도가니였다. 이처럼 힘든 경험을 하고 나니 앞으로 어떤 난관도 돌파할 수 있다는 자신감이 생겼다. 하산 길은 상쾌하고 즐거웠다. 우리는 교가와 동요를 합창하면서 산길을 내려왔다.

포항의 죽장 골짜기는 깊고 깊은 심산유곡이었다. 개울물이 너무도 맑았다. 그 개울가 평탄한 풀밭에 텐트를 설치한 뒤 불을 피우고 쌀을 씻어 반합飯盒에 밥을 지었다. 그때는 반합을 '항고はんごう'란 일본말로 불렀다. 장작불에 익어가는 구수한 밥냄새가 어찌 그리도 좋던지. 속히 식사시간만 기다렸다. 김치와 멸치볶음, 된장국만으로 밥을 세 그릇도 더 먹었을 것이다. 한창 먹어대는 성장기라 식욕이 엄청났다.

후배들이 민첩하게 설거지를 모두 마친 뒤 선배들은 텐트에 먼저 들어가 코를 골고 우리는 주변 정리를 시작했다. 일단 계곡물 위에 떠다니는 통나무를 모조리 건져내어 한곳에 차곡차곡 정리했다. 당시 사진을 보면 싱싱한 청춘의 혈기가 느껴진다. 그 어떤 것도 겁날 것이 없다. 쉴새없이 들려오는 산새들의 지저귐, 서늘하게 불어주는 계곡의 솔바람. 대자연이 주는 행복감이란 형언할 길 없었다. 맑은 산소를 폐부로 흡입하듯 산천의 정기를 온몸으로 받아들여 고이 갈무리했다.

소년 시절에 이처럼 유익한 경험을 할 수 있었던 것은 오로지 내가 농림학교 재학생이었기 때문이다. 나에게 대자연의 소중함과 그 귀한 가치를 일깨워준 농림학교에 새삼 감사를 느낀다.

고란초에 대한 상념

드디어 졸업반이다. 가을로 접어드니 수학여행을 간다는 소식이 들렸다. 이런 일 저런 일들로 심신이 그다지 안정되지 않던 무렵이라 안 가려고 했었다. 그러다가 막판에 마음이 바뀌어 후다닥 참석 신청을 했다. 코스는 먼저 부산으로 내려갔다가 배편으로 남해를 거쳐 공주·부여 일대의 유적지를 탐방하는 백제 문화 체험이었다. 부여 낙화암과 고란사, 논산 관촉사의 은진미륵 등지를 다녔던 기억이 지금도 생생하다.

여행이란 것도 우선 내 마음이 안정된 상태라야 즐거움 속에 다닐 텐데 그런 환경을 누리지 못했다. 늘 무언가에 쫓기는 심정, 결핍의 열등감, 경제적 궁핍 따위가 나를 시달리게 하던 시절이었다. 그러니 과연 어떤 것이 나에게 여행의 충족과 경험의 완전성을 제대로 느끼게 할 수 있었을 것인가. 그저 우르르 이끄는 대로 무정견 상태의 이동을 되풀이하다가 싱겁게 돌아온 것이니 무엇을 달리 덧붙이고 거기에 각별한 소감을 피력하리오.

그런 가운데서도 단 하나 강렬했던 것은 고란사皐蘭寺 벼랑바위 틈에 돋아난 고란초皐蘭草의 생김새와 주변 환경이었다. 사찰 이름 역시 여기서 자생한다는 고란초 덕분에 지어진 것이다. 고란사 옆 바위틈에서 솟아나는 물을 고란정皐蘭井이라고 한다. 지난날 백제 궁궐에서는 이 고란정의 물을 길어다가 왕에게 바쳤다. 왕이 마시는 물에는 고란초 잎을 한두 개씩 띄웠다. 고란초는 갈라진 바위틈과 이끼가 붙은 곳에서 뿌리줄기가 옆으로 뻗어가면서 자라는 모습을 보여준다. 꽃을 피우지 않고 포자를 만들어서 번식한다. 드문드문 돋아난 잎은 단엽이지만 거기서 고매한 품격이 느껴진다. 잎의 가장자리는 밋밋한 타원형이다. 하지만 이제 고란초는 고란사에서 보기가 어렵다.

한때 고란초가 유명해지자 전국의 채취꾼들이 몰려들어 무분별하게 이곳의 고란초를 몰래 채취해갔기 때문이다. 그늘진 바위틈이나 낭떠러지, 혹은 높은 절벽 어딘가에 극소수만 남아 있다고 하지만 고란초의 운명은 위태롭다. 그 주변의 아주 후미진 곳에서야 고란초가 겨우 생육을 유지하고 있다니 다행이라는 생각도 든다. 식물학자들의 조사 연구에 의하면 고란초는 부여 고란사에만 있는 것이 아니라 전국 여러 곳에 그 군락지가 확인되었다고 한다.

이 위기의 고란초를 가만히 지켜보노라면 내가 살아온 삶의 고달프고 아슬아슬했던 경로를 들여다보는 듯하다. 내 첫돌 전 어머니가 임종하실 때 "윗목의 저 어린것은 곧 나를 따라올 것이라 걱정 않아요"라고 하셨다는데 이후 삶의 벼랑 끝에 매달려 아등바등 살아온 나의 삶은 멸종 위기의 백제 고란초와 몹시 닮았다. 물줄기가 말라서 수분 공급이 아주 끊긴 때도 얼마나 많았으리. 세찬 비바람에 노출되어 겨우 붙어 시달리던 적도 얼마나 잦았으리. 근근득식僅僅得食, 오늘까지 버텨온 것만으로도 나는 스스로에게 장하다고 격려를 한다. 꽃은 없지만 고란초의 꽃말은 '포기하지 마세요'라고 한다.

　가만히 생각하노라면 어머니가 영혼이 육신을 떠난 뒤에도 아주 먼 곳으로 홀홀히 떠나지 못하고 늘 막내아들 곁에 머무르며 아쉽고 허전한 곳을 쓰다듬고 메워주셨다는 것을 뒤늦게 깨닫는다. 그게 곧 지극한 어머니 마음이셨으리라. 그리고 이런 모정은 이승과 저승을 가리지 않고 넘나든다. 철부지 시절에는 육신의 어머니를 그리워했으나 분별과 지각을 깨달은 뒤로는 항상 어머니 품속에 안겨 있다는 생각을 하게 되어 아쉬움이 사라졌다. 결핍으로 인한 불안이나 열등감은 이제 멀리 떠나가고 내 곁에 없다. 이것만으로도 얼마나 편안하고 푸근한 것인가.

　세상 모든 것은 이처럼 과정과 단계가 있고 그걸 하나씩 걷고 통과해서 오늘에 이른다. 중학교 수학여행중 오래 바라보았던 고란초여, 네가 나에게 준 깨달음을 어이 잊을 것인가. 얼마 전 가보았던 고란사는 옛 모습이 모두 사라지고 살풍경하였다. 벼랑바위의 고란초를 찾았으나 그 흔적조차 찾지 못하고 허전한 발길을 돌려서 부소산성扶蘇山城을 터벅터벅 내려왔다. 우리는 이렇게 소중한 것을 제대로 갈무리하지 못하는 야만에 길들여 있다. 무엇이 소중한 것인지 그것조차 옳게 분별하지 못하는 치욕과 무분별의 시대를 살아가는 것이다.

가람동우회 시절

오래된 기록은 소중하다. 자신의 성장기 필체를 보는 일은 낯설고 마치 남의 것을 보는 듯 어색하다. 그런데 가만히 들여다보면 거기엔 청춘의 관심과 열정이 있고 미래의 씨앗까지 들어 있다. 대체 무슨 생각을 하고 살았는지, 어떤 부분에 주된 지향이 있었는지, 심지어 당시 가치관이나 인생관까지도 엿보게 하는 귀한 자료다. 내가 한 선배의 권유로 가람동우회에 가입한 것은 1966년 고등학교 2학년 봄의 일이다.

가람동우회는 1960년대 중반에 출범한 대구 시내 남녀 고등학생의 연합 모꼬지다. 주로 자기 성장과 봉사활동에 주된 목표를 두고 있었다. '가람'이란 말은 강의 옛말에서 따온 것이다. 유구한 강물의 흐름처럼 자신의 돈독한 의지도 신념도 우정도 그렇게 이어가자는 간절한 염원을 담고 있었다. 매주 금요일 오후가 집회 시간이고 장소는 대구역에서 가까운 중앙로의 미국공보원 2층 회의실이었다. 거의 빠지는 일 없이 집회 날이면 반드시 참석했다. 그곳에선 산뜻한 교복을 입은 여학생들을 공식적으로 만나 여러 대화를 나눌 수 있는 기회가 있었기 때문이다. 당시 어디서 여학생을 그렇게 만날 수가 있었겠는가.

학교에서 돌아와 즉시 몸도 씻고 옷매무새도 단정히 해서 집회에 참석한다. 회원들이 모두 모이고 오후 일곱시에 회의가 시작되면 우리는 일제히 자리에서 일어나 오른손을 펴들고 가람 선서를 왼다. "우리는 진리를 사랑하고 심원한 자아를 추구하며—" 이렇게 시작되는 선서를 합동으로 낭송한다. 그러곤 가람동우회 회가會歌를 합창한다. 지금 다시 보니 선서의 문장이 어찌 그리도 한문투로 일관된 것이었던가. 전혀 고등학교 학생답지 않다. 대체 '심원한 자아'는 무엇을 가리키는 말인가. 그저 관념적으로 대단한 경지, 부단한 노력으로 발전에 다다른 높은 수준을 뜻하는 말로 짐작했을 뿐이다. 언젠가 회가를 제정하자는 의견이 있어서 노랫말을 공모했는데 내가 쓴 작품이 채택되었다. 곡은 전문가에게 맡겼다. 이렇게 완성된 회가는 몇 차례 부르니 저절로 입에서 터져나왔다. 이런 절차를 마치면 미국공보원 회의실의 타원형 탁자 앞에 둘러앉아 회의를 시작한다. 회의란 대개 독후감 발표이거나 주제를 정해 두 팀으로 나누어 펼치는 토론이었다.

그 토론의 주제들도 지금 보면 웃음이 터지는 내용들이다. 이를테면 '이성 간에 우정은 과연 가능한가' '닭이 먼저인가 달걀이 먼저인가' '삶의 역할에서 남성이 중요한가, 여성이 중요한가' 따위다. 이런 주제의 토론은 끝내 결론에 다다를 수 없다. 그럼에도 불구하고 전체 회원들은 각자 어느 한쪽에 가담해서 자신들의 주장과 논지가 상대를 제압할 수 있도록 혼신의 힘을 다해 역설했다. 그야말로 뜨거운 격론의 장이었다. 그 시절을 돌이켜보노라면 코믹하기 짝이 없는 젊은 치기로 느껴진다. 그러나 그 체험을 통해 청소년기의 내적 성장을 이루었고 어눌한 언변을 발전시켰다. 그것이 각자에게 조금씩 완성을 향해 나아가는 그런 활동이었음은 틀림없는 사실이다.

때로는 큰 행사를 앞두고 집행을 위한 대책 회의를 진행하기도 했다. 기록표에서 독후감 발표에 관한 내용을 보니 나는 박목월 시인의 수필집 『토요일의 밤하늘』을 선정했었다. 이 책을 자갈마당 길거리의 노점상에서 샀다. 저물어가는 저녁나절, 책장수는 길바닥에다 넓은 천막 천을 깔아놓고 카바이드 조명을 환히 밝혔다. 거기에 덤핑으로 쏟아져나온 책들을 구해와서 와르르 쏟아놓았다. 팔리지 않는 책을 출판사에서 그저 폐지값에 구입해온 것이다. 아무거나 골라잡아 백원. 거기엔 제법 읽을 만한 것들이 있었다. 지적 갈증이 느껴지고 조금씩 독서에 대한 열망이 생겨날 시기라 책에 대한 관심이 많았다. 그래도 그 시절엔 무엇보다도 책을 중시하는 풍토가 살아 있었다. 이 때문에 시장 부근이나 기차역 부근, 공원 정문 앞 등지에서 이런 노점 책장수들의 모습을 흔히 볼 수 있었다. 책을 소중히 여기지 않는 현재와 비교해보면 참으로 격세지감을 느낀다. 지금은 책에 몰입하거나 깊은 관심을 쏟는 청소년이 거의 보이지 않는다. 모두들 스마트폰에만 눈길이 꽂혀 있고, 거기서도 오로지 자극적인 콘텐츠만 찾아서 즐기는 중이다.

나는 그 길거리 책방에서 『채근담』『한국대표시선집』『플루타르코스 영웅전』『로마제국 쇠망사』『백범일지』 등 아주 좋은 책을 구입하기도 했다. 용돈이 빈약한 학생들에게는 더없는 안성맞춤이었다. 그때 구한 책을 읽고 요점을 간추려 독후감 발표 자료를 준비했던 것이다. 당시 나의 발표는 오로지 문학 관련 주제였다. 때로는 동맹 수련회를 앞두고 그 준비로 열띤 토론을 펼치기도 했다. 동맹 수련이란 전체 회원들이 함께 1박 2일 동안 팔공산 계곡에 텐트 치고 야영 생활을 하는 일이다. 거기서도 토론을 하고 노래도 부르며 취사와 행군 따위를 진행한다. 다녀와선 반성회도 꼭 열었다. 제대로 협동이 되었는가, 누가 개인주의적 행동으로 일탈의 모습을 보였던가 따위가 주요 의제로 설정되곤 했다. 반성과 비판은 호되고 따가웠다.

나는 가람동우회 총무로 집회의 모든 기록을 담당했다. 그때 기록을 보면 나의 문장 스타일, 고지식한 면모, 다른 친구들에 대한 감정 따위가 보인다. 어설프지만 한자를 꽤 많이 썼던 모습도 보인다. 당시 어느 친구가 무슨 책을 어떤 내용으로 발표했는지 책의 제목과 간추린 발표 내용까지 모두 소상하게 정리되어 있다. 기록이란 이처럼 소중하다. 내 나이 열여섯 시절의 필체와 기록을 들여다보노라니 아득히 흘러간 오십오 년 전, 그러니까 반세기도 훨씬 이전의 강물 같은 세월의 아련함이 그대로 보인다.

군화, 즉 '똥구두'에 대한 추억

　예전에는 군용 물품을 민간에서 사용하는 사례가 많았다. 우선 군용 물품은 전투를 수행하기 위해 민첩성, 편리성에 특화되어 만들어졌다. 우선 가장 선호되는 물품으론 군복이 으뜸이었고 다음으로는 군화였다. 그 밖에 예를 들자면 수통, 나침반, 야전삽, 텐트, 장갑, 양말, 담요, 침낭, 랜턴, C-레이션으로 부르는 비상 전투식량 따위다. 요즘은 이런 물품을 특별히 즐기는 청년들을 위해 밀리터리 숍이란 가게가 운영되기도 한다. 이 가운데 군화 이야기를 좀더 펼쳐보고자 한다.

　군화는 군인들이 군복류와 함께 발에 신는 모든 신발의 통칭이다. 군대에서 규정된 기본 피복의 한 종류이자 군복 중에서 가장 중요한 것이 군화라고 한다. 전투복을 입을 때 반드시 착용하는 신발이니 전투화라고도 불렀다. 거칠기 짝이 없는 현장에서 튼튼한 전투화는 필수품이었다. 그러니 우선 두껍고 질긴 가죽으로 제작해야만 했다. 영화를 보면 로마제국 병사들은 주로 가죽 샌들을 신는 듯했다. 그 샌들을 '칼리가에'라 부른다. 조선시대의 병사들은 짚신이나 미투리를 신었다고 한다. 몹시 불편했으리라. 현재는 높이가 25센티미터 정도의 반장화半長靴 가죽신발로 끈으로 단단히 묶어서 발목에 고정시키는 부츠의 형태다. 1950년대 미군 공수부대가 이런 군화를 처음으로 착용했다고 한다.

군화는 일단 전투의 효율성을 위해 고안된 신발이다. 훈련소 생활을 마칠 때 사병들은 가죽 전투화와 통일화統一靴를 각각 한 켤레씩 지급받았다. 가죽 군화가 일반이었으나 통일화란 것이 작업 능률을 위해 개발된 것이다. 이 신발은 바닥재가 고무였고 그 윗부분은 모두 품질이 조악한 천이었다. 착용감이 좋지 않고 쉬 낡아서 해졌다. 세탁을 하지 않은 채 일 년 365일 줄곧 그것만 신고 다녔다. 신발 내부는 통기가 되지 않고 항시 땀으로 젖어 불결했으며 고약한 악취를 풍겼다. 사병들의 발 위생이나 건강 상태는 말이 아니었다. 늘 무좀에 걸려 피부가 벗어지고 가려움증으로 고통을 겪는 경우가 많았다. 그 통일화를 신고 가파른 언덕이나 철조망 밑을 박박 기고 뛰면서 고된 훈련을 받았다.

목이 긴 가죽 군화를 처음 신으면 가죽이 너무 뻣뻣해서 꼭 남의 신발을 신은 듯 뒤뚱거렸다. 발목에 느껴지던 통증 때문이다. 바닥엔 부드러운 완충재가 전혀 없었다. 어떻든 가죽이 부드러워질 때까지 신고 신어서 길이 들어야만 비로소 내 신발이 될 수 있었다. 내무사열이나 각종 점검을 받을 때는 이 군화의 앞부분이 반짝반짝하도록 광택을 내야만 했다. 그런 준비에 골몰하는 시간이면 내무반 풍경이 가관이다. 모두들 짧게 찢은 천조각을 구해와서 군화 코에 구두약을 바르고 광택을 내느라 분주했다. 호호 입김을 불거나 침을 뱉어가며 광택을 내기 바빴다. 외출 외박을 나갈 때면 정규 군화를 신고 부대 밖으로 나간다. 병영에 있을 때는 대개 통일화를 신었다. 고참이나 하사관, 장교들은 광택이 두드러지는 군화를 신고 뽐을 내며 다녔다.

나는 군에 입대하기 전인 십대 후반, 그러니까 고등학교 삼 년 내내 오로지 군화만 신고 다녔다. 그것은 우선 질기고 튼튼했기 때문이다. 힘든 농림학교 생활에서 운동화나 농구화는 신는 즉시 더러운 때로 얼룩져 관리하기가 힘들었다. 그 점에서 군화는 편리하고 요긴했다. 흙덩이가 묻어도 시멘트 바닥에 대고 탁탁 두들겨 떨어내면 되었다. 어쩌다 빗물에 신발 내부가 젖으면 끈을 풀어서 입구를 한껏 열어젖힌 뒤 햇볕에 건조시키면 끝이다. 보통 새 군화를 개시한 뒤로 바닥이 다 닳을 때까지 약 삼 개월은 지탱했던 것으로 짐작된다. 졸업할 때까지 내가 신었던 군화는 족히 십여 켤레는 되리라. '양키시장'이라 불리는 대구 교동시장에 가면 보다 품질이 좋은 고급 군화를 쉽게 구할 수 있었다. 미국 물건이라 그랬을 터이지만 미군 병사가 신는 군화는 너무 커서 내 발에 맞는 것이 드물었다.

이웃 동네에 군용 물품을 몰래 파는 여성들이 있었는데 미군 부대에서 은밀히 빼내오는 온갖 물품을 사들여 민간에 공급했다. 양주, 사탕, 초콜릿, 소시지, 군복, 커피, 햄, 콜라, 가죽장갑, 조끼, 방한모, C-레이션, 여기에다 군화, 청바지까지도 팔았다. 그녀들이 용케도 사이즈가 작은 군화를 구해와서 한 켤레 신어본 적도 있다. 처음엔 번쩍번쩍 광택도 나고 워낙 새것이라 발뒤축의 피부가 까지기도 했는데 험한 작업을 줄곧 해대는 통에 곧 흙투성이로 구겨져 볼품없는 작업화가 되고 말았다. 그런 낡고 찌든 군화를 흔히 '똥구두'라 불렀다.

고등학교 재학 시절 당시 농림학교 학생들은 이 군화를 애용하는 경우가 많았다. 무엇보다도 질기고 튼튼해서 오래도록 신을 수 있었기 때문이다. 다른 학교 학생들은 '농고'를 일컬어 '똥고'라 칭하며 비아냥거리기도 했다. 모두 군화 때문이었다. 농고 재학생들은 거의 '똥구두'를 신고 있었다. 그런 말 속에는 인분을 자주 푸는 작업 때문에 몸에서 풍기는 고약한 냄새를 가리키는 비꼼도 들어 있었을 것이다. 군화는 워낙 오래 신다보니 늘 땀으로 눅눅했고 물구덩이에 젖는 일도 잦아서 형언할 수 없는 냄새를 풍겼다. 농림학교 학생들 몸에서 나는 특유의 고릿한 냄새는 모두 이 군화가 주범이다. 그 때문에 본의 아니게 남에게 인내를 강요한 적이 있었으리라. 한 주일에 한 번씩 가람동우회 모임에 갈 때는 유별나게 몸을 씻고 옷도 갈아입고 꼭 다른 신발로 바꿔 신어야 했다. 혹시라도 여러 학생에게 혐오감을 주게 될까 그것이 가장 염려되었기 때문이다.

농림학교 졸업을 앞두고 서로 사인지를 교환하며 메시지를 받는데 내가 받은 사인지의 80퍼센트에 이 낡은 '똥구두'가 그려져 있었다. 군화에 몸을 싣고 허겁지겁 뛰었던 삼 년 세월의 격정이 지금도 아른아른 흑백필름처럼 떠오른다. 1960년의 4·19민주혁명을 짓밟고 이듬해 군사 쿠데타를 일으켰던 세력도 모두 군화를 착용한 군인들이었다. 어디 그뿐인가. 1980년 5월 18일 광주에서 일어난 시민들의 항쟁을 탱크와 군홧발로 짓누르며 억압한 장본인들도 모두 그들만의 야심과 욕망으로 조직화된 군인들이었다. 이 때문에 군화의 이미지는 몹시 나빠졌다. 파시스트의 불량한 압제를 비유하는 상징으로 일컬어지기도 한다. 이런 영문도 모르고 군화만 신으며 보냈던 고교 시절이 파노라마처럼 눈앞을 스쳐간다.

고등학교 졸업반 시절

졸업을 앞둔 1967년 그해 가을 수학여행을 떠났다. 당시 대구농림학교는 나이든 만학도의 농촌 출신 학생들이 많았다. 급우보다 다섯 살이나 많은 경우도 흔했다. 그런 학생들은 수염 자리도 새카맣게 잡혔을 뿐 아니라 확실히 우리보다 어른스러운 구석이 있었다. 여행 중 밤새껏 술을 마시며 놀다가 날 샐 무렵 몰래 들어와 졸린 눈을 붙이는 건달의 모습도 보였다. 평범한 우리들과는 아예 삶의 급수가 달랐다. 그런 쪽으로 유난히 관심이 쏠리던 혈기왕성한 청춘들이었으니 오죽했겠는가.

그중 한 학생은 어느 여학생과 기어이 바람이 났다. 그 둘은 방학 때 남녘 바닷가 도시로 달아나 셋방을 얻어 신접살림까지 차렸다고 했다. 애정 행각을 위한 용감한 무단 가출이다. 현지에서 멍게 장사를 하며 생계를 이어갔다는 이야기를 졸업 후에 들었다. 고물 리어카를 한 대 구해 도매상에서 멍게를 받아 싣고 이곳저곳 다니며 떠돌이로 멍게를 팔았다고. 그런 고달픔을 겪으며 겨우 살아갔지만 두 사람의 뜨거운 사랑이 모든 고난을 이기도록 했다. 일찍부터 그 분야에 탁월한 재능을 보인 청년들이라 하겠다. 그 친구는 동거생활중 아이를 가졌는데 이를 알게 된 부모가 서둘러서 두 사람의 결혼식을 올려주었다. 그들 부부는 첫딸을 열여덟 살에 얻었다. 그 딸이 벌써 오십대 중반으로 접어들었고 부모에게 그렇게도 극진하다고 한다. 예전 조혼 풍습에 비추어 보면 이것은 그리 놀라운 일도 아니었으리라.

남해를 항해하는 똑딱선 위에서 나는 다도해를 바라보며 홀로 즐거웠다. 통통거리는 엔진의 소음이 귀청을 때리고 화통에서 내뿜는 매연이 독했지만 그건 전혀 문제가 되지 않았다. 부여 낙화암과 백마강은 중학생 시절에 다녀온 적이 있으므로 삼 년 만의 재방문이었다. 그날 찍은 사진을 보니 열여덟 살 소년으로 부쩍 자라서 제법 청년다운 외모가 느껴진다. 단짝 친구와 어울려 사진도 찍었다. 그는 미국으로 이민을 떠난 지 수십 년이다. 이제 졸업이 점점 가까운데 나는 과연 어떤 진로를 선택해야 하는가. 미래 시간에 대한 불투명성 때문에 생겨나는 불안감과 위기의식 따위로 가슴이 내내 답답하던 시절이었다.

농림학교 동기생 대부분은 공무원이 꿈이었다. 3학년 때 이미 합격해서 우쭐대던 녀석들도 있었다. 또 어떤 학생들은 초등학교 교사로 연수를 받게 된 특별 케이스도 있었다. 물론 아무나 응모할 수 있는 것이 아니라 지원자를 성적순으로 끊어서였다. 당시 초등학교 교사가 절대적으로 부족했기에 정부에서는 농림학교 졸업생들을 단기 연수시켜 교육 현장에 바로 투입하는 방안을 마련했다. 그때 초등학교 교사가 되어서 평생 교단을 지키다가 정년퇴임했던 어느 동기를 만난 적이 있다. 그는 자신이 교사의 길로 가게 된 것을 하늘이 내려준 은혜라고 여겼다. 재직하는 동안 여러 학교를 이동해 다녔고 울릉도와 같은 벽지에서도 근무했다. 나는 목장 경영이라는 비현실적인 꿈을 줄곧 품어오다가 그것이 내 이상과 맞지 않는다는 사실을 뒤늦게 깨달았다. 결국 최종적인 선택은 대학 진학이었다. 앞으로 무얼 하더라도 대학에 가야 한다고 생각했다. 하지만 실업계 고등학교라 진학반이 따로 있을 리 없고 부족한 영어와 수학을 혼자 공부하기 시작했다. 모든 것이 어렵고 난공불락이었다. 이런 고민에 휩싸여 있을 때 가람동 우회 친구들 도움이 컸다. 그들은 자기네 학교의 모의고사 시험지를 구해다가 나에게 갖다주었다. 첫해 입시에는 실패했지만 뼈저린 아픔을 안고 다시 한 해를 집중적으로 노력해서 마침내 내가 원하던 대학에 진학하게 되었다. 그 시절 나에게 정성스레 도움을 주었던 친구들은 지금 어디로 갔나. 그들이 새삼 그리운 시간이다.

재수생 시절의 애환

고등학교 졸업 날이 다가왔다. 작별의 분위기로 학교 안은 뒤숭숭했다. 이미 취업이 되어 줄곧 싱글벙글 웃는 녀석, 초등학교 교사로 살아가게 된 녀석, 하급 공무원 시험에 합격해서 행복감에 젖어 있는 녀석 등등. 그들은 목소리조차 기쁨과 흥분으로 들떠 있었다. 그러나 나는 외톨이가 된 아기 고라니의 처지와 같았다. 실업계 고등학교 졸업생으로서는 대학 입시 준비가 너무도 힘들고 어려웠다. 모든 것을 혼자서 대비하고 개척해나가야만 했다.

참고서를 읽고 준비한다고 했지만 지지부진한 상태로 응시한 첫해는 예상대로 낙방이었다. 내 친구 석영균(가명)군도 낙방이었다. 명문 인문계 고등을 졸업했으나 그도 불운이었다. 합격자 발표를 보고 우리는 어깨를 축 늘어뜨린 채 말없이 바람 찬 거리를 걸었다. 누가 먼저랄 것도 없이 발걸음은 저절로 우리가 자주 찾던 원대시장의 막걸릿집으로 향했다. 돼지수육과 돼지국밥을 팔던 식당인데 가마솥에선 온종일 허연 김이 나고 있었다. 우리는 특별히 수육 한 접시와 돼지국

물을 주문하고 막걸리를 마셨다. 아마 다섯 주전자도 넘게 마셨으리라. 혀가 점점 꼬부라지고 있었다.

친구가 취중에 불쑥 제의했다.

"이 답답한 현실은 우리에게 감옥과 같아. 이 감금 상태를 한번 탈출해보는 건 어떨까."

나는 곧장 그 말에 동의했다. 약간의 차비와 속옷만 챙겨서 우리는 아무런 대책도 없이 도망치듯 무작정 대구를 떠났다. 가족들에게는 귀띔조차 하지 않았다. 하지만 전혀 지향 없는 발길이 아니라 한 군데 행선지가 있었다. 그곳은 파도가 넘실대는 포항 장기면의 심심산골이다. 그곳에서 친구네 이모는 작은 잡화상을 운영하고 있었다. 버스에서 내려 산길을 따라 한참 걸어가는데 해병대 병사들이 포사격 훈련을 하고 있었다. 곧 포탄이 내 앞에서 터질 듯한 두려움을 느꼈다. 대포가 발사될 때는 포병들도 손바닥으로 귀를 막았다. 귀청이 찢어질 듯했다. 친구네 이모는 궁벽한 곳을 찾아온 조카와 그 벗을 다정하게 맞아주었다. 왜 이렇게도 갑자기 찾아왔는지 그 까닭도 전혀 묻지 않았다. 하지만 눈치로 대강 짐작은 했을 터였다.

친구 이모가 차려준 저녁밥을 먹고 방에 길게 누웠다. 산골의 밤은 바닷속처럼 길고 고요했다. 왜 그리 잠은 자주 깨는가. 잠이 들었다가도 악몽에 소스라쳐 일어났다. 그날부터 줄곧 여러 날을 방에 누워서 잠만 잤다. 엄청난 정신적 압박감에서 헤어나려는 신체적 몸부림이었다. 젊은 녀석 둘이 밖을 나가지도 않고 계속 누워서 잠만 자니 그 꼴이 대체 무엇인가. 그때 말로는 그것을 '구들목 장군'이라고 했다. 1930년대 옛 가요에 〈엉터리 대학생〉(김다인 작사, 김송규 작곡, 김장미 노래)이란 코믹한 노래가 있다. 현실을 풍자하고 있으니 만요漫謠

라고 불러도 되겠다. 가사의 첫 대목은 "우리 옆집 대학생/호떡주사 대학생은"으로 시작된다. 여기서 '호떡주사'란 말은 방안에 죽치고 누운 게으름뱅이를 가리킨다. 방바닥에 종일 드러눕기만 했으니 그 꼴이 마치 호떡 굽는 모습과 흡사했다. 이리저리 몸을 뒤집으며 허송세월하는 꼴불견을 비꼬는 말이다. 당시 우리의 모습이 바로 '호떡주사'가 아니고 무엇인가.

대학 시험에 낙방하고 돌연히 찾아와서 종일 밖에 나가지도 않고 잠만 자는 구들목 장군. 이런 불청객에게 친구 이모네 가족들은 무슨 반가움이 있었으리오. 장기면 산골에서 보내는 시간은 그저 아득한 미몽迷夢의 세월이었다. 이렇게 한 주일이 지나자 차츰 제정신이 돌아오고 단지 미안한 생각, 죄송스러운 마음뿐이었다. 하지만 이를 무엇으로 갚으리. 방법은 막막하였다.

마침 면소재지 광장에서 노래자랑이 열린다는 벽보가 나붙었다. 나는 그 벽보 앞에 서서 내용을 자세히 읽었다. 그러곤 경연에 반드시 참가해서 상을 타 그것으로 보답하리라는 마음을 굳게 품었다. 무엇보다도 노래라면 우선 자신이 있었고 출전 곡목은 내가 평소 즐겨 애창하던 〈두 남매〉로 정했다.

거치른 인정사정 비바람에도
오누이 정다웁게 자라났건만
지금은 유랑 천리 암흑의 거리에서
내 너를 그리워 운다 내 너를 그리워 운다
금희야 이 못생긴 오빠를 용서하여라
　　　　　　　　　　　　　—방운아, 〈두 남매〉 1절

이 노래는 이사라 작사, 박시춘 작곡으로 경북 경산 출신의 가수 방운아의 곡인데 영화 주제가로 만들어진 작품이다. 1958년 홍일명 감독이 제작한 동명의 이 영화는 친구 셋이 겪는 삶의 애환을 다루었다. 황해, 이예춘, 박노식이 출연해서 멋진 연기를 펼쳤다. 황해는 암흑가의 보스로 경찰에게 쫓긴다. 이예춘은 황해의 누이동생을 사랑하다가 변심한다. 황해는 기어이 이예춘의 마음을 돌려놓고 경찰에게 체포된다. 그 경찰이 다름 아닌 친구 박노식이다. 친구에게 잡혀가는 황해는 누이동생과 눈물로 헤어진다. 이 비극은 1950년대 후반 전쟁에 시달린 많은 관객의 눈시울을 흠뻑 적시게 했다.

나는 출전을 앞두고 마을 뒷산에 올라 손바닥을 귀에 대고 수십 번 연습했다. 처음엔 여유가 있었으나 막상 대회 날이 점점 다가오자 가슴이 두근거리고 없던 긴장이 생겼다. 나는 무대 뒤에 서서 대기하다가 내 이름이 불리자 크게 심호흡을 한 뒤 마이크 앞으로 다가갔다. 이곳저곳 노래를 즐겨 부르고 다녔지만 그런 공개 무대는 처음이었다. 아랫도리가 와들와들 떨리고 특히 턱 부근에 경련이 느껴졌다. 그날 제대로 솜씨를 발휘하지 못했음은 물론이다. 그렇게 시간이 흘러 마침내 심사 결과가 발표되었지만 1, 2등은 그 지역 사람이었다. 그래도 3등에서 내 이름이 호명되었다. 감격이었다. 그보다 더한 행운이 있을 수 없었다. 친구 이모가 기뻐하던 표정을 지금도 잊을 수 없다. 그날 나는 커다란 양은 대야와 밀가루 한 부대를 상품으로 받았다. 그것을 어깨에 메고 가서 친구 이모에게 자랑스럽게 전할 때 내 표정은 마치 의기양양한 개선장군 같았으리라. 그렇게라도 작은 체면치레를 할 수 있었으니 그것만으로도 다행이다.

당숙이 보내준 격려

첫돌 전에 어머니를 잃고 나는 외가를 모르는 채 자랐다. 친구들이 외갓집 다녀온 이야기, 외할머니 사랑을 듬뿍 받은 이야기를 하면 그것이 어느 먼 나라 이야기처럼 아득하기만 했다. 어머니 네 자매는 아들 손이 없이 딸만 오롯했고 어머니는 그중 맏이였다. 셋이나 되는 이모들도 모두 뿔뿔이 흩어져 어디 사는지 연락조차 두절되고, 오로지 대구 둔산동 옻골 이모만 유일하게 이어져 중학생 시절 그 이모 댁에 종종 놀러갔다. 어머니가 사무치게 그리울 때 나는 이모 품에 일부러 안겨 응석을 부리며 '엄마—'라고 불러보기도 했다.

그 옻골 이모가 내 어머니의 사촌동생, 즉 나에게는 외오촌 당숙 되시는 아저씨의 존재를 알려주었다. 교육행정직으로 정부의 고위직에까지 오르셨던 서흥 김씨 문중의 우뚝한 기둥이었다. 한 번도 뵙지 못한 당숙 어른께 편지를 드렸는데, 아저씨는 언제나 내 편지에 안부와 걱정, 염려와 성공의 각별한 당부까지 담아 정성껏 써서 보내주셨다.

늘 하신 말씀은 "네가 비록 연안 이씨지만 네 몸의 절반은 서흥 김씨란 사실을 잊지 말라"는 당부였다. 외가댁 문중의 큰 학자였던 한 훤당 김굉필 선생의 외손임을 항상 가슴에 새기라고 타일렀다. 그 이후 댁으로 두어 차례 찾아뵙기도 했다. 그러다가 차일피일하며 발길이 끊어지고 말았다. 부음조차 뒤늦게 들어서 못내 마음이 아프다. 늘 빛나고 훤칠하고 이지적인 용모로 삶의 올바른 좌표를 엄중히 일러주시던 외가댁의 자상한 어른마저 돌아가시고 나니 이젠 외가댁 문중이 더욱 외딴섬처럼 아득히 멀어졌다.

벌써 만추晚秋인가보네. 중부 산간에는 얼음이 얼 것이라고 하니 참 덧없는 세월이 아닌가. 장래가 양양한 젊은이들에 있어서야 가을이 가면 또다른 계절 겨울이 오고, 해가 바뀌면 꽃 피는 새봄이 올 것이지만 나이도 한 칠십 년이면 똑같은 계절의 변화인데도 자연의 모습을 감상하는 여유가 있는 것이 아니라 나의 삶이 성큼성큼 다가온다는 마음으로 정돈되지 않은 신변사에 초조하고 남겨놓은 것 없는 지난날들이 서글프게만 생각될 뿐이네.

자네가 보내준 사진과 시집까지 반갑게 잘 받았으며 그에 대한 고마운 마음 이루 헤아릴 수 없었네. 자네 외조부는 바로 나의 종숙從叔으로서 내 손으로 염습殮襲을 해드리고 말 그대로 내가 상주가 되어 장례를 맡았다네. 그뒤 십 년을 작은집 네 분의 기제忌祭까지 나의 집 삼대 대주大住와 함께 내가 모셨지. 외손으로서 혈손血孫도 있다면서 기어코 밀양으로 칠계漆溪로 옮겨가면서까지 모시게 되었으니 비록 다 지난 일이긴 하나 그 죄송함 이제 무엇으로 표현할수 있겠는가.

가난한 백면서생白面書生과도 같았던 이십대 후반의 그 시절을 회상할 때마다 가슴이 메는 듯 혈손 없는 이의 비애가 이러한가를 몹시 슬프게 생각하고 또 부끄럽게도 생각해왔다네.

그런 숙제가 이번에 드디어 풀렸으니 외손이긴 하나 혈손으로서 제군들이 합심하여 잘 모셔드려 유한遺恨을 풀게 해드리기를 간절히 바랄 뿐이네. 나는 아직도 생활 전선을 몸소 뛰어야 하는 신세인데다 요즘은 신경통이 고질화되어 환절기면 으레 겪어야 하는 각종 병치레로 얼마 동안 혼자 앓다가보니 군에게 답장도 쓰지 못했네. 이제 어느덧 정상적 사회생활 대열에서도 낙오되기 시작한 것을 느끼고 있네.

비록 수하手下가 있긴 하지만 매일같이 날아드는 경조慶弔 축전까지 내가 우체국에 가서 손수 처리해야 되니 그 괴로움도 여간이 아니네. 추호라도 자만하지 말고 겸손한 마음으로 연구에 몰두하고 오로지 한길 한 방향에서 크게 이루길 바라네. 아무리 친구가 좋다 할지라도 나의 삶을 대신 살아줄 수는 없는 법일세. 아무쪼록 시인이 빠져들기 쉬운 허점을 조심하고 무엇보다도 뛰어난 작품 남기는 일에 최선을 다해주기 바라네.

환절기에 건강 각별히 주의하기를 비네.

1991년 10월 20일
당숙

3부

대학 국문과 시절의 추억들

1969년, 나는 드디어 대학교 국문학과의 신입생이 되었다. 요즘의 인문대를 당시엔 문리대라고 불렀다. 경북대학교는 일제강점기 때부터 있었던 대구사범, 대구의전, 대구농전 등 세 학교를 통합해서 해방 직후 국립대로 출발했다.

새로 맞춘 남청색 교복을 입고 태평로 뒷길을 걸어 시민운동장 건너편 칠성동 쪽에서 버스를 타고 학교로 갔다. 버스는 학교 안으로 들어가 학생들을 로터리에서 내려줬다. 교복을 갖춰 입었으니 나도 모르게 으쓱한 자신감으로 어깨에 힘이 들어갔다. 그해 봄은 밝고 싱그러웠다. 새로운 기대감으로 가슴은 두근거렸다. 연녹색 봄이 사방에서 짙어가는 캠퍼스엔 앳된 신입생들이 낮은 목소리로 재잘대며 저희끼리 어울려 다녔다. 그 시절 경북대 캠퍼스는 완전히 시골 분위기가 느껴졌다. 특히 본관 뒤쪽으로 나가면 농촌 마을 그대로였고 딸기밭과 과수원이 있었다. 배자못이란 이름의 지수지가 있었는데 그 둘레로 허름한 선술집들이 많았다. 그곳은 주로 붕어 잡는 낚시꾼이나 가난한 대학생들이 잠시 머물러 못을 내다보며 목을 축이는 곳이었다. 하지만 급속도의 도시화로 대학 북문 쪽은 그때 모습이 아주 사라져 지금은 온통 원룸촌에 각종 상점이 즐비한 대학촌으로 변모했다. 강태공들이 한적하게 고기를 낚던 배자못은 매립된 지 오래다. 그 부근의 복현오거리는 대구에서도 종일 자동차가 밀리는 상습적인 정체 구간이다.

국문과 입학 정원은 불과 열다섯 명. 남학생 여덟에 여학생 일곱으로 전체 구성원이 단출했다. 처음엔 서로 어색하고 편하지 않아서 말도 나누지 않았다. 강의실에서도 남녀가 멀찌감치 거리를 두고 앉았다. 서로 부르는 호칭도 아무개씨, 아무개양 따위로 서먹서먹한 용어를 썼다. 당시 사진을 보면 대학 초학년 남학생의 헤어스타일이 뒷머리와 옆머리를 말끔히 깎아올려서 흡사 군인 같은 분위기가 풍겼다.

신입생을 프레시맨이라 부르는데 우리 스스로는 그렇게 참신하다는 실감이 들지 않았다. 왠지 모르게 가난하고 허기지고 말할 수 없는 지적 갈증에 허덕였다. 이를 견디지 못하고 대학도서관에 가서 오래된 영인본 잡지를 뒤적이거나 책등이 누렇게 변색된 옛날 책을 더듬는 그런 시간이 즐거웠다. 1학년 교양과정은 별반 재미가 없었다. 왜냐하면 수학 과목도 교양 필수에 속했기 때문이다. 달갑지 않은 과목을 억지로 수강하는 고통은 겪어본 사람만이 알 것이다. 당연히 그 과목의 학점을 날렸고 여름 계절학기 수강에서 턱걸이로 겨우 통과할 수 있었다. 요즘은 이런 커리큘럼이 사라졌다.

한 가지 인상적인 추억은 동급생 남녀가 어울려 봄소풍을 다녀온 일이다. 우리가 정한 장소는 영천 사일못이었다. 칠곡 지천면의 무성한 밤나무숲도 다녀왔다. 그러면서 동기생들은 차츰 서로의 개성을 익혀갔다. 하지만 국립대학의 기질이나 분위기로 일컬어지는 야릇한 경직성과 고지식한 면모가 알게 모르게 몸에 배어갔다. 특히 사범대 재학생들은 그런 품성이 가장 짙게 느껴졌다. 누구보다도 단정하고 규정대로만 행동하는 틀에 박힌 사고에 익숙했다. 입학 때 맞춘 교복을 사 년 내내 입어서 깃이 다 닳을 때까지 그대로 입고 다닌 친구들도 적지 않았다.

캠퍼스의 원형 돔 뒤쪽은 숲이 울창했다. 의예과 친구 류정훈(가명) 군과 더불어 어느 날 캠핑 장비를 꾸려서 본관 뒤편 숲에다 텐트를 치고 하루저녁을 보낼 궁리를 했다. 텐트를 치고 나니 비가 내리기 시작했는데 바닥이 젖어와서 도저히 잠을 잘 수는 없을 것 같았다. 게다가 학교 순찰을 돌던 경비원이 찾아와 호통을 치며 속히 떠나라고 했다. 우리는 자정이 가까운 밤에 눈물의 철수를 해야만 했다. 어찌거기다 텐트를 치고 야영할 생각을 했는지 지금 생각해도 웃음이 나온다.

개교기념일이 5월 말인데 그때는 대학 축제가 요란스레 열렸다. 입장권을 구입해야만 행사장에 들어갈 수 있었다. 나는 큰맘 먹고 두 장을 구입해서 내가 미리 염두에 두었던 한 여학생에게 전했다. 대학 합창단에서 소프라노로 활동하던 그녀는 뒤로 묶은 머리가 귀여웠다. 축제 날 저녁 약속 시간에 그녀가 화사한 차림으로 나왔다. 하얀 블라우스를 받쳐 입은 투피스의 단정한 옷매무새가 눈부시게 보였다. 인문관 부근 솔밭에 들어가 우리는 벤치에 나란히 앉았다. 그런데 어찌 그리도 긴장이 되고 가슴이 와들와들 떨리던지 어떤 말도 자신 있게 건네지 못했다. 하얀 꽃이 주렁주렁 달린 아까시나무 아래의 벤치에 앉은 나는 떨려서 말이 나오지 않았다. 어찌 그리도 숙맥이었던가.

한참의 침묵 끝에 용기를 내어 기껏 한다는 말이 "무슨 색을 좋아하세요?" "어느 계절을 특히 좋아하시나요?" "읽었던 책 가운데 기억나는 것들은?" 이렇게 너무도 단조롭고 따분한 질문뿐이었다. 아까운 시간만 공연히 허비했던 것이다. 그녀는 고등학교 재학 시절 동우회의 후배였는데 내가 재수를 하는 바람에 동기생이 되고 만 것이다. 상큼하게 빗어서 뒤로 묶어 늘어뜨린 머리, 유난히 하얀 피부, 노래 부르는 화사한 목소리에 나는 그때부터 은근히 호감을 갖게 된 것이다. 하지만 축제 때 단 한 차례 만난 뒤로 더이상의 만남은 이어지지 못했다. 어느 날 의예과에 다니던 그 친구와 친해져서 두 사람이 팔짱을 끼고 다니는 모습을 보았기 때문이다. 나는 그녀의 선택에서 제외된 것이다. 내 속마음을 낱낱이 알고 있던 친구에 대한 배신감이 들었지만 어쩔 도리가 없었다.

대학 시절의 시 동인지 『선실』

대학 2학년 때 금맥다방에서 후배와 둘이 열었던 시화전 경험을 계기로 나의 창작열은 끓어올랐다. 그로부터 대학신문과 교지에 작품을 보내어 발표되는 일이 잦았다. 그렇게 내 작품이 활자화되면 은연중에 자신감이 들고 어깨가 으쓱해졌다.

경북대학교는 대구 북구 복현동에 있었기에 '복현伏賢'이란 이명이 즐겨 쓰였다. 말 그대로 지혜로운 사람이 배출되는 장소라는 뜻이다. 그래서인지 현자賢者를 자처하는 사람들이 더러 있었다. 그들은 두툼한 철학책을 옆구리에 끼고 다니며 여름에는 동복을 입었고, 겨울에는 반소매 옷을 입고 다녔다. 현실에 호락호락 순응하지 않겠다는 저항의 표시이기도 했다. 대학의 대표적인 문학 서클은 '복현문우회'였다. 이곳 구성원들의 주축은 사범대 재학생들이었고 보수적 사고와 단정한 규범의 틀에 갇혀 있다는 느낌을 받을 때가 많았다. 그것은 갑갑함으로 느껴졌다. 대화를 나눠볼 때 특히 그런 부분이 감지되었다. 그들에게서 여러 차례 가입 권유를 받았지만 나는 마음이 내키지 않아 별도의 문학 조직을 만들었다.

1971년 11월, 아홉 명의 시 창작 벗을 새로 찾아 모으고 문학 동아리 이름을 '선실船室'이라 하였다. 망망한 문학의 바다로 나아가는 지혜로운 항해자가 되자는 뜻에 모두가 동감을 표했기 때문이다. 은행잎이 노랗게 물들어 뚝뚝 떨어지던 늦가을이었다. 우리는 문학이라는 같은 배를 타고 거친 파도와 풍랑을 헤쳐가는 창작의 투사鬪士라는 슬로건과 함께 기쁨을 느꼈다. 이런 뜻을 가슴에 품은 채 제각기 습작을 충실히 해서 동인지를 발간하자는 취지에 모두가 합의했다. 창간호의 머리말에는 다음과 같은 창립 의도를 드러냈다.

> 가난한 마음에 꽃을 심는 것은 나비를 잃은 꽃의 외로움 때문이다. 시는 체험과 영감 사이의 신기루다. 피를 말려 영혼을 만드는 아스라한 위험의 등산이다. 이 등산을 위해 우리들은 부질없는 장비를 손질해왔다. 육체를 위해 피를 아껴야 하는 처절하고 차가운 세정世情 속에서 피를 말린 영혼의 시가 태어날 수 있을까. 우리는 밤마다 열을 앓는다. 그때마다 다시 태어나던 자아自我. 그것은 더 먼 시간 후에 적당한 온도와 적당한 산소와 적당한 수분 속에서 싹을 틔운 한 포기 영혼의 시를 기다리는 솔직한 심정이다.
>
> ─『선실』창간호의 머리말 부분

바다를 항해하는 심정으로 출발한다고 누누이 강조해놓고서 창간사에는 뜬금없이 등산론이 펼쳐지고 있다. 문장의 앞뒤 의미가 맞지 않는다. 항해나 등산이나 모두가 힘든 각고刻苦와 수련의 과정임엔 틀림없다. 선실은 선원들이 활동하는 주거 공간으로 영어로 '데크 하우스라 한다. 선박의 규모에 따라 단층에서부터 높이가 4층 이상이나 되는 커다란 것도 있다. 선실은 조종실, 선장실, 기관장실, 사관, 선원실 등으로 나뉜다. 그다음으로는 기계실, 창고, 식당, 휴게실, 체육시설 등 편의시설도 두루 갖추어진다. 이 모든 것이 안전한 항해의 보장을 위해 선행되는 우선적 환경이자 조건이다. 험난한 세상은 바다에 비유되었고, 우리는 바다의 험한 파도를 헤쳐가는 항해자들이다. 세상의 온갖 소란과 곡절을 지켜보는 견자見者이며, 그것을 성찰해서 시 작품으로 기록하는 선원들이다. 대체로 이런 고전적 관점과 낭만적 상징성을 표방하며 동인지 발간의 성공을 위해 뜻을 함께 모았다.

동인지 표지는 지역의 화가에게 가서 받았고, 제자題字는 서예가 유훈柳勳 선생이 써주었다. 창간호의 차례를 보면 각자 두 편씩 출품한 아홉 동인의 작품이 가나다순으로 배열되어 있다. 김영억의 「토끼전」, 성백열의 「고향」, 손병현의 「넋두리」, 이동복의 「교수법」, 이동순의 「초면初面의 이야기」, 이우걸의 「잔나비」, 이현우의 「정원의 가을」, 최정호의 「동아줄과 범」, 홍영식의 「심 봉사 속마음」 순으로 발표되었다. 이어서 동인지 2호에서는 "시쓰기의 당당함을 보장받기 위해서 나름대로의 구체적 탐구를 더욱 성실히 해갈 것"이라는 다부진 각오를 피력하고 있다.

이런 『선실』 동인지를 향해 기존의 문우회 쪽에서 탐탁하게 느끼지 않는다는 비난의 소리가 들려왔다. 우선 지켜보긴 하겠지만 앞으로 순항하기는 어려울 것이라는 빈정거림마저 있었기에 그것이 오히려 동인들의 각오를 다지는 계기가 되었다. 수업을 마친 뒤 저녁 시간에 우리는 빈 강의실에 모여 각자의 작품을 돌려 보면서 진지한 토론을 가졌다. 아무래도 전체 구성원이 김춘수 시인의 '문학개론'이나 '시론' 강좌를 신청해서 들었기 때문에 그의 영향이 깊었다. 그리고 그것은 대가에게 시를 배웠다는 하나의 자부심으로 작용하기도 했다. 대체로 나이가 젊고 발랄한 감성의 시기였으므로 절제되지 않은 낭만적 감정 과잉이 많이 드러나기도 했다. 누군가는 터무니없는 난해성을 앞세워 상징성이라고 강조하며 난삽한 문맥의 작품을 출품하기도 했다. 토론을 마치고 나면 식사를 함께 하거나 학교 주변의 술집으로 막걸리를 마시러 갔다. 토론 시간도 좋았지만 모두들 이 뒤풀이 시간을 더욱 기다렸다.

동인 중 어떤 이는 시작품의 초고를 종이나 원고지에 쓰지 않고 머릿속에 곧바로 정리하고 암송하는 것이 자신만의 방법이라고 밝혀서 놀라움을 주었다. 어떻게 자기 작품의 전문을 기억할 수가 있단 말인가. 그의 암기력은 비상하기 짝이 없었다. 그가 시 한 편을 쓸 때는 문장을 암기하기 위해 줄곧 소리를 내며 중얼거린다고 한다. 그 때문에 주변 사람들은 그가 시를 쓰게 되면서 실성한 모습이 되었다고 걱정했다. 하지만 이것은 문청文青 특유의 기질이자 독특한 방법이라 하겠다. 또 어느 동인은 술을 마시고 대취하는 명정酩酊의 시간에 시가 잘 된다고 고백하는 경우도 있었다. 김수영 시인이 바로 그러하지 않았던가. 아니면 김수영의 이런 대목을 읽고 그것을 흉내내는지도 몰랐다.

한번은 시조를 쓰던 아무개의 하숙방에 놀러갔다가 거기서 하룻밤을 자고 온 적이 있다. 그는 재학중 입대해서 군복무를 마치고 돌아온 복학생이었다. 열심히 시조를 습작하더니 졸업 후 이영도李永道 시인의 추천을 받아 일찍 시조 시인으로 등단했다. 이영도는 이호우李鎬雨의 누이동생으로 남매가 함께 시조 시인으로 활동했다. 청마 유치환과의 특별한 로맨스로도 세간에 널리 알려졌다. 새벽 두시가 지날 무렵, 그가 갑자기 일어나 책상 앞의 스탠드에 불을 환히 켰다. 그러곤 책상 앞에 앉더니 반쯤 감은 눈으로 무언가를 열심히 기록했다. 그렇게 한참을 부스럭거리더니 다시 불을 끄고 자리에 누워 금방 코를 곯았다. 이튿날 아침에 내가 물었다.

"지난 새벽 책상 앞에서 대체 무얼 했던 거요?"

그가 대답했다.

"꿈에 백발노인이 나타나서 뜻밖의 시구절을 들려주기에 깜짝 놀라서 일어나 그걸 기록했을 뿐이지요."

나는 그 내용을 보여달라고 요청했지만 그는 끝내 거절했다. 백발노인이 전해준 시구가 어떤 내용인지 몹시 궁금했다. 시는 이렇게 뜻하지 않은 순간에 찾아오기도 하는가보았다. 시를 스스로 만들고 쓰는 것은 근대적 모더니즘의 방식이고, 영감으로 폭포처럼 쏟아지기를 바라는 것은 낭만주의적 기질이라 했다. 이걸 보면 그는 영감을 기다리는 쪽이니 로맨티스트였다. 여러 힘든 정황 속에서도 『선실』은 3호까지 발간하고 항해를 일찍 멈추었다. 구성원의 잦은 변동으로 더이상 이어갈 추진력을 잃었기 때문이다. 이미 동인지 발간 경험을 통해 약간의 동력을 나누어 가졌으므로 이제는 각자의 길을 걸어갈 수밖에 없다. 대개 동인지의 수명은 삼 년이 적절하다. 문학이라는 화두만은 다부지게 부둥켜안고 절대로 놓치지 말아야 한다. 이런 결심과 각오 속에서 마침내 졸업이 가까워졌다.

'선실' 동인 중에서는 나를 비롯해서 네 사람 정도가 그해 동아일보와 중앙일보의 신춘문예에 당선했고 『시조문학』 『시문학』 추천 등으로 등단했다. 동인지 활동의 덕을 크게 입은 것이다. 하지만 이후로 재학 시절에 만나던 글벗들은 모두 소식이 끊어졌다. 제각기 흩어져서 자신들의 길을 걸어갔기 때문이다.

독후감 공모에 당선되다

대학 3학년 무렵이던가. 어느 날 대구 시내의 큰 책방 본영당 서점에 들렀다가 문고판 책 하나를 샀다. 이 서점은 1930년대의 시인 이설주李雪舟 선생이 운영하던 책방이다. 시인은 시집 『들국화』『방랑기』 『잠자리』 등 여러 권의 시집을 발간했다. 이 가운데 시집 『방랑기』는 시인이 만주를 표랑하던 시절의 회고로 북방 정서가 짙게 느껴진다. 이설주 시인은 대구가 배출한 시인 이상화와 같은 문중이다.

그날 내가 서점에 들러 구입한 책은 '부생육기浮生六記'란 제목의 중국 소설이다. 흘러 떠도는 하늘의 구름처럼 사바세계의 덧없는 삶을 살아온 한 청년의 꿈결 같은 회고를 모두 여섯 장으로 쓴 기록이다. 작가는 중국 청나라 후기의 심복沈復, 중국 발음으로는 '천푸'. 나는 서점의 서가 앞에 선 채로 전체 줄거리를 살펴보았는데 젊은 부부의 애틋하고 극진한 사랑 이야기다. 천푸란 사람과 그의 아내 '운芸'은 살뜰한 사랑을 나누었다. 그런데 운은 다름 아닌 외삼촌의 딸이니 두 사람은 외사촌 오누이 간이다. 당시 중국에서는 이런 근친혼이 이루어졌던 듯하다.

아름다운 달밤에 부부는 연당蓮塘을 거닐다가 향기로운 한잔 술을 같이 마시며 시와 사랑과 고전에 대한 그윽한 환담을 즐긴다. 부부의 정신적 교감과 두터운 행복감은 사랑으로 불타올라 하늘 끝까지 사무쳤다. 오죽하면 근대 중국 최고의 지성 임어당林語堂이 소설 『부생육기』의 주인공 운을 일컬어 "중국 역사상 가장 사랑스럽고 뛰어난 여성"이라는 찬사까지 주었을까.

낭군을 위해 쏟는 아내의 세심한 배려는 가히 탄복할 만하다. 꽃꽂이를 위해 딱정벌레를 잡아 말려두었다가 나중에 풀잎에 붙여 생동감을 북돋운다던가 최고의 차를 만들기 위해 비단 주머니에 차를 싸서 커다란 연꽃의 봉오리가 닫히기 전 꽃 속에 넣기도 한다. 그렇게 밤을 지낸 다음 아침에 그 차를 꺼내 우려내고 둘이서 즐기는 기발하고 멋진 삶의 구가謳歌. 아내 운은 이렇게도 매사에 기획과 궁리를 하는 격조 높은 여성이다.

낭군은 이런 아내에게 남장 변복變服을 시키고 밤 뱃놀이나 축제를 함께 돌아다녔다. 두 사람은 늘 손을 꼭 잡고 다녔다. 열여덟에 결혼해서 이후 스물세 해를 함께 살았는데 단 한 번도 다투거나 불편한 기색이 없었다. 천푸는 가난한 하급 공무원이라 빚도 많고 삶이 넉넉지 않았다. 그럼에도 불구하고 언제나 서로 보듬고 위로하며 다정한 친구처럼 오순도순 살아갔다. 부부의 사랑이 너무도 지극하면 잡귀가 질투를 한다던가. 마침내 아내 운이 원인 모를 병이 들어 창백한 얼굴로 바뀌었고, 점차 건강이 악화되어 먼저 세상을 떠나게 된다.

사람이든 물건이든 가장 사랑스러운 보배는 이처럼 빠른 작별로 이어지는가보다. 소설을 읽는 동안 운이 죽는 대목에서 비애와 애달픔이 가슴을 아리게 했다. 아내를 떠나보내고 홀아비가 된 천푸는 날이 갈수록 아내에 대한 그리움에 사무쳐 지난날을 회고한다. 운과 함께 보낸 다정했던 지난 세월을 혼자서 되새기는 한 사내의 슬프고도 눈물겨운 회상의 기록이다. 천푸는 너무도 일찍 떠나간 아내를 떠올리며 "내 사랑하던 사람은 마치 구슬이 부서지고 시든 꽃이 흙에 묻히듯 죽었으니 과거를 떠올리면 서글프기만 하다"고 탄식했다. 지극하고 몸 떨리는 두 사람의 사랑에 깊은 감동을 느껴서 그 책을 아마도 다섯 번은 반복해서 읽었으리라. 이런 책을 만나게 된 것이 참으로 다행스러웠다.

해마다 경북대 도서관에서는 대학생이 꼭 읽어야 할 필독서 목록을 학교 신문에 실었는데 대개 상투적 내용이라 큰 감흥이 생기지 않았다. 아리스토텔레스의 『시론』은 아득한 고전 시대의 위대한 기록이긴 하지만 읽기에 흥미가 느껴지지 않았다. 밀턴의 서사시 『실락원』도 서너 쪽을 읽기가 힘들었다. 너무도 빈번하게 등장하는 주석 때문이다. 성경이나 그리스신화에 근거한 그 후주는 대개 책의 가장 뒤쪽에 있어서 찾아가서 읽고 다시 본문으로 돌아와야 했다. 나는 그 번거로움이 싫었다. 단테의 『신곡』도 마찬가지다. 아무리 유익한 책이라도 이렇게 독파하기가 번거롭고 힘들다면 벅찬 난공불락이다. 본문보다 주석의 분량이 더욱 많으니 진도가 나가지 않았다. 그런 책은 대개 읽다가 지쳐서 중단하고 말았다. 이런 점에서 소설 『부생육기』는 우선 부피가 적절하고 내용도 흥미로워서 단숨에 독파할 수 있었다.

마침 대학도서관 독후감 모집 공고가 발표되었다. 나는 도서관 구석에 앉아 주섬주섬 쓴 원고를 몇 차례 다듬은 뒤 홀가분한 마음으로 응모했다. 그런데 그 며칠 뒤에 뜻밖에도 최고상으로 선정되었다는 통보를 받았다. 당시 도서관장직을 맡고 있던 은사 L교수가 시상식에서 상장을 수여하며 활짝 웃는 얼굴로 축하의 손을 내밀었다. 상품의 크기가 유난히 무겁고 커서 놀랐지만 막상 집에 와서 열어보니 이희승의 국어대사전, 옥스포드 영영사전 등 두 권이었다. 내 작은 서가에 그 두 권을 꽂으니 빈 공간이 그득해졌다. 이렇게 해서 한 소설의 주인공 운이라는 여성은 그로부터 내 가슴속의 연인이 되고 말았다. 내가 장차 배필을 만난다면 삶의 기획과 발상이 기발하고 뛰어난 운과 같은 여성을 맞으리라는 순정한 생각까지 했을 정도였다. 하지만 그런 여성은 오로지 고전작품 속에서만 존재하는 상상적 표상일 뿐이다.

전국대학생 문학작품 공모에서도 내가 보낸 시작품이 입선을 했다. 작품을 쓴 응모자의 이름을 모두 가린 상태에서 김춘수 시인이 심사를 맡았다. 독후감 당선에다 전국대학생 시작품 공모까지 선정되니 학내에서 글쓰는 문청으로서의 내 이미지는 한층 선명해지고 자신감도 덩달아 높아졌다. 오고가는 길에서 만난 여러 벗이 이 소식을 듣고 모두들 축하를 보내주었다. 이런 공모에서 뽑히는 경험은 삶에서 격려로 크게 작용했다. 이렇게 해서 나는 점점 일생을 문필가로 살아가겠다는 결심이 굳어졌다.

대학에서의 연극 활동

해마다 5월이면 대학 전체가 축제의 분위기에 휩싸인다. 국문과에서도 '국문과의 초대'란 이름으로 축제를 준비한다. 합창, 연극, 시화전, 시 낭송, 문학 강연 등 다양한 공연과 전시회를 준비한다. 합창은 내가 지휘자로 두 해를 꾸렸고 시화전, 시 낭송 및 연극 공연까지도 참가했다. 노래를 유난히 좋아하긴 했지만 막상 악보를 읽는 능력조차 갖추지 않은 미숙한 실력으로 학과의 합창단 지휘까지 맡아서 무대에 올랐으니 그 용감성은 어디에도 견줄 바가 없다. 원래 선배 H씨가 맡아서 하던 것인데 그가 물러나고 후계자로 내가 지명된 것이다. 그해 멤버의 구성은 대체로 마흔 명 내외로 이루어진다. 지휘자는 축제의 무대에 올릴 예닐곱 곡을 고른 뒤 이를 공지하고 지원자를 받아들인다. '피스piece'라고 부르는 악보는 미리 프린트를 해서 인원수보다 넉넉히 준비해둔다. 그러곤 최소한 두 주일 정노의 맹렬한 연습을 집중적으로 거쳐야만 한다. 그러지 않으면 코러스가 제대로 어울리지 않고 불협화음이 생긴다. 연습의 분량이 발표회의 품질을 결정한다.

그때 준비한 곡목은 〈금강에 살으리랏다〉 〈바위고개〉 〈희망의 나라로〉 〈오, 수재너〉 〈켄터키 옛집〉 〈Nobody knows〉 등 일곱 곡이다. 강의가 끝난 뒤 매일 예정된 저녁 시간에 모여 두 시간 정도 연습을 하고 헤어진다. 그런데 이 연습에 이런저런 핑계를 대며 불참하는 사람들이 많았다. 그들을 유인하기 위해 지휘자는 맛있는 사탕이나 비스킷 등을 준비해 커다란 그릇에 담아놓는다. 때로는 따끔한 질책도 서슴없이 쏟아내어야 한다. 모든 것이 단합 효과를 위한 배려임은 물론이다.

연극은 극작가 차범석車凡錫의 작품 〈시인의 혼〉을 준비했다. 여기에 지원하고 맹렬히 연습해서 드디어 무대를 올렸지만 학과의 연극은 전문성에 다가가지는 못했다. 모두들 제대로 된 무대 경험이 없는 소인극素人劇 수준에 불과했다. 내용은 청년 시인 '박훈'과 그의 애인. 두 사람의 뜨거운 사랑은 박훈의 돌연한 죽음으로 중단되지만 시인의 무덤을 찾아간 애인이 흐느끼면서 못다 한 사랑의 말을 쏟아낸다. 이때 무덤 속의 박훈이 혼령의 모습으로 나타나 애인과 대화를 갖는다. 나는 무덤 속에서 환생하는 시인의 모습으로 잠시 출연했다. 프롬프터가 무대 뒤에서 작은 소리로 타이밍을 알려준다. 박훈 시인 묘지 세트 뒤에 웅크리고 있다가 잔잔한 배경음악이 들리면 스르르 일어선다. 이 속도가 너무 빨라도 늦어도 안 된다. 아주 적절한 타이밍에 진행되어야 한다. 이 모든 것을 프롬프터가 일일이 옆에서 지시한다.

시인 박훈은 이미 죽어서 무덤 속의 처참한 몰골로 바뀌었다. 얼굴은 유령처럼 창백하고 한쪽 눈은 이미 부패가 시작되고 있었으므로 그 분위기를 나타내려고 분장 안료인 검정 도란Dohran을 짙게 칠했다. 도란은 그리스 페인트의 일종으로 피부에 덧씌우는 화장 재료다. 내

살갗 위에다 검정 도란을 골고루 펴서 바르는데 미숙한 분장사가 이 도란을 너무 과장되게 칠을 해버렸다. 거울을 보니 참혹했다. 이미 신체의 부패가 진행되는 느낌이었다. 아무리 분장이라지만 불쾌감이 들었다. 왜 내가 이런 역할을 맡았던가. 후회가 들었지만 연극은 이미 진행중이다. 나는 프롬프터의 지시에 따라 무덤 뒤에서 천천히 일어섰다가 다시 내려앉는 동작을 했다. 대사는 내 목소리가 아니라 미리 녹음된 것을 틀어주는 방식이다. 에코 효과가 곁들여져 음산한 분위기로 울려퍼졌고 나는 단지 립싱크 방식으로 입술만 움직인다. 그것이 영혼의 발화이기 때문이다. 이렇게 해서 나는 연극에서 아주 짧고 간단한 출연을 했을 뿐이다. 육성의 대사 한마디 없이…… 당시 나는 무대에서 마음껏 발화를 쏟아내고 싶었지만 이처럼 맡겨진 역할은 극히 제한적일 수밖에 없었다.

연극도 성공적으로 끝나고 국문학과의 모든 축제 행사는 마무리되었다. 박훈 시인의 애인 배역을 맡았던 나의 상대는 후배 L이었는데 반복 연습을 하던 중 그녀에게 왠지 호감이 느껴졌다. 그녀는 고소설 전공 모교수의 딸이었다. 하지만 우리는 서로 인연이 닿지 않았고 내 마음을 전할 기회도 없었다. 바람결에 들으니 개신교의 여성 목사가 되어 어딘가에서 활동중이라고 했다. 아무튼 학과 축제를 준비할 때 여러 분야에서 모두 혼연일체가 되어 전심전력을 쏟아부었다.

그런데 축제가 모두 끝난 뒤의 어느 날 오후, 선배들이 후배의 불성실을 책망하며 한 강의실로 지정된 시간에 집결하라고 했다. 남학생들만 오라고 했는데 그 분위기가 어쩐지 심상치 않았다. 아니나다를까 학군단 옷을 입은 선배들이 굳은 표정으로 각목을 들고 있었다. 경직된 표정의 학회장이 후배들의 태만을 호되게 지적하며 비판했다.

군기가 빠져서 그렇다며 차례로 교탁 앞으로 나오라고 한다. 나는 열심히 축제 준비에 골몰했었는데 영문도 모른 채 불려나가 군용 침대 각목으로 엉덩이를 맞았다.

1인당 열다섯 대씩 때리는데 엉덩이에서 불이 활활 타는 듯 따갑고 화끈거리는 통증이 느껴졌다. 단체 기합이니 피할 도리가 없었지만 몹시 억울했다. 이게 대체 무슨 꼴인가. 군대도 아니고 대학 캠퍼스에서 이처럼 상호 예절과 존중하는 마음을 모두 박살내고 비열한 집단 폭력이 과연 무엇인가. 학과 축제를 위해 그토록 혼신의 열정을 쏟았고, 커다란 성과를 거두었는데 기껏 돌아오는 보답은 이런 집단 구타 따위인가.

때는 바야흐로 박정희 군사정권, 그 파쇼적 군사문화의 광기로 가득하던 시절. 대학도 그러한 악몽을 결코 피해 가지 못했다. 살벌하고 살풍경하고 따뜻한 인간미를 말살하는 풍조가 세상을 뒤덮고 있던 시기였다. 이런 흐름은 대학도 예외가 아니었다.

가정교사

가정교사란 개인을 대상으로 가정에서 학습지도를 맡아보던 사적인 교사를 가리키는 말이다. 고대 그리스에서는 그 집안에서 활동하던 노예가 이런 역할을 맡았다고 한다. 학교교육의 보완을 위해서 이런 활동이 행해지던 시기가 있었다. 근대 이전에는 독선생獨先生이란 것이 있었는데 이것이 가정교사의 뿌리쯤 되리라. 해방 후에는 경제적 사정이 어려운 대학생들이 학부모와의 계약 형식으로 지정된 시간에 학생의 학습을 보조해주는 방식이 자리를 잡기 시작했다. 한국의 1970년대에서 1980년대에는 주로 대학입시 준비를 도와주는 역할로 가정교사 열풍이 불기도 했다. 부모를 대신해서 예습이나 복습, 혹은 숙제 지도를 돌보는 활동을 맡았다.

예전 대학생들이 경제 사정이 어려울 때 흔히 선택하던 일이 가정교사였다. 이 가정교사는 요일과 시간을 정해 방문하는 것과 아예 그 집에 들어가 학습을 전담하는 입주 방식 등 두 가지가 있었다. 나는 대학 2학년 때부터 입주 가정교사로 삼 년 동안 특별한 경험을 했다.

대학에 입학한 뒤로 집안 형편이 더욱 나빠져 나는 급기야 도망치 듯 본가를 나와 대구 상동 쪽에 살고 있던 큰누님 댁으로 옮겨갔다. 이른바 얹혀사는 더부살이다. 누님네도 넉넉한 살림이 아니었고 또 올망졸망한 조카들이 셋이나 있었지만 함께 지내는 것을 허락했다. 하지만 매끼 밥을 먹는 마음이 편하지 않았다. 그래서 혼자 뜨내기 생활을 선택하게 되었다. 누나 집을 나오긴 했으나 마땅히 거처할 곳 이 없으니 그것도 막막한 심정이었다. 친구한테 먼저 군용 침낭을 하 나 빌리고 나는 학과의 S교수 연구실로 찾아갔다.

　"제가 교수님 연구실에서 일을 도와드리고 청소도 하며 공부를 하 고 싶습니다."

　교수님은 한참 주저하더니 마지못해 동의를 했다. 그날 저녁부터 곧바로 연구실 생활이 시작되었다. 날이 저물어 밤 깊은 교수 연구실 은 괴괴하였다. 너무 적막해서 처음엔 그 고요가 두려웠다. 한참 책을 읽고 있는데 자정이 가까울 무렵 누군가 문을 쾅쾅 두드렸다. 문을 열고 보니 대학의 경비원이었다. 자신이 야간 순찰을 돌고 있는데 창 문으로 불이 환히 켜져 있어서 확인차 왔다고 했다. 곧 발간하게 될 교수님 저서의 원고 일을 돕느라 오늘은 여기서 밤을 새워야 한다고 했지만 그건 규정상 금지라며 즉시 불을 끄고 퇴실하라는 것이다. 그 리고 내일부터는 절대 밤샘이 불가하다고 엄중히 주의를 준 뒤 돌아 갔다.

　하지만 마땅히 갈 곳은 없고 이 일을 어쩌나. 나는 침낭을 연구실 구석에 몰래 숨긴 채 마치 가까운 직장으로 출근하듯 강의실로 수업 을 받으러 갔다. 학과 친구들은 그런 내 사정을 전혀 알 길이 없었다. 다시 하루해도 저물어 나는 밤 깊도록 저녁 끼니도 때우지 못했다.

배에서 꼬르륵 소리가 들렸다. 그날도 저녁나절 혼자 연구실에 쓸쓸히 앉아 있는데 사막에 혼자 버려진 듯 막막한 심정이 들었다.

경비가 또 달려올 게 두려워 나는 조명을 켜지도 못한 채 닭털 침낭 속에 들어가 지퍼를 잠그고 그 안에 엎드려 랜턴 불에 의지해 시를 썼다. 하지만 그런 생활은 불편하기 짝이 없었다. 그렇게 보름을 억지로 버텼다. 견디다못해 L교수를 찾아갔다. 그분은 평소 사교를 즐기는 분인데다 워낙 알음알이가 넓은 분이라 도움을 청해도 좋을 것 같았다.

"제 집안 사정이 너무 어려워 더이상 학업을 잇기가 어렵습니다, 교수님. 어디 가정교사 자리라도 한 군데 알아봐주시면 좋겠습니다."

그 말을 어렵게 꺼내는데 왜 그렇게도 가슴속에서 불덩이가 치밀어오르는 듯했는지. 한순간 참았던 설움이 북받쳐올라 기어이 눈물을 주르르 쏟고야 말았다.

교수님이 엄한 목소리로 꾸중하셨다.

"사내가 어찌 그리도 눈물을 쉽게 보이는가. 자기 앞의 고난은 어떻게든 스스로 잘 헤쳐가야지."

그런데 가만히 들어보니 이 말씀을 하는 교수님도 울먹이는 목소리였다.

"내가 일단 알아볼 테니 오늘은 돌아가 연락을 기다리거라."

바로 다음날 오후 스승이 급히 부르셨다. 시내 모처에 가정교사 자리를 구해두었으니 가서 바로 주인을 만나보라고 했다. 그곳은 당시 L교수가 평소 단골로 다니던 대구 중구의 고급 요정이었다. 내 임무는 주인집의 어린 무남독녀를 돌보는 일이었다. 부모의 요정 관리 때문에 아이가 혼자 지내는 시간이 많으니 곁에서 오빠처럼 숙제를 도와주고 여기저기 데리고 다니며 같이 놀면 된다고 했다. 방학 때는 곤충채집과 식물채집 같은 일을 도와주면 좋겠다고 요청했다. 아이 어머니인 H마담의 인상이 후덕해 보였다. 호쾌하게 너털웃음을 웃는 모습에서 이따금 호방함마저 느껴졌다. 그녀의 꼼꼼한 면접 과정을 거쳐 다음날부터 곧바로 초등 1년생 가정교사로 일하게 되었다. 정확히는 그 집에 들어가서 숙식을 하며 활동하는 입주 가정교사였다. 그렇게 일자리를 구한 뒤로 자고 먹는 것이 단번에 해결되었다. 나에게 배정된 방은 그 요정 건물의 옥상에 블록으로 지은 옥탑방이었다. 멀리서 보면 마치 탑처럼 생겼다고 해서 그런 이름이 생겼다. 방안에는 침대와 책상 하나가 놓여 있었다. 외풍이 심해 겨울엔 몹시 춥고, 여름엔 태양열에 뜨겁게 달아서 한증막 같았다. 그런 여름밤에는 옥상 시멘트 바닥에 삿자리를 깔고 잠을 잤다. 선선한 봄가을엔 지내기가 좋았다.

주인 마담은 나의 아침식사를 꼭 안방 내실에 차려두었다. 내려가면 파고다 담배 한 갑과 하루치 용돈이 밥상 수저 옆에 놓여 있었다. 그 돈은 하루의 교통비와 점심값이었다. 그렇게 쓰고도 약간의 돈이 남아서 조금씩 저축도 하게 되었다. 나의 입성이 낡고 추레한 것을 보더니 그녀는 시내 양복점에 데리고 가서 양복 한 벌과 검정 코트를 맞춰주었다. 새옷을 입으니 단번에 깔끔한 신사의 모습이 되었다. 그런 풍모로 학교에 가니 동기 친구들이 깜짝 놀라는 눈빛으로 보았다. 어찌 그렇게 하루아침에 외모가 달라지느냐는 반응이었다.

그렇게 몇 달이 지나 다음 학기 등록금 고지서가 나왔다. 그동안 내가 조금씩 모은 돈으로는 등록금 규모에 전혀 미치지 못했다. 여기저기 찾아다니며 급전을 융통해서 등록을 하러 갔더니 은행의 창구

직원은 이미 등록되어 있다고 말했다. 이게 어찌된 일인가. 누가 내 등록을 먼저 했단 말인가. 그날 저녁 일터에 돌아가 주인 마담에게 그 말을 전했더니 빙긋이 웃기만 했다. 그녀는 며칠 뒤에 전후 사정을 들려주었다. 등록 시즌인데 내가 아무래도 고통을 겪는 눈치라 자기가 대납했다고. 주인 마담이 대학에 외상값을 받으러 갔던 길에 내 등록금을 납부한 것이다. 그런데도 그녀는 이에 대한 생색을 전혀 내지 않았다. 내 가슴은 깊은 감동에 젖었다. 이런 은혜로움이 어디 있겠는가. 매달 월급은 주지 않았지만 그 대신 이렇게 등록금을 납부해주고 철 따라 의복까지 갖춰주는 것이다. 게다가 끼니 걱정도 해결되었다. 요정집이라 식사는 기름지고 반찬이 좋았다. 나는 주인 마담의 호의에 보답하기 위해 맡은 일을 더욱 충실히 해야겠다고 다짐했다.

늘 뒤에서 지켜보고 말없이 지원해주던 그 H마담은 지금 고인이 된 지 오래다. 내가 그곳을 나온 뒤로 여러 어려움을 겪다가 기어이 중병을 앓게 되었다고 한다. 사망 소식도 뒤늦게 들었다. 그녀 덕분에 힘든 대학 시절을 잘 견뎠다. 이렇게 오늘의 내가 있기까지 곁에서 도와준 여러 은혜로운 분이 있었다. 그들의 고마움을 내가 잊어선 안 된다.

동아일보 신춘문예 당선 이야기

대학 4학년 11월쯤이다. 나는 매일 강의가 끝나면 대학 도서관으로 갔다. 주말과 휴일에도 도시락을 싸들고 가는 곳이다. 졸업 후의 진로와 어떤 불안감 때문에 도서관을 찾았으리라. 그곳에 가면 우선 마음이 편안했다. 곧 졸업도 다가오고 진로도 확실히 정해지지 않아서 그에 대한 대비를 나름대로 하려던 뜻이 있었으리라.

내가 늘 앉던 경북대학교 대학 도서관 2층 자리의 창문 너머에는 키가 우뚝한 은백양나무 하나가 서 있었다. 바람이 불 적마다 나뭇잎이 팔랑거리는데 아름답고 황홀했다. 나뭇잎의 뒷면은 흰빛이었다. 그것은 마치 신라 금관의 영락瓔珞처럼 줄곧 파들파들 떨리며 미동하는데 나는 그 광경을 오래 응시하느라 넋이 팔렸다. 나의 삶에서 저 나뭇잎처럼 빛나며 나를 받쳐주는 힘은 과연 몇이나 되는가. 나는 나의 존재를 온통 빛나도록 변화시킬 수는 없을까. 이런 터무니없는 상상에도 빠져들었다.

유난히 어둡고 우울한 유소년 시절을 겪어왔으므로 내 삶의 전반적 빛깔은 대체로 어둡고 침울했다. 밝고 명징한 시간을 별로 겪어보지 못했다. 그동안의 위축과 열등감으로부터 신속히 나를 구출해야 한다. 그걸 감행할 수 있는 주체는 오로지 나 자신이다. 줄곧 이런 생각에 잠겨 있었다. 그러한 성찰 끝에 마침내 내가 당도한 생각은 시인이 되는 것이었다. 그것도 독자들에게 널리 사랑을 받는 그런 시인이 되어야 한다. 다른 방법은 없고 오직 시인으로 시 창작으로 나의 삶을 수립해가며 살아가야만 한다. 하지만 나만의 글을 쓴다는 것, 그 것도 개성적 스타일의 독창성을 이루는 일은 몹시 힘들고 어려운 일이었다.

대체 얼마나 시간이 흘러야 내 마음대로 두 팔을 휘두르듯 자유자재로 글을 쓸 수 있을까. 1972년 11월의 밤은 뜨거웠다. 우선 역대 신춘문예 작품을 찾아서 두루 읽어가며 그들의 장점과 특질을 연구했다. 그러곤 교생실습 시절에 겪은 여러 체험의 단상들을 밑그림으로 삼아 시를 써내려갔다. 틈틈이 해둔 메모들이 큰 도움이 되었다. 거기에다 당시의 암울했던 시대적 음영, 혹은 삶과 시대를 사고하고 해석하는 나만의 관점을 조심스럽게 얹었다. 이렇게 여러 날 원고를 깁고 고치고 다듬는 숨가쁜 시간이 흘러갔다.

그리하여 12월 초순, 나는 단형시短形詩 여섯 편에 각각 번호를 매기고 제목을 '마왕魔王의 잠'이라 붙였다. 교생실습 중 다른 교생의 수업을 참관하는 시간이 자주 있었는데 교실의 맨 뒤에 앉아서 학생과 마찬가지로 끝까지 수업을 듣는 것이다. 그러면서 잘된 점, 고쳐야 할 문제점을 찾아내 이를 평가 시간에 보고해야 했다. 그런데 나는 이런 수업 참관이 싫었고 견디기가 힘들었다. 그러니 쏟아지는 것은 폭포수 같은 잠이었다. 줄곧 졸다가 제풀에 놀라 화들짝 깨는 일도 많았다. 그런 졸음 속에서 이런 구절을 얻었다.

잠은 폭우를 동반하고 와서
채석장의 돌이 되어 부서져내린다
　　　　　　　　　　　　　—「마왕魔王의 잠」의 2번 부분

　같은 시 5번에서 쓴 "타는 장작소리와/쓰러진 잠을 짓밟고 내리꽂
는/마왕의 말굽소리"는 당시의 군부 독재자를 의식하며 쓴 상징적 구
절이다. 강의실에서 직접 사사한 김춘수 스타일의 존재론적 어법에다
개인적 학습으로 익힌 김수영 스타일의 활달하고 격정적인 어법을 슬
쩍슬쩍 교직交織의 방식으로 얽어서 나만의 리듬을 입힌 것이다. 나는
내 나름대로 문단의 대표적 양대 흐름을 통합하고 조화시키고 싶다
는 내적 갈망을 품었다. 응모 작품을 커다란 봉투에 담고 신문사로 보
낸 뒤로는 그에 대한 일을 아주 잊고 있었다. 당선되리라는 기대는 전
혀 하지 않았다. 여전히 입주 가정교사로 활동중이던 대학 졸업반, 무
엇인지 괴로워 나는 모발을 손가락으로 움켜쥐고 자학적 시간을 보내
고 있었다. 그때 일터의 주방 아줌마가 일층에서 우편물 하나를 들고
내 옥탑방을 찾아왔다.
　"선생님 방에 계셔요? 방금 어떤 속달 등기가 왔네요."
　황급히 받아보니 노란 봉투의 뒷면에 '동아일보'란 네 글자가 보였
다. 그 순간 느낌이 야릇했다. '신문사에서 왜 나에게 우편물을 보내
오지. 요즘은 낙방 소식도 알려주는 것인가.' 설렘과 떨림으로 두근거
리며 봉투를 뜯었다. 얇은 괘지에 타자기로 찍어서 작성한 당선 통지
서였다. '당선'이란 두 글자가 엄청난 크기로 눈에 들어왔다. 그것을

보면서 내 머릿속이 마치 하늘로 솟구쳐오르는 듯 아득해지면서 어떤 나팔소리 같은 것이 들렸다. 환상적 팡파르가 저절로 들렸던지도 모른다. 오랜 시간 가슴을 짓눌러오던 어떤 무겁고 혼미하며 침울하던 기운이 빙하가 녹듯 거대한 강 위를 둥둥 떠가는 느낌이 들었다.

나는 드디어 당선의 영광을 안았다. 하늘의 별을 따기보다 어렵다는 그 신춘문예 당선자가 된 것이다. 무려 6,000대 1의 경쟁을 뚫은 것이다. 대체 이 사태를 어찌 감당해야 하나. 이걸 내가 과연 어떻게 받아들이나. 나는 숨이 가빠오고 막막한 바람 들판에 홀로 서 있는 외로움을 느끼며 세월의 격랑 속에 서 있음을 알게 되었다. 드디어 1973년, 감격의 새해가 밝아왔다. 거의 뜬눈으로 제야를 지새우다가 새벽 네시쯤 조간이 도착하기를 기다렸다. 아직 미명인데 대문 아래로 두툼한 동아일보 신년호가 툭 떨어졌다. 얼른 집어들고 등불 밑으로 와서 조심스럽게 펼쳤다. 심장 뛰는 소리가 들렸다. 마침내 고대하던 지면이 눈앞에 그 모습을 드러내고 있었다.

내 당선작 「마왕의 잠」은 해당 지면의 맨 위쪽에 가로로 길게 배치되어 있고 그 아래로 좌측 끝엔 심사평, 그 옆으로 당선 소감이 실려 있었다. 지금 보니 사진도 이상하고 글도 세련미가 없다. 맨 오른쪽 끝엔 각 부문 당선자 발표가 있었다. 시, 단편소설, 희곡, 시조, 동요, 동화, 문학평론, 시나리오 당선자의 작품명과 이름이 공개되었다. 신문의 전면에는 온통 나의 관련 기사들로 가득 채워져 있었다.

소설 당선자 이태호李泰豪는 홍익대 조소과 재학생으로 작가적 재능이 상당히 뛰어났다. 작가로 등단한 직후 여러 잡지사에서 소설 원고 청탁이 들어왔다. 독재 시대에 출판사 편집자는 날카로운 언어나 표현들을 일방적으로 삭제하거나 변조했다. 이를테면 '매운 고추를 씹으며 주먹을 불끈 쥐고 일어섰다'란 대목이 소설 속에 있으면 그것을 저항적 표현으로 해석한 편집자가 작가에게 동의도 구하지 않고 '고추를 입에 넣으며 일어섰다'는 식의 문장으로 칼질을 했던 것이다. 이런 실망과 좌절 속에서 이태호는 소설쓰기를 그만두고 말았다. 그는 진보적 작가 그룹 '현실과 발언' 멤버로 활동했었다. 그러나 문학과 조형미술 사이에서 오래 갈등하다가 결국 소설을 포기하고 조각가 활동으로 복귀했다. 희곡의 이영규는 군수사령부 현역 군인으로 작품이 당선되었지만 병으로 일찍 고인이 되었다. 동시 부문의 하청호는 교사로 일하면서 꾸준히 아동문학 활동을 펼쳤다. 동화의 정채봉은 『오세암』 『물에서 나온 새』 등 다수의 명작 동화를 남겼지만 역시 병을 이기지 못하고 일찍 세상을 떠났다. 그는 월간 『샘터』 주간으로 오래 일했었다. 정호승 시인과 함께 서울중앙병원 입원실을 방문해서 작고 직전 정채봉의 마지막 얼굴을 보고 온 적이 있다. 죽음을 앞두고도 편안한 얼굴로 미소 짓던 모습이 떠오른다. 고향인 전남 승주에 정채봉문학관이 세워졌다.

평론의 조남현은 스마트한 용모의 청년 비평가였는데 서울대 국문과 교수로 정년을 했다. 시나리오의 하신희, 그가 그해의 아주 특별한 존재였다. 키도 훤칠하고 준수한 용모였는데 치렁치렁한 장발이었다. 그는 신문사에 보내는 당선자 사진으로 자기 뒤통수를 찍어 보냈다. 이를 거절하는 문화부 기자와 당연히 실랑이가 벌어졌다. 그런데 자기 전면 사진을 못 보내는 이유가 놀라웠다. 기사를 보고 몰려올 빚쟁이들 때문이라 했다. 결국 양측이 반씩 양보해서 얼굴 옆쪽을 찍은 사진이 실렸다. 그런 사례는 썩 드물다.

1973년 동아일보 신춘문예의 시작품 심사는 청록파 시인 박두진과 평양 출신의 박남수 시인이 보았다. 두 분 모두 일제 말 『문장』 출신으로 정지용 시인을 통해 등단했다. 그분들은 여러 해째 심사를 맡아서 봤는데 한 해씩 번갈아가며 당선자를 선택하는 결정권을 나누어 가진다고 했다. 박두진 시인은 다른 사람의 작품을 골랐고 박남수 시인은 내 작품을 끝까지 밀었다고 한다. 그해의 결정권자는 박남수 선생이었나보다. 전쟁 시기 평양에서 월남해 온 박 시인은 남쪽으로 내려와 어떤 정규직도 얻지 못하고 여기저기 원고를 써주는 프리랜서로 살았다. 몹시 외로움이 묻어나는 원로 시인으로 언제나 말이 없고 따뜻하며 잔잔히 웃기만 했다. 참으로 다정다감한 분이었다. 그분에게 남녘 생활은 감당하기 벅찬 소외와 고독이었으리라. 그 때문에 시 작품에서 훨훨 자유롭게 날아다니는 새 이미지를 즐겨 다루었는지도 모른다.

하늘에 깔아 논/바람의 여울터에서나/속삭이듯 서걱이는/나무의 그물에서나, 새는/노래한다. 그것이 노래인 줄도 모르면서/새는 그것이 사랑인 줄도 모르면서/두 놈이 부리를/서로의 쭉지에 파묻고/따스한 체온을 나누어 가진다.

—박남수, 「새 1」 부분

당시 시인의 고독한 심경이 그림처럼 반영되어 있다. 분단된 남녘으로 내려와 그 육중한 고독을 감당하기 어려웠으리라.

최종심에 오른 후보자들 중 기억에 남는 이름은 이경록과 전원책이 있다. 경주 출신의 이경록은 백혈병으로 청년 시절에 투병중 작고했는데 이후 유고 시집이 나왔다. 그 해설의 집필을 내가 맡았다. 전원책은 변호사가 되고 보수 논객으로 활동중이다. 1973년 서울의 여섯 개 신문에서 배출된 시인들은 김명인(중앙일보), 정호승(대한일보), 김승희(경향신문), 김창완(조선일보), 하덕조(한국일보)와 이동순(동아일보)이다. 그로부터 몇 달 뒤 여섯이 함께 만나자는 제의가 편지로 날아왔다.

1973년 1월 하순, 서울 종로구 세종로 동아일보사 맨 위층 강당에서 시상식이 열렸다. 나는 나의 일터 주인 H마담이 당선 축하로 선물해준 맞춤 양복을 입고 서울행 열차에 몸을 실었다. 나이 스물이 넘어서 처음으로 서울에 가보게 된 것이다. 물론 길도 모르고 또 초행길이 염려되어 한 친구를 설득해 같이 올라갔다. 은행에 다니는 종제從弟의 서대문구 하숙방에서 하루를 자고 다음날 오전 동아일보에 찾아갔다.

식장엔 화환이 길게 늘어서 있었으며 하객들로 넘쳐났다. 미리 지정석에 앉아서 기다리는데 동아일보 사장과 휘하 간부들이 들어오고 곧바로 시상식이 시작되었다. 여러 장르 중 시가 가장 먼저라 내 이름이 맨 처음으로 호명되었다. 나는 떨리는 가슴으로 앞에 나갔다. 상장과 상금 칠만원이 들어 있는 봉투를 건네받았다. 여기저기서 환호와 플래시가 터졌다. 여러 사람의 축사가 끝나고 드디어 심사평을 듣는 시간이 왔다. 그날 심사 소감은 박두진 시인이 맡았다. 박남수 시인은 앞자리에 앉아 있었다.

시상식을 마치고 바로 그 자리에서 리셉션이 열렸다. 거기서 나는 박두진, 박남수 두 분께 찾아가 허리 굽혀 인사를 드렸다. 시조 시인 초정 김상옥金相沃 선생도 그날 특유의 베레모를 쓰고 오셨다. 박남수 시인께는 식을 마친 뒤 바로 댁으로 찾아뵙겠다고 말씀드렸다. 리셉

션에 온 여러 축하객은 대개 동아일보 신춘문예를 통해 등단한 선배 시인들이었다. 권일송, 정진규, 이유경, 신중신 등등 문예지에서 자주 대하던 이름들이 기억난다. 그해 신춘문예 업무를 총괄했던 분은 문화부장 김광협 시인이었다. 특히 김상옥 시인은 속사포 같은 통영 말씨로 내 스타일이 세련된 서울 청년 같다고 하더니 고향이 서울이냐고 물었다. 그래서 사실은 시상식 덕분에 난생처음 상경했노라고 했더니 놀란 눈을 둥그렇게 뜨고 나를 바라보았다. 모든 일정이 끝나자 나는 곧바로 박남수 시인 댁을 찾아갔다. 푸줏간에서 쇠고기를 몇 근 사고 정종도 큰 병으로 하나 마련해 품에 안은 채 댁으로 찾아뵙고 정식으로 큰절을 올렸다. 스승께 올리는 첫 인사를 이런 식으로 예의를 갖추어 드린 것이다.

선생은 줄곧 다정한 미소와 나직한 목소리로 평생 지켜갈 시인의 자세를 일러주셨다. 그러곤 나를 당신의 2층 서재로 안내했다. 계단을 오르니 아주 멋진 정원이 내다보였다. 서재에서 창문으로 내다보는 전망이 너무 아름다워 넋을 놓고 바라보는데 선생이 말했다.

"사실 내 집은 아주 작지요. 하지만 창밖으로 넓고 멋진 정원이 있는데 저곳은 경희대 조영식 이사장 저택의 마당이랍니다. 정작 그 댁 주인은 못 즐기는 정원을 내가 온통 차지하고 앞마당처럼 즐기지요."

이 말에 우리는 함께 크게 소리 내어 웃었다. 선생의 옆모습은 어떤 고적함이 묻어났다. 평양에서 월남해 온 실향민 시인의 한 분으로 바람찬 남녘땅 문단의 고질적인 패거리 악습과 타인을 매도하고 배척하는 야비한 세태에 얼마나 지치고 시달렸을 것인가. 최근에 마침 시집이 발간되었다며 선생은 직접 서명한 시집 한 권을 주셨다. 그것이 지금도 소장하고 있는 『새의 암장暗葬』이다. 여러 해 뒤 박남수 시인은 미국으로 이민을 떠나 살다가 만리타국에서 쓸쓸히 작고하셨다. 들리는 말로는 미국 뉴욕 맨해튼의 거리에서 과일 장사를 하셨다고 한다.

시상식 다음날 조간신문에는 상장을 받는 내 사진이 커다랗게 실렸다. 그날의 사진을 보노라니 이십대 초반 숫기 없던 청년 시인의 앳된 모습이 어설프고 낯설게 느껴진다. 이태호, 정채봉, 하청호, 이영규, 김봉호 등 여러 수상자의 긴장된 모습도 사진 속에 보인다. 그로부터 어느덧 오십 년 세월이 바람처럼 지나갔다.

'1973' 동인에서 '반시' 동인으로

신춘문예에 당선하던 1973년 봄, 소설 당선자 이태호의 편지가 왔다. 그해 중앙 일간지 당선자들의 연합 모임을 갖는다며 일시와 장소를 알려주었다. 흥미로운 만남이어서 즉시 상경했다. 이후로도 주로 만나던 곳은 세종로 동아일보 건물 건너편 2층의 찻집 귀거래이거나 그 부근의 태을다방이었다.

모임에 참석한 사람들로는 소설가 박범신, 이경자가 왔고 시인으로는 김명인, 정호승, 김창완, 하덕조, 김승희, 이동순이 자리했다. 시조 시인 오영빈, 류제하와 동화 부문의 정채봉도 함께했다. 소설가 넷과 시조 시인 넷을 포함해 비평가들을 초청했지만 그들은 동참하지 않았다. 먼저 상견례를 나누고 앞으로 정례 모임을 갖기로 했다. 우선 결정한 모임의 명칭은 '73그룹'이다. 당시 우리가 맨 먼저 기획한 사업은 국립공보관에서 전시를 열어보자는 것이었는데 방법은 간단했다. 각자 친필 원고 한 편씩 제출한다. 시인은 시작품이면 되었고, 소설가는 작품의 일부를 마치 시처럼 발췌한 짧은 문장을 액자에 담아서 전시하는 일이다. 행사의 취지에는 이런 일을 빌미로 무엇보다도 자주 만나고 친교를 더해가자는 소박한 뜻이 담겨 있었다. 서울 멤버들이 이 행사의 준비를 하느라 노고가 많았다. 이윽고 그해 여름 전시회가 열리던 날, 우리는 다시 모였다. 전시뿐 아니라 곧바로 문집을 발간하자는 새로운 기획에도 모두들 공감했다.

그렇게 해서 때맞춰 발간된 문집의 제호는 '73문학'이었다. 볼륨이 얄팍한 프린트판이지만 일단 정감이 느껴졌다. 우리는 여러 날 전시장을 지키고 식사도 같이 하며 동지적 유대를 키워갔다. 행사중에는 작가 박범신의 정릉 신혼집에도 갔고 종로 피맛골 술집에서 밤늦도록 문학을 토론하며 술추렴도 했다. 새로운 만남의 시간은 하루하루가 즐겁고 흐뭇했다.

이태호는 당시 홍익대학교 재학생으로 나이가 가장 어렸고 뒷머리가 치렁치렁한 장발이었다. 그런 행색으로 광화문의 어느 파출소 앞을 지나던 중 경관의 호출을 받고 끌려들어갔다. 우리가 함께 파출소로 들어가 이에 항의했다. 그들과 온갖 실랑이를 벌였지만 결국 경관은 커다란 가위로 태호의 머리를 한 움큼 잘라버렸다. 이른바 장발 단속에 걸린 것이다. 이 과정을 겪으면서 우리 가슴속에는 형언할 수 없는 분노가 끓었다. 이런 모질고 독한 독재 체제에서 도저히 살아가기가 싫다며 눈빛을 번뜩이며 절망하던 태호의 모습이 눈에 선하다. 그는 대학 졸업 후 미국으로 유학을 떠나 대학원에 진학했다. 학업을 마치고도 여러 해를 뉴저지 일대에서 살다가 귀국했다. 한번은 미국 방문길에 태호의 집을 방문한 적이 있다. 무성한 숲을 끼고 있는 태호의 집은 아담하고 깔끔한 2층집이었다. 창문에 서면 숲에서 나온 사슴 한 마리가 태호네 집 뒷마당을 어슬렁거리는 풍경이 보였다.

그는 생계를 위해서 사진관과 액자 가게를 운영했다. 미국에서 여러 해 살다가 훗날 귀국했고, 모 대학의 미술과 교수로 부임했다. 그는 결국 본래의 전공인 조각으로 복귀했는데 이후 소설가로서의 활동은 접은 것으로 보인다. 조각가로서 태호의 활동은 특별했다. 틀에 박힌 체제의 경직성과 세속성에 대한 풍자와 비판 의식이 강하게 느껴지는 작품을 발표하고 있다.

강원도 양양 출생의 작가 이경자는 늘 밝고 활기찬 목소리로 재담을 던지며 전체 멤버들에게 격려와 부추김을 주었다. 그녀는 한동안 한국작가회의 이사장을 맡아서 하기도 했다. 한국일보 시 당선자 하덕조의 결혼식에도 '73그룹' 멤버들이 함께 참석해서 축하를 전했다. 하덕조는 당시 교직에 있었는데 더이상 시를 발표하지 않았다. 안동 하회마을 출신의 시조 시인 류제하는 철학자 류초하의 형으로 시조 시인 진복희와 부부다. '73그룹'에서 나이가 가장 많아 듬직한 형 노릇을 맡았다. 그분도 일찍 고인이 되었다. 경향신문 시 당선자 김승희는 서강대 재학생으로 「그림 속의 물」이란 그녀의 등단작은 이국적 정취가 느껴지면서 다소 몽상적인 분위기였다.

정호승은 하동에서 태어나긴 했지만 사실은 대구가 고향이다. 대구 계성중학과 대륜고를 졸업하고 경희대 국문과에 문예장학생으로 입학한 깔끔한 용모의 청년이었다. 나이도 같아서 지금까지도 문단에서 가장 가까운 지음으로 지내고 있다. 정호승은 이미 그 시절부터 작품을 발표하면 독자들의 팬레터가 왔다. 대중과의 특별한 교감이 그때부터 있었던 것으로 보인다. 그가 태어난 경남 하동에는 정호승 시인 길이 조성되었고 대구 수성구 범어천 변에는 오래된 동사무소를 고쳐서 만든 아담한 문학관도 있다. 생존 문인으로 문학관이 건립되는 사례는 드문 일이다.

　그 무렵 내가 서울에 가면 언제나 이태호의 홍제동 누님 댁에서 잤다. 항상 늦게까지 놀다가 자정이 넘은 시간에 들어갔는데 친구의 방이 있는 2층으로 올라갈 때 발꿈치를 들고 살금살금 걸어 누님네 가족들이 깨지 않도록 조심했다. 정호승의 상도동 집에도 두어 차례 갔었다. 어머님이 늘 환하고 자애로운 미소를 머금고 따뜻이 맞아주셨다. 상경해서 잘 곳이 마땅찮았으니 늘 이렇게 친구들에게 불편을 끼쳤다. 그 과정에서 여러 글벗과 더욱 친해진 것도 사실이다.

　처음엔 『73문학』이란 프린트판 문집을 냈고 이후 시인들만 따로 모여서 앤솔러지를 발간했다. 제법 모양새를 갖춘 동인지 『1973』은 3호까지 발간하고 폐간했다. 왜냐하면 서로 다른 장르의 복합체라 집중도의 약화도 문제가 되었고 평범한 문집 성격을 극복하지 못했다. 그 후신으로 발간된 것이 제대로 모양새를 갖춘 『반시反詩』 동인지였다.

'반시' 동인 시절의 추억

1970년대 중반 군복무 시절의 일이다. 힘든 중에도 세월이 흘러서 계급은 일등병, 상등병을 거쳐 마침내 병장에 다다랐다. 가파르고 힘들었던 일과도 차츰 안정되고 탄약 관리병으로서의 위상도 제자리를 잡았다. 그러던 어느 날 정호승 시인이 편지를 보내왔는데 『1973』 동인지를 발전적 해체하고 『반시』라는 새로운 동인지로 바꾼다는 소식과 더불어 함께 참가하면 어떻겠느냐는 제의가 담겨 있었다. 나는 이를 기꺼이 수락하고 작품까지 준비해서 우편으로 보냈다.

그 몇 달 뒤 바로 『반시』 창간호가 발간되었다. 회색빛 표지로 특별한 장식이 없는 소박한 느낌의 동인지를 서점에 배포했는데 뜻밖에도 독자들의 반응이 좋았다. 초판으로 찍었던 삼천 부가 즉시 다 팔렸으니 동인지로서는 문학사에서 썩 드문 일이었다. 이후 『반시』 동인지는 문단의 주목을 받았다. 동인지가 주로 표방한 것은 어떤 고정된 틀과 양식, 타성, 무감각, 안일주의에 빠진 시단의 침체성에 대한 거부와 변혁이었기 때문이다. 언론 쪽에서도 관심이 높았다.

이런 분위기에 용기를 얻은 동인들은 2호 발간을 준비하면서 그 활동의 일환으로 초청 강연 및 시 낭송회를 서울 종로구 견지동 조계사에서 열었다. 우리가 마련한 주제는 '오늘을 사는 시인의 사명'이었다. 그날 강연회에 초빙된 연사는 김우창, 한완상, 신경림 등 세 분으로 당시 비평가, 사회학자, 시인으로 주목받던 인사들이었다. 조계사 마당의 고목 등걸에서 매미 소리가 요란히 들리던 무더운 한여름이었다. 강연회엔 청중이 빽빽이 운집했다.

김우창 선생의 강연은 시종일관 차분히 가라앉은 담담한 어조였다. 많은 걸 이야기하셨는데 내용이 그다지 선명하게 전달되지는 않았다. 신경림 시인은 자신의 시집 『농무農舞』에 관한 이런저런 흥미로운 이야기를 들려주었다. 충주 출신 특유의 어조로 급박한 말씨 때문에 강의 요지가 충분히 전달되지는 못했다. 한완상 교수는 언변이 분명하고 뚜렷했다. 그의 강의가 세 분 가운데 가장 강렬한 인상을 심어주었다. 검정 뿔테안경을 끼고 혼란한 시대에서 시인의 할일이 무엇인지, 시인에게 맡겨진 사명이 무엇인지 주체적 각성을 가져야 한다고 역설했다. 이 가파른 시대에 시의 고민, 시의 역할, 시의 시대적 책무, 시인의 사명 따위를 정신이 번쩍 들도록 일깨워주었다. 그는 사회학자임에도 불구하고 상당한 비평적 관점과 인문학에 대한 통찰력을 느끼게 했다. 강연을 듣는 틈틈이 나도 모르게 주먹이 불끈 쥐어질 때가 있었다. 이를 보면 강의는 사회적 지명도와는 다르게 전달의 기술과 효과가 보다 중요하게 작용하는 듯했다. 김춘수 시인은 명사들의 강연을 들을 때 내용을 기대하지 말고 그 시간의 분위기를 즐기라는 말씀을 종종 들려주었다. 그 말도 일리가 있다. 강연 내용은 연사의 저술을 보면 될 것이 아닌가. 강연에서는 그분의 말씨, 외모, 가치관, 강럴한 언변 따위를 캐치하면 될 것이었다.

시절은 바야흐로 엄혹한 유신 독재의 시절, 강연장 내부에는 사복 경찰들도 섞여 있었을 것이다. 그날의 긴장된 분위기가 강연회의 효과를 한층 드높였다. 나는 짧은 머리에 육군 병장 계급장을 가슴에 달고 있는 군복 차림이었다. 그런 모양새로 행사장에 갔고 내 차례가 되어 시 낭송까지 했다. 이미 가슴속에는 내가 앞으로 나아가야 할 미래의 방향성, 포부 및 설계가 단단하게 갖추어져 있었다. 일찍이 T. S. 엘리엇이 말한 바 있다. 시인의 스무 살에 아직도 역사의식이 없다면 그것은 크게 우려되는 중대한 흠결이 될 수 있다고. 그만큼 역사의식의 확보는 시인만이 아니라 한 인간의 바른 삶을 위해서도 반드시 필요한 과정이며 절차였다. 나의 상경을 '반시' 동인들이 따뜻하게 격려하고 맞이해주었다. 특히 김명인 시인을 잊지 못한다.

모든 일정을 마치고 부대로 귀대하는 밤열차 안에서 내 가슴속은 새로운 투지와 각오로 끓어올랐다. 앞으로 걸어가야 할 시의 산맥과 영토가 눈앞에 어렴풋이 드러나 보이는 듯하였다. 나는 메모지를 꺼내 그날 강연장에서 들었던 감동적 분위기와 여운을 또박또박 정리하고 되새기며 차례로 복기하기 시작했다. 깊은 밤 철도를 달리는 열차 바퀴 소리가 마치 숨가쁜 세월의 격정을 그대로 전해주는 듯하였다. 나는 다시 한번 심호흡을 하며 창밖을 내다보았다. 하지만 캄캄해서 아무것도 보이지 않았다.

나의 수제작 시집

한때 옛 시집 원본을 구하려고 분주히 고서점을 돌아다닌 적이 있다. 하지만 원본을 만나기란 하늘의 별 따기. 고서점 주인은 6·25전쟁과 같은 난리가 나야만 책들이 쏟아져나온다고 했다. 정말 책을 아끼는 한 애서가는 그 전쟁의 와중에도 피란 내려올 때 쌀자루가 아니라 책을 배낭에 넣어 신줏단지 모시듯 메고 왔다는 사례도 들려주었다. 그러다가 쌀이 떨어지면 침통한 얼굴로 희귀한 원본 도서를 몇 권 들고 나가 쌀 몇 되랑 바꿔왔다. 아끼던 책을 쌀과 바꾸어오던 그 험한 시절, 장서가의 쓰라린 심정이 과연 어떠했을 것인가.

1970년대 초반 대구시청 앞길은 고서점들로 가득했다. 대학원 수업을 마치면 서점으로 저절로 발길이 옮겨졌다. 오래된 책에서는 특유의 냄새가 난다. 일단 누렇게 빛바랜 고본古本의 책등에 코를 대고 냄새를 맡아본다. 그것은 마치 초콜릿 냄새 같기도 하고 구수한 빵냄새 같기도 하다. 하지만 뭐라고 한마디로 규정하기란 난감하다. 하여간 오래된 책은 우선 눈맛에 좋다. 손바닥에 올려서 요모조모로 표지의 장정, 컷, 글자체, 편집 스타일, 디자인 등을 유심히 음미해본다.

　일단 고서점에 들어서면 어떤 책이 내가 구하려는 것인지 직감으로 먼저 다가온다. 내 발길은 저절로 그쪽 서가로 옮겨간다. 이런저런 책들을 뽑아서 뒤적이며 서서 보는 경험이 몹시 소중했다. 책에서 이름만 대하던 시집들이 고서점에서 나와 직접 대면했기 때문이다. 한 번은 어느 서점에서 유치환 시인의 육필 시집 원고를 본 적이 있다. 서점 주인은 그때까지 누구에게도 보여주지 않았다며 자랑스럽게 슬쩍 내어주었다. 나에게 양도할 뜻이 있다고 했지만 그가 워낙 높은 가격을 부르는 바람에 구경만 하고 되돌아나왔다. 그런 원고들은 지금 누가 소장하고 있는 것일까. 백석 시인의 시집 『사슴』 원본을 구하기란 거의 불가능하다. 우선 당시의 발행 부수가 백 권 정도에 불과해 대면하기조차 어려웠으리라. 안도현 시인은 백석 시인의 모교 아오야마가쿠인대학 도서관에서 시인이 직접 보냈던 『사슴』 초판본을 대면하고 가슴이 달아올랐던 일을 밝힌 적이 있다. 어느 수집가는 누군가가 소장하고 있던 다량의 시집을 한꺼번에 구입했는데 거기서 백석 시집이 나와 너무도 크게 놀랐다는 이야기도 있다. 그는 원본을 보물처럼 여기며 누구에게도 보여주지 않는다고 했다.

　이런 과정으로 당시 대구시청 앞 고서점 거리에서 구입했던 옛 시집들의 수가 적지 않다. 『님의 침묵』(한용운), 『자연송自然頌』(황석우), 『3인시가집』(이광수, 주요한, 김동환), 『국경의 밤』(김동환), 『조선의 맥박』(양주동), 『노산시조집』(이은상), 『동경憧憬』(김광섭), 『산호림』(노천명), 『청포도』(이육사), 『춘원시가집』(이광수), 『한하운시초』(한하운), 『그날이 오면』(심훈), 『슬픈 목가』(신석정), 『남해찬가』(김용호), 『청마시초』(유치환), 『생명의 서』(유치환), 『보병과 더불어』(유치환), 『뜨거운 노래는 땅에 묻는다』(유치환), 『향수』(조벽암), 『윤리』(권환), 『동결』
(권환), 『현대조선문학전집(시편)』, 『산도화』(박목월), 『바라춤』(신석초)
등등. 여기에 일일이 다 밝히지 못한 시집들도 다수다. 어느 출판사에
서 한국 근대 시집 영인본을 전집으로 발간할 때 내가 소장한 자료들
을 몇 권 제공한 적도 있다. 대가는 따로 없었고 발간한 전집을 한 세
트 받았다.

　당시 대구에서 옛 자료 소장가로 알려진 분으로 희곡 연구가 K교
수가 있다. 내가 석사논문을 준비하던 1970년대 중반 어느 날, 그를
찾아가서 김기림 시집 『기상도氣象圖』와 『지용시선』 등 몇 권을 빌려
왔다. 딱 한 주일만 보고 곧바로 반납하겠다는 엄격한 조건이었다. 두
권 중 특히 『지용시선』의 장정이 멋스럽고 예뻤다. 비록 낡은 시집이
지만 화가이자 비평가였던 근원近園 김용준金容俊의 그림과 구성으로
꾸며진 표지 디자인, 속표지 그림 등등 매력적인 부분이 많았다.

　책을 반납해야 할 날이 다가오자 마음이 바빠졌다. 나는 끝내 수
제작 시집을 만들어보기로 했다. 원본에 비하면 어림도 없겠지만 그
나마 비슷한 분위기의 책을 직접 만들어보겠다는 뜻이 스스로 갸륵
했다. 윤동주도 백석 시집 『사슴』을 너무도 사랑한 나머지 수제작본
으로 필사해서 한 권을 만들었다고 한다. 그만큼 특별한 애정과 흠
모, 혹은 애착심이 강렬했기 때문이리라. 윤동주는 그 수제작한 백석
시집을 늘 품고 다녔으며 또 시를 공부하는 아우 윤일주에게도 시집
을 항시 읽고 베껴 쓰라며 권유했다고 한다. 시는 직접 옮겨 쓰는 과
정에서 많은 공부가 된다는 충고도 곁들였다. 나도 『지용시선』의 본
문을 손으로 직접 필사하고 싶었지만 그것이 너무 번거롭고 또 그럴
자신이 들지 않아서 일단 타자기로 시작품 전문을 옮겼다. 자판을 제

대로 두들기지도 못하면서 두꺼비가 파리나 벌을 잡아먹듯 어눌하게 쳐가며 본문을 모두 입력했다. 한자가 들어가는 부분만 내가 직접 손으로 썼다. 표지는 원본을 보며 정밀하게 본떠서 그렸고, 특히 속표지의 뮤즈 그림을 즐겁게 그렸다. 유리 창문에 표지 원본을 깔고 그 위에 백지를 덧대어서 윤곽을 연필로 따라가며 옮겨내는 정밀 모사의 방법이었다. 이런 방식으로 판권까지도 그대로 옮겼다. 어떻게든 원본의 분위기에 가깝게 느껴지도록 애를 썼다.

문득 그때 만든 수제작본이 생각나서 그후에 뜻밖에 구입하게 된 원본과 나란히 놓고 섬세하게 요모조모 들여다보며 다시 비교를 해본다. 어설프고 투박하지만 정감이 느껴지는 수제작본은 얼마나 흐뭇한가. 청년기, 남에게 빌려온 시집으로 복제본을 만들던 그 시절이 그립다. 오랜 세월이 지나서 보니 이 수제작본도 나름대로 가치가 느껴진다. 왜냐하면 내 손때가 그대로 묻어 있고, 또 당시 나의 시집 사랑, 문학 사랑, 품격 있고 고졸古拙한 것을 좋아하던 취향이 그대로 무르녹아 있는 증거물이기 때문이다.

1970년대 대구의 술집 이야기

　1960년대 후반부터 1970년대까지 대구에서 시를 습작하고 만나던 벗들 대부분이 등단의 과정을 거쳐서 시인이 되었다. 약간의 시차만 있었을 뿐이다. 그들 여럿이 어울려 '자유시自由詩' 동인을 만들었다. 만나면 늘 교동시장의 파전집이나 향촌동 골목의 막걸릿집엘 가곤 했다. 교동시장은 6·25전쟁 시절, 미군 부대 물품들이 쏟아져들어오던 곳이라 양키시장이라 불렸다. 탱크와 전투기를 제외하고는 구하지 못하는 군용물품이 없는 곳이었다. 그 양키시장 식당 골목 막걸릿집의 파전과 배추전은 구수했다.

　왕조 말기 이곳은 남일동이었다. 그러다가 국권 패망 이후 일제가 촌상정이란 일본식 지명으로 바꾸었다. 향촌동이란 지명은 해방 후인 1946년에 새로 고친 이름이다. 거기엔 아름다움과 향기로움, 번화한 공간의 이미지를 담았다. 1970년대 향촌동 골목은 온통 저렴한 안주의 막걸릿집들로 즐비했다. '대감집' '왕대폿집' '고구마집'이 자주 가던 단골이다. 굵게 썬 날고구마와 번데기가 작은 접시에 담겨 기본 안

주로 나오던 그런 대폿집에서 따로 안주를 주문하지 않고 줄곧 막걸리만 축내던 가난뱅이 문청 시절이 있었다. 약간의 돈이 생기면 골목 안쪽의 유명한 오징어무침회 안주가 있던 가게로 몰려가서 마셨다. 이제 그곳 술집들은 씻은듯 사라지고 수제화 골목으로 바뀌었다. 골목 입구의 옛 상업은행 자리는 향촌문화관이란 이름의 전시관이 세워져 당시의 풍경들을 재현해놓고 있다. 포정동 오리엔트레코드사 식구들이 녹음 작업을 마친 저녁, 날마다 찾아가던 막걸릿집 '카스바'도 그 분위기를 재현해놓았다.

시청 앞 한 빌딩 지하의 '학사주점'도 좋았다. 초저녁부터 술꾼들이 와글거렸다. 그곳에선 막걸리를 꼭 맥주잔으로 마셨고 안주는 무조건 오징어무침이다. 조금 더 여유가 생기면 시청 뒤편 '둥글관' 탁자에 앉아서 바다장어회나 병어회로 술을 마시며 기분을 내기도 했다. 좀더 진득하게 노래를 부르며 마시고 싶은 날은 반월당 고개 양편에 빼곡했던 니나놋집으로 몰려갔다. 흔히 일컫는 방술집인데 술값이 만만치 않았다. 술값이 부족하면 시계를 전당 잡히기도 했다. 공연히 밤거리를 들개처럼 쏘다니며 호기와 풍류를 즐기던 시절. 기름진 고급 요리는 꿈도 못 꾸던 무렵이다. 그 술꾼들이 하나둘씩 직장을 가지고 월급을 받는 샐러리맨이 되고서부터 술은 막걸리에서 생맥주로 바뀌었다.

한국은행 뒤편 골목의 '가보세'는 생맥주의 냉장 상태가 좋았다. 주인 마담이 평양에서 고등 여학교를 졸업했다는데 손님을 대하는 넉살이 있었다. 오래 말려 딱딱한 '가보세'의 대구포를 찢어서 한참 씹고 나면 다음날 턱관절에 뻐근한 통증이 느껴졌다. 좀더 멋을 부리며 맥주를 마시려면 중앙로 아카데미극장 옆 골목의 '혹톨 클럽'으로 가서 우아하게 즐겼다. '혹톨'의 어원이 무엇인지 정확히 알지는 못한다. 1970년대 대구의 술집 상호는 이국 정취를 느끼게 하는 곳도 많았다. 우리보다 더 위 세대 문인들은 여전히 탁주 체질이라 가는 곳이 일정했다. '옥이집' '쉬어가는 집'이 단골 술집이었는데 주모 이름의 끝 자가 구슬 옥玉이라 자연스레 '옥이집'이 되었다. 그 술집은 간판조차 없이 허름했다. 안주래야 기껏 두부김치에 어묵, 번데기가 고작. 주모의 인심이 너그러운 편이어서 누가 어떤 주정을 부리고 마구 술상을 뒤집어도 결코 화를 내는 법이 없었다.

박훈산 시인은 늘 입맛을 쩍쩍 다셨고 전상렬 시인은 불그레한 얼굴에 항상 말없이 미소만 지었다. 조기섭 시인은 옆 사람에게 곧 주먹이라도 날릴 분노의 기세로 술을 마셨다. 비평가 전대웅 교수는 입만 열면 셰익스피어 타령이었다.

"셰익스피어를 모르고 살았다면 그건 인간의 삶이 아니야!"

이게 그분의 지론이었다. 정석모 시인은 무뚝뚝한 얼굴로 우두커니 바깥만 내다보다가 한숨을 쉬며 술잔을 기울였다. '쉬어가는 집'은 '옥이집'과 비슷하지만 공간이 조금 더 넓었다. 언제 어느 시간에 가도 낯익은 한두 사람은 꼭 앉아 있었다. T와 L 시인은 이 두 술집의 지킴이였다. 그곳에 가면 언제나 만나게 되는 붙박이 단골들이다. 어느 가랑비 오던 가을 낮이었다. L이 느닷없이 자신의 아기를 등에 업고 포대기를 두른 모습으로 '옥이집'에 나타났다. 아내가 집을 나갔다는 것이다. 술 생각은 자꾸 나고 아기는 돌봐야 하고 그래서 아기를 업은 채 시내로 진출한 것이다. 그 측은한 광경을 보다못해 사람들은 그에게 자꾸 술을 권했다. 결국 L은 아기를 업은 채 ㄱ자로 허리를 구부려 만취 상태로 흐느껴 울었다. 울다가 또 한잔 마셨다. 등에 업힌 아기도 떼를 쓰며 울었다. 함께 마시던 다른 문인들도 이 광경을 보며 같이 눈물을 글썽였다.

세월의 변화는 무쌍해서 그런 술집들은 한순간에 모조리 사라졌다. 재개발 바람에 깡그리 헐리고 무너졌다. 높은 빌딩이 들어서고 상가 건물들로 바뀌었다. 이국적 상호의 간판에 노란 등불이 들어오던 '혹톨', 2차로 늘 어슬렁거리며 찾아가던 맥줏집 '가보세'도 이젠 아침 안개처럼 모두 사라지고 없다. 양지머리구이를 팔던 주점 골목도 분위기가 완전히 달라졌다. 예전 그 골목들의 주인공도 대부분 세상을 떠났고, 지금은 날렵한 신세대 청년 남녀가 손을 잡고 물고기처럼 다닌다. 그뒤를 이어 한동안 룸살롱 시대가 요란하게 펼쳐졌지만 주머니 사정이 빈약한 글쟁이들은 그 근처에 얼씬거리지도 못했다. 이 모든 것이 아득히 흘러간 시절의 전설 같은 이야기들이다.

나의 첫 교단 경험

1973년에 대학을 졸업하고 바로 그해에 대학원 석사과정에 진학했다. 2월 하순, 개강을 앞두고 마음이 바쁘던 날이었다. 대학 로터리의 일청담—淸潭 부근 수양버들 가지도 빛깔이 하루가 다르게 푸르러졌다. 캠퍼스 본관 앞의 개나리 꽃망울이 조금씩 부풀어오르고 있었다. 하루는 L교수가 나를 찾는다는 연락이 왔다. 즉시 연구실로 올라갔더니 뜻밖의 말씀을 하셨다. 대구의 어느 여자중학교 국어 교사로 한 학기만 가서 잠시 일해달라는 부탁의 말씀이다. 물론 정규 발령이 아니라 임시직이라고 했다. 사연을 알고 본즉 선배 아무개가 이미 내정된 자리인데 그가 아직 군에서 제대를 하지 않은 상태라고 했다. 그래서 그가 올 때까지 우선 그 공백을 대신 메워달라는 부탁이다. 어느 안전이라고 감히 거절할 도리가 있겠는가. 나는 그 제의를 기꺼이 수락하고 3월이 되어 첫 출근을 했다. 물론 부임 전 L교수와 함께 미리 교장실로 가서 상견례를 거쳤다.

대구의 한 여자중학교 국어 교사, 그것이 나의 첫 교단 경험이었다.

물론 그 이전에도 교생실습 때 교단에 서보긴 했지만 그건 어디까지나 연습이지 실전이 아니었다. 교문을 들어서니 학교에서 화사한 새봄의 기운이 느껴졌다. 앳된 여중생의 재잘거리는 소리도 환하고 밝았다. 소녀티를 아직 벗지 않은 1학년생들은 첫 시간부터 총각 선생에 대한 관심이 남달랐다. 수업중 별것 아닌 말에도 일제히 까르르 웃었다. 그 해맑은 웃음소리를 듣는 시간이 즐거웠다. 아이들은 그저 다가와 자신의 존재감을 담당 교사에게 드러내려고 했다. 무슨 말을 하려면 얼굴부터 발그레 달아오르던 여중생들의 모습에 나 역시 당황하기 일쑤였다.

하지만 가장 견디기 힘든 것은 매일 아침 교무실에서 열리는 교직원 회의였다. 미션스쿨을 표방하던 그 학교는 직원 회의를 시작하기 직전, 반드시 기도부터 했다. 기도는 여러 교사가 번갈아가며 하는 것으로 순번이 정해져 있었다. 그런 과정과 절차에 이미 익숙한 교사들은 그것이 마치 자신에게 주어진 사명인 듯 열정적이고 웅변적 기도를 했다. 그러나 기독교인이 아니거나 기도가 어색한 교사들은 미리 써둔 기도문을 살그머니 열어둔 책상 서랍 바닥에 펼쳐놓고 고개를 숙인 채 그것을 읽었다. 마치 눈을 감고 직접 기도를 하는 분위기로 꾸며서 연출하던 그런 코믹한 광경을 곁눈질로 보는 것도 재미가 있었다.

긴 회의가 끝나면 수업이 시작되기 전 모두들 화장실로 몰려갔다. 그곳에서도 내가 겪어보지 않은 진풍경이 펼쳐졌다. 교사들은 소변기 앞에 붙어서서 상투적인 신세한탄을 늘어놓았다. 게다가 반드시 이어지는 것은 자신의 삶에 대한 푸념, 그리고 필수적으로 따라나오는 것이 학교 경영자들의 행태에 대한 비방이었다. 교장이나 학교 재단, 중간 간부들에 대한 불만과 비판도 이어졌다. 나는 곁에서 그것을 듣기가 거북했다. 가만히 들어보면 그것은 그들의 일과이거나 습관으로 여겨졌다. 자기들만의 은밀한 환경이 되면 저절로 중얼거리게 되는데 그것은 가슴에 쌓인 찌꺼기를 해소하는 하나의 방식이었다. 그런 불만 쏟아놓기가 얼마나 그들의 삶을 평정시키고 정서적 균형을 회복시켜주는지는 알 수 없었지만 그러한 모습이 나에겐 몹시 낯설었다. 현재가 싫다면 그만두고 다른 업종을 찾아보면 될 터인데 왜 그들은 현직에 달라붙어서 그저 불평불만으로 세월을 허송하고 있는지 도무지 이해가 되질 않았다. 화장실이라는 공간은 배변의 시원함뿐 아니라 마음속의 불만을 쏟아내는 정화 기능이 동시에 작동하는 곳이었다.

교단에 처음 서게 된 나는 선참 교사들의 그런 모습을 보면서 우울한 마음이 들었다. 갓 부임한 청년 교사로서의 당당함과 우쭐거림이 그것을 허용하지 않았던 것이다. 나는 저렇게 찌들어 위축된 모습으로 살아가지는 않으리라고 속으로 다짐하기도 했다. 하지만 나도 차츰 그들의 스타일을 닮아가고 있었다. 꼿꼿한 나를 지켜낸다는 일은 허무하고 덧없는 고집이었다.

어느 날 점심시간, 모두들 식사하러 나간 조용한 때 나는 교무실의 내 책상 모서리에 구둣발을 올린 채 염상섭의 소설 「만세전萬歲前」을 읽고 있었다. 한창 내용에 심취해서 페이지를 넘기는데 나이 많은 교무주임이 내 뒤에 슬며시 다가와 허리를 구부렸다. 그러더니 내 귀에 대고 나지막한 소리로 말했다. 그것은 곧 꾸중이고 빈정거림이었다.

"지금 선생님 모습은 마치 영화 속의 존 웨인 같군요. 하지만 이곳은 선생님만의 공간이 아닙니다. 즉시 발을 내려놓으세요."

이게 당시 나의 일상적 태도나 자세였을 것이다. 결코 틀에 박힌 조직이나 그들의 일상적 관습에 길들여지지 않을 것이라는 내 나름대로의 오만함 따위가 자리잡고 있었으리라. 선배 교사들의 안목으로 볼 때 나의 행동과 태도는 거의 방약무인의 경지였다. 이렇게 따끔한 질책을 들은 뒤로는 집단이나 조직의 생활, 그 내부에서 한 개인이 지켜야 할 기본예절을 철저히 따르는 것이 이롭다는 사실을 조금씩 익혀가게 되었다. 그러면서 나에게도 차츰 직장인으로서 길들여진 체념과 위축도 가슴속에 생겨난 것을 알았다. 내가 만약 그 학교에 오래 몸담았다면 나 또한 휴식 시간 화장실 소변기 앞에서 불만을 터뜨리던 선배 교사들의 모습을 그대로 닮아갔으리라. 하지만 내 근무 시한은 딱 한 학기여서 아이들과 흠뻑 정이 드는 것조차 스스로 경계하려고 했다. 하지만 어디 그것이 가능한 일인가. 나는 곧 그것을 잊어버리고 내 학급의 제자들과 필요 이상으로 정이 들었다.

수업이 끝나고 특활 시간이 되면 나는 아이들과 가급적 많은 대화를 나누려고 했다. 성장기 학생들에게 도움이 될 이야기도 준비해서 들려주었다. 책을 읽다가도 아이들에게 유익한 담화가 될 수 있는 대목을 발견하면 밑줄을 긋고 반드시 메모를 해두었다. 이런 노력 덕분인지 내가 맡은 학급이 교내 글쓰기 대회에서 최우수 학급으로 뽑히기도 했다. 시간은 강물처럼 흘러갔다. 그렇게 한 학기를 마치고 이제 떠날 시간이 다가온 것이다. 내가 오랜 시간 그들과 함께하지 못한다는 것을 알게 된 제자들은 몹시 슬퍼했다. 작별하던 날 마지막 종례 시간은 온통 눈물바다가 되었다. 어떤 아이들은 교문 앞까지 따라오며 흐느껴 울었다. 그때 내 나이 불과 스물넷. 대구 신천 양쪽에 우뚝 선 백양나무처럼 꼿꼿한 자세로 서서 주변을 내려다보며 한창 의기양양하던 청춘의 한중간을 지나고 있었다.

중학교 제자들과의 음주

대학원 석사과정 공부를 하려면 등록금을 스스로 벌어야 했다. 어느 날 신문을 보노라니 '교사 급구急求'라는 광고가 눈에 들어왔다. 칠곡군 신동면의 S중학교였다. 그 학교는 오래전에 폐교되고 없다. 나는 바로 전화를 걸어서 인사 담당자와 면담 날짜를 잡고 찾아갔다. 대구역에서 완행열차를 타고 신동역에 내리면 역 뒤편 산기슭으로 학교가 보인다. 마을에서도 외따로 떨어진 소규모 학교로 담장도 교문도 따로 없었다. 한 학년 두 학급이니 모두 여섯 개의 교실만 덩그러니 지어져 있는 산골의 작은 학교였다. 전체 교사의 수도 불과 일곱 명 정도. 서무과장이 나를 면담했는데 이것도 이상했다. 국어와 한문 두 과목을 동시에 맡아달라고 했다.

교장은 학교 운영을 위한 기부금을 확보하러 다니느라 바빴고 그때문에 서무과장이 전권을 행사하는 수상한 학교였다. 나중에 알고 보니 서무과장은 교장의 처남이었다. 두 사람이 학교를 좌지우지하는 경영은 보나마나 전형적 무질서와 혼란의 표본이었다. 부임해서 보니 교사들 표정에도 안정감이 없었고 틈만 나면 그만둘 궁리만 하는 야릇한 학교였다. 누군가 이 정황에 대해 귀띔을 해주었다. 한 학기가 끝나면 반드시 교장 면담이 있는데 그때 떠날 것인지 더 근무할 것인지 여부를 묻는다고 했다. 이는 모든 교사가 대개 한 학기만 머물다가 떠나기 때문이었다. 교직원을 오래 일하도록 붙잡아두지 않고 왜 자꾸 떠나보내기만 하는 것일까.

학생들은 모두 지역의 농촌 청소년들이다. 나이가 대여섯 살이나 많은 늦깎이들도 여럿 있다고 했다. 이런 이야기를 듣고 교실에 들어갔는데 첫 시간부터 수업 분위기는 영 말이 아니었다. 내 수업에는 전혀 귀기울이지 않고 여기저기서 웃고 떠들었다. 오로지 놀러온 사람처럼 자기들만의 대화에 열중했다. 이건 교사에 대한 노골적인 무시였다. 나는 교단 앞에 서서 줄곧 혼자 수업만 진행했다. 일부러 딴전을 피우는 아이들 앞에서 집중도는 현저히 떨어졌고 나의 인내심은 점점 바닥이 나기 시작했다. 소리를 질러도 안 되고 간절한 호소도 그들에게는 전연 무용지물이었다. 나중엔 아이들과 함께 떠드는 방법밖에는 없었다. 어떻게 하면 아이들의 집중력을 드높일 수 있을지를 날마다 궁리했다. 이런 학교에 날마다 출근한다는 것이 고통이었다.

당시 몇 안 되는 남성 교사들은 의무적으로 주 1회 돌아오는 숙직을 반드시 해야만 했다. 여성 교사와 간부 교사는 여기서 제외된다. 그러니 갓 부임한 초임 교사는 한 주일에 두 차례나 숙직을 할 때도 있었다. 또 남의 숙직을 대신해달라는 부탁을 받을 때도 있었다. 산비탈을 깎아 만든 학교인데다 마을에서 아주 먼 외딴곳이어서 황량했다. 운동장은 아직 제대로 정비가 되지 않아서 여기저기 돌부리가 드러나 있었다. 울도 담도 없을 뿐만 아니라 그 흔한 축구 골대조차 세울 환경이 되지 못했다. 하루는 수업중인데 맨 뒤에 앉은 녀석이 다리를 꼬고 앉아 건들거리며 노래를 부르기 시작했다. 노골적 수업 방해의 의도가 강하게 느껴졌다. 이게 대체 무엇인가. 그들이 나를 다루려는 행동인가. 나는 즉시 주의를 주며 일탈된 행동을 중지하도록 지시했다. 그런데도 녀석은 더욱 빈정거리는 태도로 딴전을 부리며 한층 목소리를 높여서 노래를 불렀다. 이것은 분명하고도 의도적인 훼방이었다.

이런 도발을 어찌 참을 수 있으리오. 나는 비호같이 달려가 녀석의 멱살을 잡고 일으켜세웠다. 그런데 나보다 훨씬 키가 크고 당당한 체격이었다. 그렇다고 기세가 꺾일 내가 아니다. 노기 띤 목소리로 엄중하게 질책했다. 교사로서의 자존심도 크게 상처를 입었고 무엇보다도 여러 학생 앞에서 공개적으로 무시당한 게 불쾌해서 견딜 수가 없었다. 불의의 공격을 받은 녀석은 차디찬 웃음을 짓더니 교실 문을 쾅 닫고 밖으로 뚜벅뚜벅 걸어나갔다. 그 시간 이후로는 분노와 모욕감으로 제대로 수업을 진행해가기가 불가능했다. 줄곧 산란한 마음을 진정할 길이 없었다. 하필 그날 저녁이 숙직이었다. 퇴근도 못한 채 일찌감치 면소재지 식당에 가서 저녁 끼니를 때우고 숙직실에서 작은 트랜지스터라디오를 켜놓은 채 다음날 수업 준비를 했다. 너무도 고적한 공간에서 트랜지스터라디오 소리는 그 자체로 상당한 위안이 되었다. 마치 곁에 누가 있는 듯했다.

숙직실 벽에는 정체불명의 구멍이 하나 뚫려 있었다. 누군가가 그 구멍의 비밀을 나에게 알려주었다. 깊은 밤 자다가 화장실에 가려면 몹시 불편했다. 숙직실에서 화장실의 거리는 멀었다. 그래서 한 사람이 벽에 구멍을 뚫고 거기 대고 용변을 보기 시작했다고 한다. 그게 몹시 편리하다는 말까지 덧붙였다. 그런데 어느 날 직원 회의에서 서무과장이 주의를 주었다. 숙직실 벽의 구멍을 메웠으니 절대 새로 구멍을 뚫지 말 것, 그 구멍으로 품격 없는 짓을 하지 말 것 따위의 경고를 했다. 그 구멍으로 여러 사람이 자꾸 소변을 보니 그 옆의 창고에 적재된 연탄이 무너졌다고 했다. 참으로 앙천대소할 일이다.

이윽고 날이 저물어 산골 학교의 밤은 점점 깊어갔다. 나는 이부자리를 펴고 누웠다. 숙직실 창호지에 달빛이 휘영청 비쳐서 훤건했다. 그런데 낯선 인기척이 들렸다. 두세 명의 수상한 그림자가 방문 앞 달빛에 어른거렸다. 대체 누구일까 이 밤중에. 예기치 않은 발소리가 자박자박 들리니 나는 바짝 긴장했다. 혹시 낮에 나에게 크게 혼났던 녀석이 마을 불량배들과 어울려 보복을 하러 온 건 아닐까 더럭 걱정도 들었다. 일부러 전등을 끄고 누워서 마음을 졸이는데 방문 앞에서 그들끼리 두런거리는 소리가 들렸다.

"벌써 한잠이 들었나보다."

"불이 꺼졌는데 어쩔까? 그냥 갈까?"

"아냐, 왔으니 일단 노크해보자."

곧 방문을 두드리는 소리가 들렸다. 적어도 불량배의 공격이 아닌 건 확인이 되었다.

"선생님 주무십니까?"

나는 짐짓 헛기침을 하고 불을 켜면서 큰 소리로 "누구냐? 누가 이 밤중에 찾아왔지?"라고 말하며 방문을 열었다.

3학년 제자 셋이었다. 낮에 나한테 멱살을 잡힌 녀석이 커다란 양동이를 손에 들었고 다른 두 녀석은 냄비와 비닐봉지를 들었다. 나는 일부러 시치미를 뗀 채 준엄한 목소리로 말했다.

"어쩐 일이냐? 이 밤에 들고 온 건 무엇이냐?"

"선생님 마음 풀어드리려고 저희가 산토끼를 잡아 찌개를 끓였습니다. 그리고 양조장에서 막걸리도 한 말 받아왔습니다."

나는 근엄하게 말은 했지만 내심 흐뭇하고 기뻐서 어쩔 줄 몰랐다. 내 표정이 드러나지 않아서 다행이었다. 하지만 문제는 그 이후로 펼쳐진 기상천외한 광경들이다. 나는 그 숙직실에서 3학년 제자 녀석들과 술잔을 주거니 받거니 하면서 점점 혀가 꼬부라졌다. 토끼탕도 어찌 그리 맛있는지. 중학교 제자들과 어울려 학교 숙직실에서 술을 마신 선생 꼴이 참으로 가관이라 하지 않을 수 없다. 그렇게 와자지껄 모두들 같은 방에 쓰러져 잔 것으로 기억한다. 다음날 아침 통근열차 도착할 시간이 가까울 때 나는 깜짝 놀라 일어났다. 녀석들은 새벽에 이미 떠나고 없었다. 방안은 난장판으로 어질러져 있었다. 이걸 대체 어쩌나. 주변을 대충 정돈하고 서둘러 교무실로 가서 난로에 불을 피웠다. 교직원들이 오기 전에 교무실을 데워놓아야 했다. 그런데 간밤에 마신 술이 아직 덜 깬 상태였다. 한바탕 난리법석 끝에 하루 일과가 겨우 시작되었다. 간밤에 아무 일도 없었던 것처럼 시치미를 떼자니 몹시 어색했다. 첫 수업에 들어가 지난밤 함께 놀았던 제자들과 시선이 마주치자 녀석들이 싱긋 미소를 지었다. 그 염화시중의 미소를 과연 누가 알리요. 학생들과는 이런 일들을 겪으며 더욱 친밀해졌음은 물론이다.

한 학기가 끝나는 시기가 되었다. 아니나다를까 예상했던 대로 교장의 면담이 시작되었다. 부조리한 학교 운영으로 지역사회에서 소문이 자자했던 교장은 앞으로 더 있을 건지 떠날 건지 그것을 먼저 말해달라고 했다. 제자들과의 추억을 제외하면 그 어떤 미련도 가질 필요가 없는 학교였다. 이런저런 삶을 살다보면 온갖 경험을 하게 된다. 그리고 그런 시간들은 나를 강건하게 단련시키는 효과로 작용하는 것이 분명하다.

군 입대 전후

졸업 후 곧바로 대학원에 진학했다. 그때까지 연기해온 군 입대는 다시 미뤄지고 일단 두 해 동안은 숨을 돌리게 되었다. 그러나 대학원 졸업이 가까워지자 이제는 막다른 끝이라 늦은 나이로 하게 될 입대가 사뭇 걱정이었다. 1975년 봄, 신체검사 연기를 그간 세 번이나 했으므로 이번에는 아주 낯선 곳으로 오라는 통지가 왔다. 그곳이 상주의 청리면이라는 농촌이었다. 난생처음 듣는 곳을 가려고 중로에 길을 묻고 물어 신검을 받으러 갔다. 군복을 입은 의무관들은 하나같이 무뚝뚝하고 퉁명했다. 신검 대상자들은 마치 도살장으로 줄지어 들어가는 소처럼 침통한 표정을 하고 고개를 떨어뜨린 채 천천히 검사장으로 입장했다. 여기저기서 날카로운 호령과 호각소리가 들렸다.

가장 모욕감이 느껴지는 과정은 치질 검사였다. 다섯 명을 함께 입장시켜 일제히 아랫도리를 벗고 앞으로 구부리도록 지시했다. 그러곤 본인의 항문 상태를 의무관들이 쉽게 볼 수 있도록 좌우로 잡아당기라고 소리쳤다. 한 보조 병사가 막대기를 들고 큰 소리로 호령했다.

"다 같이 구십 도로 구부려 — 지금부터 똥꼬를 깐다 실시 —"

개인의 인권이 존중되어야 할 민주주의 나라에서 이게 대체 무슨 꼴인가. 너무도 비루하고 혐오스러운 현장이었지만 워낙 서슬 푸른 분위기에 압도당한 채 입도 벙긋하지 못했다. 그저 치솟는 분노를 억누르며 그 치욕의 과정을 통과해갈 수밖에 없었다. 혹시라도 근시 때문에 보충역을 받지 않을까 기대했지만 그 어떤 구원의 실마리는 없었다. 이렇게 신검을 마치고 나니 입대통지서는 어찌 그리도 신속하게 날아오던지. 1975년 6월 13일은 내가 육군훈련소의 입영 장정이 되어 안동 36사단으로 가는 날이었다. 오전 열시까지 집결이었다. 이른 새벽 자리에서 일어나자 현기증이 돌고 눈앞이 어질어질했다.

'에라 — 모르것다. 될 대로 되라지. 세월의 큰 흐름에 아예 내 몸을 맡겨버리자. 그게 가장 현명한 방책이다.'

이런 각오를 품으니 다소 안정이 되는 듯했다. 그동안 매일 출근하던 학교에는 며칠 전 이미 사직서를 제출했다. 그날 나는 담임을 맡았던 학급으로 갔다. 정들었던 내 학반 제자들과도 작별이었다. 선생이 떠난다니 책상에 엎드려 엉엉 우는 제자들도 있었다. 그 모습을 대하자 나도 참아온 눈물이 스르르 흘러내렸다. 교단 위에 서서 고개를 숙인 채 울먹이는 목소리로 나는 이별을 전했다.

"모든 만남에는 반드시 작별이란 것이 있기 마련입니다. 오늘 우리가 작별하지만 그 작별은 새로운 만남을 예비하는 이별입니다. 불교에서 말하는 회자정리란 게 그런 뜻에서 생겨난 것이지요. 우리의 더 좋은 만남을 위해 오늘의 작별을 결코 슬퍼하지 맙시다."

나는 이런 말을 준비했지만 끝까지 하지 못했다. 교실 안은 온통 통곡으로 가득찼다. 너무 울어서 눈시울이 부은 녀석들도 있었다.

'잘 있거라 제자들아 - 정든 학교야 -'

학생들은 내가 보이지 않을 때까지 창문으로 몸을 내밀어 세차게 손을 흔들었다. 나도 가던 걸음을 멈추고 그들을 향해 작별의 손을 마주 흔들었다.

"위문편지 많이 보내드릴게요."

교문을 나서서 길모퉁이를 돌아서자 내 주변에는 아무도 없었고 나는 그저 고독한 존재였다.

참혹했던 6·25전쟁을 겪은 뒤로 한국인의 군 입대는 마치 죽음터로 가는 분위기와 같았다. 가족 중에 군 복무중 전사 통지를 받은 사례가 얼마나 많았을 것인가. 집집마다 이런 슬픔의 잔재가 그대로 남아 입대는 슬픈 일로 여겨졌다. 나는 어느 날 옛 사진 한 장을 보았다. 1950년대 초반, 전쟁중의 대구역 광장. 남루한 입영 장정들이 도열해 있는데 한 어머니가 물이 담긴 바가지를 들고 아들을 찾아서 억지로 마시게 하는 장면이었다. 주변의 장정들은 그것을 부러운 눈으로 바라보고 있다. 그렇게 전장으로 떠나간 아들이 영영 돌아오지 못한 경우도 얼마나 많았을 것인가.

세월이 흘러서 그때와 다르다고 하지만 지금도 여전히 조심해야 할 부분이 많았다. 어떤 불상사를 겪게 될지 그 누구도 예측할 수 없기 때문이다. 늦은 봄에 직장을 그만두고 입대일까지 아직 한 달 정도 여유 시간이 있었다. 나는 약 열흘 동안의 여행을 다니며 혼란한 심경을 정돈해보기로 했다. 일단 서울의 누님을 찾아가 거기서 하루를 묵고 다음날 '73그룹' 동인들을 만나 작별인사를 했다. 그들 가운데 시집『동두천東豆川』의 저자 김명인 시인은 자신의 베트남전쟁 종군 시절을 떠올리며 나에게 아주 정성어린 격려를 해주었다.

중랑교 부근의 당신 집으로 데려가서 술과 식사까지 대접했고 그날 하루를 같이 자도록 배려해주었다. 그는 입대를 걱정하는 나에게 군 복무가 비록 힘들지만 그 힘든 시간을 자신에게 유익한 체험으로 바꾸어가는 현명함이 필요하다고 말했다. 시인이 군대라는 낯선 환경을 겪으며 자기 방식으로 육화肉化시키는 방법을 일러주었다. 김 시인은 군복무를 먼저 겪은 선배의 관점에서 여러 가지 이야기를 자세히 들려주었다. 밤이 이슥할 때까지 앞으로 살아갈 시인의 삶과 포부에 대한 기나긴 이야기가 강물처럼 펼쳐졌다. 그 고마운 밤을 잊지 못한다.

이튿날 서울에서 호남선 열차를 타고 나는 종착역인 목포에 내렸다. 누가 기다리는 것도 아니고 오라는 사람도 없는 그저 정처 없는 나그네의 발길이었다. 날마다 거친 파도에 둘러싸여 시달리는 곳. 그러한 섬을 찾아가서 내 존재감을 확인하며 반추해보고 싶었다. 나는 흑산도로 떠나는 선착장을 향해 터벅터벅 걸어갔다.

흑산도의 밤

목포역에서 선착장은 가까웠다. 그때만 해도 흑산도행 배편은 많지도 규모가 크지도 않았다.

항구를 떠난 배는 한동안 미끄러지듯 해안선을 따라 이동하다가 점점 바다의 중심으로 들어가는데 그때부터 심한 요동이 왔다. 처음엔 그것이 만만하게 느껴졌지만 시간이 갈수록 그게 아니었다. 집채만한 파도가 뱃전을 후려치니 작은 연락선은 속절없이 흔들렸다. 좌우로도 흔들렸지만 가장 견디기 힘든 것은 아래위로 오르내리는 요동이었다. 배가 높이 솟구쳐올랐다가 급작스럽게 아래로 떨어지는 것이다. 그때부터 속이 메슥거리고 불편이 느껴지기 시작했다. 나는 눈을 지그시 감은 채 앞쪽 의자에 이마를 대고 눈을 감았다. 견디기가 힘들었지만 멀미약을 먹지 않고 억지로 부딪쳐볼 생각이었다.

앞으로 겪어야 할 삶의 험난한 과정이 많을 텐데 이런 고통쯤은 이를 악물고 견뎌야 했다. 여러 시간 뱃멀미에 온몸은 물 밖에 나온 해파리처럼 축 늘어져 정신마저 혼미해졌다. 그때 뱃고동이 울렸다. 드디어 흑산도의 진리 포구에 배가 들어간다는 안내 방송이었다. 하지만 내가 내릴 곳은 진리가 아니고 예리란 이름의 작은 포구였다. 흑산도는 외따로 하나뿐인 섬으로 착각하기가 쉽다. 그러나 일대에 11개의 유인도와 89개의 무인도로 형성된 군도다. 그 모두를 통칭해서 흑산도라 부른다. 흑산도 본섬에는 진리, 예리, 비리, 마리, 심리, 사리, 죽항, 곤촌 등의 크고 작은 여러 마을이 있는데 제각기 느낌이 다르다. 마을 이름들은 모두 한 글자로 이루어져 있다. 그나마 주민 수가 다소 많은 편인 진리를 외식에 비유한다면 예리는 집밥 같은 소박한 분위기라고 할까. 너무도 아늑하고 고요한 느낌이 들었다. 지금은 진리나 예리가 모두 번성한 모습으로 발전했지만 1970년대 중반의 그곳은 한마디로 고적한 섬마을이었다.

배가 진리로 서서히 접안해 들어갈 때 선박의 확성기에서 이미자의 노래 〈흑산도 아가씨〉가 들렸다. 그런데 그 정서가 장소의 적절성과 배합이 되어 기막히게 아름다웠다. 가수의 애절한 목소리는 흑산섬으로 나비떼처럼 날아갔다.

남몰래 서러운 세월은 가고
물결은 천 번 만 번 밀려오는데
못 견디게 그리운 아득한 저 육지를
바라보다 검게 타버린 검게 타버린
흑산도 아가씨

—〈흑산도 아가씨〉 1절

흑산도에서 듣는 〈흑산도 아가씨〉가 어찌 그리도 슬프고 애잔한

지. 역시 시작품이나 대중가요는 그것의 본고장에 가서 감상해야 최고의 맛을 느낄 수 있다. 흑산도의 상라산 전망대에는 〈흑산도 아가씨〉 노래비가 우뚝 세워져 있다. 정두수 작사, 박춘석 작곡의 이 노래는 1966년에 가수 이미자가 불러서 크게 히트를 했는데 여기에 힘입어 같은 제목의 영화가 1969년에 제작 개봉된 바 있다. 흑산도 아가씨를 상징하는 동상은 예리 마을 바닷가 방파제 부근에 세워졌다.

승객들은 대부분 진리 포구에서 하선했고 예리에선 나 혼자 내렸다. 마중나온 사람이 있을 리 없다. 나는 군 입대를 앞두고 마치 세상의 마지막 순례자처럼 혼자 쓸쓸하게 이 흑산도를 찾아온 것이다. 아주 허름한 여인숙을 찾아가 여장을 풀었다. 백석 시 「통영」에 나오는 "영 낮은 집"이다. '영'이란 처마를 가리키는 평안도 말이다.

포구엔 석양이 뉘엿뉘엿 떨어지고 있었다. 나는 서둘러 땅거미가 지기 시작하는 바닷가 방파제를 향해 걸어갔다. 시멘트 각돌 위로 무수한 갯강구들이 흩뿌려놓은 작은 돌처럼 우르르 흩어졌다. 그 가운데 어떤 호기심 많은 용감한 녀석은 내 뒤를 따라 걸어왔다. 나는 방파제 끝에 멍하니 앉아서 철썩이는 파도소리를 들었다.

너는 누구인가.

너는 지금 왜 여기 있는가.

너는 앞으로 어떤 길을 걸어가야 하는가.

이런 화두가 꼬리를 물고 이어졌다. 이윽고 주변이 꽤 어두워졌다. 그때까지도 나는 방파제 모서리에 앉아 있었다. 예리 포구의 몇 안 되는 술집과 식당에 흐릿한 전등불이 하나둘씩 켜졌다. 방파제 가까운 곳에 한 술집이 있었다. 초가로 지붕을 이은 전형적 어촌 술집이었다. 무엇이 되느냐고 물으니 오늘은 준치회에 준칫국이 좋다고 했다. 요즘이 준치 철이라고. 가시 많다는 준치란 생선은 들어는 보았지만 먹어보진 못했다. 일단 궁금했다. 준치회 한 접시와 호남에서 생산되는 보해소주 한 병을 시켰다. 곧바로 준칫국이 사발에 담겨 나왔는데 그 맛이 담백했고 회도 별미였다.

나는 탁자에 혼자 앉아서 소주를 마셨다. 그날따라 술은 전혀 독하지 않고 술술 넘어갔다. 술집 주인이 넌지시 말을 걸었다. 어디서 왔는지, 왜 이곳 흑산을 찾아왔는지 물었다. 내 이야기를 듣더니 주인은 술잔을 건넸다. 그는 대화를 나누다가 갑자기 밖으로 나가더니 처마끝 초가의 짚 속에서 무언가를 꺼내왔다. 그것은 누르스름하게 발효된 홍어였다.

"경상도 총각이 이걸 드실랑가 몰러."

접시에 담아온 그걸 먹는데 과연 인내가 필요한 음식이었다. 톡 쏘는 강한 암모니아 냄새가 코를 찔러서 거북했지만 먹을수록 자꾸 당기는 묘한 맛이었다. 나는 홍어의 첫 경험을 흑산도 예리의 포구 식당에서 했다. 그렇게 이틀을 흑산에서 머물다 이윽고 떠나는 날이 왔다. 정기선 편이 진리 포구에 도착하니 웬 아가씨들이 우르르 몰려왔다. 그녀들은 흑산도의 조기 파시波市에 돈을 벌려고 왔다가 이제 파장이 되어 다시 육지로 떠나는 술집 색시들이었다. 떠나는 자와 머무는 자가 서로 마주보고 울며 손을 흔들었다. 그 짧은 사이에 정이 들었나보았다.

배가 부두를 떠날 때 가랑비가 부슬부슬 내렸다. 도착할 때 들었던 이미자의 〈흑산도 아가씨〉가 또 들렸다. 어찌 그리도 애처로운 공명과 여운으로 가슴속을 후벼파는가. 부두에 맴도는 이 센티멘털의 기묘한 정서는 무엇인가. 아가씨들은 손수건을 꺼내어 깃발처럼 흔들었다. 아름답고도 슬픔이 묻어나는 서정적 한 장면이었다. 트로트의 진정한 맛은 이런 절묘한 순간에 완성되는 것이다.

목포에서 버스 편으로 돌아와 바로 다음날 안동 36사단으로 출발했다. 내가 지니고 있는 휴대품은 도장과 고무줄, 그리고 면장갑 한 켤레가 다였다. 대구를 떠날 때 큰누님이 나를 보듬어 안고 부디 몸조심하라며 눈물지었다. 그때까지도 잘 참았는데 누님이 우는 모습을 보게 되니 내 눈에서도 뜨거운 것이 저절로 흘러내렸다. 나는 눈물을 보이지 않으려고 고개를 푹 숙인 채 버스에 올랐다.

제자들의 위문편지

입대 후 열흘쯤 지났을까, 훈련소 중대 본부에서 나를 찾는다는 호출이 왔다. 또 무슨 기합인가. 잔뜩 긴장된 얼굴로 입구에서 경례부터 붙이고 들어가니 소대장이 환하게 웃으며 의자를 권했다. 이게 대체 무슨 일인가 주저하는데 편하게 앉으라고 다시 의자를 가리켰다. 그가 가리키는 탁자 위엔 웬 라면 박스 두 개가 놓여 있었고, 나에게 직접 열어보라고 했다.

맙소사, 내가 재직하던 학교 제자들이 보낸 위문편지와 각종 선물이었다.

이제는 국군 아저씨가 된 선생님께

가만히 있어도 땀이 줄줄 흐르는 이 무서운 삼복더위 속에 우리 선생님 훈련받으시느라 얼마나 노고가 많으신지요. 우리 반 친구들 모두는 선생님을 위해 기도를 올렸답니다.

무사히 훈련 마치실 수 있도록 하느님께서는 우리의 간절한 기도를 꼭꼭 들어주실 거라 믿습니다. 선생님 떠나가시니 선생님 계시던 자리가 너무 크고 텅 빈 것만 같습니다. 아무리 힘드시더라도 저희들 귀여운 얼굴을 떠올리시면서 고생스러운 시간 잘 이겨가셔야 해요.

선생님, 많이 많이 사랑합니다.

2학년 9반 제자 일동

이런 합동 편지도 감동을 주었지만 개별로 꼭꼭 써서 정성스럽게 부쳐온 편지와 선물들로 상자 안은 가득했다. 소대장이 나가고 이어서 조교들이 우르르 들어왔다. 그들 중에는 나를 향해 너 여기서 뭐 하냐고 호통치는 자도 있었다.

일단 여고 제자들이 보내온 그 많은 분량의 위문편지를 발견하자 그들은 환호성을 지르고 휘파람까지 불며 삽시에 편지 쟁탈전을 벌였다. 각자 한줌씩은 움켜쥐었다. 조교들은 탈취한 봉투의 주소로 제각기 편지를 써서 보냈다. 자신을 씩씩한 대한민국 육군 병사로 소개하며 사진까지 넣어서 보낸 자도 있었다. 잘 사귀어보자고 이른바 작업이 들어간 것이다. 내가 미처 읽어보기도 전 그 편지들은 대부분 조교들 수중으로 넘어갔다. 그들은 여학생이 답장을 보내오도록 온갖 아첨과 환심을 날려보내곤 했으나 정작 답을 받은 경우는 아무도 없었다. 그런 편지에 쉽게 넘어갈 나의 제자들이 아니지 않은가.

얘들아 고맙다. 너희들 맘을 잘 안다. 나도 곧 이곳을 떠나게 되니 이젠 편지 안 보내도 돼. 우리가 인연이 있다면 곧 다시 만나리라. 내 사랑하는 제자들 안녕.

늦깎이로 입대해서 겪은 일

　스물다섯에 입대를 하고 보니 훈련소 동기들은 대개 서너 살 연하들이다. 하지만 머리 빡빡 밀고 국방색 훈련복을 입으니 나이와 직업 그 어떤 것도 깡그리 희석되고 마치 증류수처럼 탈색되었다. 목청껏 내지르는 구호와 복창, 시도 때도 없이 불러대는 군가 합창, 입소 첫날부터 삼엄한 일과로 접어들었다. 주야장천 구보로 달리고 먼 곳까지 뺑뺑이를 돌았다. 무얼 잘못했는지 이유도 모른 채 온갖 방식의 기합과 얼차려의 연속이었다.

　헉헉거리는 호흡은 턱끝에 닿으며 무거운 훈련화는 땅바닥에 붙었다. 발끝은 어찌 그리도 무겁고 불편하며 떨어지질 않는지. 나는 그들에 비해 서너 살 많은 노병이라 뺑뺑이 돌기와 같은 기합에선 언제나 꼴찌였다. 그래서 늘 군홧발로 엉덩이를 세차게 걷어차였다. 어떻게든 군대는 제 나이에 가는 것이 맞다. 늙은 훈련병의 일과는 말할 수 없이 힘들고 고달팠다. 조교들이 나를 부르는 별명은 '영감'이었다. 나이가 많다고 부르는 호칭이다.

한번은 중대 본부 앞 연병장으로 돌연한 집합 명령이 떨어졌다. 하필 그때 나는 화장실 뒤에서 화랑 담배 한 대를 맛있게 피우고 나서 다른 훈련병과 대화를 나누고 있었다. 그때 표독하기로 소문난 병장 하나가 입가에 차디찬 미소를 지으며 나타났다.

"귀관들은 지금 여기서 무얼 하십니까?"

우리는 부동자세로 서서 "담배를 피웠습니다!"라고 응답했다.

"그 담배 맛이 좋았습니까?"

우리는 또 있는 목청껏 "네, 그렇습니다!" 하고 소리쳤다.

"모두 집합중인데 귀관들은 변소 뒤에서 편안히 흡연을 즐기셨군요."

우리 둘은 일제히 꿀 먹은 벙어리가 되었고 한순간 공포의 정적으로 등골이 오싹했다.

"삼십 분 뒤 중대 본부로 왕림해주시기 바랍니다."

우리는 마치 무언가에 튕겨나가듯 반사적으로 동시에 "네, 알겠습니다!"라고 대답했다.

정확한 시간에 맞춰 중대 본부로 찾아가니 그 야차 같은 병장은 혼자 의자에 앉아 있었다.

"귀관들은 내 앞으로 바싹 다가와 무릎을 꿇으세요. 그리고 묻는 말에 자세히 답변하시기 바랍니다. 학교는 어디까지 하셨습니까?"

"네, 대학원 석사과정을 졸업했습니다."

"참 공부 많이 하셨네요. 난 초등학교 중퇴입니다."

빈정거림이 철철 넘치는 말투였다. 거기엔 맹목적 복수심마저 묻어 있음이 느껴졌다.

"귀관은 졸업하고 뭘 했습니까?"

"네, 고등학교 교사를 했습니다."

"그렇군요. 대단히 훌륭하신 선생님이었군요. 그런데 선생님이 집합을 거부하고 변소 뒤에서 흡연이나 하면 되겠습니까? 이를 제자들이 알면 어찌 생각하겠습니까."

이제부터 본격적 속내를 드러내는 기색이었다. 그는 무릎을 꿇고 있는 나를 자기 의자 앞으로 바싹 다가오라 했다.

"귀관은 이제부터 그 잘못에 대한 책임을 지게 됩니다. 내가 군화 뒤축으로 귀관의 허벅지를 건드리면 그 숫자를 크게 외치기 바랍니다."

말이 끝나기 무섭게 그의 군화 뒤축은 내 허벅지를 사정없이 내려찍었다. 나는 비명과 동시에 용수철처럼 튀어오르며 모로 픽 쓰러졌다. 맞은 숫자를 하나씩 외치며 아마 30회도 넘게 강타당했으리라. 정신은 점점 혼미해지고 이마엔 땀이 빠작빠작 솟았다. 그 역천逆天의 시간이 어떻게 흘러갔는지 모르겠다. 나는 드디어 마구니의 손아귀에서 풀려나 혼자 비틀비틀 절뚝거리며 막사로 돌아갔다. 아랫도리가 아주 없는 듯했다. 엄청난 폭염 때라 훈련병 모두는 오침중이었다. 중대 내무반에는 드렁드렁 코 고는 소리만 높게 들렸다.

자리로 돌아와 바지를 벗고 아랫도리를 보니 허벅지엔 보랏빛 구렁이 여러 마리가 이리저리 서로 휘감은 괴기적 수묵화가 그려진 듯했다. 나는 비틀거리며 내무반 막사 뒤로 나가 철조망을 붙들고 서럽게 울었다. 통곡이 터져나오는 걸 억지로 꺽꺽 삼키며 울었다. 어찌 이렇게도 분하고 억울하고 참혹할 수 있는가. 어디에 하소연조차 할 길 없는 훈련병의 가련한 신세. 그 애잔함이 불쌍해서 더욱 슬펐고 그 때문에 줄곧 눈물이 흘러내렸다. 내 입에선 첫돌 전에 세상을 떠나 얼굴조차 모르는 '어머니'란 말이 저절로 터져나왔다.

훈련병 때의 일화

훈련소 입소 후 첫 두 주간이 가장 힘들었다. 조교들은 훈련병들을 짐짝처럼 마구 군홧발로 밀어 굴리며 빡빡 기도록 하고 숨이 끊어질 듯한 구보를 연속으로 시켜댔다. 2차세계대전 시절에 사용했었다는 그 무거운 M1 소총을 비껴들고 훈련병들은 뙤약볕에서 각종 제식 훈련의 단순 반복 동작의 고통을 겪었다. 극기의 심정 하나만으로 그 모든 과정을 참아내기란 정녕 힘든 일이었다. 훈련중 한 병사는 수시로 넋이 나간 듯 혼잣말로 중얼댔는데 조교들은 그가 훈련소에서 빠져나가려고 꾀를 부리며 일부러 광인 행세를 한다고 말했다. 그래서 그 진위를 판별하는 조치를 했다. 이는 다름아니라 해당 훈련병의 아랫도리를 벗기고 작은 꼬챙이로 신체의 중요 부분을 계속 때리는 것이었다. 그러면 대상자의 그것이 꾀병인지 진짜인지 곧 드러난다고 했다. 그런데 그 훈련병은 그런 학대 속에서 전혀 고통의 반응을 나타내지 않았다. 줄곧 횡설수설이었다. 조교들은 깜짝 놀라 상부에 보고하고 곧 주인공의 짐을 쌌다. 조회 결과 실제 조현병 이력이 드러났던 것이다. 그런 환자가 어찌 훈련소에 입소까지 하게 된 것일까.

같은 내무반 훈련병 중에 동갑인 친구가 있었다. 경북 상주가 고향인 그는 다섯 살 때 서울로 이주했으나 투박한 지방 말씨를 여전히 구사했다. 그도 나와 마찬가지로 대학원까지 마친 뒤라 여러 경로에서 비슷했고 우리 둘은 금방 친구가 되었다.

훈련병들에겐 면회가 절대 허용되지 않는데 그는 어느 날 가족 면회를 당당히 다녀왔다. 높은 지위에 있다는 형이 찾아와 훈련소에서 특별 면회까지 하도록 허용했다. 이렇게 가족 면회를 다녀온 그가 나에게 귓속말로 말했다.

"이형, 잠시 뒤에 화장실로 좀 와."

내가 화장실로 들어가니 친구는 그 악취 나는 공간에서 먼저 기다리고 있었다. 그러곤 신문지에 둘둘 만 무언가를 불쑥 내밀었다.

"이게 뭔가?"

펴보니 삶은 감자 세 개였다. 그는 누가 오기 전 어서 먹어야 한다고 나에게 재촉했다. 흉한 냄새로 가득한 육군훈련소 화장실의 바닥에 선 채로 나는 친구가 주는 삶은 감자를 받아서 우걱우걱 입에 밀어넣었다. 말할 수 없는 감회로 눈물이 주르르 흘렀다. 그런 곳에서 음식이 넘어간다는 게 신기했다. 지금으로서는 상상조차 할 수가 없다. 하기야 한낮의 행군중 한창 목이 타들어가는 듯 마를 때는 길가 논바닥에 엎드려 탁한 도랑물을 마신 적도 있긴 했다. 수확하고 떠난 뒤의 고구마밭에서 깡마른 고구마 조각을 주워 씹던 기억도 있다. 무릇 음식이란 건 어떤 극적인 환경 속에서 더욱 뜻밖의 미각을 빚어낼 수도 있는 것이리라. 세상 모든 일이 다 그런 이치로 연결된다. 결핍 속에서 경험하는 뜻밖의 감동을 무엇으로 설명할 수 있으리. 오랜만에 먹는 삶은 감자 맛은 어찌 그렇게도 황홀한지. 그것도 화장실 한가운데서 말이다. 친구는 나의 이런 모습을 보며 흐뭇한 표정을 지었다. 그야말로 전우애란 말이 실감되는 순간이었다. 그 감자맛을 내 어이 잊을 수 있을까.

1975년 6월 중순, 안동 36사단 훈련소에 입소해 6주간 받았던 보병 훈련이 드디어 마무리되었다. 대다수는 퇴소해 자기 부대를 향해 떠났는데 나는 어찌된 일인지 4주간 추가 교육을 받게 되었다. 이미 혹독한 군사교육을 거뜬히 통과한 터라 그 어떤 고통이 있다 할지라도 부담이나 두려움으로 다가오지 않았다. 이후 교육은 야간 행군 훈련, 총기 수입 훈련, 유격훈련 등 좀더 강도가 높은 과정들이었지만 그것도 거뜬히 감당해냈다.

입소 직후 나에게 모진 기합을 주었던 훈련소 조교는 이미 말년이었다. 얼마 전만 해도 훈련병들 앞에서 드러냈던 그 모질고도 날카로운 기질은 다소 누그러진 듯 보였다. 하지만 그는 사격 훈련 때 개구리를 표적에 매달아놓고 총을 쏘아 산산조각 내는 모습을 보여주었다. 표적지에 다가가 온몸이 부서진 개구리의 사체를 훈련병들에게 보여주며 그믐달같이 싸늘하게 웃었다. 그는 다른 사병들과도 잘 어울리지 못하는 듯했다.

어느덧 추가 교육까지 전체 10주간 훈련도 끝날 때가 되었다. 이제 각자 명령받은 자기 부대를 찾아서 이동할 시간이 다가왔다. 나도 서둘러서 떠날 준비를 했다.

탄약사령부

드디어 훈련소 생활이 끝났다. 지난 10주 동안 이곳에서 얼마나 많은 땀을 흘렸던가. 땅바닥과 흙탕물 속을 두더지처럼 온몸으로 구른 건 또 몇 번이었던가. 세월은 내가 보채지 않아도 스스로 알아서 잘도 갔다. 그런데 가만히 보니 군모 차양 안쪽에 한 달 치 달력을 그려서 하루하루를 X자 표시로 지워가는 병사들이 있었다. 그것은 힘든 병영생활을 보내는 일종의 마음 다스리기 방법의 하나인가. 그렇게 하루하루를 확인해서 지우지 않으면 그들에게는 하루라는 시간이 아주 떠나지 않고 붙박이로 고정될 수도 있을 것이라는 공포의 개념인 듯하였다. X자 표시로 하루를 지울 때 비로소 시간은 움직이며 다음 날로 떠나는 것처럼 보였다.

우리는 더블백에 기본 물품을 챙긴 다음 등에 둘러메고 트럭에 올랐다. 각자 명령서에 따라 자기가 배치받은 부대를 향해 떠났다. 그곳을 자대自隊라고 불렀다. 떠나기 전날 지급받은 막대기 하나를 가슴과 모자에 달고 드디어 이등병 계급장을 단 정규 군인이 된 것이다. 바늘에 실을 꿰어 군모와 가슴에 계급장을 붙이는데 만감이 교차했다. 일단 안동역까지 가서 제각기 갈 곳으로 흩어졌다. 훈련소 동기들과의 작별인사도 거기서 했다. 모두들 싱글벙글 웃는 얼굴로 서로를 격려하는 모습들이었다. 잠시 뒤면 풀씨처럼 사방으로 흩어질 신병들. 지금은 환희에 찬 표정들이지만 자기 부대에 도착한 이후 겪게 될 고생살이에 대해서는 전혀 알지 못했다. 어떤 고통의 시간이 또 그들을 기다리고 있을까.

멀리 보충대로 배치받아 떠나는데 각각 101, 102, 103, 306 따위로 나뉘었다. 그것은 의정부, 춘천, 인제 등 최전방 쪽과 후방 지구를 가리키는 숫자였다. 숫자 다음에 보충대란 말을 붙이고 그걸 줄여서 '101보' '103보' 등으로 불렀다. '103보'는 비무장지대 철책선 주변의 부대다. 그곳으로 떠나는 병사들은 왠지 모를 걱정과 근심으로 표정들이 무겁고 어두웠다.

나는 부산 해운대의 탄약사령부로 배치를 받았다. 일단 후방 지역이니 안심이었다. 다소 느긋한 기분으로 부산에 당도하니 이미 우리를 데리러 온 군용 트럭이 대기중이었다. 탄약사령부는 군수사령부의 예하부대로 부산 해운대 우동의 가장 후미진 골짜기에 있었다. 거기 탄약사령부 정문 초소가 있고 조금 더 들어가면 지붕에 온통 농협 마크가 그려진 커다란 창고가 보인다.

밖에서 보면 평범한 농협 창고일 뿐이지만 그 내부엔 무시무시한 포탄과 탄환이 적재되어 있다. 나는 탄약사령부 본부중대 사병계 조수가 되었다. 가장 최근에 도착한 말단 신병이었으니 맡겨진 일은 뻔했다. 사무실 일과가 끝나면 총알같이 내려가 선임들이 식사하고 내놓은 식기를 깨끗이 설거지부터 해야 했다. 수돗가에 붙어서서 식기를 세척하는데 동작이 조금만 굼떠도 곧장 잔소리와 치도곤이 날아들었다. 사수는 부산 출신의 상병인데 나보다 세 살이나 아래였다. 나이가 많고 동작이 굼뜬 조수를 맞이한 그는 기분이 그리 유쾌하지 않아 보였다. 온갖 짜증과 잔소리 섞인 말에 신경이 날카로웠다.

그는 나를 자기 옆에 앉혀놓고 하루에 감당해야 하는 일과 업무를 가르쳤다. 그 업무란 것은 대개 날마다 가야 하는 신병 인수, 제대 병사 확인 등 전체 병사의 숫자 파악과 일일 상황 보고서 작성이었다. 맨 먼저 하는 일은 30센티미터 자를 대고 반듯하게 줄을 그어 도표를 그린다. 거기에 통계 숫자를 기입하는데 우선 가로세로 셈이 정확히 맞아야 했다. 그게 맞지 않으면 맞추기 위해 온갖 고생을 해야만 했다.

휴지를 옆에 준비해두고 수시로 볼펜 똥을 닦았다. 이걸 제대로 닦아내지 않으면 도표의 선이 일정하지 않고 선의 한가운데가 너무 굵거나 가늘어지는 등 불규칙하게 그려졌다. 말끔한 도표를 그리기 위해서는 볼펜 똥을 제때 처리하는 순발력이 필요했다. 그런데 나는 그걸 제대로 해내지 못했다. 늘 사수의 구박과 핀잔 속에서 도표를 그리며 가로세로 숫자 맞추기를 해야만 했다. 아무리 시간이 흘러도 이건 내 직성에 맞지 않는 영역이었다. 줄곧 단조롭게 그려대는 도표 놀음에도 점점 지치기 시작했다. 이처럼 무능하고 감각이 떨어지는 조수를 배당받은 나의 사수는 온갖 불만으로 투덜거렸다. 걸핏하면 고함부터 질렀다. 그후 사수는 나에게 더이상 일을 맡기지 않았다. 책상 앞에서 감당하는 업무는 모두 자기가 전담했다. 나는 오로지 사단에 가서 신병을 인솔해 오기, 긴급 공문이나 전언(傳言) 통신문을 다른 부대에 전달하기 등등 외부 업무에만 몰두하게 되었다.

한번은 탄약사령부에 배속된 신병 일곱 명을 인솔해 오는데 그중 어느 한 이등병이 제법 나이가 들어 보였다. 흔들리는 트럭 위에서 사병 기록 카드를 보았더니 나보다 두 살이나 많았다. 그의 카드 상단 오른쪽 귀퉁이에는 'ASP'라는 붉은 스탬프가 찍혀 있었다. 확인해본즉 그는 대학 재학중 학생운동을 하다가 체포되어 투옥된 적이 있었고 ASP는 'Anti Student Power'의 두음이었다. 1970년대 군사정권과 유신 독재 시대의 군대는 운동권 출신 병사를 별도로 관리하라는 상부의 은밀한 지시가 있었다. 그와 잠시 대화를 나누어보았는데 신중함과 정중한 품성을 갖춘 신참이었다. 그날부터 우리는 선참 후임을 떠나 친밀한 사이가 되었다. 그가 곤란해했지만 내가 먼저 대화에서도 경어를 썼다. 사실 군대에서 이런 일은 있어선 안 되었다. 모든 것이 계급의 높낮이로만 이루어지는 군대 조직에서도 우리는 언제나 서로 존중하는 좋은 친구가 되었다.

4부

약관에 교수가 되다

제대 후 고등학교 교사로 잠시 근무하던 중 지방의 한 전문대에 교수 자리가 났다. 예전부터 늘 길잡이해주시던 스승이 그 자리를 이번에도 연결해주었다. 당시 내 나이 불과 스물일곱. 모든 것에서 서툴고 어설프기만 한 약관이었다.

경북 안동의 간호전문대학. 안동시 북문동 도립병원 울타리 안에 있었는데 간호사를 배출하는 학교였다. 말이 대학이지 규모는 너무도 작아 외부에서 보면 이게 어찌 대학인가 할 정도였다. 도립병원장을 겸직하는 학장 아래 교무과와 학생과가 있고 교수진은 도합 여덟 명 정도에 모두 여성들이었다. 남자라곤 오로지 나 혼자뿐이었기에 화장실의 남성용 소변기는 오로지 내 차지였다.

1977년 가을부터 전임 강사로 임명되었으니 그때 내 나이 불과 스물일곱이다. 규모와 체제는 영세했으니 그래도 명색이 전문대학이라 분위기는 갖추어져 있었다. 내가 맡은 기본 과목은 교양 국어였다. 그런데 엉겁결에 한문과 국사 과목까지 떠맡았다. 심지어 가정학 강사가 출산으로 강의를 쉴 때 그 과목까지도 임시로 나에게 맡겨지는 게 아닌가. 난감한 일이었다.

당시 간호전문대학은 3년제로 2학년까지는 강의실 수업을 진행하고 3학년이 되면 간호사복을 입고 병원으로 현장실습을 나갔다. 그 실습 과정을 모두 마치고 나면 마침내 정식으로 간호사 캡을 씌워주는 가관식加冠式을 하는데 이날 행사가 간호대학 재학생들의 하이라이트였다. 가족 친지 등 축하객들로 행사장은 인산인해가 되었다. 오늘부터 간호사가 되는 주인공들 모두가 손에 손에 촛불을 들고 일제히 나이팅게일 선서를 했다.

나는 간호전문대학에 근무하는 교수이자 시인으로 가관식 헌정시를 요청받아 직접 쓴 시를 식장에서 낭송했다. 그것이 부임 첫해의 분위기를 달구었다. 그날 낭송한 작품은 내가 그곳을 떠난 뒤로도 지금까지 해마다 낭송하는 붙박이 절차의 하나로 자리를 잡았다.

> 그대는 그대 일생을 순결히 살며
> 남에게 해로운 일은 결코 하지 않으며
> 그대에게 맡겨진 사람의 생명을 지키며
> 끝내 한몸 바쳐 타오를 눈물별을 갖고 있는가
> (……)
> 아직도 누려야 할 광명 못 누리는
> 세상의 어둠 속을 헤매는 사람에게
> 그대는 가라, 가서 한 점 등불이라도 되라
>
> ―「등불을 든 여인」 부분

이십대 후반 청년 교수의 동향과 거취는 간호대 재학생 모두에게 특별한 관심사였다. 내 하숙은 학교와 지척이었다. 한번은 몸살이 심하게 와서 강의도 쉬고 종일 혼자 앓아누웠는데, 정오 무렵 간호사복을 입은 제자 둘이 병원 근무중 일부러 짬을 내어 찾아왔다. 그들은 통증을 가라앉힌다는 '살소'라는 소염제를 내 팔에 주사한다고 했다. 아무런 거리낌도 없이 나의 이불을 와락 젖히고 내 한쪽 팔의 옷소매를 걷어붙이더니 고무줄을 챙챙 감고서 능숙한 솜씨로 혈관을 더듬어 찾았다. 그러곤 주삿바늘을 단번에 꽂았다. 숙달된 기운이 느껴졌다. 큰 주사기와 굵은 바늘에 내가 겁먹은 표정이 되니 제자들은 교수님이 엄살도 많다며 마치 어머니가 어린 자식을 나무라듯 마구 핀잔했다. 그 모습이 오히려 정겹고 즐거웠다. 아무튼 간호사 제복을 입은 제자들 앞에서 선생 꼴이 영 말이 아니었다. 주사 효과는 곧 나타났다. 그날 오후부터 바로 통증이 가라앉고 다음날 나는 거뜬히 출근해서 평소와 다름없이 일과를 보았다.

그런데 그 간호대학이란 곳엔 전혀 예상치 못한 불편들이 존재했다. 우선 조직 내부의 심한 불화였다. 두 패거리로 갈라진 분위기 속에서 나는 처신하기가 몹시 난처했다. 그들은 어떤 토론이나 의사결정을 할 때 서로 자기들 편으로 나를 끌어들이려 했다. 하지만 나는 그 제의에 응하지 않았다. 그 냉담에 대한 보복이 바로 나타났으니 그것은 쌀쌀한 외면과 고의적 배제였다. 우리 사회의 전형적 병폐 중의 하나가 바로 이 패거리 문화다. 이토록 작은 조직에서도 상호 대립과 갈등으로 늘 언성을 높여서 싸웠다. 이런 분위기 속에서 나의 처신은 불편하기 그지없었다.

당시 국공립대학 교수 월급 중에 연구 보조비란 항목이 있었다. 이를 받기 위해 모든 교수는 일 년에 논문 한 편을 반드시 발표해야 하는 의무가 있었다. 만약 그것을 이행하지 못하면 연구 보조비를 다시 환수해갔다. 논문 쓰기 경험이 없는 간호대학 교수들은 제출 시기가 다가올 때 마냥 불안정한 모습을 보였다. 그런데 어느 날 놀라운 사실을 알게 되었다. 그것은 가까운 대도시의 모처로 가서 은밀하게 논문을 구입해 오는 방식이 있다는 것이다. 그곳엔 등급별로 나뉜 논문이 이미 준비되어 있고 가격까지 매겨져 있다고 한다. 그걸 둘러보면서 자기가 준비한 돈에 맞는 논문을 골라 비용을 지불하고 가져왔다.

이를테면 '○○지역 여고생의 생리주기에 관한 연구'라는 타인이 미리 만들어놓은 논문을 구입해 와서 지역과 명칭만 슬쩍 바꾸고 자기 이름으로 학회지에 버젓이 발표하는 것이다. 나는 이런 공공연한 부조리를 보고 몹시 충격을 받았다. 교수란 자들이 마땅히 자기가 써서 제출해야 할 논문도 제대로 쓰질 못하다니. 그래서 어느 비밀스러운 장소로 찾아가 논문을 구입해 오는 이런 파렴치한 경우가 어찌 버젓이 펼쳐지고 있는지. 이것은 참으로 어처구니없는 관행이었다. 그때로부터 오랜 세월이 지난 이제는 교육계의 그런 부조리가 사라진 것일까. 여전히 논문을 사고팔거나 대필, 표절 등등 은밀하게 이루어지는 부조리는 아직도 우리 사회에서 완전히 사라지지 않았을 것이다.

당시 내 연구실은 안동 북문시장 쪽이었는데 장날이 되면 온통 붐비는 재래시장을 구경하느라 하루가 온통 그대로 저물었다. 나는 아예 의자를 창가에 옮겨다놓고 파장이 될 때까지 온종일 장날 풍경을 구경했다. 그런 체험 속에서 시 「장날」 「엿치기」 등 몇 편을 얻었으니 즐겁고 보람찬 일이 아주 없지는 않았다.

물건을 팔러 온 장돌뱅이가
물건을 사기도 하는 시골 장날
고추 팔러 온 사람이 실타래를 흥정하고
참기름 짜러 온 사람이 강아지를 파는 동안
악다구니로 보채던 어린것은
어미 등에 업히어 한껏 잠이 달다
신새벽 해 돋기 전부터 몰려와서
젖은 장바닥에 들끓는 삶의 거래
머리에 수건 한 장을 둘러쓰고
결 고운 인심을 주고받는 아낙네들
수염이 허연 영감이 한복을 차려입고
점잖게 붓 벼루 팔고 있는 북문시장 골목
묶여서도 싱싱한 배추들의 생기와
강엿 가루 반짝이는 목판을 지나오면
한 손에 굵은소금을 담뿍 움켜
생선에다 기운차게 뿌리는 어물전 주인
해지고 장 보는 이도 발길 뜸한데
뚱뚱한 순댓집 여편네의 손목을 잡고
거나하게 저물어가는 가을 주막
내일도 붐비는 타관의 장터로 찾아가서
맑은 봇짐 끌러놓을 장돌뱅이가
꿈에서도 콧노래 흥얼거리는 시골 장날

—「장날」 전문

안동이라는 곳

　경북 안동은 참 묘한 곳이다. 15세기 한국어의 훈민정음 어법 '니이다'가 지역 방언 속에 그대로 살아서 유지되고 있기 때문이다. 한편, 밖에서 들어온 어떤 것들은 거부하지 않고 안동 토박이 문화로 삼는 온고溫古의 고장이다. 그곳은 외부의 이질적 규범과 질서도 일단 유입되면 지역 고유의 리듬으로 바꾸어 자리잡게 한다. 그래서 원래 안동 것이 아님에도 불구하고 일단 유입되면 안동 것으로 만들어버리는 창신創新을 보여준다. 그것은 놀라운 적응력이 아닐 수 없다. 바로 이런 곳에서 나는 석삼년을 살았다.

　안동에는 집집마다 오래된 물건 한두 가지씩은 꼭 지니고 있다. 그 물건 하나하나에 모두 조상들의 각별한 이야기들이 눈물처럼 홍건히 서려 있다. 안동 사람들 가슴속에는 일찍이 그곳에서 살다가 세상을 떠난 숱한 사람들의 온갖 곡절과 내력과 사연이 그대로 생기와 자양분이 되어 자리잡고 있다. 그것은 마치 안동 출신 이육사 시인의 시 「청포도」에 등장하는 포도알처럼 굵은 알로 주렁주렁 맺혀 있는 것이다.

나는 1970년대 후반 안동으로 옮겨가서 평화동, 태화동, 율세동, 옥정동 등 여러 마을을 옮겨다니며 살았다. 처음에는 평화동의 어느 할머니가 꾸려가는 하숙집에 들었는데, 방이 모자라 어느 고등학교에 재직하고 있다는 미술 교사와 대뜸 함께 같은 방을 쓰기도 했다. 처음 만난 사람과 느닷없이 동숙하는 기분은 묘했다. 당시 안동에서는 그런 풍습이 일반적이었다. 곧 빈방이 나서 옮기긴 했지만 한 주일 정도 한방을 쓰면서 그 옛날 박두세朴斗世가 쓴 설화집 『요로원야화기要路院夜話記』의 풍경처럼 동숙자와 이런저런 이야기를 밤 깊도록 나누다가 잠이 들곤 했다. 조반니 보카치오의 연쇄적인 이야기 『데카메론』과도 흡사했다. 그것은 장강대하처럼 길게 이어지는 이야기 열차란 뜻이기도 하다. 자기가 이날까지 살아온 이야기를 길게 펼쳐내는 것이다.

율세동 하숙집은 일찍 남편 잃은 젊은 과수댁, 일곱 살짜리 '탁이'라는 어린 아들을 데리고 홀로 힘들게 꾸려가는 하숙집이었다. 인심이 좋았고 무엇보다도 반찬 솜씨가 훌륭했다. 쓸쓸한 겨울 저녁 내가 방바닥에 혼자 누웠을 때 탁이 엄마는 돌연 기척도 노크도 없이 문을 왈칵 열고 손바닥을 내 등 밑으로 거침없이 밀어넣으며 "방이 뜨시이껴?" 하고 물었다. "군불을 많이 넣었는데 어떨또?"라고도 말했다. '어떨또'란 말의 뜻은 '어떤지요? 따뜻함이 느껴지는지요?'란 포괄적 의미를 지녔다. 모든 절차를 거두절미하고 들이미는 탁이 엄마의 그런 행동이 일견 황당함으로 느껴질 수도 있겠지만 그것은 전혀 꾸밈새 없는 안동 사람의 전형적 푸근함이요 따스한 인정이었다.

그후 옥정동 할머니가 운영하는 하숙에 머물 때도 인심 좋고 훈훈

한 안동 특유의 정을 듬뿍 느꼈다. 안동 말씨에서 '하니껴' '있니껴' 등 말끝마다 붙는 '껴'의 연속은 참 매력적으로 들린다. 이를 안동 기질의 언어적 보수성으로 말하는 관점도 있지만 수상한 외부 기류에 함부로 마음을 열지 않고 자기 고유의 것을 지켜가려는 어떤 철저하고 결연한 삶의 자세와도 관련이 있을 듯하다. 하지만 그것은 결코 맹목적 보수성만은 아니다. 다만 안정된 자리를 잡아나갈 터전을 미리 여유 있게 준비해두는 적극성의 미덕으로 다가오기도 한다.

그래서 '껴'가 들어가는 화법을 구사하는 안동 사람을 흔히 '안동 껑꺼이'라 부르기도 한다. 이 단어를 발음할 때는 적절한 비음鼻音이 꼭 들어가야 정확한 발음이 된다. 거기엔 조롱이나 비하가 아니라 넉넉함과 풍자의 뜻이 담겨 있다. 안동인 특유의 외고집, 비타협, 빈틈 없는 자아의 보전 등등 각종 미풍과 다양성이 풍성하게 느껴진다. 내가 머물던 1970년대 후반만 하더라도 당시 젊은 남녀가 거리에서 손을 잡고 걸어가는 것은 볼썽사나운 흉이 되었다. 그들이 지인의 자녀일 때는 즉각 도마 위에 오르기도 했다. 21세기의 청춘들은 도로에서 과감한 스킨십조차도 예사로 하지만 지난날 안동에서는 큰 흉이 되기도 했다. 안동 지역에서 전해져오는 가면극 하회별신굿탈놀이를 감상하노라면 예로부터 이 지역에서 전승되어오던 개방성과 보수성이 잘 배합되어 있음을 본다. 탈을 제작하는 허도령이란 청년이 있었는데 그는 어떤 벌로 숨어서 탈을 만들어야만 했다. 그를 사모하던 여자가 허도령의 집을 찾아가 이 광경을 몰래 방문 틈으로 엿보았다. 그 때문에 허도령은 저주를 받아 죽음에 이른다는 내용이다. 가면극 전반에 나타나 있는 현실 풍자와 골계, 비판의 정신은 매서운 느낌마저 든다.

안동에는 구시장, 신시장 두 곳의 재래시장이 있었다. 그런데 두 곳은 각각 특색이 있다. 그 구시장 중간에는 허름한 국숫집이 하나 있었다. 할머니가 꾸려가는 국숫집인데 직접 홍두깨로 밀어서 썰어낸 누름국수가 일품이었다. 면발을 푹 삶아 찬물에 헹궈 한 사리씩 건져서 소쿠리에 차곡차곡 올려놓았다. 특이한 것은 콩가루를 뿌려서 반죽했기에 면발이 질기지 않고 구수한 향취가 났다. 여기에 갓 삶은 푸른 채소를 듬뿍 얹어 냈다. 처음엔 그 맛이 싱겁고 밋밋하게 느껴지지만 먹을수록 특유의 풍미가 느껴지는 그것은 꼭 안동인의 기질을 닮았다.

신시장엔 일본식 나라즈케를 잘 담는 얼굴이 검은 할아버지가 있었다. 나라즈케는 술지게미에 절여놓은 일본식 무장아찌를 가리키는 말이다. 고려 시절 원나라의 몽골 군대가 한반도에 진주해서 안동 제비원까지 찾아와 주둔할 때 몽골식 증류 소주 '아르히'를 만들었다. 이 제조법을 안동인들이 그대로 재현했고, 그 방식이 이후 전승되어 오늘의 안동소주에 이르렀다. 영덕 동해안 고등어가 내륙 안동으로 와서 왕소금을 껴안고 진득하니 숙성된 것이 바로 간고등어다. 이 모든 것이 외래 문화의 안동식 정착 아닌가.

길지 않았던 안동 시절 추억 중 가장 강렬하게 남아 있는 건 정월 대보름날 골목골목마다 들리던 윷 노는 소리다. 유난히 시끌벅적한 안동 사람들의 별난 윷놀이. 어쩌다 윷이나 모가 나와서 상대방 윷말을 뒤따라 잡았을 때 방구들이 쿵쿵 깨지는 소리가 났다. 방안의 모두가 일어나 함께 춤추며 비명과 탄성을 지르기 때문이었다. 걸음을 멈추고 눈을 감으면 옛 전쟁터의 북 치는 소리처럼 들리기도 했다. 안동에 살 때는 몰랐으나 그곳을 떠난 지 오랜 시간이 지나니 다시 안

동이 왈칵 그립다. 내게 안동은 잠시 휙 다녀올 곳이 아니라 마치 칡
뿌리를 씹듯 천천히 음미하며 지역의 곳곳을 돌아보고 가슴에 떠오
르는 반응을 새기며 차분히 성찰하는 장소인 것이다.

정호경 신부의 추억

1.

지난 삶의 역정에서 잊을 수 없는 분들이 정말 많지만 그중 한 분이 안동에서 처음 만난 정호경鄭鎬炅 신부다. 내 이십대 후반 객지 생활은 늘 적적했다. 딱히 아는 사람도 갈 곳도 없어서 하루 일과가 끝나면 곧바로 하숙집에 돌아와 오로지 시쓰기에 몰두했다. 이 무렵 우연한 기회에 정 신부를 알게 되었는데 그는 당시 안동교구청 사목국장을 맡고 있었다. 교구장은 프랑스인 두봉杜峰/Rene Dupont 주교였고 그분을 보좌하며 매주 안동교구 천주교회 미사에 전달하는 주보를 프린트판으로 제작 발간했다. 정 신부는 내 첫인상에 호감을 느꼈던지 먼저 다가왔다. 틈만 나면 전화해서 안부를 묻고 나중엔 서로 왕래하는 친밀한 사이가 되었다. 지금도 잊을 수 없는 정겨운 기억은 내 옥정동 하숙집에 종종 찾아오던 밤의 실루엣이다. 처마끝에 가랑비가 투닥거리는 저녁 무렵이면 어김없이 골목으로 난 창문 밖에서 은근히 부르는 소리가 들렸다.

"이선생 안 주무세요?"

보나마나 정 신부의 목소리였다. 나는 반가움으로 서둘러 달려나갔다. 우리 둘은 안동역 가까운 민물고기 요리를 잘하는 막걸릿집에 가서 피라미조림을 시켜놓고 막걸리를 마셨다. 이때부터 정 신부는 술은 뒷전이고 줄곧 삶을 뜻깊게 올바르게 살아가는 지혜와 방법에 대해 장광설을 풀어놓는다. 그런데 그게 지루하지 않고 들을 때마다 새록새록 가슴에 와닿았다. 어떤 놀라운 감화력과 부드러운 설득력이라고 할까. 그분은 나에게 없는 다정한 형님의 역할을 대신 맡아준 것이다.

내게 형은 셋이나 있지만 모두 일찍 세상을 떠났다. 그래서 나는 형들로부터 받은 어떤 감화나 추억이 별로 남아 있지 않다. 이런 내 마음속의 공백을 메워준 분이 바로 정 신부다. 그분은 나보다 열 살이나 위의 형님이었다. 틈만 나면 나를 안동교구청의 당신 사무실로 불렀다. 갈 때마다 책을 한아름씩 주었는데 그것은 대개 프란츠 파농, 파울루 프레이리 등의 번역서로 프란츠 파농의 책은『자기의 땅에서 유배당한 자들』, 프레이리의 책은『교육과 의식화』였다. 하나같이 식민지 현실의 모순과 부조리에 대한 강렬한 일깨움의 서적들이다. 나는 그런 종류의 책을 처음으로 접했다. 구구절절 놀라움과 정신적 충격을 주었다. 나의 고정관념과 낡은 생각들을 여지없이 부수고 해체했다. 그뿐만 아니라 삶의 새로운 각성과 의기를 불러일으켰다. 그 밖에도 여러 책을 줄곧 보내주었는데 지금 돌이켜보면 그때까지 참으로 무지했던 철부지 하나를 어떻게든 참신하게 변화시켜보려는 노력을 나름대로 했던 것이 느껴진다.

정 신부가 보내준 책들은 대부분 일그러진 현실에 호되게 저항하고 온몸으로 자기 변혁을 능동적으로 이끌어나가야 한다는 자료들이었다. 그것은 내게 정신적 각성과 변혁을 요구하는 매서운 채찍으로 다가왔다. 정 신부는 틈만 나면 "자기 혁명을 스스로 이루지 못하는 삶은 축생의 목숨과 다름없다"라는 단호한 말을 했다. 이런 과정을 겪으면서 정 신부와는 차츰 형제적 유대가 깊어졌다. 한번은 여러 날 연락이 없어서 전화를 걸었더니 병상에 누워서 거의 신음하는 목소리였다. 나는 깜짝 놀라 문병을 가야겠다고 생각했다. 그분의 기력을 북돋울 수 있는 방도가 없을까 궁리하다 정 신부에게 바치는 헌시 한 편을 준비하기로 했다. 이런 취지에서 책상 앞에 앉아 힘들게 완성한 시작품이 나의 첫 시집에도 수록된 시 「내 눈을 당신에게」다.

> 내 눈을 당신께 바칠 수 있음을 기뻐합니다
> 이 온전한 기쁨을 누릴 수 있도록 도와주신 하나님
> 그리고 내 이웃들에게 삼가 감사드립니다
> 이 몸을 어버이로부터 물려받은 지 오늘토록
> 오직 하나 참된 보람을 위해 살아와서
> 이제 저 하늘의 부름을 받고 드디어 떠납니다
> 내 병은 불치의 암. 모두가 슬픈 눈물을 흘리지만
> 오히려 나는 기쁨의 때가 온 줄 미리 알므로
> 거짓인 양 침착하게 더욱 당당하게
> 내 눈을 당신께 바칠 수 있음을 기뻐합니다
> 이제 내가 죽은 후에도 살아 있음을 나의 눈은
> 오랜 어둠을 헤매온 당신의 몸속에서
> 누구보다 더 가장 떳떳한 밝음이 될 것입니다

일백 번 죽어도 죽지 않는 긴 삶이 될 것입니다
언젠가 당신도 이 세상을 떠나게 될 때
아끼던 눈뿐만 아니라 소중한 그 무엇을
없어서 고통받는 이에게 나눠드리세요
몸을 주고받는 사랑이란 바로 이런 것입니다
물에 빠진 자식을 구하려고 깊은 소로 뛰어든
일가족 죽음의 뜻을 이제야 조금 알겠습니다
끊어도 끊어지지 않는 사랑의 단단한 끈이
우리 겨레의 가슴속으로 이어지기를 바랍니다
지금 내 마음 무어라 말할 수 없이 행복합니다
죽기 전에 소원이 있다면 단 한 가지
대대로 이어진 나와 당신의 작은 눈이
영영 꺼지지 않는 이 나라의 불씨가 되어
북녘 고향 찾아가는 벅찬 행렬을
두 눈이 뭉개지도록 보고 또 보았으면 하는 것입니다
　　　　　　　　　　　　　　　—「내 눈을 당신에게」 전문

　이 시를 쓰게 된 또다른 동인은 그 무렵 신문에서 읽었던 윤형중
尹亨重 신부에 관한 기사 덕분이었다. 전쟁 시기에 남쪽으로 내려와 실
향민으로 살아온 윤신부가 암에 걸려 세상을 떠나게 되었을 때 그분
은 자신의 안구眼球를 먼저 기증했다고 한다. 그 기증한 안구가 타인
의 몸속으로 들어가서라도 반드시 갈라진 조국의 통일을 보게 되기
를 간절히 바란다는 이야기는 큰 감동으로 다가왔다. 나는 여기에 착
안하여 그 내용의 흐름을 서사적 구조로 엮었다. 당시 나는 한 편의

시작품을 커다란 백지에다 직접 써서 벽에 붙여놓고 수십 번 읽어보면서 고쳐 쓰기를 여러 차례 반복하는 방법을 쓰고 있었다. 맨 마지막으로 탈고한 시작품을 정성껏 백지에 옮겨 적은 다음 그 육필 원고를 들고 정 신부의 병석으로 찾아갔다. 내 시 낭송을 들은 정 신부는 환하고 기쁜 얼굴로 병상에서 일어나 앉아 내 손을 잡았다. 그러면서 이젠 병이 다 나은 느낌이라고 말했다. 나도 기쁘고 흐뭇했다. 때로는 시작품의 효과가 병을 낫게 하는 치료제가 될 수도 있다는 사실을 알게 되었다. 정 신부는 바로 다음날 나의 시작품을 안동교구청 주보에 발표했다.

이것이 인연이 되어 정 신부와는 더욱 가까워졌다. 한번은 모처럼 산천 유람이나 하자며 직접 자동차를 운전해서 울진의 죽변리를 찾아갔다. 그곳에서 죽변감리교회에서 일하던 아동문학가 이현주 목사를 만났고, 교회 사택에서 하루를 머물렀다. 이 목사의 부인이 끓여준 배춧국이 일품이었지만 그것보다 더 맛있었던 건 밤 깊도록 들었던 이현주 목사의 호쾌한 담론들이다. 그다음 차례로는 안동 임동면의 어느 초등학교를 찾아갔다. 그곳에서 분교장으로 일하던 아동문학가 이오덕李五德 선생을 만나러 간 것이다. 이오덕 선생은 자그마한 분교의 사택에서 혼자 숙식을 하며 살아가는 모습이 마치 구도자 같았다. 이어서 일직면 조탑리에서 교회 종치기를 하며 살아가던 아동문학가 권정생權正生 선생도 만났는데, 권선생은 당시 몸이 너무도 아파서 잠시 얼굴만 보고 되돌아나왔다. 병색이 완연했다. 다음 차례로는 봉화군 상운면 구천리의 오래된 고가에 살던 수필가 전우익全遇翊 선생이었다. 전선생은 처음 만났을 때 "내 이름이 우익이지만 속은 골수 좌익이지요" 하면서 크게 웃던 모습이 떠오른다. 전선생은 정 신부를 늘 '서양 중'이라 불렀다.

영해의 농민운동가 권종대權鍾大 선생도 만났다. 농협 운동의 민주화를 위해 노력하던 정성헌 선생과 그의 조카 정재돈도 그 시기에 만났다. 하나같이 진보적 지식인들이었고 소탈하며 검소한 삶을 실천하며 살아가는 훌륭한 분들이었다. 정 신부가 나를 데리고 이런 인물들을 두루 만나게 하는 뜻이 차츰 짐작이 되었다. 나는 그분들 삶을 진지하게 바라보고 성찰하면서 나의 내적인 각성과 정신적 변혁에 대해 차츰 고민하기 시작했다.

2.

정 신부를 생각하면 떠오르는 추억이 하나둘이 아니다. 1977년 무렵 첫 대면을 하게 되었을 때는 그분이 사제서품을 받은 지 약 십 년에 가깝던 시절이다. 안동교구 사목국장으로 맡겨진 업무도 잘해내고 능력이 탁월한 청년 신부로 프랑스인 두봉 주교의 깊은 신뢰를 받고 있었다. 일찍부터 천주교정의구현사제단 발족에 참가해서 신앙의 힘으로 정의를 일으켜세우려는 깊은 믿음을 지니고 이를 실천했던 인물이다.

1977년 10월, 노동자와 농민 양심수를 위한 석방의 기도회를 열었는데 이때 긴급조치 해제 주장을 했다. 이 긴급조치란 1972년에 바꾼 유신헌법 제53조에 근거해 대통령이 발령했던 특별 조치다. 법률과 같은 효력을 지녔던 긴급조치는 모두 아홉 차례 공포되었는데 당시 독재 정권은 이 긴급조치를 통해 국민의 자유와 권리를 잠정적으로 정지할 수 있는 무소불위의 권한을 갖게 됐다. 그 누구도 두려움 때문에 긴급조치 해제에 대한 거론을 하지 못할 때 정 신부는 과감하게

독재 정권에 맞섰다. 이로 말미암아 정 신부는 뜻을 함께했던 동료 류
강하 신부와 함께 구속이 되기도 했다. 항상 농민 사목과 공소公所 사
목에 지극한 정성을 쏟으며 지역 농민들과 항시 하나가 되는 삶을 살
아갔다. 농민들과 자주 어울려 막걸리를 나누며 가슴속의 답답한 이
야기를 경청하고 그들과 함께 춤추는 소탈한 시간도 즐겼다.

가톨릭농민회가 주도하던 쌀 생산비조사 보고대회, 생산비보장 서
명운동은 추곡 수매가를 요구하는 반정부 투쟁으로 발전했다. 정 신
부는 이를 선두에서 열정적으로 이끌었다. 유신 독재 시절에 이런 행
사는 공식적 개최가 불가능했는데 대부분 추수감사제 형식으로 천주
교회 마당에서 열리는 축제를 이용했다. 1978년 상주 함창에서는 정
신부의 주도로 쌀 생산자대회가 성대하게 열렸다. 늘 힘든 조건과 환
경에서 억울함을 참고 살아가던 농민들은 이 행사를 치르면서 커다
란 기쁨과 자신감을 얻게 되었다. 같은 해 전남 함평 농민들의 고구마
사건에도 관여했고 곧이어 경북 영양군의 농협 감자 수매 불이행과
불량종자 피해보상운동이 모두 정 신부 지도하에 펼쳐졌다. 그리고
그러한 노력은 마침내 농민들의 승리로 마무리되었다. 정 신부의 이러
한 활동이 독재 정권으로서는 눈엣가시였다. 하지만 성직자의 신분이
라 당장 체포하지 못한 채 늘 엉거주춤하는 모습이었다. 독재 정권이
라 할지라도 교구청과 교황청의 눈치는 살펴야만 했기 때문이다.

하지만 또다른 방식으로 유신 정권의 보복이 시작되었으니 그것
은 경북 영양군의 한 농민을 납치해서 폭행했던 사건이다. 영양군 가
톨릭농민회의 책임자 오원춘이 돌연히 나타난 괴한에게 붙잡혀 울릉
도로 끌려갔다. 그들은 오원춘의 눈을 안대로 가리고 폐쇄 공간에서
심한 구타와 폭행을 가했다. 나중에 풀어줄 때 그들은 이 일을 절대

로 발설하지 말라며 위협했다. 하지만 석방된 오원춘은 안동교구청에서 그 경과를 낱낱이 고발했다. 이 모든 것을 정호경 신부가 뒤에서 도왔다. 이 사건을 기점으로 유신 정권은 가톨릭농민회와 도시산업선교회를 즉각 이적단체로 규정했고 사정없이 탄압의 칼날을 휘둘렀다. 당시의 기자회견 현장이 전국에 TV로 생중계되었는데 이것이 바로 1970년대 후반을 떠들썩하게 했던 '오원춘 사건'의 전말이다. 이 사건은 유신 독재 정권의 종말을 앞당기는 데 분명 하나의 힘으로 작용되었을 것이다. 당시 나는 안동도립병원 맞은편 작은 찻집에서 오원춘 기자회견 중계방송을 흑백TV로 끝까지 지켜보았다. 그 일을 주도했던 정호경 신부가 대구교도소에 투옥중이라 찻집의 많은 안동 시민들이 사뭇 긴장된 표정으로 중계를 시청하고 있었다.

독재 정권의 하수인들은 납치 당사자와 권종대 농민회장, 정호경 신부까지 모두 체포해서 대구교도소에 수감했다. 진보적 노선으로 독재 정권에 대한 비판을 쏟아내던 안동교구의 두봉 주교까지도 프랑스로 추방하려 했다. 하지만 여기에 김수환 추기경이 직접 나섰다. 김 추기경은 안동으로 내려와 목성동성당에서 미사를 집전하며 긴급조치 해제, 유신헌법 철폐를 강력하게 요구했다. 바로 그 직후 10·26사건이 발생하면서 유신 정권은 하루아침에 무너지고 말았다. 민주주의를 역행하는 독재 정권이 추한 말로를 스스로 드러내고 말았던 엄중한 역사적 교훈이었다. 유신 정권이 붕괴되고 긴급조치가 해제되면서 투옥된 인사들은 즉각 풀려났다.

안동 목성동 교구청 현관은 출옥한 성직자를 보러 온 신발들이 뒤섞여 넘쳐났다. 나도 그 방문자 중 하나였다. 그야말로 신발 잔치였다. 교구청 입구로 들어서는데 길 건너편 구멍가게에서 누군가 고개를 쏙 내밀고 내 이름을 불렀다. 대체 누가 날 부르는지 가보니 수년 전 대구에서 자주 만나던 문청 아무개였다. 시를 습작하던 순정한 청년이 경찰서 수사계의 정보형사가 되어서 교구청 출입자를 일일이 확인하며 비밀 감시를 하던 중이었다. 누가 그곳을 드나드는지 사진 촬영까지 했다. 그는 나에게 마치 호의를 베풀듯이 말했다.

"당신은 교육공무원 신분이니 이런 곳을 출입하는 것은 신상에 별로 이롭지 않소. 집에서 시나 쓰지 위험한 곳을 왜 드나들어?"

나는 씩 웃으며 그에게 등을 돌리고 당당하게 교구청 안으로 걸어 들어갔다. 응접실에서 정 신부를 만났는데 옥중에서 고문이라도 받았던지 몰라보게 초췌한 얼굴이었다.

3.
정 신부의 삶이 나타내 보이는 동선은 넓고 다양하다. 여러 시골에서 주임신부를 맡아서 하다가 안동교구청 사목국장으로 발탁되었다. 거기서 다시 대전으로 옮겨 가톨릭농민회 전국지도신부로 부임했고 자신의 뜻을 펼치며 치열한 삶을 살았다. 그 몇 해 뒤에 다시 안동으로 돌아왔다가 상주의 함창성당 주임신부로 가서 일했다. 만년에는 안동으로 잠시 복귀했다가 봉화군 명호면 비나리 마을로 들어가 한 채의 농가를 지어서 완전한 농민으로 살았다. 대초원을 이동해 다니는 유목민처럼 정 신부는 분단된 한반도 남녘의 여러 지역을 옮겨다니며 실천적 지식인의 삶을 살아간 것이다. 그의 활동은 오로지 사목과 농민운동, 환경운동, 반독재 민주화운동, 분단 조국의 통일운동 쪽으로 펼쳐져 있다. 그것은 모든 흩어지고 갈라진 겨레를 하나로 합치려는 노력이었다.

나는 정 신부의 궤적을 대체로 다 찾아다니며 살펴보았다. 안동, 대전, 상주, 봉화 등등의 여러 처소를 두루 방문했다. 봉화 비나리에 찾아가보면 정 신부는 언제나 쉬지 않고 칼이나 톱, 끌 따위의 연장으로 무언가를 뚝딱뚝딱 만드는 중이었다. 밤이 깊으면 여러 지인과 어울려 삶과 현실을 토론하며 새로운 일을 궁리하고 기획했다.

세상의 많은 현자가 그를 찾아왔고 때로는 그가 세상의 숨은 현자들을 찾아서 방문하기도 했다. 이런 정 신부의 모습을 보면서 전우익 선생은 늘 "저 혼자 바쁜 서양 중"이라며 놀렸다. 그분은 내 집에도 여러 차례 방문하셨다. 내가 안동을 거쳐 청주, 대구로 옮겨다닐 적마다 일부러 찾아와 새 터전의 안전과 평화를 위해 정성껏 기도해주었다.

한편 정 신부는 매서운 잔소리꾼이기도 했다. 한잔하시고 조금 분위기가 달아오르면 거침없는 독설을 내뱉었다. 그런데 그 말씀은 대체로 틀린 이야기가 아니다. 이를테면 "현재의 직업에 만족하거나 남에게 위압적인 사람이 되지 마라. 현실에 만족하고 배부른 돼지가 된다면 그것은 곧 인간성의 파멸"이라며 늘 따갑고 날카로운 일갈을 쏟아냈다. 들으면 번갯불 맞은 듯 정신이 번쩍 들었다. 하지만 자주 반복해서 들으니 가슴속에 반발심도 생겨났다. 왜 그렇게 모든 것을 부정적으로만 보시는가. 하지만 그분은 나의 그런 기색을 얼른 눈치채고 재빨리 농담으로 분위기를 바꿨다. 이런 인간적 매력을 가진 분이 정호경 신부였다.

내내 잊을 수 없는 가장 감동적 추억은 우리 가족을 위해 직접 미사를 집전해준 것이다. 어느 해 여름, 나는 아이들을 데리고 봉화 청량산 밑 비나리 마을의 정 신부 거처를 찾았다. 해가 떨어지기 전 마을 앞 강변 모래톱에 내려와 텐트를 쳤다. 강에 통발을 담그고 잡은 물고기로 매운탕을 끓였다. 모닥불을 피우고 저녁밥을 지어 정 신부 와 함께 둘러앉아 식사를 했다. 하늘의 별을 보며 이런저런 이야기를 나누다가 그분은 밤이 깊어서 댁으로 돌아갔다. 우리 가족은 가까이 서 들리는 여울물소리를 자장가 삼아 곤하게 잠이 들었다. 다음날 아 침해가 뜰 무렵 정 신부가 우리 자는 곳을 찾아왔다. 뜻밖에도 미사 전례 준비까지 해왔는데 그는 우리 가족을 위해 극진한 미사를 봉헌 해주었다. 강가 모래톱에 다섯 명이 둘러앉아 올리는 가족 미사의 모 습은 얼마나 오붓하고 아름다운가.

그날 정 신부는 따뜻한 격려와 덕담을 축복의 강론으로 전해주었 다. 그분이 지금 세상에 계시지 않으니 그날의 추억이 더욱 간절해 진다.

4.

어느 날 옛 편지 더미 속에서 정호경 신부의 친필 엽서를 찾았다. 편지를 잘 쓰지 않는 분이 두 통이나 보냈다. 상주 함창성당 주임신부 시절로 짐작된다. 글을 읽노라니 필체와 문장에서 당신의 표정, 목소 리, 몸짓, 웃음소리까지 생생하게 느껴지고 실감이 든다. 인정이 듬뿍 담긴 정겨운 목소리도 떠오른다. 덧니를 살짝 드러내며 씨익 웃던 그 특유의 여유와 흔쾌함, 천진한 표정도 그대로 떠오른다. 오래된 엽서 나 편지는 그래서 보물이다. 이미 세상을 떠났지만 마치 살아 있는 듯 실감을 느끼게 하는 소중한 자료이기 때문이다. 정 신부는 사랑이 지 극한 분이었다. 풀, 나무, 마당의 강아지, 일, 농민, 노동자, 장애인, 사 회적 약자, 핍박받는 무리들, 북한 동포 등등. 정호경 신부의 화엄적 사랑과 그 방향성은 거의 전방위적이고 무제한이었다. 두 팔로 그 모든 것을 두루 따뜻하게 껴안았다.

내가 1991년에 시집 『철조망 조국』을 발간하고 보냈을 때 그걸 정독한 뒤 소감을 엽서로 보내주었다. 1970년대 후반, 그분은 한 숫기 없는 철부지 청년의 흩어진 정신을 제대로 수습하고 올바른 가치관을 심어주었다. 이제 세월이 지나 그것이 하나의 결실로 빚어졌으니 속으로 얼마나 흐뭇했을까 생각한다. 이런 점에서 정 신부는 사람을 제대로 키우고 돌보는 목자였다. 이른바 사람을 길러내는 농민이었다. 진정한 사목이란 바로 그런 활동이 아닐까 한다. 내 시집에서 당신 마음에 드는 작품의 제목을 일일이 정성스럽게 적어서 나에 대한 사랑을 고백하기도 했다. 아동문학가 권정생 선생이 세상을 떠나기 전 작성해놓은 유언장에 정 신부의 품성에 대한 평가한 흥미로운 대목이 있다.

"정호경 신부, 봉화군 명호면 비나리/이 사람은 잔소리가 심하지만 신부이고 정직하기 때문에 믿을 만하다."

안동에서 있었던 일들

이육사 시인은 안동 도산면 원천리 출생이다. 본명은 원록源祿, 다른 필명은 활活이다. 그 여섯 형제도 하나같이 민족의식을 가졌고 나라 사랑 겨레 사랑의 마음을 지녔다. 기, 록, 일, 조, 창, 홍. 이것은 육사 여섯 형제의 이름 끝 글자이고 항렬자는 원源이다. 아우 이원조李源朝는 불문학 전공의 문학평론가로 1947년 말에 월북했으나 그곳에서 남로 당 계열이 제거될 때 숙청되었다. 육사는 시인으로서 의열단義烈團에 가 입했고 무장투쟁 활동에도 가담해서 늘 수배자로 쫓겼다. 식민지 조선 과 중국을 오고가면서 무려 열일곱 차례나 감방을 드나들다가 기어이 북경의 일본영사관 감옥 차디찬 시멘트 바닥에서 서른아홉 살을 일기 로 장엄한 생애를 마쳤다.

안동에서 삼 년을 살아가는 동안 육사 시인의 혼령을 자주 접하며 느끼게 되었다. 어느 날 이른 아침, 자전거를 타고 안개 자욱한 안동 댐까지 페달을 힘들게 밟아서 오르니 거기 한 모퉁이에 시 「광야」가 새겨진 육사시비가 있었다. 그 시는 교과서에서 자주 대하던 대표적절창이다. 육사 시인의 시정신이 오롯이 담긴 작품이 아닌가. 나는 시비 앞에 서서 경건하게 묵념을 드린 뒤 시작품 전문을 크게 소리 내어 낭송했다. 내 목소리는 낙동강 물결 위로 아련히 번져갔다.

까마득한 날에
하늘이 처음 열리고
어디 닭 우는 소리 들렸으랴

모든 산맥들이
바다를 연모해 휘달릴 때도
차마 이곳을 범하든 못하였으리라

끊임없는 광음을
부지런한 계절이 피어선 지고
큰 강물이 비로소 길을 열었다

지금 눈 내리고
매화향기 홀로 아득하니
내 여기 가난한 노래의 씨를 뿌려라

다시 천고의 뒤에
백마 타고 오는 초인이 있어
이 광야에서 목놓아 부르게 하리라

　　　　　　　　　　　　　　—이육사,「광야」전문

오랫동안 돌보지 않아서 시비 주변에는 잡초가 많이 돋아나 있었다. 나는 쪼그려앉아서 그 잡초들을 모두 뽑아 멀리 던졌다. 주변도 말끔히 정리했다. 그로부터 여러 달 동안 매일 아침 찾아가서 시작품을 낭송하고 시비 주변을 청소했다. 그러한 행위는 시 「광야」에 담긴 시정신을 내 심신으로 모셔서 완전히 하나가 되도록 하는 방법이기도 했다. 현재 육사시비는 안동댐 민속경관지의 한쪽으로 옮겨졌지만 안동 일대를 다니노라면 육사의 매서운 정신은 늘 도처에 서려 있다는 실감을 하게 될 때가 한두 번이 아니다.

안동 거주 삼 년은 나에게 아주 소중한 일깨움의 시간이었다. 그곳에서 정호경 신부를 만나 커다란 일깨움을 얻었고 이 소중한 체험을 바탕으로 하숙집 방바닥에 엎드려 밤 깊도록 시를 썼다. 그 무렵 주로 떠올리던 시작품의 중심 테마는 분단과 고향, 내 가족들과 일가친척, 일찍 세상을 떠나신 어머니의 실루엣들이다.

이렇게 쓴 작품이 「서시」 「개밥풀」 「올챙이」 「서흥 김씨 내간」 「일자일루一字一淚」 「앵두밥」 「애장터」 「달개비꽃」 「상사화」 「검정버선」 등등의 고향 테마 연작들이다. 그후로도 이런 착상의 작품들은 무수히 쏟아져나왔다. 이를 계간지 『창작과비평』에 보냈더니 당시 주간을 맡고 있던 비평가 염무웅廉武雄 선생이 즉각 채택해서 게재해주었다. 염 선생은 격려 편지도 자주 보내주었는데 나로서는 마치 천군만마를 얻은 듯 창작의 의욕이 샘물처럼 치솟았다. 그때의 작품들을 정리해서 첫 시집을 『개밥풀』로 발간했으니 그게 1980년 4월의 일이다.

1979년 봄, 나는 정호경 신부에게 대뜸 '육사 추모의 밤'을 열자고 제의했다. 이것은 우리가 안동에 살면서 가장 먼저 해야 할 사업이라고 역설했다. 행사의 주된 프로그램은 이육사 시인의 시작품 낭송, 육사의 시정신에 대한 문학 강연, 육사 관련 시화나 자료의 전시, 공연 등으로 준비하겠다고 했다. 그는 나의 제의에 몹시 반색하며 내 어깨를 두 손으로 꽉 잡고 흔들었다. 몹시 흔쾌하다는 마음의 표시였다.

　장소는 안동문화회관 강당으로 정했다. 행사 당일, 하루해가 뉘엿뉘엿 저물어가는데 안동교구 소속 수녀들이 약 스무 명이나 와서 자리를 채웠고 두봉 주교도 직접 참석해서 인상적인 격려 말씀을 들려주었다. 이오덕, 전우익 선생은 맨 앞자리에 앉았다. 권정생 선생은 입원중이라 참석하지 못했다. 나는 그 전날 밤, 육사 시인을 생각하며 쓴 한 편의 특별한 낭송시를 준비했다. 제목은 '사랑노래'다. 부제목으로 '육사 추모의 밤에 부르는'을 달았다.

　　무수한 기쁨을 피어나게 하는 한 아픔을 생각하며
　　또다시 움돋아올 봄날의 눈물겨움을 그리워하며
　　당신은 벗지 못할 운명의 슬픈 독배를 마시고
　　북방의 차디찬 시멘트 바닥에 영영 누우셨습니다
　　살아생전 당신께서 뿌리신 빈 들의 씨앗은
　　오래오래 썩어서 곁가지를 이루어 번성해도
　　가난한 사랑노래는 예나 제나 서슬 푸르게
　　서러운 이 강산을 맨발로 걸어갈 것입니다
　　가장 먼저 어둠을 걸어간 그대의 사랑노래는
　　먹구름 비집고 내리쏟는 바늘햇살이 될 것입니다
　　남의 땅 낯설은 타관에서 피로 쓴 당신 속뜻이
　　오늘은 우리 하늘 우리 가슴으로 이어져 불붙고 있는데

산해관을 지나고 파촉령을 넘던 숨가쁜 발길은

지금쯤 어느 바다 어느 강마을로 헤매고 계신가요

경술년 국치 때 순절하신 향산공이랑 동은공이랑

동해 물결 즈려밟고 용궁 들어간 벽산공 만나러 가서

머나먼 해협의 밤 골짜기에 낙백하여 계신가요

어디 계신가요 어디 계신가요 이백예순나흘님

오늘도 물가에 가서 당신 이름 나직이 불러보면

열일곱 번씩이나 더욱 묶이었던 가쁜 숨결이

이 나라 만리 상공에서 피 끓는 노여움에 울먹입니다

당신은 이미 당신께서 지으신 산맥의 산신령이지요

다시는 매듭 풀리지 않도록 사랑으로 단단하게

아끼던 정분이 터져 흘러넘치는 봇물 되어

무장지대랑 비무장지대랑 어디건 불어가십시오

쪼개진 형제들의 그리움끼리 엮어주십시오

떠날 때 남겨주신 일곱 빛 강철 무지개를 부여안고

문득 당신 추억에 떨군 눈물이 얼룩지고 말았습니다

정성껏 닦고 닦으면 그대 웃음도 보이겠지요

무수한 기쁨을 피어나게 하는 한 아픔을 생각하며

또다시 움돋아올 봄날의 눈물겨움을 그리워하며

당신의 광야에서 목놓아 부르는 사랑노래를 들으시나요

　　　　　　　　—「사랑노래—육사 추모의 밤에 부르는」 전문

　이 시작품의 낭송은 그날 저녁 행사에서 큰 박수를 받았다. 나는
이에 격려 고무되어 당시 함석헌咸錫憲 선생이 발간하던 잡지 『씨알의

소리』에 보냈는데 불과 두 달 뒤에 시작품이 게재된 6월호가 왔다. 거기엔 편집을 맡았던 계훈제柱勳梯 선생의 격려 편지까지 들어 있었다. 이날 행사는 육사 시인의 고향 안동에서 최초로 열린 육사 추모 행사로 기록될 것이었다.

지금은 이육사문학관이 안동 도산면에 세워져서 육사 시인의 생애와 작품을 상설 전시하고 한 해에 한 번씩 육사시문학상까지 수여하고 있으니 이 얼마나 반갑고 든든한 모습인가. 육사라는 고귀한 시인의 시정신이 빚어지기까지는 안동 지역이 배출한 의병장, 독립투사, 민족 지사들의 뜨거운 활동에 힘입은 바가 크다. 퇴계 선생의 학통과 정신을 이어받은 실천적 지식인 향산 이만도李晩燾, 벽산 김도현金道鉉, 동은 이중언李中彦 등의 우국 정신도 육사의 시정신 속으로 모두 무르녹아 자리를 잡고 있는 것이 보인다. 그 가운데서 의병장 허위許蔿 장군의 종손녀인 육사의 어머니 허길許吉 여사로부터 받은 감화의 힘이 가장 컸을 것이다. 이처럼 생과 사를 초월해서 한 지역을 상징적으로 우뚝하게 지키는 분이 있다는 것은 얼마나 미덥고 자랑스러운 일인가. 이것은 안동 시민들의 정신적 자산일 뿐만 아니라 한국인 모두의 자부심이 되리라는 생각을 한다.

안동독서회 결성 시절

육사 시인 추모의 밤을 마친 뒤 이에 힘을 얻은 정호경 신부는 안동 지역 지식인들의 작은 모임 하나를 만들고 그것을 독서회 형태로 꾸려가기를 제의했다. 나는 여기에 적극 찬동했다. 한 권의 책을 같이 읽어가며 토론한다는 것은 즐겁고 뜻깊은 일이다. 독서회는 1927년 광주에서 조직된 항일 학생운동 조직의 이름이기도 하다. 독서를 통해서 교양을 넓히고 독서 인구도 늘려간다는 긍정적 지향을 표방했다. 독서회 활동을 기반으로 해서 항일 투쟁 역량을 차츰 강화해가자는 뜻도 내포되어 있었다. 식민지 시대 초창기 독서회 운동은 항일 학생운동과 연결되는 중요한 토대로 작용했다. 그뿐만 아니라 이 독서회 운동은 전국적으로 확산되어 1930년대 학생운동의 정신적 중추로 직결되었다.

분단 직후에도 독서회 운동은 이어져갔다. 아마도 이런 전통의 고리와 연결되어 안동독서회도 출발이 되었을 터이다. 모든 언로言路를 차단하고 봉쇄하던 군사독재 정권 시절, 건강한 민주주의 정신과 인권 및 개인의 존엄성을 중시하는 사고를 보편화하려던 의도도 포함되어 있었으리라. 이 조직에 참가하는 멤버 명단을 보니 대체로 진보적인 의식과 변혁 사상을 중시하던 인물들이 많았다. 일단 아동문학가 이오덕, 봉화의 농민 전우익, 안동 일직의 아동문학가 권정생, 울진 죽변 감리교회 이현주 목사, 안동대학의 한국사 학자 조동걸 교수, 농민운동에 종사하던 권종대 회장, 마리스타 수도회의 김아무개 수사, 그 밖에 이름을 기억하지 못하는 여러 지인이 이 모임에 속속 참가 의사를 밝혔다.

처음엔 슈퇴리히H.J. Storig가 쓴 『세계 철학사』를 읽고 토론했다. 두 번째는 중국의 근대 작가 루쉰의 소설과 문학세계를 깊이 있게 토론했다. 세번째는 리영희 선생의 『우상과 이성』이었다. 전우익 선생은 루쉰을 비롯한 중국의 진보적 작가들 작품에 관심이 많았다. 봉화 구천리의 댁으로 갔더니 아니나다를까 숨은 지식인답게 탐독하던 책이 많았다. 자신은 일본에서 발간된 루쉰 전집을 특별히 애독한다고 했다. 평소 헐렁한 삼베 잠방이에 검정 고무신을 신은 채 그 소박한 차림으로 서울까지도 예사로 다녀오는 분이었다. 듣기로는 해방 직후 서울의 어느 대학을 잠시 다녔다고 하지만 확인하지 못했다. 해방 직후 사찰 기관의 집중적 감시를 받았고, 학창시절에는 감옥에도 가끔 드나들었다고 했다. 워낙 손재주가 좋아 왕골자리, 목재 가구, 농사 연장 등은 직접 만들어서 썼고 가까운 친지나 주변 지인들에게 선물로 주기도 했다. 처음 댁으로 찾아갔을 때도 고드랫돌을 드리운 채 왕골로 촘촘히 자리를 엮던 중이었다. 봉화 깊은 골짜기 한옥 고가에서 늘 버스를 타고 안동 시내를 드나들었다. 그는 농민으로서의 삶과 비판적 지식인으로서의 고뇌를 함께 아우르며 살아가는 분이었다.

이오덕 선생은 당시 '이 아이들을 어찌할 것인가'란 제목의 농촌 초등학교 학생들의 작품과 해설이 담긴 교육 비평서를 발간했다. 그런데 그것이 세간의 화제작으로 떠올랐다. 주로 한국 초등교육의 모순과 부조리에 대한 날카로운 비판의 글들이 많았다. 농촌 소년들의 시작품은 독자들에게 따뜻한 감동을 주었다. 독서회 토론의 점점 깊어지던 열띤 분위기는 자연스럽게 당시 한국사회에서의 독재 정권과 그들에 의해 빚어지는 각종 모순 및 부조리 등의 문제들과 자연스럽게 연결되었다. 모든 것의 종결 지점에서는 반드시 분단이 그 책임의 근본으로 떠올랐다. 이러한 분단 모순을 우리가 반드시 극복해가야 한다는 데 완전한 의견의 일치를 보았다.

날이 저물어 토론은 미완성인 채 끝나고 가까운 실비식당에서 식사를 한 뒤 모두들 안동을 하나둘 떠났다. 첫 행사를 마친 뒤엔 문화회관 큰 방을 얻어서 함께 잤다. 권정생 선생은 늘 신장 투석을 하는 분으로 옆구리에 오줌주머니를 차고 있었다. 새벽녘 권선생이 자리에 누워서 통증으로 땅이 꺼지는 듯 신음하는 소리를 들었다. 파도처럼 통증이 밀려온 것이다. 아무런 도움도 되지 못한 채 그대로 날이 밝았다. 권선생은 그뒤로 다시 나오지 못했는데 병원에 장기 입원했기 때문이다. 그다음달에는 토론을 마친 뒤 이오덕, 전우익 두 분이 집으로 돌아가는 막차가 끊겼다. 그래서 두 분을 나의 하숙집으로 모시고 하룻밤을 동침하게 되었다. 무더운 여름밤이라 모기장을 치고 잠자리에 들었는데 아침에 일어나보니 두 분은 떠나고 없었다.

그 모든 뒷바라지를 정호경 신부가 도맡았다. 권선생은 긴급한 일이 있으면 언제나 정 신부에게 먼저 연락을 했다. 정 신부는 권선생의 극진한 보호자이자 후견인이었다. 그런 인연 때문에 권정생 선생이 세상을 떠나기 전 유언장을 미리 써두었는지도 몰랐다. 그 유언장에는 자신이 남긴 유산을 모두 정호경 신부의 책임으로 관리하길 바란다는 내용이 들어 있었다. 독서회는 그로부터 약 다섯 달 정도 이어지다가 더이상 계속하지 못하게 되었다. 횟수가 거듭될수록 참석자 수도 줄어들고 또 경찰에서 독서회 조직에 대한 비밀 조사도 있었기 때문이다. 사찰 기관이 간여하지 않는 곳이 없었다. 불온서적으로 토론하는 조직이 있다는 신고가 들어왔다고 했다. 그 일로 정 신부는 안동경찰서의 호출을 받았다. 모든 활동이 불편하던 유신 시대라 정 신부는 일거수일투족을 늘 감시당하는 표적이었다.

안동을 찾아온 시인들

    내가 안동에 머물던 1970년대 후반, 찾아오는 벗들이 끊이질 않았다. 혼자 지내는 하숙생활이니 그들은 예고 없이 아무때건 놀러왔다. 지금은 고인이 된 시인 L이 어느 날 안동에 왔다며 만나자는 전화가 왔다. 바쁜 일과를 제쳐두고 약속 장소로 갔더니 그는 이미 막걸리 한 주전자를 싹 비운 상태였다. 안동 신시장 부근 하천 둑길의 허름한 목로주점이었다. 안주래야 파전, 두부, 도토리묵 따위가 고작이다. 그는 술기운이 올라 게슴츠레한 눈으로 나를 바라보았다.

    나는 자전거를 타고 나갔는데 밤이 깊어 돌아올 때 어떻게 귀가했는지 전혀 기억이 나질 않는다. 왜 그렇게 절제 없이 마셨던가. 취중에 자전거를 끌고 오는데 몸의 중심을 겨우 잡으면 다시 모로 쓰러졌다. 그 때문에 무릎과 다리 전체가 군데군데 긁히고 멍들고 피가 났다. L이 안동으로 나를 찾아온 목적은 다름이 아니라 그가 직접 제작했다는 원고지를 판매하기 위해서였다. 원고지가 흔해빠진 시절인데 하필 아무 소용도 없는 원고지를 만들어 왔는가. 그걸로 약간의 용돈을 장만해 술값에 보태려는 목적이란 것을 뻔히 알았다.

그의 기이한 행적은 이미 강호에 자자했다. 가장의 흩어진 삶에 지친 아내는 집을 나가버렸다. 어느 날은 배고파 우는 아기를 포대기로 업고 걸어서 시내로 나왔다. 그 추운 날 대구 중앙로 제일극장 옆 골목의 주점 '옥이집'과 '쉬어가는 집' 등을 다니며 술을 마셨다. 그는 술집에서 아기를 업은 채 서서 줄곧 여러 사람이 권하는 대로 냉큼 받아마셨다. 그러다가 술이 오르고 설움이 북받치면 비 맞은 황소처럼 목을 놓아 울었다. 아기는 등에 업힌 채 발버둥치며 울고 아비는 허리를 구부린 채 발끝에 눈물을 떨어뜨렸다. 이런 연민의 주인공이 안동을 찾아왔으니 어찌 그냥 보낼 수 있으리오.

한 사미沙彌의 추억도 있다. 그는 1920년대 '금성' 동인이었던 시조 시인 유엽柳葉 스님의 외손자라고 했다. 그의 어머니도 스님이라 집안 가계가 온통 불가의 인연들이다. 그는 당시 조계종의 실세였던 K씨가 각별히 거두는 후배였는데 틈틈이 습작한 시조 작품으로 어느 잡지에 등단 과정까지 거쳤다. 이따금 자신의 작품이 발표된 잡지를 들고 와서 나에게 읽어주며 소감을 물었다. 서울로 가더니 종단에서 점점 신분이 높아져 한국불교조계종 총무원 재정국장이란 직함이 새겨진 명함까지 보는 사람마다 나누어주었다. 그는 당시 달성 가창면의 남지장사 주지도 지냈고 강원도 영월 법흥사 주지도 지냈다. 그 이후 급격히 내리막길을 걸어서 경제적으로 곤궁해졌다. 그 시절에는 서울의 어느 무속인이 세운 개인 사찰의 고용 스님으로도 일했다.

그가 남지장사 주지로 일하던 무렵, 대구 문청들과 자주 어울렸다. 오후가 되면 산에서 내려와 벗들과 어울려 술을 마셨고, 술값도 흔쾌히 지불했다. 당시 우리는 부처님이 내시는 술을 마신다며 즐거워했다. 법흥사 주지 시절엔 안동의 나를 찾아와서 하루이틀씩 머물다 가곤 했다. 우리 둘은 안동의 북문시장 골목을 몇 바퀴나 어슬렁거리며 돌았다. 나는 그에게 먹고 싶은 것을 골라보라고 말했다. 그는 포항에서 올라온 대왕문어 다리를 특히 즐겼다. 워낙 큰 문어라 다리 하나만 삶아도 썰어내면 접시가 수북했다.

한잔 술이 들어가면 〈봄날은 간다〉를 비롯해서 옛 가요를 즐겨 부르던 그 청년 사미는 어느 날 다시 연락할 길이 없는 먼 곳으로 떠나갔다. 신도의 승용차를 빌려 무작정 경부고속도로를 질주하다가 앞차와 충돌하는 큰 사고를 일으켰다. 사미는 현장에서 열반했다. 그로부터 얼마 뒤 나는 한 여성의 전화를 받았다. 그녀는 놀랍게도 그가 속가에 감추어두었던 부인이었다. 아직 어린 아들이 아빠가 왜 집에 안 오시냐며 찾는다고 했다. 여성은 전화통 속에서 흐느끼며 울었다. 나는 어떤 위로의 말도 전할 수 없었다. 언젠가 법흥사 입구에 그의 시비가 세워졌다는데 가지 못했다. 아직도 그 시비가 그대로 서 있는지 알 길이 없다. 세월은 이렇게 옛 기억을 묻어버린다. 모래 위에 쓴 글씨가 파도 지나간 뒤에 사라지듯이.

또다른 친구 아무개는 어머니가 무당으로 작은 사찰을 지어서 운영했다. 그도 시쓰기를 좋아해서 틈만 나면 시내로 나와 문청들과 어울렸다. 어릴 때 천연두를 앓아서 코끝에 자국이 살짝 남은 그 친구는 호쾌하고 밝은 성격이었다. 술이 오르면 염불과 시조창을 전문가 수준으로 뽑아내던 그는 나이 쉰이 넘을 때까지도 시 창작의 열정을 버리지 않고 줄곧 신춘문예 응모를 했다. 말하자면 청년기의 신춘문예병에서 헤어나지 못한 것이다. 내가 어느 신문의 신춘문예 심사를 보던 중 놀랍게도 친구가 응모한 원고를 만나게 되었다. 친구의 창작

수준은 전혀 발전이 없이 예전 화법에 그대로 머물러 있었다. 해마다 계속해서 낙방하게 되니 어느 순간 모든 걸 접고 어머니가 하던 사찰을 물려받아 관리했다. 그것은 친구에게 현명한 선택이었다. 작명, 사주, 운세 등을 본다는 간판까지 걸고 정식으로 역술인의 삶을 살아간다는 소문이 들렸다.

대구역에서 무임승차로 몰래 열차에 올라 안동역을 슬그머니 빠져나왔다던 어느 후배의 기이한 방문도 기억에 뚜렷하다. 왜냐하면 한 달째 씻지 않았다는 발에 양말도 그대로 신은 채 나의 하숙에서 동침하는 바람에 기이한 악취로 잠을 이루지 못했기 때문이다. 또 한 청년 시인은 지역신문을 통해 시인으로 등단했지만 몇 해 뒤에 지병으로 요절했다. 술자리에서 자신의 아픈 복부를 주먹으로 원망스럽게 두들기던 그의 모습이 떠오른다. 당시 문청들 가운데 상당수는 일용직 노동자였거나 실직자 혹은 무위도식의 삶을 살아갔다.

그 시절 술친구들은 현진건의 소설「술 권하는 사회」의 주인공처럼 아무런 대책 없이 마구 마셔댔다. 이튿날 술이 깨는 시간이면 반드시 뼈저린 후회에 빠지지만 날이 저물면 저절로 술집 골목이나 다방을 찾아서 기웃거렸다. 안동 시절 나를 만나러 다녀간 문단 선후배들과 그들의 기행이 많지만 여기에 일일이 다 소개할 수는 없다. 강물처럼 도도히 흘러간 세월의 격랑에 밀려 그들은 지금 어디서 무얼 하고 살아가는지. 세찬 파도에 모래톱으로 떠밀려온 물거품의 형상이 왜 자꾸만 떠오르는 것일까.

안동 금소동 배분령 할머니

안동 시절 잊지 못하는 게 하나둘이 아니지만 그중에 안동포安東布가 있다. 나는 어느 날 안동군 임하면 금소동 배분령裵粉令 할머니를 찾았다. 그 할머니는 1975년 삼베 짜기로 무형문화재 지정이 된 분이다. 금소동에서는 집집마다 삼베를 짜기에 이곳을 삼베 마을로 부르기도 했다.

내가 찾았던 금소동 마을에는 약 마흔 명의 직녀 할머니가 있었다. 여름날 임하천을 끼고 걸어 마을 입구로 들어서면 좌우로 보이는 밭에 키가 우뚝한 삼대가 있다. 높이가 보통 3미터가 넘었다. 그 삼대를 가마에 넣고 푹 쪄서 말렸다가 질긴 껍질을 한 올씩 가늘게 찢어 뽑아 풀을 먹인다. 삶을 땐 잿물을 넣어 외피를 벗겨낸다. 그 외피가 안동포의 주재료다. 찢을 때 가늘게 잘 찢는 게 고급 안동포의 비결이다. 얼마나 가는지에 따라 안동포의 품질이 결정된다.

보통 여섯 새에서 아홉 새까지 있는데 이 '새'라는 말은 실의 가는 정도를 일컫는 단위다. 찢을 때 한쪽 끝을 앞니로 물고 다른 쪽은 무룙 안쪽 속살에 비비는 작업을 계속 반복한다. 배분령 할머니는 열일 곱 살 때부터 베틀에 앉았다. 시집와서도 열흘 만에 시어머니가 베틀에 앉혔다고 한다. 젊은 시절부터 그 보드라운 피부에 비비기를 수십년 해왔으니 무릎의 상태가 과연 어떠했을 것인가. 피멍이 들고 아물기를 수백 차례. 비비던 자리에는 딱지가 앉고 굳은살이 박였다. 이렇게 만든 실을 감아 베틀에 걸고 삼베를 짠다. 철커덕 털럭 철커덕 털럭. 하루 온종일 짜고 날밤을 새워 짠다. 틈틈이 밥 짓고 빨래하고 아기 젖도 물린다.

　보통 한 필 짜는 데 보름 걸린다. 아주 고되고 힘든 노동이었다. 퍼붓는 잠을 떨쳐내려고 전래 민요 〈베틀가〉를 부르는데 사설 속에는 "잠아 잠아 오지 마라"라든가 시집살이의 설움, 혹은 애환을 하소연하는 슬프고 눈물나는 내용이 많았다. 배분령 할머니 곁에서 눈을 감고 그의 구성진 '베틀 노래'를 듣고 있노라니 갈라진 조국에 대한 탄식과 통일 염원까지도 전해져왔다. 이런 감동적 경험을 주던 곳도 안동이다.

　　베전을 살펴보니
　　갈색 마포가 들어찼다
　　농포 세포 의포 안동포
　　베는 바리 안에 드는 베라

　배분령 할머니의 감동적인 '베틀 노래'를 듣고 돌아온 날 밤, 나는 그냥 잠자리에 들 수가 없었다. 다시 일어나 책상 앞에 등불을 켜고 「베틀 노래」라는 한 편의 시를 기어이 쓰고야 말았다. 만주로 떠나가

소식 없는 낭군에 대한 애타는 그리움을 한탄과 갈망의 구도로 설정
하여 거기에 화자의 절절한 그리움을 담은 서사적 구성이다.

예서 거기까지 건너갈 수 있도록
흰 구름다리 하나 엮어주셔요
그대 맘 이 마음에 이어지도록
임이여 가슴 한쪽 열어주셔요
안으로 오래 걸려 잠긴 문고리
풋사랑에 맑게 닦여 언뜻 열려주셔요
목놓아 불러도 되돌아오지 않는
베틀소리만 쩔걱쩔걱 저 홀로 사라지고
그 누가 애태우는 나의 속맘을
눈감고 어림이나 하여줄까요
그 모든 살 그리움끼리 서로 만나려는
푸른 유월 초순의 칡 다래 넌출마냥
하늘로 하늘로 벋어가는 손짓도 보일까요
가로 올과 세로 올이 마주 얼려서
부둥켜안고 만들어내는 형겊도 보일까요
그대 사랑 맞으려는 이 마음의
가슴 한쪽을 먼저 열겠어요
예서 거기까지 건너갈 수 있도록
참한 오작교 하나 먼저 짜겠어요
짜다가 못다 짜고 쓰러지면은
깁 한 조각 어린것에게 남겨주지요

내 넋이 두웅둥 그대 품으로 파고들 때
아, 비가 오시네요
향그런 눈물비가 오시네요

—「베틀 노래」 전문

삼청교육대에서 죽은 청년

1980년 8월 중순, 그해 더위는 유례없는 폭염이라고 했다. 방학도 끝날 무렵 간호대학은 조용했지만 나는 원고 쓸 일이 있어 출근했다. 돌연 도립병원 정문으로 군용 트럭 한 대가 들어왔다. 호루라기 소리가 들렸고, 이어서 헌병 지프차가 들이닥쳤다. 트럭에서 뛰어내린 집 총한 군인들이 입구에 바리케이드를 설치하더니 출입자를 일일이 통제했다. 잠시 후 들것에서 축 늘어져 두 팔을 드리우고 있는 한 사내를 짐짝처럼 내려서 영안실로 황급히 옮겼다. 시신이었다.

병원에서 부검의가 종종걸음으로 내려오고 곧 부검이 실시되었다. 나는 조금씩 영안실 쪽으로 발걸음을 옮겨 부검 현장을 지켜보며 주변의 눈치를 살폈다. 그런데 아무도 나를 제지하지 않았다. 부검의는 시신의 앞가슴과 복부를 메스로 열고 장기의 내부를 샅샅이 조사했다. 이어서 두피를 벗기고 톱으로 두개골을 잘랐다. 목재처럼 뼈를 썰어대는 쓱싹거리는 소리가 몸서리쳐지게 들렸다. 이미 숨결이 사라진 시신은 부검의가 만지는 대로 이리저리 밀려서 움직였다. 참관자가 몇

장의 사진을 찍고 전체 부검은 한 시간이 안 되어 모두 끝났다.

버즘나무에서 매미들이 요란히 울었다. 시신은 다시 들것에 실리고 광목천으로 얼굴이 덮였다. 또 어딘가로 옮겨지는가보았다. 간호대학에서 내과학 강의를 담당하는 의사가 유리병에 무얼 담아서 한 손바닥으로 받쳐들고 왔다. 내가 묻지도 않았는데 그는 병에 든 것이 방금 부검을 끝낸 시신의 염통이란다. 그간 심장 표본이 없어서 아쉬웠는데 드디어 알맞은 표본이 생겨서 너무 좋다며 싱글벙글 웃었다. 청년의 심장은 신체에서 분리되어 유리병 포르말린 속으로 들어가 말이 없다. 누구의 시신이냐 물으니 그는 깜짝 놀란 시늉을 하며 손가락을 입에 댔다. 그것은 결코 함부로 말할 수 없는 부분이라고 했다. 그러곤 불안한 눈빛으로 사방을 두리번거렸다.

뒤에 들려준 그의 이야기인즉 시신의 주인공은 삼청교육대로 끌려와 모처에서 극단의 훈련을 받던 중 교관에게 항의하다 집단 구타를 당해서 사망한 청년이라고 했다. 잡혀온 사람은 무조건 불량배로 기록이 되었고 단지 사회 정화, 사회악 일소의 명분으로 영장 없이 마구 수갑 채여 끌려온 청년들이었다. 전국적으로 칠만 명가량이 체포되었는데 그중 사만 명가량이 지역의 군부대에서 삼청교육대란 이름 아래 특수교육을 받았다.

날이면 날마다 구타, 모욕, 강제노동, 밥 굶기기 등으로 목숨을 잃는 사람이 늘어났다. 그날 본 시신도 이른바 '삼청 작전'의 희생자 중한 사람이었다. 어디서 죽었는지 왜 사망에 이르렀는지 가족들에게 전혀 알려지지 않았다. 1979년 12·12작전으로 정권을 강탈한 신군부는 이에 저항하는 반대 세력을 억압하고 1980년 광주 시민과 청년학생들의 저항을 총칼로 무자비하게 진압하며 살육을 저지른 뒤 이듬해 8월 무자비한 삼청교육대 작전에까지 이른 것이다.

이렇게 신군부에 의해 목숨을 잃은 억울한 청년과 시민들이 얼마나 많았을 것인가. 침묵 속에 진행되던 부검 절차도 끝나고 언제 그런 일이 있었냐는 듯 영안실 앞 텅 빈 마당엔 한여름의 폭양만 폭포처럼 쏟아졌다. 해가 지고서도 매미 소리가 요란하게 귀청을 울렸다. 그날 부검대에 오른 청년은 어디서 무얼 하던 사람이었을까. 그의 존재는 먼지처럼 지상에서 완전히 사라졌다. 단지 표본실 유리병 속 포르말린에 담겨진 청년의 심장은 그 시대를 말없이 증언하고 있으리라.

1980년대의 충북대학교

안동에 너무 오래 머물렀나보다. 내 전공 학과도 없이 교양과목만 가르치니 단조롭고 틀에 박힌 일과의 연속이었다. 기회가 되면 4년제 대학, 내 전공 학과가 있는 곳으로 옮기고 싶었다. 마침 청주의 충북 대학교에서 공채 광고가 떴다. 국문학과를 새로 만들고 신규 교수를 채용한다고 했다. 구비 서류를 갖추어 우편으로 보냈다. 새 직장으로 옮기게 되기를 속으로 갈망했다.

격동의 1980년, 그해 초겨울 안동은 몹시도 추웠다. 폭설이 여러 날 쏟아져 길에 쌓인 눈더미가 그대로 얼어 있었다. 이른 아침 나는 한 통의 전보를 받았다. 1차 서류 심사에 통과했으니 직접 참석해서 응시하라는 기쁜 소식이었다. 당시엔 교수 공채에 필기시험 과정이 있 었다. 마치 수험생과도 같은 심정으로 길을 떠났다. 아내는 아들이 태 어났을 때 처음으로 입혔던 배냇저고리를 꺼내주며 그것을 배에 두르 라고 했다. 그 옷의 맑고 순정한 기운이 좋은 운을 불러올 거라는 기 대 때문이었다.

처음 가본 청주는 깨끗하며 아담한 느낌이었고 이마에 와닿는 칼바람이 냉랭했다. 충북대학교는 지난날 임업 시험장이 있던 자리에 세워져 캠퍼스에 우람한 고목들이 많았다. 왠지 푸근하고 정겨운 느낌이 나 이곳에서 살고 싶은 생각이 들었다. 시험은 영어와 논술 두 과목이었는데 논술을 특히 만족스럽게 응시한 느낌이 들었다. 주어진 출제가 마음에 들었기 때문이다. 그렇게 다녀온 지 일주일 뒤 한 장의 노란 전보 쪽지가 왔다. 필답 시험에 통과가 되었으니 총장 면접을 하러 지정된 일시에 도착해달라는 문구였다. 감격스러웠다.

직접 대면한 충북대 총장의 인상은 언변이 분명하고 반듯한 용모였다. 원로 교육학자 정범모鄭範模 교수로 한국 교육학계에서 큰 바위 얼굴로 통하던 어른이다. 나의 손을 힘차게 잡고 흔들며 아무쪼록 새로 출발하는 학과의 분위기 조성과 발전에 각별히 신경써달라고 요청했다. 그렇게 나는 내 전공 학과를 찾아서 새 둥지를 튼 청년 교수가 되었다. 당시 내 나이 만 서른, 안동 생활 삼 년을 정리하고 청주라는 새 터전으로 옮겨가는 느낌이 묘했다. 그동안 갑갑하긴 했지만 속속들이 정들었던 안동을 떠나기가 못내 허전하고 아쉬웠다. 안동 시절은 충북대학교 교수로 활동하기 위한 예비 수련의 경험이었다. 그간 정을 나누었던 여러 지인을 일일이 찾아가서 석별의 정을 나누었다. 특히 내가 잠시 살았던 옥정동의 하숙집 할머니는 눈물까지 보이면서 축하해주었다.

트럭에 이삿짐을 싣고 안동을 출발해서 상주, 이화령을 넘어 보은과 옥천을 지나니 청주가 한눈에 들어왔다. 이제 이곳이 나의 새로운 터전이었다. 안동에서 태어난 아들이 칠 개월로 접어들던 무렵이었다. 대학에서 가까운 청주 사창동의 작은 주공아파트에 짐을 풀었

다. 청주는 내 삼십대 청년 시절, 그러니까 1980년대의 십 년을 모두
보낸 곳이다. 바로 내 집을 장만하지 못해 사창동, 탑동, 운천동 등으
로 옮겨다니며 전세를 살았고, 나중에 개신동의 단층 슬래브 집을
구입해서 자리를 잡았다. 그 개신동 이야기가 흥미롭다. 1983년 안동
댐 수몰민 테마 장시 「물의 노래」를 발표한 인연 때문인지 우리 가
족이 자리잡게 된 마을은 수몰 이주민 정착촌이었다. 그들은 충주댐
이 조성될 때 보상금을 받아서 청주로 옮겨왔다. 이것은 결코 느닷없
는 우연이 아니라 어떤 운명적 필연에 의한 인연의 고리가 아닌가 하
는 생각마저 들었다. 개신동 마을 주민들은 청주로 옮겨와서도 예전
방식 그대로 살았다. 제사를 지내면 아침에 꼭 음복하러 오라고 불렀
다. 어떤 크고 작은 것도 함께 나누는 미덕과 상생의 푸근한 정을 느
끼게 했다. 이주민들과 함께 살아가는 시간에 행복감마저 들었다. 따
스한 가을볕이 내리쬐는데 개신동 마을에서는 김장도 함께 모여 마
을 공동 행사로 했다. 무슨 우스갯소리를 주고받는지 까르르 웃는 모
습들이 정겨웠다.

　청주에서 돌잔치를 했던 아들은 점점 자라서 청주의 복대초등학
교에 입학했다. 두발자전거를 사줬더니 그걸 타고 학교 다니며 개신
동, 농촌동 등등 마을 주변 곳곳으로 혼자서 안 간 곳이 없었다. 등하
굣길에는 개구리와 잠자리를 잡으러 다녔고 동네 아이들과도 어울려
씩씩하게 잘 자랐다. 볕에 그을려 산골 아이처럼 살갗이 까맣게 변했
다. 우리 가족이 살던 슬래브 집은 단열이 전혀 안 된 허술한 건물이
었다. 한겨울이면 마당에서 거실로 들여놓은 화분의 식물들이 영하
의 추위를 견디지 못하고 모조리 얼어버렸다. 새소리 듣는 것을 즐겼
는데 아침에 일어나서 마루의 새장을 들여다보면 문조와 십자매가 얼

음덩이로 바뀌어서 새장 바닥에 떨어져 있었다. 추위에 모진 고통을 겪었던지 가느다란 발가락을 한껏 오그린 채 죽어 있었다. 당시 청주의 겨울 아침 혹한은 대단했다. 영하 18도가 예사였다. 아침에 거실 유리창을 보면 실내의 습기가 바깥의 찬 공기와 만나 화려한 얼음꽃 무늬로 덮여 있었다. 그것은 한낮이 되어도 전혀 녹지 않았다. 이런 열악한 환경에서 둘째도 태어났고 무엇보다도 아이들이 착실하게 자라준 것이 천만다행이었다.

전설이 된 김지하 시인과의 노래 시합

1985년 무렵이었다. 시인 김지하는 긴급조치 9호 위반으로 옥중 생활을 하던 중 해제 조치로 석방되었다. 그후 그는 전국을 이리저리 떠돌았다. 그 숱한 유린과 상처, 온통 피멍으로 얼룩진 심신을 무엇으로 달랠 수 있었으리. 마시느니 술이요, 부르느니 노래였다. 서울 종로구 인사동의 탑골주점은 그의 단골 아지트로 밤낮의 구별이 따로 없었다.

시인의 주변을 따라다니던 후배들은 이런 그의 술시중을 하느라 늘 분주했다. 그의 노래는 부르는 것이 아니라 쏟아놓는다고 해야 적절하다. 시인이 한 맺힌 노래를 쏟아놓을 때 그 모습은 그야말로 장강대하에 비견할 수 있었으리라. 그런데 시인은 늘 즐겨 부르던 노래를 반복해서 부르던 습관이 있었다. 조금 전에 불렀던 노래를 또 부른다면 아무래도 신선함이 급격히 줄어들고 그것이 술주정이나 넋두리로 들릴 수도 있었을 것이다. 이게 거북했던 후배 하나가 어느 날 그것을 지적해서 시인의 마음을 불편하게 했다.

"형님도 가객이시지만 쩌어기 충청도 어느 곳에 형님보담 더 옛 가요를 잘 부르는 문단 후배가 하나 있다고 허는디요."

김 시인은 갑자기 자세를 고치고 발끈 정색하더니 "너 방금 뭐라고 했냐. 나보다 잘 부르는 놈이 있다고. 즉시 그놈을 꺾으러 내려가자"라고 했단다. 1985년 여름 청주에서 펼쳐진 옛 가요 시합은 이런 장면 속에서 비롯된 것이었다.

대학의 첫 학기 종강을 앞두고 긴장이 다소 풀려 있던 어느 날이었다. 철학과의 윤구병尹九炳 교수가 내 연구실로 찾아왔다. 서울의 유명한 문단 선배 한 분이 당신과 노래 시합을 붙자며 청주로 내려온다는 소식을 전했다. 나는 어안이 벙벙했다. 노래가 좋아서 즐겨 부르던 적은 많았지만 이처럼 시합을 하자며 찾아오는 경우는 처음이었기 때문이다. 그분이 누구냐고 물었더니 만나면 저절로 알게 된다며 함구했다.

이렇게 해서 노래 시합은 모든 것이 일사천리로 진행되었다. 장소는 불문과 전채린田采麟 교수의 아파트 거실로 정해졌다. 전교수는 작고한 수필가 전혜린田惠麟의 아우로 작고한 영화감독 하길종河吉鍾의 부인이며 배우 하명중(본명 하명종)의 형수다. 이윽고 약속한 날짜가 되어 청주의 무심천 변 국밥집으로 나갔더니 그 주인공은 다름 아닌 김지하 시인이었다. 서울에서 내려올 때 그를 따르던 작가 김성동金聖東을 비롯한 좌우시종을 두엇 거느렸다.

일행은 국밥으로 이른 저녁을 먹고 밤샘 시합 때 쓸 술과 안주 등속을 한아름 구입해서 마침내 시합장에 당도해 자리를 잡았다. 우선 출전 선수 둘은 거실 중앙에 마주보도록 앉았다. 심사위원 넷이 양쪽으로 둘씩 앉으니 제법 시합장의 분위기가 갖추어졌다. 그날 심사를 보게 된 분은 집주인 전채린 교수, 작가 김성동, 철학자 윤구병, 그리고 지금 기억나지 않는 또 한 사람이다. 명색이 시합이기 때문에 승패를 가르는 심사 규정을 마련해야만 했다. 그래서 한참 머리를 맞대고 숙의 끝에 마련한 규정은 참으로 놀랍고 엄격한 내용들이다.

1. 모든 노래는 일단 2절까지 틀리지 않게 불러야 한다.
2. 만약 3절을 기억해서 가사까지 완창하면 1점의 가산점을 준다.
3. 만약 가사를 잊어서 1절만 부르고 중지한다면 1점을 감점한다.
4. 이미 불렀던 노래를 다시 부르면 실격으로 처리하고 시합을 중지한다.
5. 동요, 가곡, 팝송, 찬송가류는 인정하지 않는다.
6. 가창 이후 삼 분 이내에 즉시 이어받아야 한다. 그 시간 안에 받지 못하면 바로 실격이다.

참으로 삼엄하고 서슬 푸른 규정이 아닐 수 없었다. 하지만 명색이 말 그대로 시합인지라 마련된 규정을 받아들일 수밖에 없었다. 사실 나는 이 시합을 앞두고 여러 날 전부터 심한 긴장이 몰려왔다. 복통, 헛기침, 숨가쁨, 빈뇨, 허리 결림, 안구 건조 따위가 한꺼번에 발생하여 꽤나 불편하고 고통스러웠다. 노래란 것은 여럿이 함께 어울려 부르며 자유롭게 시간을 즐기는 풍류의 도구인데도 시합이란 이름을 붙여서 기어이 우열을 가리고 승패를 나눈다고 하니 부담스럽기 그지없었다.

나는 시합의 중심인물인지라 어떤 대비가 있어야겠다는 생각을 했다. 그래서 그 전날 밤 작은 명함 크기의 종이 하나를 준비했다. 그

앞뒷면에다 내가 알고 있는 노래, 시합장에서 내가 부를 노래들의 곡목을 적었다. 긴 제목을 모두 적을 수 없었고 간략하게 줄여서 쓰는 방식이다. 이를테면 곡목이 〈비 나리는 고모령〉이라면 '고모령', 〈홍도야 우지 마라〉는 '홍도'로 기록했다. 평소 익숙한 기예라도 막상 시합의 긴장 속에 맞닥뜨리게 되면 머릿속이 하얗게 되기 십상이다. 스포츠 선수들도 그럴 것이다. 노래 시합의 경우는 제목이나 가사의 첫 대목을 잊어버릴 위험이 가장 크게 다가왔다. 작은 종이에다 앞뒤로 깨알같이 적은 곡목이 약 사백 개에 달했으리라. 나의 이 방법은 그날의 시합에 엄청난 도움이 되었다.

저녁 아홉시 무렵 시작된 노래 시합이 자정을 넘고 이튿날 새벽 다섯시 반까지 무려 아홉 시간 가까이 펼쳐졌다. 처음엔 장난기가 느껴지는 분위기 속에서 가볍게 임하다가 자정을 넘기면서 두 선수의 얼굴에 야릇한 긴장이 서리기 시작했다. 한 곡 끝나면 삼 분 안에 바로 이어받아 또 한 곡을 불러야 했으니 이렇게 노래를 주고받는 시간 속에서 아마도 그날 밤 오백 곡가량은 부르지 않았을까 짐작한다. 이렇게 오랜 시간을 쉼없이 이어가니 중간에 멀쩡히 알고 있던 노래도 첫 대목이 전혀 생각나지 않을 때가 있었다. 이럴 때 나는 슬그머니 일어나 화장실로 들어가서 내가 준비한 비밀 메모를 슬쩍 꺼내 보면서 다음 부를 곡을 준비했던 것이다.

시합이 어느덧 새벽 두세시로 접어들 무렵 방안에는 승부를 가리는 두 선수의 초긴장감으로 가득하였다. 그런데 나는 시합 초반부터 김지하 시인을 반드시 이길 것이라는 자신감을 은연중에 감지하고 있었다. 김 시인의 가창 스타일은 온몸을 쥐어짜듯 팔과 머리를 휘저으며 노래를 부른다. 동작이 큰 만큼 땀도 이마에 송글송글 맺히는 것이 보였다. 그러나 나는 앉음새 하나 고치지 않고 낭창하게 낮은 목소리로 노래를 불렀다. 소리의 결도 시종일관 잔잔하고 차분하게 펼쳐 가니 김 시인은 이런 내 모습에 다소 당황하며 불편한 기색을 보이기도 했다.

시합은 새벽 동창이 훤히 밝아올 때까지 계속되었다. 이윽고 시계가 다섯시 반을 가리킬 무렵 김지하 시인은 뒤로 켜켜이 쌓아놓은 이불더미에 등을 기대고 벌러덩 누워버렸다.

"에잇. 누가 이런 시합을 하자고 했나? 징그럽다 징그러워!"

초저녁부터 시작한 청주 옛 가요 대전은 꼬박 밤을 새워 새벽녘 동틀 무렵에 이르러서야 드디어 그 장엄한 막을 내린 것이었다. 그날 이후로 김 시인은 나에게 각별한 정을 표시했다. 여러 번 정담의 편지를 보내왔고 당신이 직접 그린 지하란芝河蘭도 윤구병 교수를 통해 보내왔다. 어느 날은 편지를 등기로 보내왔는데 꽤 두툼했다. 여러 장을 일필휘지로 써내려간 달필이었다. 읽어보니 하나같이 기상천외한 내용이었다. 내용인즉 자기는 곧 죽음을 맞이하게 되는데 만신창이가 된 몸을 한반도의 중허리 지점인 청주 부근에다 묻고 싶다는 취지의 말이었다. 그리고 가장 놀라운 대목은 당신의 무덤을 내가 돌봐줘야 한다는 것이었다. 시인은 그 무렵 원주기독병원 정신과에 입원중이었으니 아마도 그날도 밤을 꼬박 새우고 정신이 혼미하던 새벽 시간에 편지를 썼을 것이다.

너무 잦은 음주에 간까지 심하게 병이 들었다는 말을 듣고 가슴이 아렸다. 역천의 세월이 그를 유린하고 고통으로 시달리게 했던 것이다. 지난날 내가 몸이 아플 때 큰 효과를 보았던 두충나무의 말린 잎을 구해서 보내드리기도 했다. 그러곤 우리는 오래 잊고 살았다. 어느 날, 한 방송사의 피디가 전화를 걸어왔다. 김지하 시인과의 가요 대전을 그날처럼 다시 재현하는 프로그램을 제작하고 싶다고 했다. 나는 그것도 재미있을 것 같다고 웃으며 수락했다. 하지만 김 시인은 방송사의 그 제의를 단호히 거절했다고 들었다. "노래를 밥 먹듯이 부르는 사람"을 만나는 것이 불편하다는 말을 했다고 한다. 문단의 선후배가 유쾌하게 만나서 그날의 분위기를 즐겁게 되짚어보는 것도 재미있을 성싶었지만 그것은 끝내 성사가 되지 못했다. 이렇게 해서 그날의 가요 대전은 문단의 전설로 남게 되었다.

작가 K의 혼례식 청첩장

오래된 사진첩을 뒤적이노라니 웬 청첩장 하나가 보인다. 작가 K의 혼례식 청첩장이다. 사실 청첩장 따위는 귀하게 여기지 않아서 본 뒤에 곧 버리는 경우가 일반인데 켜켜이 쌓인 사진들 사이에서 나타난 것이다. 벌써 사십 년이 다 되어가는 이런 문서를 일부러 보관하기는 거의 불가능하다. 그는 2022년에 세상을 떠났다. 청첩장의 내용을 보니 1987년 10월 21일 낮 열두시, 예식 장소는 서울 수유리 아카데미 하우스였다. 눈을 감고 생각하니 그날의 장면들이 생생하게 떠오르며 가슴속에는 말할 수 없는 슬픈 감회가 끓어오른다.

작가 K는 소년 시절에는 승려로 살았고, 작가로 등단한 이후에도 줄곧 혼자 살았다. 그러다가 마흔을 넘긴 나이에 결혼식을 올렸다. 그날 주례를 맡은 분은 원주의 은자였던 무위당 장일순 선생이다. 청첩인 명단을 보니 명이독서회 회원 이름으로 송기원, 이시영, 최원식, 이동순 등 넷과 작가의 친구 박범신이 있다. 문단의 쟁쟁한 인사들이 그날 혼례식 자리에 모였다.

우리들의 사랑하는 작가 K군이 신부 아무개양을 맞아 무위당無爲堂 장일순張一淳 선생님을 모시고 가약佳約을 맺게 되었습니다. 이 아름다운 자리에 오셔서 뜨거운 마음으로 지켜보아주시기 바랍니다.

주인공은 작고하여 세상에 없는데 청첩장의 'K군'이란 대목이 가슴을 아리게 한다. 하기야 수년 전 고인이 된 미술평론가 김윤수 선생도 회갑이 넘어 대구 어느 교회에서 결혼식을 올렸다. 그 자리에 나도 가서 지켜보았는데 주례를 맡은 목사는 그 대목에서 매우 난처한 듯 머뭇거리다가 '신랑 김윤수군'이라고 호칭했다. 이런 호칭이 비록 청첩장이나 혼례식의 관례이긴 하지만 해당 주인공은 그것이 마음에 편하지는 않았을 것이다.

작가의 청첩장에 표시된 신부 이름은 밝힐 수 없다. 왜냐하면 그들 부부는 혼례식 몇 년 뒤에 남남으로 헤어졌기 때문이다. 딸 하나가 태어났지만 두 사람은 영원히 이어질 인연이 아닌가보았다. 주변 친구들은 작가가 혼자서 노모를 봉양하며 살아가는 것을 못내 안타깝게 여겼다. 몇몇 벗이 주선해서 마침내 혼례식을 올리게 되었고 내가 식장에서 축시를 낭송했다. 그 축시는 작가가 나에게 간곡하게 요청했는데 나는 흔쾌히 수락하고 기쁜 마음으로 썼다. 혼례식을 마친 뒤 그들 부부는 서울 은평구 불광동의 어느 단독주택에서 단란한 신혼 살림을 차렸다.

그해 12월에는 동아일보에서 요청이 와 신춘문예 시부문의 예심을 보게 되었다. 그때 생각을 하면 지금도 미안함으로 가슴이 먹먹해진다. 신문사측에서는 서울의 내 거주지로 작품을 실어다주겠다고 했다. 하지만 나는 지방에서 잠시 서울을 방문한 것이라 마땅한 거처가 없다고 말했다. 그랬더니 서울 지인의 집을 수배해서 알려주면 그곳으로 가져다주겠다고 했다. 어느 작은 호텔이라도 정해서 거기에 나를 묵게 하고 심사를 보도록 했더라면 얼마나 보기 좋았을까. 그런 배려가 전혀 없었다.

궁여지책으로 떠올린 곳이 작가 K의 신혼집이었다. 전화로 미리 양해를 구하고 또 수락을 받아서 가긴 했지만 체면이 영 말이 아니었다. 신문사측에서는 며칠 뒤에 엄청난 분량의 시작품 원고 뭉치를 신혼집 좁은 시멘트 마당 안쪽에 와르르 쏟아놓고 돌아갔다. 그 많은 분량의 시작품을 담은 것은 낡은 우편 행랑이었다. 신문사 바로 옆의 광화문우체국에서 폐기 직전의 소포 행랑을 빌려 거기에 시작품을 꽉꽉 눌러 담아서 보낸 것이다. 이런 방법은 온 정성을 다해서 보냈을 응모 작품에 대한 예의가 아니다.

무려 육천 편이 넘는 시작품 원고를 방안에 쏟아놓고 그로부터 꼬박 사흘 동안 매달려 전심전력으로 심사를 봤다. 시작품 읽기가 고역이고 노동이라는 사실을 온몸으로 실감했다. 한참 보노라면 작품의 경중이나 됨됨이를 금방 알 수 있다. 한 작품을 보는 데 약 이삼 초가량 소요될까. 다시 눈여겨볼 작품들은 오른쪽으로 뽑아두고 탈락된 것들은 모두 왼쪽 구석으로 모은다. 대부분 그곳으로 원고지가 켜켜이 쌓인다. 허리도 아프고 눈도 침침해지고 온몸에는 주리가 틀렸다. 이렇게 줄곧 심사를 보는 사흘 동안 작가의 부인은 수시로 들여다보며 식수와 간식, 과일 따위를 열심히 챙겨주었다. 나의 뻔뻔함으로 친구의 신혼집에 얼마나 큰 민폐가 되었을까.

혼례식을 올리는 식장에는 하객들이 구름처럼 몰려들었다. 우선 눈에 띄는 대로 짚어보면 김지하, 원경 스님, 김홍신, 박범신, 이경자, 윤재걸, 이문구, 신경림, 염무웅, 안종관, 조태일, 현기영, 이기형, 송기원, 이시영, 최원식, 정희성, 이수인, 황명걸, 황석영 등등…… 그 밖에 이름이 기억나지 않는 다수의 문단 선후배 동료들이 한자리에 모였다.

그로부터 세월이 강물처럼 흘러갔다. 모든 행사나 모꼬지가 그렇듯 혼례식이 끝난 뒤 다들 뿔뿔이 흩어졌다. 더러는 세상을 떠났거나 오래도록 만나지 못한 채 소원해졌다. 세상 모든 것은 이처럼 이합집산이리라. 만나면 헤어지기 마련이고 헤어지면 또 만날 날이 있는 것. 부인과 헤어진 뒤로 K는 홀몸이 되어 서울, 양평, 충주 등지를 혼자 떠돌며 고단한 사바의 세계를 건너고 있었다. 심경이 몹시 착잡했을 것으로 여겨진다. 늘 술에 취한 모습이었고, 혼자 횡설수설했다. 여행을 다니다가 교통사고를 겪고 사경을 헤매기도 했다. 대전 골령골에서 세상을 떠난 아버지와 영적 대화를 하겠다며 그 골짜기 앞에 집을 구해 살기도 했다. 작가 K를 생각하노라면 늘 가슴이 먹먹해지고 슬픈 마음이 든다. 혼자 적막한 이승의 여러 궁벽한 처소만 골라서 헤매 다니다가 마침내 그 고단함을 견디지 못한 채 처연히 열반에 들고 말았다. 어찌 그리도 가혹한 운명을 타고났던가.

『백석시전집』 발간 이야기

　　1983년은 내가 운명적으로 백석 시인에 빠져들었던 해다. 문학사에서 잊힌 그 이름을 알게 된 것은 대학원 석사과정 재학 시절이다. 비평가 백철 선생이 쓴 『조선신문학사조사』(1947)는 서울의 백양당과 수선사 두 출판사에서 따로 간행되었다. 그 책에는 내가 교과서에서 만나지 못한 여러 낯선 문학인들의 이름과 작품이 소개되어 있었다. 그 이름 가운데 백석 시인도 끼여 있었다. 백철의 책 현대편 291쪽에는 백석의 시「광원曠原」의 전문이 인용되어 있고, 이어서「여우난골족」「고방」「모닥불」「고야古夜」「주막」「성외城外」「여승」「절간의 소 이야기」「정주성定州城」 등의 시작품이 소개되어 있었다. 백철은 백석의 시를 "눌박訥撲한 민속담" "소박한 시골 풍경화를 보며 구수한 흙냄새를 맡을 수 있는 시"라고 평했다. 20세기 초반의 농촌 풍경을 다룬 것이었는데 아주 신선했고, 특이한 형태였다. 나는 백석 시인의 또다른 작품이 궁금해져서 도서관을 찾았고, 거기서 옛 신문과 잡지의 영인본에 실린 백석의 작품을 만나게 되었다. 한 편씩 새로 대면할 때마다 작품들을 따로 모아서 스크랩을 하기 시작했다. 작품 수는 점점 늘어갔다.

거기 재미를 들여 오래된 잡지와 신문 자료를 더듬어 찾아가는데 흰 백白 자만 보이면 깜짝 놀라곤 했다. 그것을 백석으로 착각했기 때문이다. 막상 확인해보면 백철, 백신애, 백광홍 등등 백석이 아닌 다른 인물이었다. 이렇게 애써 찾아 모은 작품이 어느덧 80편이 넘었다. 목록에서만 확인 가능하고 찾아내지 못한 작품의 원문을 확보하느라 나는 여기저기 수소문하고 장서가들을 찾아다니기도 했다. 그렇게 해서 또 한두 편의 시작품을 더 찾아내어 보탤 수 있었다. 이런 과정으로 백석 시인의 시작품 94편을 찾아서 정리하게 되었다.

당시 계간지 『창작과비평』에는 친구 이시영李時英 시인이 주간으로 일하고 있었다. 며칠 뒤에 바로 출간에 들어가자는 연락이 왔다. 창비의 실질적 책임자인 백낙청白樂晴 선생은 수원 백씨 문중이 배출한 시인이라며 그분의 전집 발간 사업을 무척 기뻐하고 반색했다. 나는 제대로 된 전집을 만들어보겠다는 일념으로 전체 작품을 다시 배열하고 시인의 연보와 작품 목록까지 새로 정리했다. 그러곤 비평적 해설을 쓰기 시작했다. 제목은 '민족시인 백석의 주체적 시정신'으로 다듬었다. 일제의 억압적 침탈로 민족 공동체가 무너지고 사라져가던 때에 오로지 순정한 모국어 하나를 부여잡고 안간힘으로 주체성을 지켜내려 했던 시인이 아닌가. 그 고난 속의 모국어 위기 시대를 시작품으로 회복하려 애썼으니 백석 시인에게 '민족시인'이란 칭호는 합당한 것이었다. 해설 원고를 쓰는 내내 즐겁고 행복했다.

우리 문학사가 잃어버린 시인을 다시 찾아내어 가랑잎처럼 흩어진 작품을 수집하고 그것을 전집으로 발간하는 벅찬 사업, 나는 한 사람의 국문학자로서 이를 평생의 사업으로 삼아도 좋겠다는 생각을 했다. 가장 힘든 것이 낱말 풀이 작업이었다. 연구실에 자정이 가까운 시간까지 머물며 전집의 후반부에 들어갈 낱말 풀이 작업을 했다. 뜻 있는 제자들이 옆에서 낱말의 분류 및 정리를 정성껏 도왔다. 지금도 당시의 추억을 회고하는 제자들의 이야기를 듣는다. 우리 문학사에는 식민지와 분단을 겪으며 역사의 가장자리에서 매몰되어 사라진 문학인들이 적지 않다. 거기에 관심을 갖고 백석 이후로는 권환, 조명암, 이찬, 조벽암, 박세영 등의 시전집을 구상했고, 마침내 전집 발간으로 이어졌다. 이런 매몰 시인들의 전집 발간은 장차 통일된 민족문학사 서술을 위해서도 꼭 필요한 일이라 확신한다.

백석의 시세계는 1920년대 한반도의 관서 지역, 즉 평북 정주 지역의 방언이 생생히 구사된 말과 글의 보물 창고다. 그러다보니 다른 지역 사람들이 알아듣기 힘든 생생한 평북 방언이 작품에 꽤 많이 등장한다. 문맥으로 보아 그 느낌은 통하지만 전체적 맥락을 정확하게 파악하지 못할 때가 있었다. 독서 카드 수백 장을 구입해서 시작품에 활용된 방언이나 어려운 낱말을 하나씩 뽑아 기록하기 시작했다. 그 구체적 사례들은 수백 개가 훌쩍 넘었다. 백석의 시작품에는 국어대사전에서 확인할 수 없는 토속적 어휘가 많았다. 마침 그 무렵에 발간되었던 『평북방언사전』을 구해서 찾아보고 그래도 판독이 안 되는 낱말들은 이북5도민회 소속의 평북 출신 인사를 찾아가 짚어가며 물어보기도 했다. 미확인 방언들을 찾아 하나씩 그 뜻을 확인하게 되었을 때 기쁨과 감격은 대단했다. 그런 힘든 과정을 거쳐서 마침내 『백석시전집』의 원고가 모두 정리되었다.

나는 백석이 작품을 발표했던 당시의 원문 표기 그대로 만들고 싶었지만 창비에서는 생각이 달랐다. 어디까지나 독자 대중의 편의가 더 중요하니 약간의 현대적 어법에 따른 수정이 필요하다는 요청을 했다. 지금 생각해보면 그때 내 주장을 더 강하게 관철했어야 한다는 후회가 든다. 이후로 백석 시를 연구하는 사람들의 불만 중 하나는 내가 펴낸 책의 현대식 맞춤법을 적용한 표기였다. 이런 과정을 거쳐서 1987년 10월, 드디어 『백석시전집』이 나왔다. 화가 정현웅鄭玄雄이 그린 시인의 삽화와 글귀로 장식한 연한 살색의 표지가 인상적이었다. 깔끔하고 담백한 구성이라는 칭찬을 들었다. 출간의 반향은 대단했다. TV, 라디오, 신문사, 잡지사 등 여러 기관에서 인터뷰 요청이 쇄도했다.

그런 와중에 나는 한 여성의 전화를 받았다. 그녀는 『백석시전집』 발간의 노고를 치하하며 꼭 한번 만나주기를 요청했다. 혹시 시인의 가족이냐고 물었더니 그것은 만나서 말하겠다고 했다. 나는 그 말에 불같은 궁금증이 일었다.

백석 시인과 통영

백석의 애인이었던 김자야金子夜 여사는 나를 만날 때마다 마치 헤어진 백석 시인을 다시 만난 것 같다고 말했다. 어느 겨울날 오후, 나는 여사를 따라 함께 집을 나섰다. 행선지는 그 옛날 백석과 함께 살았다는 청진동 집이었다. 막상 당도해서 골목길로 접어들어 그 한옥 앞에 서니 대문 옆에 보신탕집 간판이 보였고 문은 잠겨 있었다. 여사는 감개에 젖은 눈으로 이 집에서 참으로 많은 추억이 있었노라고 말했다. 이 작은 한옥에서 시인 백석과 둘이 살 때 얼마나 행복감을 느꼈는지 모른다고 했다. 시인의 문단 글벗들이 거의 날마다 찾아오던 곳. 허준許俊, 정근양鄭權陽, 함대훈咸大勳 등의 발길이 끊이지 않던 곳. 그 뜨겁던 두 사람의 사랑은 어디로 사라졌나. 주인이 없는지 대문은 굳게 잠겨 있었는데 문틈으로 마당과 집안의 생김새를 겨우 들여다보면서 옛 실루엣을 떠올릴 뿐이었다. 지금은 자야 여사도 세상을 떠나고 백석 시인과 함께 살았다던 한옥집도 사라진 지 오래다. 모든 것은 이렇게 소멸 속으로 떠밀려가는 것이다.

돌아와 내가 펴낸 『백석시전집』을 펼치고 다시 음미하며 읽어보았다. 시 「통영 2」에는 대구라는 생선이 등장한다. 시인은 크고 싱싱한 대구를 다음과 같이 표현했다.

집집이 아이만한 피도 안 간 대구를 말리는 곳
황화장사 영감이 일본말을 잘도 하는 곳
처녀들은 모두 어장주漁場主한테 시집을 가고 싶어한다는 곳
산 너머로 가는 길 돌각담에 갸웃하는 처녀는 금錦이라는 이 같고
내가 들은 마산馬山 객주客主집의 어린 딸은 난蘭이라는 이 같고

난蘭이라는 이는 명정明井골에 산다는데
명정明井골은 산을 넘어 동백冬栢나무 푸르른 감로甘露 같은 물이 솟는 명정明井샘이 있는 마을인데
샘터엔 오구작작 물을 긷는 처녀며 새악시들 가운데 내가 좋아하는 그이가 있을 것만 같고
내가 좋아하는 그이는 푸른 가지 붉게붉게 동백꽃 피는 철엔 타관 시집을 갈 것만 같은데

— 백석, 「통영 2」 부분

이 대구가 한국에서 가장 많이 잡히고 출하되는 곳은 통영이 아니라 경남 거제시 외포항이다. 12월부터 2월까지가 제철인데 여기서 출하된 대구는 트럭에 실려 전국 각지로 팔려나간다. 외포항 바닷가 곳곳에는 그야말로 시인 백석이 시에서 표현한 것처럼 크기가 '아이만한 대구, 피도 안 간 대구'가 장대에 매달려 가지런히 걸려 있고 해풍에

건조되는 중이다. 굵기도 굵을 뿐 아니라 대량 눈짐작으로 봐도 1미터는 족히 넘을 듯하다. 이런 대구들이 나란히 매달려 있는 장면은 그 어디서도 볼 수 없는 진풍경이다.

대구는 바다를 떠나와 항구에서 돌아갈 수 없는 고향을 그리워한다. 시인 백석은 만나고 싶은 여성을 끝내 못 만나고 통영에서 생선 대구만 보고 돌아갔다. 백석을 시샘했던 다정한 친구 신현중申鉉重이 벗을 따돌리고 백석이 좋아했던 여성 박경련과 결혼했다. 백석은 이에 엄청난 충격을 받았으리라. 오죽하면 시작품 속에서 친구의 배신을 거론했을까.

「통영 2」는 시비로 제작되어 현재 통영 충렬사 앞 맞은편 길가에 세워져 있다. 문학 기행이란 이름으로 통영을 다녀오는 이들이 많다. 통영은 유치환, 김춘수, 박경리, 김상옥, 윤이상, 전혁림 등등 한국 근대의 명성 높은 문화 예술인들을 많이 배출한 곳이다. 그들의 유적지를 찾아다니는 발걸음은 흥미진진하다. 여기에 또하나 백석 시인을 보탤 수 있으니 이것은 통영의 풍성한 자랑이다. 당시 백석은 자신이 연모했던 한 여성의 부모를 만나 대뜸 결혼을 허락받을 생각을 품고 통영으로 찾아갔다. 하지만 이를 눈치챈 친구 신현중이 미리 그녀의 집에 슬쩍 흘려서 방해를 했다. 다 좋은데 어머니가 기생 출신이라는 말을 해버린 것이다. 결국 백석은 적적한 심정으로 혼자 통영의 이곳저곳을 헤매 다니다가 충렬사로 오르는 돌계단에 넋을 놓고 앉는다. 거기서 그가 다닌 통영의 실루엣을 찬찬히 되새기며 그려냈다. 통영에서의 아픔과 앙금이 여전히 남아 있어서 백석은 매서운 겨울이 지나고 포근한 봄이 왔지만 그날의 아픔과 충격에서 헤어나지 못했다.

밝은 봄철날 따디기의 누굿하니 푹석한 밤이다
거리에는 사람두 많이 나서 흥성흥성 할 것이다
어쩐지 이 사람들과 친하니 싸다니고 싶은 밤이다

그렇건만 나는 하이얀 자리 위에서 마른 팔뚝의
샛파란 핏대를 바라보며 나는 가난한 아버지를
가진 것과 내가 오래 그려오든 처녀가 시집을 간 것과
그렇게도 살틀하든 동무가 나를 버린 일을 생각한다
　　　　　　　　　　　　　—백석, 「내가 생각하는 것은」 부분

　　세월은 또 흐르고 흘러 백석 시인도 다정한 친구를 배반했던 신현
중도 또 그들이 연모했던 '란이'라는 여성도 모두 사라지고 이 세상
에 없다. 청년 시절 함께 살았던 기생 자야도 백석을 그리워하다가 떠
나갔다. 외포항 장대 위에서 말라가는 '아이만한 대구'는 자꾸만 떠나
온 고향이 그리워서 입을 한껏 크게 벌리고 아무도 듣지 못하는 소리
없는 아우성을 내뱉고 있다. 만약 다정한 친구들과 어울려 통영으로
문학 기행을 떠나게 된다면 백석이 앉았던 충렬사를 꼭 찾아가기를
권한다. 거기 백석이 머물렀던 돌계단에 앉아서 당시 시인의 허전한
심정도 헤아려보고, 내려와서는 길 건너편 시비 앞에 서서 거기 새겨
진 「통영 2」를 낭송해보는 것도 더욱 뜻깊은 기행이 되리라.

백석 시인을 다룬 소설

지난 세월을 돌이켜보노라니 덧없는 광음은 그야말로 파노라마처럼 흘러갔다. 시인 백석의 삶과 작품을 떠올려볼 때 더욱 그러하다. 1980년대 후반까지만 하더라도 백석이란 이름은 결코 입에 담아선 안 될 금기어였다. 월북 시인이란 이유 때문이다. 고향이 평북 정주인 백석은 파란과 혼돈의 시기를 겪다가 해방이 되고 고향에 눌러살았다. 그게 어찌 월북인가. 분단 시대 한국문학사의 금지와 제한의 관점은 이렇게 편협하고 옹졸했다. 하지만 1987년 『백석시전집』이 출간되면서 백석의 시작품에 대한 인기와 반향은 나날이 올라만 갔다. 우리 민족문학사가 잃어버린 시인의 작품을 다시 되찾았다는 감격을 알리며 저널리즘에서의 반응이 우선 뜨거웠고, 백석의 시작품을 연구 분석하는 논문, 비평들이 잇따라 쏟아졌다. 문학사에서 자연스러운 복권이 이루어진 것이다.

습작기에 가장 큰 영향을 받았던 시인으로 백석을 꼽는 젊은 시인들이 생겨났다. 시 창작에 백석의 스타일이나 율격의 호흡, 문체적 방법론을 수용해서 자신의 작품세계를 펼쳐가는 문학인들도 차츰 늘어 갔다. 잊을 만하면 여기저기서 그간 알려지지 않았던 백석의 시작품 이나 서간, 글귀 등이 새로 발굴되어 세간의 화제를 불러일으켰다. 백석의 시작품에다 곡을 붙이고 노래를 만들어 오로지 백석의 시작품으로 음반을 내고 콘서트를 개최한 대중음악인(김현성, 백창우, 백자)도 활동중이다. 새로 찾아낸 백석의 시작품을 보태어 새롭게 정리한 『백석시전집』『백석전집』 등의 다양한 출간도 봇물처럼 이어졌다. 백석을 테마로 한 방송 다큐멘터리, 뮤지컬, 연극도 제작되어 화제를 뿌렸다.

무릇 백석은 우리에게 무엇인가. 그의 문학이 머금고 있는 힘의 실체가 무엇이기에 이토록 우리 곁에서 줄곧 활발하게 작용하고 분출하며 우리 삶을 달아오르게 하고 있는가. 이런 추세가 여전히 단절되지 않고 이어지니 그것은 우리 앞에 모습을 드러낸 백석과 그의 애인 자야를 다룬 한 권의 장편소설이다. 이 소설을 완성 발표한 작가는 이승은. 독서계에선 생소한 이름이나 일찍부터 백석의 시작품에 심취해 관련 자료들을 읽고 궁리와 성찰의 시간을 거듭했다. 그녀는 백석 시인을 사랑했던 김자야 여사의 회고록 『내 사랑 백석』을 읽은 감동의 파장을 안으로 굳게 다지며 그 과정에서 솟구쳐오른 창작의 충동을 오래도록 모색하고 기획했다. 그러한 과정의 끝에서 드디어 이를 장편소설로 집필하려는 결심에 다다랐다니 얼마나 갸륵한 일인가. 그 기나긴 몰입의 시간 끝에 마침내 작품의 완성이라는 획기적 결실을 이룩하게 됐다는 고백은 삶과 대상에 임하는 작가의 진지한 자세와 성실성을 엿보기에 충분했다.

이 소설은 독자들의 특별한 사랑을 받는 백석의 시 「나와 나타샤와 흰 당나귀」를 표제로 삼았다. 작품의 전개와 구성은 시인과 사랑을 나누었던 기생 진향의 시각으로 그녀의 삶, 백석 시인과의 시간성을 세밀하게 추적해 들어간다. 백석 테마 소설 작품으로서는 말 그대로 최초다. 이 작품을 통해서 우리는 1930년대와 일제 말이라는 근현대사의 새로운 통찰과 경험을 갖게 된다.

소설 『나와 나타샤와 흰 당나귀』에서 다루어지는 실제 인물들의 구체적 활동과 경과는 상당 부분 작가적 상상력과 직관력에 기초해 축조된 것이다. 모든 문학작품은 아무리 유익한 내용을 다루고 있다 할지라도 일단은 흥미를 유발시키는 드라마틱한 요소를 갖추고 있어야 한다. 놀라운 것은 작가가 시인 백석과 기생 진향의 생애, 그리고 그들의 시대에 대한 전반적 서술 과정을 통해 매우 진진한 흥미와 기대를 지속적으로 유발시킨다는 점이다. 한 대목을 읽고 나면 그다음 부분에 대한 강렬한 흥미와 호기심으로 이어지도록 자연스럽게 독자들을 이끌어간다. 그것은 마치 독자들과 함께 백석, 진향의 발자취가 남아 있는 한국 근대 문화사의 여러 유물과 유적지를 직접 이동해 다니며 친절하게 소개하는 문화 해설사의 포즈로 다가온다.

작품의 총체적 구성에서 풍겨나는 근현대 시기의 문화적 양상과 효과는 마치 눈앞에 펼쳐지는 한 편의 파노라마를 보는 듯한 가슴 설레는 감동마저 느끼게 한다. 이런 점에서 이 작품은 독립적 소설 작품으로서도 물론 의미가 있을 터이지만 한 편의 영화 작품으로 제작되어도 손색이 없는 매우 잘 짜인 상상력과 예술적 미덕을 지닌 것으로 평가된다. 독자 여러분은 소설 속에서 백석 시인과 호젓이 만나 그의 인간적 풍모와 문학적 감수성까지 두루 경험하게 되는 기회를 갖게 됐다.

시인과 기생의 애틋한 사랑! 1930년대를 중심으로 펼쳐지는 한국 근현대의 시간성과 공간성을 실감나게 재현시키며, 독자들로 하여금 정감 넘치는 민족적 삶의 온기와 애환을 두루 체득하도록 터전을 마련해준 작가의 정성어린 노력에 다시금 박수를 보내는 바다. 이 작품이 발표된 이후 작가 김연수가 백석의 후반부 삶을 내밀하게 다룬 장편소설 『일곱 해의 마지막』을 펴냈다. 이 모두가 뜻깊은 일이 아닐 수 없다.

자야 여사의 『내 사랑 백석』 이야기

한 여성의 전화를 받고 찾아간 곳은 서울 용산구 동부이촌동, 한 강대교가 바로 눈앞에 내려다보이는 한 고층 맨션의 4층이었다. 70여 평은 되어 보이는 넓은 주거 공간이었는데, 유유히 흐르는 강이 한눈에 들어와 전망이 좋았다. 거실은 각종 삼층장, 반닫이 등 오래된 가구들로 채워져 있었고, 방안에는 사군자를 그린 석재石齋 서병오徐丙五의 열두 폭 병풍이 둘려 있었다. 아담한 체구의 자야 여사는 비단 치마저고리에 배자褙子를 받쳐입고 은은한 미소를 머금은 얼굴로 나에게 악수를 청했다. 그러곤 소파에 마주앉아서 이런저런 방담을 나누었다.

그날 첫 대면을 통해 알게 된 것은 그녀가 1930년대 서울의 조선 권번 출신 기생이었다는 사실, 그리고 함흥에서 거주하던 이십대 시절 백석 시인을 운명적으로 만나 이후 삼 년 동안 동거했던 이야기, 함흥 시절에 자야라는 애칭을 지어준 사연, 그리고 숨바꼭질하듯 사랑의 갈등과 시련을 겪으며 혼돈의 세월을 보내다가 험한 시간의 격동 속에서 마침내 영원한 이별의 아픔을 겪은 일화들이다. 지금 생각해도 20세기 초반 청춘 남녀의 대담한 사랑과 동거생활은 얼마나 용감하면서도 짜릿한 애정 행각이었을까. 그것이 남녀유별과 봉건적 인식이 시퍼렇게 엄존하던 1930년대를 배경으로 이루어졌으니 새삼 두 사람은 사랑의 모험주의적 실행자였다는 생각마저 든다.

자야 여사의 호적상 본명은 김영한金英韓. 1916년 서울 종로구 관철동 출생으로 평범한 서민 가정이었으나 부친의 별세 이후 집을 떠나 권번으로 들어갔고, 그로부터 기생 수업을 받게 된다. 조선정악전습소 학감이던 금하琴河 하규일河圭— 선생의 문하생으로 여창가곡, 궁중무용, 정재呈才 등 여러 전통 국악의 바탕을 두루 섭렵하고 당당한 기생이 되었다. 문학적 재능이 있어서 틈틈이 수필을 썼는데, 이것이 파인巴人 김동환金東煥 시인의 눈에 띄어 그가 운영하던 대중잡지 『삼천리』에 두 편의 수필을 발표하기도 한다.

그 두 편 가운데 하나는 한 서민 가장이 밤늦게 가족들에게 줄 감귤 봉지를 품에 안고 추운 겨울밤 눈길을 걷다가 미끄러져서 감귤이 거리에 온통 쏟아진 눈물겨운 광경을 다룬 것이다. 다른 한 편은 만주국 마지막 황제였던 푸이溥儀가 1930년대 후반 서울을 다녀갔을 때 요정에서 그를 직접 영접했던 인상기이다. 당시 푸이의 글씨도 한 폭 받았다고 했다.

진향眞香이란 기명은 그녀의 스승 하규일 선생이 지었는데 노자老子에 나오는 옛 글귀인 '진수무향'에서 집자를 한 것이다. 원문은 "진수무향眞水無香 진광불휘眞光不輝"로, 즉 참된 물은 향기가 없고 참된 빛은 반짝이지 않는다는 뜻이다. 진짜 빛나는 것은 화려하지 않게 빛난다는 깊은 의미가 담긴 대목이다. 스승 금하가 제자 진향에게 소박한 삶, 넘치지 말고 절제된 처신으로 살아가라 한 훈계로 읽힌다.

이 밖에도 김숙金淑이란 또다른 이름을 썼다. 이름이 그리 많을 필요가 있느냐는 물음에 그녀는 뜻밖에도 마타 하리 얘기를 했다. 마타 하리는 독일 국적으로 프랑스에서 활동하던 무희였다. 종전 후에 간첩 혐의로 체포되어 사형을 선고받았다. 마타 하리가 첩보 활동을 위해 여러 이름을 바꿔 쓴 것처럼 자신도 이 땅에서 통일을 위해 마타 하리처럼 살고 싶었다는 의미심장한 술회를 한 적도 있다. 실제로 이 가명으로 어떤 역할을 했던가는 알 길이 없다. 고하 송진우, 인촌 김성수 등 해방 정국의 여러 정치적 명사와 교제를 나누며 자주 회동했으니 어떤 정치적 역할도 주어지지 않았을까 짐작만 할 뿐이다. 자야란 이름은 백석과 함흥에서 동거하던 시절 백석 시인에게 받은 애칭이다. 당시唐詩를 읽은 백석이 이백의 시 「자야오가子夜吳歌」에 등장하는 중국 고대 동진東晉의 여성 '자야'를 자신의 애칭으로 직접 붙여준 것이어서 특별한 애착이 간다고 했다. 이백의 시에 등장하는 자야는 사랑하는 사람을 전쟁터로 보내놓고 애타게 기다리는 여성의 표상이다. 그 자야는 끝내 남편과 상봉하지 못한 비극적 인물이다.

나는 자야 여사와 그날의 첫 만남 이후로 십여 년간 각별하게 지냈다. 전화로 다정하게 안부를 묻고 나누며 서로 초청도 했다. 내가 주로 방문했고, 자야 여사도 나의 시골집에 몇 차례 다녀갔다. 1988년 서울올림픽 개막식이나 모스크바 필하모니 오케스트라 등 큰 행사나 볼거리가 있으면 미리 입장권을 구해놓고 나를 초청했다. 맛깔스러운 서울 토박이 음식을 장만해놓고 다녀가라는 다정한 전화를 걸어오기도 했다. 식탁에 마주앉으면 자야 여사는 별미 요리를 젓가락으로 집어 일일이 숟가락에 올려주기도 했다. 왜 이러시냐고 물으면 자신의 친절은 백석 시인에게 다하지 못한 정성의 표시이니 주저하지 말고 받아달라는 말을 했다. 저녁이면 그녀의 아파트 거실에서 백석 시인과 관련된 여러 추억담을 창밖의 유유히 흘러가는 한강 물줄기처럼 펼쳐놓았다. 그러다가 쉬 자정을 넘기기가 일쑤였다. 옛 추억으로 흥이 달아오르면 반닫이 속에 몰래 감춰둔 양주병을 꺼내와서 권하며 아득한 세월의 강을 몇 차례나 타임머신을 타고 노를 저어 상류로 거슬러올랐다.

자야 여사의 편지

    누구나 늙으면 잠이 없어진다고 한다. 낮이 밤이고 밤이 낮일 때가 많다. 자기가 깨어 있는지 잠들었는지 분간이 제대로 안 되고 그저 비몽사몽 속에서 현실과 비현실의 세계를 왕래한다. 말년의 자야 여사가 그런 삶을 살았다. 혼자 방안에 앉아 화투패를 떼다보면 어느덧 새벽이 가깝다. 그런 시간에 백석 시인이 홀연히 들어온다. 깜짝 놀라서 보면 머리는 봉두난발, 추레한 옷차림에 여러 끼 굶었는지 몹시 수척하다. 백석 시인은 방 윗목에 장승처럼 서서 자야를 물끄러미 바라본다.

    너무 놀라서 엉거주춤, 자야 여사가 허공에 빈손만 휘두르는데 시인은 그대로 말없이 서 있다가 또 스르르 사라진다. 옛 애인은 이렇게 수시로 나타났다가 떠나간다. 자야 여사의 가슴에 얼마나 사무친 게 많았으면 이렇게 백석 시인의 환영이 자주 나타나는 것일까. 그를 온전히 떠나보내지 못하고 수십 년을 가슴 한쪽에 품은 채 틈만 나면 꺼내어 옛 생각에 잠기는 것이다.

대개 남녀의 사랑이란 불같이 뜨겁다가도 한번 등을 돌리고 나면 차고 싸늘하기가 얼음 같은데 어찌하여 흘러간 이십대 청춘의 아득한 사랑을 일생토록 지녔다가 그 사연에 스스로 시달리는 걸까. 무서워라, 순정의 거룩함이여. 놀라워라, 추억의 고귀함이여.

그 두 사람 로맨스의 기록을 밖으로 인도해내려고 나는 무진 노력했다. 처음엔 주저하고 외면하던 자야 여사도 한참 뒤에 아주 적극적인 자세로 옛 기억을 하나둘 되살려냈다. 질풍노도같이 펼쳐지던 두 사람의 사랑. 마치 아이들 숨바꼭질 같기도 하고 술래잡기 유희와도 같았다. 남녀 간의 사랑은 어찌 합치와 조화를 이루지 못하고 늘 동물의 발굽처럼 서로 갈라져 어긋나기만 하는 것일까. 『내 사랑 백석』의 작업은 이런 기억 재생의 열풍 속에서 하나둘 실체가 윤곽을 드러냈지만 이젠 그 사연들도 낡은 고담과 설화가 되어 또다시 세월 속에 아련히 묻혀간다.

내가 받은 자야 여사의 편지는 내 시집 『꿈에 오신 그대』를 받고 반색하며 써 보낸 답장이다. 그 시집 1, 2부는 자야 여사의 비몽사몽을 객관화시킨 시적 기록이다. 이 때문에 그녀는 나를 늘 '작은 백석'이라 호칭하며 명랑하게 웃었다. 그 목소리와 웃음소리가 새삼 그리워진다. 하지만 이런저런 기부와 헌납을 하면서도 그토록 연모했던 백석 시인을 위해 그 흔한 문학관 하나 건립하지 않았다는 것이 못내 아쉽고 서운하다. 그 많은 재산을 모두 다른 곳에 한꺼번에 기증하고 말았으니 백석에 대한 그녀의 몰입이 과연 진실인가 의문이 들기도 한다. 그녀에겐 단지 옛 추억만 소중했을 뿐 지적 감각이나 냉철한 분별은 따르지 못한 것으로 보인다. 제대로 된 백석문학관을 하나 건립했더라면 후대로 이어지며 계속 아름다운 신화로 자리를 잡았을 것이다.

그제 밤 꿈에 백석 시인이 어디에선지 두 팔을 높이 들고 덜그럭 안으려는 듯 흠뻑 즐거운 태세만 비치고 그만 사라져버렸어요. 꿈마다 믿지 못할 형용 생생히 허무한 꿈은 나를 시달려주고 애를 태우려 나타나는 것만 같습니다. 그 원한 내가 모를 리 없지요.

다음날은 밤이 새도록 책을 보는 참인데 느닷없이 작은 백석 시인이 방안에 성큼 다가왔지요. 꿈 아닌 꿈에 너무도 반가워서 곧장 사랑스러웠어요.

젊어서는 한적할 때면 약속 없이 오는 사람 기다려지기도 했건만 이제 늙으니 자연히 찾는 이도 없는데 오랜만에 반가운 마음으로 얼싸안고 뒹굴고 싶었어요.

그런데도 바쁜 이 도정道程에 한유閑遊한 틈이 없으니 안타까웠어요.

새로 나온 시집을 주시어서 읽어보니 나에 대한 로맨스를 다룬 시작품이어서 '아, 이것이 꿈땜이로구나' 하고 반갑게 읽었습니다.

바쁘신데 마지막으로 보내드리는 글월 읽어보시고 첨부해주시면 감사하겠습니다.

1995년 11월 13일

子夜

스스로를 노소녀라 부른 자야

자야 여사는 나를 마치 백석 시인 대하듯 늘 위하고 보살폈다. 내가 그녀의 집에서 자게 되었을 때 내가 자는 방이 차갑지는 않은지 이부자리 밑에 손을 넣어 쓸어보기도 했다. 어떻게든 나의 아쉬움과 허전함을 채워주려고 노력했다. 서울 용산구 동부이촌동, 여사가 살던 맨션의 거실 소파에 마주앉아 들었던 백석 시인과 지내던 함흥 시절, 혹은 서울 청진동 시절의 흥미진진한 이야기들은 그냥 한번 듣고 흘려보내기엔 너무 아깝고 소중한 자료들이었다. 그래서 깊은 밤, 온갖 생각과 번민으로 잠 이루지 못할 때 백석 시인에게 하고 싶은 가슴속의 말을 편지로 써서 나에게 보내달라고 권했다.

그게 시작이 되어 자야 여사는 백석 시인에게 보내는 투정과 하소연, 그간 하고 싶었던 켜켜이 쌓인 말을 편지지에 장강대하로 쏟아서 보내왔다. 일제 말 백석 시인이 만주에 함께 가자고 줄곧 따라다니며 설득할 때 그게 싫어서 숨바꼭질하듯 줄곧 숨어다녔다. 그런데 시인은 귀신처럼 자야가 숨은 곳을 찾아내곤 했다. 그게 싫어져서 마침내 백석이 따라올 수 없는 중국 상하이로 도피성 외유를 떠나버렸다. 그런 일들과 관련된 여러 미안하고 가슴 아픈 추억담이 만지장서로 빼곡히 적혀 있는 것이었다.

자야 여사의 글씨는 전형적 1930년대 필체를 그대로 지녔고, 고전적 세로쓰기 형태다. 거기엔 어떤 부호도 없고 띄어쓰기나 문장의 매듭도 주지 않고 요즘의 정서법 규칙과도 전혀 무관하다. 마치 내방가사 투의 만연체 연결형 흘려쓰기로 보면 되겠다. 나는 자야 여사의 글씨를 두고 세상에 하나뿐인 '자야체子夜體'라며 놀렸다. 초서처럼 흘려서 쓴 글씨를 읽어내려가기가 쉽지 않았다. 어떤 부분은 거의 판독 수준이었고, 그래도 잘 모르는 부분은 따로 모아두었다가 나중에 서울로 찾아가 한꺼번에 묻고 확인하는 과정을 거쳤다. 그러면 그게 부끄럽고 송구하다며 얼굴이 발갛게 달아올라 겸연쩍은 표정을 지었다. 그러면서 노고를 위로하는 뜻이라며 술잔을 불쑥 내밀었다. 백석 시인과 뜨겁게 사랑하고 이별했던 전후 내력을 소상히 담은 김자야 에세이 『내 사랑 백석』은 바로 이런 과정과 곡절을 거쳐서 세상에 나오게 되었다.

자야 여사가 세상을 떠난 지 어느덧 이십오 년 세월이 지났다. 살아서 남루했던 과거를 지녔으나 이십대 청춘기 백석 시인과의 지순했던 사랑을 귀한 보물처럼 아끼며 가슴에 갈무리하고 살았던 여성. 기생 자야의 회고록을 정리하던 시절이 새롭다. 자야 여사는 편지를 마무리하며 자신을 일컬어 꼭 '노소녀老少女'라고 즐겨 썼다. 내 호칭을 '인출'이라고 한 것은 나의 아명이 인출寅出이기 때문이다. 6·25전쟁이 경인년이었고, 내가 그해 출생이라 아버지는 나를 그렇게 부르셨다.

출아 출아, 인출 선생!

어쩌타 글은 쓰라고 하시어서 없는 박식 쥐어짜느라 비지 자루만 터져버리고 고갈된 창고에 그나마 중언부언 잠꼬대같이 써놓고 보니 내가 살아온 고난의 생애에 외로웠던 여로. 돌이킬 수 없는 가장 값진 아름다웠던 청춘을 영상으로 비치어보는 생생한 환상.

뜨거운 정열의 불꽃 튀는 두 청춘. 한데 묶어 뒹굴어보는 이 추억.

늦게 얻은 큰 보물입니다. 소중합니다. 그 무엇으로도 바꿀 수 없습니다.

청춘이 그리워 사랑이 그리워 가슴이 터지도록 흐느낄 때 구천에 계신 백석 선생도 뜨거운 눈물을 지었고 지상에서는 인출 선생만이 처절한 두 사람의 흐느끼는 소리에 가슴 아파하시었지요.

그런대로 솜씨 내셔서 잘 정리해주기 바랍니다. 본래가 가정교사를 믿고 쓰는 글이 아닙니까. 노고를 빌면서.

노소녀

자야 서

1994년 1월 8일

『내 사랑 백석』 발간 전후

자야 여사는 나를 몹시도 좋아했다. 그렇게도 실천하려고 했던 자기 평생의 과제 『백석시전집』의 발간을 내가 대신 해준 것이 너무도 사무치게 고맙다고 말했다. 맛있는 서울식 열무김치를 담가놓고 그게 잘 익었으니 어서 오라며 불렀고, 사골 곰국을 끓여놓고도 서울로 속히 오라고 불렀다. 무더운 여름에는 약병아리가 좋다며 토실토실한 암탉을 구해다 푹 고아서 내놓았다. 그 밖에 여러 차례 귀한 진미를 맛보게 해준다며 나와 가족들을 불러올렸다. 자야 여사는 소녀 시절부터 함께 지내온 개인 비서 겸 찬모와 한집에 살았는데 그녀의 음식 솜씨가 비범했다. 자야 여사는 그녀에게 늘 이선생을 위해서 어떤 새로운 음식을 만들어보라고 일렀다. 나로서는 이런 환대가 과분하기 그지없었다. 그럴 때마다 "귀하는 백석 시인을 대신해서 이 대접 받는 거예요"라고 했는데, 늘 들려주던 이런 화법이 흐뭇하고 정겹게 느껴지기도 했다.

그 댁에서 하루를 묵을 때면 이따금 안방으로 나를 살며시 부르기도 했다. 그러면 화투를 꺼내놓고 마주앉아 민화투를 치자고 했다. 그냥 치면 재미가 없으니까 한 점에 백원씩 걸고 내기 화투를 놀자고 했다. 그런 놀이에 익숙하지 않은 나는 판판이 여사에게 졌다. 그렇게 화투를 여러 판 치다보면 곧 자정이 가까워져서 나는 졸린 눈을 비비며 자리에서 일어났다. 여사는 잠이 오지 않는 밤, 그렇게 화투로 내일 신수身壽를 미리 점치는 놀이를 즐겨 한다고 했다. 그것을 '패를 뗀다'고 하던가. 화투놀이로 미래 시간에 일어날 일을 앞질러 예측하는 것이다. 하루 앞을 보기도 하고 12월이면 내년 운세를 미리 점치기도 했다.

자야 여사의 안방에는 자개 장식이 된 난간이 둘러쳐진 침대 하나가 있었고, 주로 거기 앉아서 TV를 보거나 전화를 걸었다. 그러다가 어떤 필요가 있으면 침대 난간에 달린 초인종을 눌렀다. 그러면 함께 거주하는 찬모가 즉시 달려와서 "부르셨어요?" 하며 대기한다. 등이 굽은 찬모의 나이도 자야 여사와 비슷해 보였다. 어린 시절부터 평생을 함께 살아왔다고 한다. 그녀는 가족들과 자야 여사의 맨션 입구 방에서 살았고, 그녀의 아들은 여사의 승용차를 운전하는 기사로 일했다. 각종 세금 납부, 은행 심부름, 기타 일들을 그가 대신 집행해주었다.

어느 날 자야 여사와 화투를 놀던 중 내가 문득 하나의 제의를 했다.

"백석 시인과 지내던 시절의 이야기를 모조리 생각나는 대로 편지에 적어서 저에게 보내주시면 좋겠습니다."

"그건 왜?"

"두 분의 재미있는 사랑 이야기를 책으로 한번 엮어보려구요. 말로만 들으면 곧 사라져버리니 기록의 방법이 가장 좋을 것 같습니다."

"그거 재미있게 느껴지기도 하네."

이렇게 해서 자야 여사는 그로부터 30여 통의 편지를 보내왔다. 내용은 구구절절 백석 시인에게 하고 싶었던 가슴속의 쌓인 이야기들이다. 기억력은 어찌 그리도 비상한지. 편지에는 백석 시인과 사랑하던 시절의 여러 애틋한 이야기들, 집에 놀러오던 백석 시인의 친구들, 백석 시인과의 밀고 당기던 애증의 갈등 등등. 온갖 이야기가 내 앞에 기록으로 쏟아졌다. 나는 깨알같이 써놓은 그것을 펼쳐놓고 돋보기로 판독해가며 컴퓨터에 한 글자 두 글자씩 옮기기 시작했다. 내용을 모두 옮긴 다음에는 시간적 순서에 따라 다시 배열했다. 그 사이사이 문장의 연결이 어색한 곳, 시대적으로 공백이 느껴지는 부분은 내가 직접 틈새 메우기를 했다.

그런 과정을 거쳐서 드디어 원고가 완성되었다. 나는 그 앞부분에 '작가의 말'에 해당하는 '추억을 위한 변명'을 쓰고, 책의 후반부에는 '아름다운 인연, 아름다운 족적'을 발문으로 작성해서 넣었다. 김자야 에세이 『내 사랑 백석』은 그런 과정을 통해서 세상 빛을 보게 된 것이다. 그녀는 자신의 이름으로 첫 저서가 발간된다는 사실에 몹시도 기뻐하며 흐뭇해했다. 그 책은 백석 시인이 사랑했던 조선 권번 소속 기생 김자야가 눈물로 기록한 순애보라 할 수 있다. 슬픈 사랑의 결말이 못내 가슴을 아리게 한다. 발간 이후 독자들의 꾸준한 사랑을 받으며 지난 여러 해 줄곧 화제에 올랐던 책이기도 하다. 이 책의 내용을 토대로 연극, 뮤지컬, 다큐멘터리, TV 단막극, 드라마 등이 제작되어 절찬 속에 상연되었다. 지난 2019년, 문학동네에서는 시대 감각에 잘 어울리는 산뜻한 디자인으로 표지를 바꾸고 문장도 전체적으로 다시 가다듬는 작업을 했다.

추억을 위한 변명*

인생은 늙어서는 추억으로 산다고 그 누가 말했던가?

실제로 겪어보니 이는 틀림없는 사실이었습니다. 유달리 평탄치도 못했던 인생, 나그네 역려逆旅를 어디로 어떻게 헤매다가 아무런 얻은 것 하나 없이 빈손으로 돌아오니 백발만 성성! 내 인생 그 아까운 청춘은 마치 강가에서 새를 잡았다가 놓쳐버린 것만 같습니다. 그 아수하고 허전한 마음을 어디에 부쳐보리오.

노년의 시간이 정말 한가롭고 무료하고 심심해서, 그 옛날 정다웠던 시인 백석 선생의 시전집이나 뒤져보는 것이 그동안 저의 유일한 낙이었습니다. 그분의 시작품 가운데는 꽃답고 영롱한 두 청춘의 그림자가 고스란히 살아 있고, 청순한 순정과 격렬한 열정의 너그러운

---

* 이 글은 김자야 여사의 이름으로 발표된 『내 사랑 백석』(문학동네, 1996)의 머리말이지만 자야 여사의 진술과 편지 내용을 기초로 해서 내가 작성한 글이다. 독자들이 에세이 발간 전후의 맥락을 이해하는 데 도움이 될 수 있을 듯해 여기에 옮긴다.

미소가 변함없이 남아 있습니다. 저는 잠시 나이조차 잊고서 그 시절 청춘으로 되돌아갑니다. 정들었던 사람과 이마를 맞대고 곧장 사랑의 이야기에 꽃을 피우니 그 원통하고 가슴 아프던 이별조차도 잊었습니다. 당신이 계시는 별의 나라, 이별을 모르는 나라에서 우리 두 사람은 불로주에 취한 듯 그 꿈을 깨지 말 것을 서로 기원했습니다.

건망증이 심한 저는 아름다운 추억을 행여 놓칠세라 주섬주섬 챙기어 되는대로 써놓고 보니 그런대로 소중한 기록이 될 듯한 생각도 아주 없지는 않았습니다. 그래서 남루한 원고 뭉치를 두서없이 엮어서 시인 이동순 교수께 보내게 된 것입니다. 이교수는 이미 지난 1987년 가을에 『백석시전집』을 편찬하신 분입니다. 그분은 저의 글을 받아 읽고서 좀더 자세히, 그리고 생생하게 쓰면 매우 좋은 글이 될 것 같으니 더 써보라고 용기를 주셨습니다.

저는 이 권유를 받고 한편으론 기쁘고 즐거웠으나, 또 한편으로는 걱정이 되지 않는 것도 아니었습니다. 하지만 분수를 모르는 호기심은 자꾸만 속에서 일어나 '그래, 한번 써보리라' 하는 마음이 내내 자리잡고 있었습니다. 이렇게 해서 틈틈이 쓴 글을 그때마다 이교수께 보내었더니, 그분은 나의 어법과 어휘가 모두 구식 문장임에도 불구하고 남루한 문장을 가다듬고 매만져주셨습니다. 이 얼마나 감사한 일인지요. 이렇게 시작한 작업이 마무리되고, 드디어 한 권의 책으로 발간을 앞두고 있다 하니, 저는 이것이 꿈인지 생시인지 분간을 모르겠습니다. 그리고 이 감격을 주체할 길이 없습니다.

제가 이 글을 통해서 이미 오래전에 흘러가버린 우리들의 청춘 시절을 다시 떠올려 차근차근 정리해보는 것은 비록 글쓰는 동안만이라도 당신과 함께 호흡을 나눌 수 있기 때문이요, 그 속에서나마 우리가 이별을 모르는 세상에서 함께 영원히 살아 있을 수 있다는 간절한 생각 때문입니다. 또 이 문필 작업이 그 뜨거웠던 당신의 순정에 대한 나의 작은 보답이 될 수도 있지 않을까 하는 어쭙잖은 마음도 전혀 없지는 않았습니다.

그런 심정으로 추억의 조각들을 하나하나 글로 풀어내다보니 지난날의 아기자기했던 추억들이 마치 옹달샘에 맑은 물이 고이듯 졸졸 고이고 봄풀이 돋아나듯 소록소록 돋아나서, 저는 어느 틈에 우리들 청춘의 생생한 필름을 혼자서 돌려보는 기막힌 환상에 빠지곤 했습니다. 한마디로 행복한 시간이었습니다.

비틀걸음으로 살아온 저의 일생에서 돌이켜보면 지금까지 꼭 세번의 감격이 있었습니다. 첫번째의 감격은 제 나이 열네 살 적의 일입니다. 그해 봄, 저는 중학 시험을 보러 갈 때 쓰려고 거의 두 해 동안이나 저금통에다 푼돈을 모으고 있었습니다. 그 저금통이란 질뚝배기 벙어리 바깥에다 삼베를 한 겹 바르고 그 위에 청색 크레용을 두껍게 칠해서 깨어지지 않도록 제가 직접 고안해서 만든 것입니다. 이 저금통에 모은 돈이 어느덧 2원가량이나 되었습니다. 마침 어머니께서 돈 2원이 필요한데 밤이라서 구할 길이 없다고 말씀하셨습니다. 저는 감추어둔 그 벙어리 저금통을 꺼내와 어머니 보시는 앞에서 주저 없이 탁 깨뜨리고는 그 돈을 드렸습니다. 이때 어머니가 기뻐하시던 모습을 보던 것이 첫번째의 감격입니다.

두번째의 감격은 제 나이 마흔이 넘어서 미국 유학을 가겠다고 새삼스럽게 영어 공부를 해서 유학 시험을 보게 되었을 때의 일입니다. 나중에 시험 결과가 발표되었는데 아슬아슬하게도 합격이 되었다는 소식은 저를 말할 수 없는 감격으로 빠뜨렸습니다. 저는 제 삶이 마치

밧줄에 매달려서 무슨 숨막히는 곡예를 하는 것 같다는 생각이 들었습니다. 그래서 자신도 모르게 눈물을 흘리고 말았지요. (하지만 그 유학은 끝내 못 가고 말았습니다.)

그리고 세번째의 감격은 바로 지금 저의 나이 팔순에 이르러 참으로 과분하게도 저의 책을 출판하게 되었다는 사실입니다. 초가삼간을 지어도 일생일대 큰 사업이라 했거늘, 제가 이번에 책을 내게 된 것은 저의 생애에서 실로 대하천간大廈千間을 이룩한 것이나 진배없을 것입니다. 제가 이렇게도 과분하게 저자가 되다니요.

이 책을 읽는 여러분들은 이 글을 분수 모르는 한 철부지 늙은이가 가슴속에 수십 년을 고이 묻어온 이야기로 여기고 너그럽게 읽어주십시오. 보잘것없는 저의 글을 예쁜 책으로 만들어준 문학동네에 진심으로 감사를 드립니다.

아름다운 인연, 아름다운 족적*

지난 1987년 10월, 나는 그때까지 분단의 어두운 수렁 속에 매몰되어온 망각의 시인 백석의 작품을 한 편 두 편 모아서 『백석시전집』이란 이름으로 세상에 그 빛을 보게 하였다. 이 책이 출간되자 언론계, 학계, 문단에서의 반향은 실로 놀라운 것이어서 신문이란 신문마다 크게 관심을 표시하고, 이 소식을 들은 모두가 입을 모아서 우리 문학사의 너무도 소중한 별 하나를 다시 찾게 되었다고 다행스러워했다. 특히 원로 시인 우두雨杜 김광균金光均 선생 같은 분은 손수 붓으로 쓴 장문의 격려 편지까지 보내와서 함께 기뻐해주었다. 『백석시전집』의 발간은 당시 정부가 아직 공식적인 해금을 발표하기 이전이었는데, 이 전집의 발간을 계기로 그동안 밀교적 분위기에서 금지되어오던 월북 문학인의 작품집 발간과 그들 작품성에 대한 분석 및 연구 활동이 일대 성시를 이루었다.

---

* 이 글은 『내 사랑 백석』의 발문으로 쓴 것이다.

전집이 발간된 지 한 열흘쯤 되었을까. 어느 날 오전 나는 연구실로 걸려온 한 통의 전화를 받았다. 첫 느낌에도 매우 단정하고 기품이 느껴지는 할머니의 음성이었다. 그녀는 백석 시인과 가까웠던 사람이라고 자신을 소개하며, 곧 한번 만나기를 청했다. 나는 궁금증을 참지 못하고 상경하여 그녀의 댁을 찾아갔다. 첫 만남에서 그녀는 자신을 '자야'라고 불러달라고 말했다. 이 이름은 백석 시인이 직접 지어준 것이라는 설명도 곁들였다. 그녀는 백석 시인과 관련된 자신의 생애를 나직하게, 그러나 다소 상기된 표정으로 말했다.

자신의 흘러간 이십대 초반, 어여쁘던 젊은 시절에 함경도 함흥에서 시인 백석과 처음 만나 삼 년 동안 뜨거운 사랑에 빠졌다. 그리고 서울 청진동의 한 작은 한옥에서 혼례를 치르지 않은 부부로 함께 살았던 적이 있노라는 너무도 뜻밖의 얘기를 들려주었다. 나는 대뜸 모든 내력을 알아차렸다. 동시에 함흥 시절에 쓴 백석 시의 애틋함과 고뇌, 갈등 따위가 일시에 정돈된 풍경으로 선연히 다가왔다. 내가 그토록 존경하고 흠모하던 한 선배 시인의 풍모와 직접적인 체취를 새삼 생생하게 확인하도록 해주는 기회였다. 나는 흥분의 도가니에 빠져버렸다.

그날 밤, 나는 자야 여사가 굽이굽이 펼치고 쏟아놓는 참으로 많은 흘러간 시간의 반짝이는 사금파리들을 보면서, 그녀의 추억 속에 너무도 큰 부피로 깃들어 있는 백석 시인을 흠뻑 느낄 수 있었다. 그날 메모해둔 것을 다시 깁고 채워서 정리한 것이 대담 기록으로 발표된 글 「백석, 내 가슴속에 지워지지 않는 이름」이다. 이 글은 여러 독자의 관심과 화제로 떠올랐다. 그러나 이 글이 발표된 이후에도 나는 어딘지 못다 한 부분에 관한 아쉬움이 여전히 남아 있었다. 특히 자야 여사가 그토록 사랑했던 사람 백석의 인간적 풍모에 관한 기술이 생기를 얻지 못해서 못내 미흡한 마음을 금치 못했다. 그래서 자야 여사를 대면할 기회가 있을 때마다 회고록 써보기를 권했고, 특히 백석 시인과의 삼 년의 기록을 낱낱이 풀어보기를 권했다.

이런 나의 권유에 자야 여사는 맨 처음 주저하면서 자신은 문필가가 아니므로 그것은 불가능하다고 말했다. 그러나 내가 아는 그녀는 일찍이 1930년대 중반 파인 김동환 시인이 발간하던 잡지 『삼천리』를 통해 이미 수필로 데뷔한 경력이 있었다. 나는 이 사실을 떠올리며 마치 꺼져가는 호롱불에 다시 기름을 가득 채우고 심지를 새로 끼워서 불을 밝히듯 옛 기억을 글로 써보라고 누차 강권하다시피 했다.

그러던 1991년 어느 봄날, 자야 여사는 느닷없이 한 통의 우편물을 보내왔다. 열어보니 그 원고는 지금 한 하늘 아래 계시지 아니한 낭군 백석 시인을 생각하고 쓴 그리움의 편지였다. 200자 원고지 앞뒤로 칸을 무시한 채 세로쓰기로 빽빽이 쓴 불과 서너 장의 글이었다. 절절히 사무치는 애타는 눈물과 사랑하는 사람을 향한 연모의 정으로 가득했다. 그런 마음은 생과 사를 초월하는 것이리라. 그것을 읽어내려가는 순간, 나는 자야 여사의 글이 한 권의 흥미로운 책으로 엮어질 수 있는 가능성을 확신하였다. 이후로 나는 자야 여사에게 그녀의 가슴속에 깊이 묻어둔 말, 백석 시인과 함께 살 때 있었던 여러 가지 재미있는 일화들, 당시 문단 친구들과의 교유, 기생으로서의 삶에서 예상할 수 있는 온갖 눈물겨운 애환 등등 많은 이야기들을 생각나는 대로 적어보도록 재촉했다.

하지만 그때 자야 여사는 이미 팔순이 가까운 노구였다. 그럼에도 불구하고 그녀는 적극적으로 나의 집필 주문에 응했다. 그녀는 글을 쓰면서 때때로 밤을 꼬박 새우기도 여러 번, 심지어 그 때문에 건강에 무리가 왔고, 두어 차례 병원에 입원까지 해서 노년의 고비를 아슬아슬 넘기기도 했다. 자야 여사가 글을 써 보내면 나는 시간과 공간적 순서에 따라 다시 내용을 배열하고, 글의 구성과 흐름이 독자들에게 보다 쉽게 다가갈 수 있도록 약간의 첨삭을 하기도 했다. 자야 여사의 문체는 1930년대식 어법과 문투를 거의 고스란히 유지하고 있었다. 지금은 사라지고 없는 당시의 신기한 어휘나 고전적 문투 등의 이채로운 언어 습관을 그대로 지니고 있었다. 나는 이것을 가능한 한 다치지 않게 하려고 최대한 배려했다. 백석 시인과의 이야기도 자못 흥미로운 바이지만 자기가 기생이 될 수밖에 없었던 슬픈 성장기의 사연도 우리들의 가슴을 애달픈 감동으로 이끌어간다.

이렇게 자야 여사가 새로 쓴 원고를 나에게 보내오고, 그것을 내가 다시 손질하여 되보내기를 십여 차례. 그동안 고치고 기운 원고의 키가 한 자도 넘게 높아졌다. 마무리가 거의 다 된 원고의 분량도 어느덧 천 장을 넘어서고 있었다. 자야 여사는 이 원고의 집필을 그녀 필생의 사업이라 여겼다. 그만큼 이 글에 쏟아부은 공력과 노고는 참으로 대단한 것이다. 1991년 봄부터 이후 사 년간이나 쉬지 않고 틈틈이 계속된 집필 작업이 이제 한 권의 책으로 마무리되면 그 누구보다도 자야 여사 자신이 가장 기쁘고 흐뭇할 것이다. 또 백석 시인의 영혼이 계시다면 이 사실을 알고 몹시 감개무량함을 느끼시리라. 나 또한 이 작업을 곁에서 보조했던 경험을 큰 기쁨과 보람으로 여기고자 한다.

한 인간으로 태어나 이승의 삶을 살아가면서 끼치게 되는 아름다움의 족적이란 그다지 많지 않을 것이다. 자야 여사는 기생의 신분으로 살아오면서도 그녀의 젊은 날, 영혼이 맑고 고결했던 한 외로운 시인과 아름다웠던 만남의 추억, 애틋했던 사랑의 기억을 고스란히 간직하고 있으니 이 얼마나 삶이 아름답고 풍성했음을 말해주는가. 더구나 그 기억을 지금도 가슴 깊이 갈무리해서 자신의 외로운 삶을 흐뭇한 시간으로 바꾸어가고 있으니 이 얼마나 값진 보람이리오.

나는 그녀 가슴속에 들어 있는 백석 시인과의 추억이야말로 영원히 빛바래지 않는 영롱한 진주처럼 고귀한 보배라고 생각한다. 사랑과 인정이 메마를 대로 메말라 먼지조차 풀풀 일어나는 삭막한 세월 속에서 이 아름다운 책이 아무쪼록 독자들의 가슴속에 다가가 잔잔한 감동으로 심금을 적시게 되기를 진심으로 바란다.

길상사가 시작된 내력

아마 1990년대 중반이었을 것이다. 어느 날 자야 여사의 전화를 받았다. 곧장 행장을 꾸려 서울로 오라고 재촉했다. 서둘러 갔더니 긴히 주고받을 의논이 있다고 했다. 마주앉은 자야 여사는 자기가 백석 시인을 위해 해드릴 수 있는 것이 무엇인지 진지하게 물었다. 나는 주저하지 않고 그 두 가지 방안을 말했다. 하나는 백석문학상 제정, 다른 하나는 백석문학관 설립이었다. 여사는 우선 백석문학상부터 시작하자고 했다. 그래서 나는 『백석시전집』을 발간한 창작과비평사로 연락했고, 면담 날짜를 잡았다. 백낙청, 최원식, 이시영 등 창비의 운영진 셋이 자야 여사 댁으로 찾아가 면담했다. 여사는 그 자리에서 2억원의 기금을 전달했고, 그것을 기초로 해서 1997년 백석문학상이 제정되었다. 1999년 첫 수상자를 선정했고 천만원의 상금이 수여되었다. 현재 27회까지 수상자가 나왔다. 내가 했던 다른 하나의 제의는 백석문학관 설립이었지만 이에 대한 자야 여사의 반응은 그리 탐탁하지 않았다. 백석 시인을 위하고 진정으로 기리는 일이 바로 그것이라며 누차 강조했지만 그녀는 고개를 저었다. 문학관을 하기에 마땅한 부동산이 있긴 하나 그걸 개관하고 운영하는 일은 그 누구도 감당할 수 없다고 했다. 어느 날은 중학동 한국일보 옆길을 함께 찾아가서 아담한 한 채의 한옥 고가를 나에게 보여주었다. 나는 탄성을 지르며 이곳의 위치나 크기가 백석문학관을 하기에 너무 적절하다고 말했다. 하지만 그에 대한 응답을 끝내 듣지 못했다. 자야 여사의 생각으로는 개관을 한다고 해도 줄곧 발생할 운영비를 감당하기가 힘들 것이라 판단한 듯하다. 그로부터 몇 해 뒤에 자야 여사는 주저 없이 그 한옥을 매각해버렸다. 몹시 서운하고 아쉬웠다. 언젠가 그곳을 다시 찾았더니 빌딩이 들어서서 흔적조차 찾을 수 없었다.

또 한번은 자신의 명의로 되어 있는 요정 대원각大苑閣 운영의 난점을 나에게 털어놓았다. 아주 많은 곡절이 서린 소중한 곳인데 개인으로서는 세금이나 기타 여러 문제를 감당해내기가 벅차 이제는 처분할 수밖에 없다고 했다. 하지만 그 거대한 부동산을 사겠다고 나서는 사람도 없었을 뿐더러 자신이 자꾸만 노쇠해지니 어딘가에 기증할 생각을 품었던 듯했다. 자야 여사가 그 뜻을 나에게 물었을 때 나는 그 자리에서 단호하게 말했다.

"어떤 결정을 하더라도 백만 대중을 위하는 방향으로 하시면 좋겠습니다. 그게 보살심菩薩心이고 보시布施의 실천이지요."

하지만 여사는 고개를 저었다. 그것을 기증하기 위해 몇몇 대학에도 연결을 해보았지만 끝내 마음이 움직이지 않았다고 한다. 그렇다고 해서 노인이나 고아, 병약자를 위한 시설로 만드는 것도 내키지 않았다. 여러 날 궁리 끝에 나온 발상이란 결국 어느 맑고 깨끗한 승려를 찾아서 대원각 일대를 사찰로 만들어달라는 부탁을 해야겠다는 것이었다. 내 권유는 진작 묵살되었으므로 그 의견에 대해 나는 두 번 다시 간여하지 않았다. 이런 계획을 갖고 아마도 불교계의 여러 승려를 만나기도 했으리라. 결국 선택받은 사람이 법정法頂 스님이다. 법정 스님을 만나보니 일단 마음에 차기는 했지만 여전히 온전하지는 않았다. 그후로 자주 면담하며 때로는 전남 승주군 송광사로 직접 방문하기도 했다. 1997년 봄이었을 것이다. 그 송광사에 가는데 동행해달라고 했다. 나는 이 제의를 기꺼이 수락하고 일단 서울에서 자야 여사의 승용차로 그곳을 향해 출발했다. 신록이 푸르러지는 송광사는 아름다웠다. 자야 여사가 내려온다는 기별을 듣고 송광사에서는 성찬을 준비해두었다. 점심 공양을 하고 나서 차를 마실 때 법정 스님이 접시의 참외 한 조각을 들고 말했다.

"요즘은 과일이 철도 없이 나오지요. 이런 과일을 먹어서 세상 사람들이 철부지가 되는가봐요."

둘러앉은 사람들이 모두 고개를 끄덕였다.

자야 여사와 법정 스님 둘이 밀담을 나눌 때 나는 곁을 빠져나와 송광사 경내를 산책했다. 내가 곁에 있을 까닭도 없거니와 법정 스님이 나를 다소 불편하게 느끼는 기색이 느껴졌기 때문이었다. 이곳저곳 거닐다가 얼굴이 해맑은 한 청년 스님을 만났다. 검은 뿔테안경을 낀 그는 자신을 법정 스님의 상좌로 소개했다. 그의 방으로 가서 차를 공양하며 이런저런 이야기를 나누었다. 그 스님은 나에게 오래되어 녹이 슨 작은 풍경風磬 하나를 선물로 주었다. 자야 여사가 면담을 마치고 나왔을 때 법정 스님은 이미 불일암佛日庵을 향해 올라가고 있었다. 나는 자야 여사와 다시 그 상좌 스님의 방으로 들어가 차를 마시며 기념사진도 찍었다.

    그후로 자야 여사와 법정 스님의 만남은 서너 차례 더 이어졌던 것으로 안다. 주로 법정 스님이 자야 여사의 댁을 방문하는 방식이었다. 대원각 기증 문제는 쉽게 마음을 정하지 못했다. 기증하겠다고 마음을 굳혔다가 며칠 지나면 다시 거두어들이고, 그러다가 다시 스님을 만나서 기증 의사를 밝히기도 했다. 말하자면 여러 차례 마음이 엎치락뒤치락했었다는 이야기다. 결국 어느 날 면담을 요청한 스님과 둘이 앉아서 마지막 담판을 냈다. 그 자리에서 최종 결정이 났고, 스님이 미리 대기시켜둔 언론사 기자가 들어와서 두 사람의 사진을 찍어 보도했다. 다음날 아침 조간신문 사회면은 온통 대원각 기증에 대한 기사로 가득했다. 시가로 3,800억이나 된다는 그 부동산은 그렇게 해서 법정 스님에게 기증되었고, 요정 대원각은 길상사라는 사찰로 바뀌었다.

길상사, 사찰로 바뀐 요정

함흥에서 백석 시인을 만나던 시절, 후미진 북방의 냉기 가득한 지방 도시에서 시인과 기생이 뜨거운 사랑을 나누던 애틋한 추억들, 토닥토닥 어김없이 찾아오던 사랑싸움, 시인이 사랑을 선택하느라 함흥의 직장까지 사직하고 서울로 옮긴 이야기, 서울 청진동 집에서 한 쌍의 비둘기처럼 도란도란 사랑을 속삭이던 이야기, 가장 다정한 친구였던 작가 허준을 비롯해서 문단 친구들이 저녁마다 놀러와 와자지껄 함께 놀던 이야기, 시인이 돌연 만주행을 제안하면서 점차 둘 사이가 멀어지게 된 아픈 사연 등등. 얼마나 많은 이야기를 가슴속에서 갈무리해오다가 드디어 나를 만나 폭포처럼 쏟아놓았던가. 자야 여사의 가슴속은 온통 이야기 창고였다. 아무리 퍼내도 물줄기가 마르지 않는 샘물이었다.

사실 내가 가장 궁금했던 것은 백석 시인과 헤어지고 난 뒤 그녀의 가파른 행적과 삶이었다. 그때가 일제 말기였고, 자야 여사는 여전히 기생 신분이었으며, 그 험난한 세월 속에서 8·15 해방을 맞이했을 터였다. 일제 말기에 어떻게 살았는지보다 구체적인 당시의 이야기가 궁금해서 물으면 아무리 취중일지라도 정색하며 즉시 입을 다물었다. 차마 내색할 수 없는 아프고 쓰라린 악몽의 기억이 많았으리라 짐작되었다. 말은 하지 않지만 총독부의 고위직들에게 불려가는 일이 잦았을 것이다. 이후의 여러 서술은 자야 여사가 아니라 기생 진향의 이야기다.

해방 후에도 김진향은 여전히 출중한 해어화解語花로 정계의 인물들과 주로 어울렸던 것 같다. 미군정기의 중요 인물들, 이를테면 동아일보의 설립자이자 한민당의 주요 인사였던 인촌 김성수와 고하 송진우, 부통령을 지냈던 장면 등의 인물들과는 사교 모임에서 만나 어울리며 흉허물 없는 교분을 나누었던 듯하다. 그들과는 함께 짙은 농담을 주고받으며 맞담배도 즐겼다고 했다.

이승만 정권이 출범하면서 국회 부의장이었던 모씨와 인연을 갖게 되었고, 마침내 작은 살림을 차려 소실로 들어갔다. 얼굴이 예쁘고 문장력까지 갖추었으니 비서처럼 채용이 된 것이다. 모씨는 진향을 손바닥 안의 보물처럼 아끼고 사랑했다. 이튿날 발표하게 될 국회 연설문 원고를 진향이 작성하고 다듬었다. 부의장은 시력이 좋지 않았다. 뒷짐지고 방안을 거닐며 연설을 하면 진향이 그것을 즉시 옮겨 썼다. 그 내용을 다시 외우게 해서 잘못된 부분을 수정했다. 이렇게 여러 해를 지내다가 헤어지게 되었을 때, 모씨는 작별을 아쉬워하며 진향에게 특별한 선물을 주었다. 그것이 현재 길상사로 바뀐 성북동의 엄청난 부동산이다. 면적이 칠천 평이나 된다.

사실 엄밀하게 말하자면 정계의 실력자 모씨가 애인 진향에게 선물로 준 그 부동산은 국가 귀속재산으로 환수되어야 했다. 조선총독부와 미군정을 거쳐 자유당 정권으로 이관된 칠천 평의 그 막대한 부동 산 문서를 모씨는 개인적으로 지니고 있다가 애인에게 선물로 준 것 이다. 지금으로선 감히 상상조차 할 수 없는 부조리로 규정될 수 있 다. 그곳은 서울 성북동 도심에 위치하면서도 마치 천연 요새와도 같 이 산골짜기 하나를 온통 차지하고 있다. 승려 법정이 진향으로부터 막대한 재산을 시주받았으니 이는 뜻밖의 횡재라 하겠다. 그러한 사 연을 아는지 모르는지 계곡에는 맑은 개울물만 무심히 흘러내린다.

현재 사찰이 위치한 그곳은 원래 왕조 말기 친일파 아무개의 별장 이었다고 한다. 나라가 일제에게 패망하자 그는 자신의 별장을 조선 총독부에 헌납했고, 이후 총독부에서는 비밀스러운 안가安家로 사용 하였다. 일본의 왕족이나 정객들이 조선을 방문할 때 묵어가는 은밀 한 장소였다. 8·15 후 그곳은 다시 미군정청 관할로 넘어갔고, 거기 미군 첩보기관CIC이 설치되었다고 한다. 필시 백범 김구 선생이 머물 던 경교장, 이승만이 집무를 보던 경무대(지금의 청와대) 등을 도청하 고 정보를 수집하는 감시 기관이었을 것이다. 미군정 삼 년이 끝나고 자유당 정부가 이를 인수하게 되었을 때 정부의 막강한 실권자였던 모씨는 이 부동산 문서를 자신이 개인적으로 지니고 있다가 첩실 진 향에게 이별의 정표로 소유권을 넘겨준 것이다. 현재 길상사 자리는 이처럼 한국근대사의 파란곡절과 관련된 많은 이야기가 숨어 있다.

격동기에 분명하게 관리되지 못했던 국유재산 관리의 혼돈은 실 소마저 자아내게 한다. 모씨는 이 등기 문서를 주면서 설령 밥을 굶 는 일이 생길지라도 이것만은 잘 지켜가야 한다며 신신당부했다고 한 다. 이후 6·25전쟁이 일어나자 진향은 부산으로 피란길을 떠났다. 전 쟁 전, 중앙대학교 영문과에 입학해서 공부하던 중이었는데 부산으로 옮겨가서도 요정을 운영하며 전시연합대학에 나가 강의를 들었다. 요정의 단골 교수가 영문학 강의를 맡았다. 노천 강의실 맨 앞자리에 앉아서 빤히 바라보면 난처해진 교수가 시선을 일부러 다른 곳으로 돌려 외면하곤 했다. 교수는 강의를 마치고 저녁이면 어김없이 진향의 요정을 찾아왔다.

기생 진향은 그 난세의 격동 속에서도 성북동의 이 부동산을 잘 갈무리하고 있다가 마침내 1970년대부터 요정을 열었고, 상호를 대원각이라 했다. 진주 출생의 대중음악 작곡가 이재호의 부인 김모씨와 평소 의형제처럼 지냈다. 진향은 그녀에게 대원각을 대리자로 관리하도록 하였다. 하지만 워낙 큰 규모라 유지비를 조달하기 어려웠고, 요정 경영도 항시 벅찬 상태라 진향은 개인으로는 감당하기 벅찬 이 재산을 사회에 환원하려고 했다. 처음엔 대학에 기증할 뜻을 밝혔는데 그것이 여의치 않자 이곳을 종교 기관으로 탈바꿈할 계획을 품게 되었다. 다음은 진향이 평소에 자주 하던 말이다.

"이곳에 사찰을 세운다면 거기서 내 남루한 영혼을 씻어낼 수 있을까."

하지만 그 문맥 속에 담긴 의도는 지극히 개인주의적이고 로맨틱한 발상이었다. 어느 날 김진향은 나에게 자신의 심중을 털어놓으며 솔직한 의견을 청했다. 나는 그 자리에서 한 개인에게 막대한 재산을 기부하는 것의 부당성을 강조했다. 내가 그녀에게 최종적으로 권유했던 방안은 한 사람의 갸륵한 공덕으로 일만 사람의 고통을 구제하는 대화엄大華嚴 정신의 실천이었다.

하지만 그녀는 곧바로 고개를 저었다. 뜻은 좋을지언정 실현 과정이 번잡해서 전혀 내키지 않는다고 했다. 그 번잡성이 무엇인지 도무지 이해 불가였다. 결국 진향은 자신의 계획을 그대로 밀고 나가 대원각을 개인적 보속補贖의 공간으로 조성했다. 그것을 관리하고 주관할 집행자로 선택된 인물이 바로 승려 법정이었다.

두 사람은 여러 차례 대면을 가졌지만 진향은 선뜻 기증의 확신을 못 가진 채 여러 차례 주저하고 망설였다. 이 과정에서 상담차 법정 스님을 만나러 가는 그녀를 따라 순천 송광사에 함께 다녀온 적이 있다. 그렇게 여러 해 동안 마음을 정하지 못하고 번복을 몇 차례나 거듭하던 끝에 마침내 헌납으로 가닥이 기울게 되었다. 혹시라도 다시 마음이 바뀔까 염려했던 법정은 미리 진향의 집 앞에 모 언론사 기자를 대기시켜놓았다. '어느 기녀가 수천억 부동산을 한 승려에게 기부했다'라는 충격적인 소식은 다음날 조간신문 사회면 톱기사로 즉각 대서특필 보도되었다. 그것은 이후에 다시 진향의 마음이 바뀌지 않도록 법정 스님이 조치한 방법이다. 말하자면 언론을 통한 공증公證의 절차였던 것이다. 진향은 기증 의사를 밝힌 뒤 법정에게 유언처럼 말했다. 자신이 세상을 떠나면 화장한 유골을 첫눈 오는 날 사찰의 맨 위쪽 소나무 위에 뿌려달라고 부탁했다. 스님은 이 제의를 그대로 실행했다. 진향은 그만큼 그 부동산에 대한 미련과 애착이 강렬했다. 사후에도 자신의 육신이 거기 머물게 되기를 원했던 것이다.

그로부터 나는 자야 여사의 집에 발길을 끊었다. 법정 스님은 재산 기부 이후 진향을 앞세우고 다니며 여러 신문이나 여성 잡지 등 언론에 자주 출연시키거나 대담에 응하도록 했다. 인터뷰 기사에 실린 부동산 헌납 내용을 보면 반드시 백석 시인과의 사랑이 마치 하나의 장식품처럼 꼭 따라다녔다. 나는 그것이 몹시 불편하고 불쾌했다. 백석 시인이 만약 이 경과를 낱낱이 지켜보았다면 얼마나 착잡하고 고통스러운 심정이 교차했을까 생각하였다. 시인 백석과의 사랑을 몽매간에도 잊지 못하며 살아왔다고 진향은 스스로 입버릇처럼 말했었다. 그럼에도 불구하고 정작 시인을 위해 그녀가 마음을 쓴 정성이란 고작 백석문학상 기금 이억을 창작과비평사에 출연한 것에 불과했다. 길상사의 부동산 평가액은 당시 3,800억으로 발표되었다. 서울 강남구 서초동 법원 앞의 빌딩은 카이스트에 기증했다. 인터넷에 떠돌아다니는 길상사 건립 관련 기사들을 읽어보면 거의 사실에서 벗어난 조작되고 왜곡된 부박한 내용들로 덧칠되어 있다. 이를테면 '천억의 돈이 시인의 시 한 줄보다 못하다'라는 투의 언술은 진향의 말이 아니라 길상사 측에서 만들어낸 스토리텔링 효과다. 그뿐만 아니라 길상사 안내판에 새겨진 여러 안내문에는 이처럼 미화된 구절들로 가득하다.

> 길상사는 1987년 공덕주 길상화 김영한님이 법정 스님의 '무소유'를 접하시고 감동받아 당시 음식점이던 대원각 대지 7,000여 평과 지상건물 40여 동 등 부동산 전체를 청정한 불도량으로 기증하고자 법정 스님께 오랫동안 청하시어 1995년 스님께서 그 뜻을 받아들이시고 6월 13일 대한불교조계종 말사 대법사로 등록하였습니다.
>
> ―'길상사 안내문' 부분

기생 진향은 승려 법정에게 결코 기증을 간청하지 않았다. 오히려 법정측에서 조바심을 내고 하루속히 마음을 결정해달라며 자주 재촉했다는 말을 본인에게 들었다. 기생 진향이 처음 기증 의사를 표시한 것이 1987년이었다고 하는데 그것은 1988년이 맞다. 게다가 그녀는 일단 기증 의사를 비쳐놓고 거의 팔 년 동안이나 시간을 끌었다. 그사이에 진향의 심경이 여러 차례나 바뀐 것이다. 기증에서 철회로, 그러다가 다시 기증으로…… 이런 정황이 반복되니 법정 스님측에서는 진향의 집으로 선물을 자주 보냈다. 환심을 얻으려는 의도였다. 진향은 자신의 집에서 월 두 차례 계모임을 가졌다. 초하루 계는 사회적 지명도가 높은 기생들과의 만남이요, 보름날에 열리는 계모임은 가난하게 살고 있는 옛 동료 기생들을 초대해서 음식을 대접하고 하루를 즐기며 놀았다. 그 두 차례의 계모임에 법정 스님측에서는 아주 희귀한 음식을 보냈다. 내가 그 무렵 서울에 가서 진향의 댁에 들렀더니 금박을 입힌 인절미를 내어놓으며 법정 스님측에서 보낸 선물이라고 말했다. 진향이 속히 기증 의사를 실행하지 않으니 오히려 법정측에서 조바심이 났던 것이다. 그런데 길상사의 안내 문구에는 '제발 이 부동산을 받아주십시오'라는 뉘앙스로, 진향이 법정에게 마치 애걸하고 간청한 듯이 표현하고 있다. 하지만 사실이 그 반대였음을 나는 안다.

이와 관련하여 허다한 곡절과 사연들이 새로이 만들어지고 내용은 자꾸만 각색 변조되어간다. 이제 와서 그에 대해 달리 무엇을 보태고 뺄 까닭이 있으리. 또 그 내용의 부박함을 일일이 헤아린들 무엇하리오. 모름지기 세속의 실체란 본뜻과 전혀 다르게 포장되고 비천하게 꾸며져서 마치 그것이 정설인 양 세월 속을 유유히 흘러가는 것이다. 세상에 알려진 표면적 사실이란 것이 결코 진실이 아닌 경우가 허다히 존재한다는 냉엄한 실체만 소스라쳐 깨달았을 뿐이다.

길상사와 백석 시인은 무관하다

　1987년, 분단 이후 최초로『백석시전집』을 발간한 이래로 무려 사십 년 가까운 세월이 쏜살같이 흘러갔다. 다양한 백석 관련 서적들은 시중에 줄기차게 쏟아졌다. 백석을 다룬 비평이나 평전, 논문은 이미 천 편도 훨씬 넘었다. 중고등학교 교과서에도 백석의 시는 앞자리를 차지하고 틈만 나면 대입 수능시험 지문으로 출제가 된다. 그동안 백석 시인과의 사랑을 공개하면서 세간에 특별한 화제를 뿌렸던 기생 자야도 세상을 떠났고, 천문학적 가격의 부동산을 시주받았던 법정 스님도 이미 입적한 지 오래다. 김영한 여사가 소유하고 있던 대원각이란 이름의 요정은 이후 사찰 길상사로 바뀌었다. 사찰 이름은 법정 스님이 지었다. 그곳에는 기생 진향의 영정이 설치된 작은 건물이 왼쪽으로 오르는 가장자리에 세워졌고 그 앞으로는 화강암으로 깎아서 만든 '시주 길상화 공덕비'가 설치되어 있다. '길상화吉祥華'는 대원각을 시주 받은 법정 스님이 재산을 바친 김영한 여사에게 지어준 법명이다. 속 모르는 대중들은 그 앞에 서서 공손히 두 손 모으고 서 있다. 입구에는 김영한 여사가 법정에게 어떤 과정으로 시주하게 되었는지 자세히 적어놓은 금속 안내판이 보인다. 그 제목은 '공덕주 길상화 보살'이다.

해설 끝에 문장은 뜬금없이 백석 시인의 시작품 「나와 나타샤와 흰 당나귀」 전문을 첨부해놓고 있다. 나는 그 앞에 서서 곰곰이 생각해본다. 백석 시인이 만약 이 사실을 알게 된다면 어떤 반응을 보일까. 그다지 흔쾌한 표정을 나타내지는 않을 것이다. 백석 시인의 평소 가치관은 가진 자, 권력자, 세상의 모든 이권을 독점하고 남을 억압하는 세력을 미워했다. 청년 시절 잠시 마음을 나누었던 기생이 엄청난 재산을 소유하고 있다가 그것을 사찰로 만들고 거기에 영정각을 세운 것을 어찌 생각할까. 백석 시인은 틀림없이 불편한 얼굴로 '공덕주 길상화 보살' 해설에서 내 시작품을 없애라고 노기 띤 음성으로 소리칠 것이다. 가만히 생각해보면 길상사측에서 백석의 시작품을 그들에게 유리하도록 이용하고 있는 것이다. 백석은 자신의 시작품이 이런 방식으로 이용되는 것을 쉽게 용납할 위인이 아니었다. 하지만 지금도 여전히 길상사를 찾는 많은 관람객은 길상사가 마치 백석과 깊은 관련이 있는 듯이 이야기하고 있다. 다시 말하거니와 백석 시인은 길상사와 아무런 관련이 없다.

지난날 세간의 화제가 되었던 여러 일이 다시 잠잠해지면서 시간은 강물처럼 또 그렇게 무심히 흘러갔다. 1999년으로 기억된다. 백석 시인이 1995년, 여든세 살까지 생존해 있었다는 새로운 사실이 뉴스로 알려졌다. 1960년대 초반 백석이 북한 문단의 중심에서 냉혹하게 숙청되어 가족과 함께 백두산 가까운 머나먼 자강도의 해발 800미터 산촌 마을에서 초라한 양치기로 고달픈 생애를 보냈다는 뜻밖의 내용이 확인되었다. 그 바람찬 골짜기에서 만년을 보낸 시인의 극심한 곤고(困苦)의 세월이 눈앞에 어른거렸다. 자신의 시전집이 1987년 서울에서 발간되었다는 기쁜 소식도 전혀 모르는 상태로 머나먼 북녘 후미진 산골 오두막에서 적막하게 살다가 세상을 떠난 것이다. 그 보도를 접하게 되니 야릇한 연민과 애달픔이 밀려왔고 가슴이 아렸다. 시인이 시를 쓰지 않고 어찌 견딜 수가 있을 것인가. 산골로 쫓겨온 가족들은 아버지가 시를 쓰는 것을 그렇게도 싫어했다고 한다.

그놈의 시 때문에 이렇게 온 가족이 귀양살이를 하고 있는데 아버지가 또 시를 쓴다고. 아버지가 빈 종이에다 시를 쓰는 족족 아들은 몰래 갖고 나가 아궁이에서 불쏘시개로 태워버렸다. 아까운 시작품들이 불길 속으로 사라졌으리라. 어떤 측면에서 자녀들이 아버지의 시 창작을 혐오하게 된 그 심정이 이해되기도 한다. 그러나 그것은 시인에게 너무도 가혹한 처사였다. 그와 더불어 떠오른 또다른 생각은 백석 시인의 고결한 시정신과 고달팠던 생애는 기생 진향의 곡절 많은 삶과 부동산 헌납과 전혀 상관성을 갖지 않는다는 사실이다. 그 어떤 맥락이 없음에도 불구하고 길상사는 백석 시인의 이미지를 적절히 활용하며 더욱 많은 참배객을 불러들이고 있다. 시인이 만약 살아 있을 때 기생 진향의 재산 헌납과 그 전후 사정을 알았다면 분명히 자본주의와 물질주의의 비루함에 침을 뱉고 냉소했을 것이다. 그럴 뿐만 아니라 그 모든 조작된 설화에서 내 이름과 작품을 즉시 빼라고 분노의 목소리로 꾸중했을 것이다.

옛가요사랑모임 '유정천리'

옛가요사랑모임 '유정천리有情千里'란 작은 단체가 하나 있다. 2009년에 발족했으니 창립된 지가 벌써 십오 년째가 된다. 전국적 조직이고 등록 회원은 백 명 안팎이다. 주로 우리 옛 가요가 얼마나 소중한 역사적 자료인가를 깨닫고 가요사에서 활동했던 역대 가수들의 노래를 재음미하며 새로 발굴한 음원을 함께 감상하는 일을 한다. 그 어디의 운영비 지원 없이 오로지 순수한 회비와 찬조금으로 운영되는데 어려움이 많지만 이룬 성과도 적지 않다. 코로나 때문에 모임을 여러 해 쉬기도 했다.

이 '유정천리'가 출범할 때 서울 경기고 동문들로 구성된 '문화문文化門'이란 단체가 기여한 공로가 크다. 어느 날 나에게 뜻밖의 초청이 왔다. 나는 진작 문화문 소속의 유재원, 정관용, 최용민, 박채근 등 몇몇 인사와 지면이 있는 터라 그저 즐기는 여흥 자리로만 알았다. 경기도 양수리 어느 모텔을 통째 빌려 밤새도록 음주가무를 즐기는 풍류 모꼬지였다. 그날 나는 친구 정호승 시인과 같이 참석했다.

여러 TV 프로그램에서 활동하는 명사회자 정관용은 정호승의 교사 시절 제자였다. 그날 가서 보니 나를 초청한 목적이 밝혀졌다. 옛 가요를 되새기는 참한 조직 하나를 만드는데 과연 누구를 책임자로 초빙할 것인가와 관련된 문제였다. 그 자리에 내가 후보자로 불려온 것이다. 말하자면 나를 회장으로 선출하기 위한 사전 면접이었던 셈이다. 아무튼 그런 긴장은 전혀 없이 부르고 싶은 노래를 마음껏 부르며 풍류의 밤을 새웠다. 그후 나는 오늘까지 '유정천리' 회장으로 활동중이다. 당시 그런 면접을 연속 두 차례나 했는데 두번째 모임에는 특별한 분이 참석했다. 참여정부 시절 국정원장을 지낸 고영구高泳耉 변호사였다. 문화문 모임의 상징적 좌장은 홍성우洪性宇 변호사로 두 분은 '민변' 시절의 친구이기도 했다. 홍 변호사도 옛 가요에 대한 이해와 애착이 대단한 분이었다.

저녁식사를 마치고 서서히 술잔이 오고가며 여기저기서 자연스럽게 노래가 터지기 시작했다. 밤 열시가 되자 자리를 정돈하고 본격적으로 고영구 변호사와 나의 노래 대결 분위기가 되고 말았다. 고 변호사는 강원도 정선 출신으로 노래를 곧잘 불렀다. 청년 시절에는 고향에서 우편 집배원 생활도 했다고 한다. 그냥 잘 부르는 게 아니라 가요에 대한 당신만의 어떤 지론을 가졌는데 이를테면 옛 노래는 유성기 음반 분위기를 고스란히 살리는 가창이어야 하고, 발음도 그 시대의 어법에 맞게 불러야 한다는 정확성의 주장을 강조하고 내세웠다. 말하자면 '비가 내린다'가 아니고 '나린다'로, '하면'을 '하이면'으로 취입 당시의 고풍한 발음법을 중시하며 불러야 고유의 제맛이 맛깔스레 살아난다고 했다.

내 노래의 가창법에 대해서도 잘 부르긴 하지만 수정할 부분이 더러 있다며 일일이 그 대목을 지적해주었다. 나도 강호에서 노래깨나 부르고 다녔는데 이런 고수를 만나기는 처음이었다. 그리하여 나는 옷깃을 여미고 앉음새를 겸손히 하며 고수에 대한 경의를 깍듯하게 표시하였다. 이렇게 무박 2일을 신바람나게 놀고 헤어졌다. 그 며칠 뒤 나는 가요사 관련 내 저서를 보냈고 고영구 변호사는 다정한 답례 편지를 보내왔다. 소탈하고 꾸밈새가 없으며 정겨움이 듬뿍 묻어나는 즐거운 편지였다.

아무튼 이분들의 성원 속에서 옛가요사랑모임 '유정천리'는 발족이 되어 차분하지만 내실 있는 활동을 펼쳐가고 있는 중이다. 특별한 성과를 들자면 워낙 다채로워서 일일이 말하지 못한다. 가요 황제로 불리는 가수 남인수와 이난영의 CD 전집을 열 장에서 열두 장까지 만들었고, 노래의 가사까지 모두 채록해서 한 권의 책으로 만들어 첨부했다. 진방남, 강석연, 김정구, 이애리수, 이부풍 등 여러 대중음악인의 대표 작품집도 CD로 만들어서 배포했다. 이런 자료집을 만들기 위해서는 음반을 많이 지니고 있는 전국의 수집가들을 일일이 찾아다니며 도움을 청해야 한다. 어떻게 하면 보다 깨끗한 음질을 확보할 수 있을지 고민한다. 적어도 문화재청이나 문화관광부서에서 해야 할 사업을 아주 작은 민간 조직체에서 수행하는 것이 가장 커다란 보람이다. 여력이 닿는 한 '유정천리'의 활동은 계속 이어지리라.

모스크바에서 열린 특별한 세미나

러시아의 수도 모스크바에서 열린 특별한 행사에 다녀왔다. 한국문학번역원이 기획한 '한국문학과 디아스포라' 세미나 참석차였다. 모스크바의 한국문화원 발표장은 세미나 시작 전부터 분위기가 후끈 달아올랐다. 모스크바국립음악대학 재학생 넷이 현악사중주를 은은히 연주했다. 한국인 유학생으로 보이는 셋과 러시아 남학생 하나가 바이올린과 첼로 협연을 들려주었다. 시작 곡은 〈아리랑〉, 피날레 곡은 〈그리운 금강산〉 등 도합 다섯 곡이다. 연주 솜씨가 보통이 아니었다.

한국문학번역원 김사인 원장의 인사말, 주러시아 한국대사관 이석배 대사가 감동적인 축사를 했다. 한국외국어대 김현택 교수가 전체 진행을 보고 두 명의 통역사가 동시통역을 맡았다. 행사 시작은 고려인 출신의 세계적 작가 아나톨리 김 선생이 첫 테이프를 끊었다. 성성한 백발에 콧수염을 기른 아나톨리 선생은 약 사십 분 동안 자신이 살아온 체험을 바탕으로 고려인 문학의 성립과 현재성에 대해 열띤 발표를 들려주었다.

가장 인상적인 대목은 만주, 연해주 등지로 이동한 한국인 디아스포라가 어떤 외부적 힘에 의해 배척, 소외, 방출된 것이 아니라 아주 오래전 떠났던 그들의 본향으로 다시 되돌아간 것이라는 놀랍고도 엄정한 사실의 역설이었다. 그의 지론에 의하면 우리 겨레가 고조선, 고구려, 말갈, 발해의 옛 터전으로 회귀한 것이다. 이 대목에서 눈물이 솟구쳤다.

이어서 첫 발표는 한국문학번역원 서형범 선생이 '재일한국인문학과 중국 조선족문학의 어제와 오늘'을 발표하고 뒤이어 내가 두번째 발표자로 나섰다. 발표 제목은 '홍범도 장군은 한국인 디아스포라의 전형'이었다. 발표의 주된 내용은 나의 작품 장편서사시 「홍범도」가 어떻게 시집 『강제이주열차』로 이어졌는지 그 경과를 찬찬히 풀어서 들려주는 해설이다. 세번째 발표자는 고려인 비평가 블라디슬라브 한이었다. 그는 '고려인 이주의 떠남-옮김-뿌리내림'이란 제목으로 고려인 문학의 현황과 미래를 발표했다. 현재 인터넷에서 고려인 문학에 대한 사이트를 운영하는 활동을 혼자서 이어가고 있다.

사실 고려인 문학은 그동안 러시아 문단에서도 한국문학사에서도 변방이었다. 소외와 무관심 속에 방치된 영역이었다. 이제 한국문학번역원에서 고려인 문학에 대한 본격적 가치와 의미 분석을 하고 긍지와 자부심을 부여하는 행사를 하게 되니 얼마나 값지고 소중한 시간인지 모른다. 참으로 다행스럽게도 아나톨리 김과 같은 세계적 문학인이 배출되어 고려인 문학의 구심적 역할을 하고 있다. 질의 토론도 뜨겁고 열띤 분위기였다. 역사학을 전공한다는 고려인 여성 한 명과 한국학을 공부한다는 여성 한 명이 적극적으로 토론에 참가했다. 대체로 고려인들은 토론 문화에 익숙한 듯했다. 그녀는 특히 내 발표의 강제 이주 테마에 대해서 이야기중 눈물을 쏟으며 말했다. 그동안 말하지 못했던 가족사적 사연과 애달픔으로 가슴에 쌓인 한이 왈칵 솟구친 것이다.

전체 행사를 마치고 나오니 모스크바 시내에는 비가 주룩주룩 내렸다. 눈이 와야 하는데 비가 내렸다. 이곳도 기후 위기에서 예외가 아니었다. 지구촌이 온통 기후변화로 난리법석이다. 한국에서도 소한 대한 추위가 실종되고 말았다는 소식이 들려온다.

어느 식당으로 자리를 옮겨서 와인을 마시며 흥겨운 뒤풀이를 계속했다. 아나톨리 김 선생이 일어나 러시아 노래를 한 곡 뽑았다. 젊은 러시아인 부인과 장모가 곁에서 함께 보조 합창으로 노래를 도왔다. 사할린 유즈노사할린스크에서 왔다는 로만 허 시인이 러시아 노래를 불렀다. 로만 허 시인은 평생 목수 일을 하며 살아왔다고 했다. 그런 틈틈이 시를 썼다고 한다. 우즈베키스탄 타슈켄트에서 온 고려인 작가 블라디미르 김 선생이 뜻밖에도 한국의 옛 가요 〈한 많은 대동강〉을 불렀다. 그런데 곡조가 전혀 맞지 않아 내가 성큼 일어나 다시 불렀다. 앙코르 박수가 터져서 나는 〈눈물 젖은 두만강〉을 블라디슬라브와 함께 열창했다. 그는 1946년생으로 평양 만경대에서 살다가 열두 살에 우즈베키스탄으로 옮겼다고 한다. 한반도에서 6·25전쟁이 일어났을 때 아버지가 소련에서 북한의 지원군으로 파견되었다고도 했다. 그때 자기도 가족들과 함께 와서 평양 근교에 살았다고 한다. 세상에는 별별일이 다 있다.

그날의 경험은 정겹고 흐뭇하고 따뜻하고 말로 다 형언할 길 없는 마음들이 서로의 가슴을 오고가는 뜻깊은 시간이었다. 행사는 하루 일정만 남기고 있었다. 다음날 아침 일찍 전용 버스를 타고 한국문화원 발표장으로 갔다. 1층 도서관 전시실에는 이번 주제와 관련된 조선족, 고려인, 재일동포, 미주 한인들 문학작품집이 특별 전시중이었다. 국내 문학인들의 디아스포라 테마 시, 소설, 평론, 학술 연구서까지 정성껏 수집한 자료들이 전시되어 있었다. 그 가운데 나의 시집 『강제이주열차』도 보였다.

발표장에 도착해서 가벼운 티타임을 나누었다. 그러곤 어제 발표의 연속으로 러시아 고려인 문학의 중심이라 할 수 있는 아나톨리 김 선생의 기조 발제로 시작이 되었다. 여든이 넘은 아나톨리 선생은 아주 열정적이며 진지하고 다정한 성품이다. 이어서 카자흐스탄의 소설가 블라디미르 강이 첫 발표를 시작했다. 제목은 '고국, 그리고 구원으로서의 문학', 두번째로 벨라루스에서 온 고려인 여성 시인 마르타 김의 발표 '삶의 언어와 문학 언어를 결합한 문학적 상상력'이 이어졌다. 세번째 발표자는 소설가 블라디미르 김이었다. '뿌리내림의 양가성―뿌리와 흩어짐'이란 제목으로 열정적 발표를 했다. 그는 러시아 신문, 고려인 신문사 등에서 기자로 이십 년 이상 활동을 했다고 한다. 유난히 보드카를 좋아하는 애주가였다. 네번째 발표자는 러시아에서 활동하는 고려인 여성 시인 디아나 강이다. 그는 '고려인이 러시아 작가가 된다는 것에 대하여'란 타이틀로 자신의 시를 소개하며 발표했다. 다섯번째 발표자는 로만 허의 다양한 인생 역정과 고백록을 듣는 시간이었다. 이어진 토론의 분위기도 뜨거웠다.

마지막으로 다시 아나톨리 김 선생이 나와서 이런 소중한 행사를 베풀어준 한국문학번역원에 대한 감사를 표시했다. 광대한 러시아 수만 리에 흩어져 살아가는 고려인 문학인들을 이렇게 한자리에 모일 수 있도록 자리를 만든 그 은혜로움에 대하여 거듭 인사를 했다. 김

사인 번역원 원장이 나와서 이번 행사의 의미와 성과를 명쾌하게 정리했다. 그리고 이런 행사에서 거둔 결실이 더 큰 활동과 수확으로 이어지기를 기대한다고 말했다. 그동안 이 행사를 준비하고 진행하느라 불철주야 노고를 아끼지 않은 한국문학번역원 여러분의 노고가 새삼 빛나는 순간이기도 했다.

행사장 뒷정리까지 모두 마치고 늦은 오찬이 코리안 레스토랑 '김치'에서 열렸다. 이 자리에서는 나의 시작품 세 편, 로만 허 시인의 작품 세 편의 낭송 시간이 있었다. 내가 한국어로 시 낭송을 하면 옆에 선 블라디미르 강이 번역된 러시아말로 낭송했다. 로만 허 시인은 잔잔한 시 낭송에 곁들여 자신의 작품으로 작곡한 노래까지 불렀다. 행사가 진행되는 동안 번역원에서 준비한 방명록에 모두 메모를 남겼다.

다음날은 러시아의 모스크바 외국문학 도서관 강당에서 아나톨리 김 선생을 모시고 그의 생애와 문학을 듣는 귀한 시간이 열렸다. 이것은 한국문학번역원이 마련한 특별 기획 행사다. 본 행사에 앞서서 아나톨리 김의 일상을 기록한 녹화 영상물이 상영되었다. 실내의 모든 불이 꺼지고 원터치로 창문과 무대의 커튼이 일제히 닫혔다. 러시아 방송국에서 제작한 영상물에서 아나톨리 선생은 숲을 거닐거나 목공 일에 열중하는 모습이었다. 그는 화가로서의 자질도 뛰어난 수준이었다. 당신 저택의 집필실에서 선생은 자신의 창작세계에 관한 이모저모를 들려주었다.

구소련 시절부터 족쇄처럼 불편을 준 건 경계인으로서의 자기의식, 조심성, 두려움 따위였는데 이제는 그때보다 한층 자유로워졌지만 지금도 습관처럼 따라다니는 불편이라고 말했다. 고려인으로 태어난 운명의 굴레가 경계인으로서의 글쓰기를 형성했다. 한편 자신은 산문

을 다루는 작가지만 시인처럼 문체의 리듬을 즐기며 글쓰는 행복감
을 누린다는 아나톨리의 아포리즘이 몹시 인상 깊었다. 영상물 상영
이 끝난 뒤 아나톨리 김은 직접 무대에 올라 약 두 시간 가까이 아주
편하고 자연스럽게 가슴속 이야기를 들려주었다. 팔순의 나이에 당뇨
가 있다고 했지만 건강하고 힘찬 열정이 느껴졌다.

　행사를 마치고 모두들 시내의 식당으로 자리를 옮겼다. 저녁식사
메뉴는 비빔밥, 육개장, 김치찌개 등 한국 음식이었다. 아나톨리 선생
의 젊은 부인은 젓가락으로 끝까지 비빔밥을 맛있게 먹었다. 식사를
마치고 나오니 마치 축복처럼 하늘에서 흰 눈이 펄펄 내렸다. 모스크
바 시내가 온통 하얗게 바뀌었다. 역시 모스크바는 비보다 눈이 제격
이다. 이렇게 모스크바에서의 밤은 깊어갔다.

한 고려인 작가에 관한 우울한 상념

한국문학번역원이 주최한 이 뜻깊은 행사는 한민족 이산 문학 교류 행사의 일환으로 한국과 러시아 수교 삼십 주년을 맞이하여 기획된 자리였다. 여기에 참가한 문학인들로는 대표작 『다람쥐』 등으로 모스크바 예술상, 독일 국제문학상 등을 수상한 소설가 아나톨리 김을 비롯해서 카자흐스탄에 거주하는 알렉산드르 강, 우즈베키스탄에서 활동하는 블라디슬라브 한, 블라디미르 김 등의 고려인 소설가들이 참가했다. 시인으로는 모스크바에서 활동하는 디아나 강, 벨라루스에서 온 마르타 김, 사할린에서 온 로만 허, 그리고 나는 한국 대표로 참석하였다. 이 가운데 알렉산드르 강은 고려인 강제 이주를 테마로 쓴 소설 작품으로 러시아의 권위 있는 문학상인 고리키 문학상을 받았다.

한민족의 핏줄을 타고난 동포라 하지만 워낙 출생부터가 다르고 제각기 다른 언어를 써온지라 의사소통이 제대로 되지 않는 부분이 가장 안타깝고 갑갑했다. 고려인 문학인들은 러시아어로 반갑게 대화를 나누었지만 나의 경우 통역을 거치지 않고는 심중의 뜻을 전혀 전하지 못했으니 옳은 소통이 될 리가 만무했다. 그 가운데서도 아나톨리 김, 로만 허, 블라디미르 김 등은 한국어를 제법 알아듣거나 구사할 수 있었으나 다른 분들은 완전히 한국어에 깜깜했다. 통역사를 끼고 하는 대화란 그저 표피적 몇 마디에 불과했고, 마음속 이야기를 온전히 전하기란 애당초 기대하기 어려웠다.

이런 가운데서 우즈베키스탄에서 온 소설가 블라디미르 김은 억센 북한식 한국어를 자유롭게 구사하는 특이한 존재였다. 자연스럽게 가까이 접근해서 대화를 나누게 되었고, 그의 호쾌한 성격이 처음엔 인상적인 느낌도 들었다. 하지만 주제 발표와 토론장에서 그의 문학관이나 관점이 차츰 드러나기 시작했다. 가장 충격적인 대목은 토론 시간에 길게 이어졌던 강제 이주에 대한 담론이었다. 내가 시집 『강제이주열차』의 발간 배경과 사연에 대한 발표를 마치고 난 직후 그는 토론장에서 정색을 하며 마이크를 잡았다. 그는 한마디로 '고려인 강제 이주'란 말 자체가 왜곡된 것이라며 흥분된 몸짓으로 도리질까지 했다.

나는 블라디미르 김의 이 말이 왜곡된 관점의 극단에서 나온 발언이라고 확신했다. 블라디미르 김은 온통 구소련 언론계의 기자로 일생을 보내왔다. 프라우다지를 비롯한 소비에트연방 여러 관영 신문사의 말단 기자로 급여를 받으면서 생활해왔으므로 그의 가치관과 역사관은 철저히 소련 관영 언론의 관점과 일치 부합된다고 하겠다. 거기서 무수한 논설과 비평문을 썼을 것이다. 그런 생활에서 완벽하게 소비에트 관제 언론의 관점과 방침에 철저히 길들여진 인물로 성장했다. 그러니 고려인 강제 이주를 '강제'가 아니라 그저 '평범한 이주'였다고 강변하는 블라디미르 김의 관점은 바로 소비에트 중앙정부 관영 언론의 시각을 그대로 드러내는 것에 불과했다.

나는 토론장에서 강제 이주가 모두 거짓이라며 격렬한 언사로 발언하는 그의 표정과 자세를 유심히 지켜보았다. 그것은 우리에게 전혀 낯선 것이 아니었다. 한국의 현대사에서도 그동안 너무도 익숙하게 보아온 보수 우익 극단주의자의 무도한 관점과 표정 바로 그것이었다. 한국에서도 일부 극단주의자들은 민족사의 근본과 실체를 마구 왜곡 변조시키며 터무니없는 망언을 쏟아놓는 경우가 비일비재하지 않던가. 심지어 그들은 일제의 식민 통치조차도 한국의 근대화를 위한 진정한 토대 구축이었다고 둔갑시킨다. 매국노의 생애를 미화하며 반민족적 반역사적 행태를 서슴지 않고 저지른다. 문제는 이런 현상들이 일부 개인뿐만 아니라 집단적 양상으로 고질화되고 있다는 사실이다.

나는 모스크바 한국문화원 강당에서 열린 이산문학 테마 발표장에서 토론자로 나선 블라디미르 김의 강제 이주에 대한 왜곡된 담론을 들으며 심한 두통과 현훈眩暈마저 느꼈다. 한 사람의 고려인으로서 그렇게도 명백하게 밝혀진 역사적 사실을 이처럼 대중 앞에 나와 어찌 당당하게 거짓이라고 말할 수 있단 말인가? 함께 자리했던 대다수 고려인 문학인들은 그저 멍한 표정으로 허공만 바라볼 뿐이었다. 참으로 대책 없는 관점이라는 무거운 분위기가 실내에 가득했다. 행사를 마치고 뒤풀이 자리에서 블라디미르 김은 독한 보드카를 혼자 연신 들이켰다. 술이 오를수록 그의 목소리는 점점 커지는 듯했다. 여러 좌석을 옮겨다니며 술을 권했으나 그의 강권을 순순히 접수하는 사람은 별반 보이지 않았다.

그날 밤, 호텔로 돌아와 몸을 씻고 자리에 누웠는데 전화벨이 울렸다. 이 밤중에 누가 전화를 걸고 있나. 프런트의 연락인 줄 알고 무심히 받았는데 블라디미르 김이었다. 역시나 큰 목소리로 지금 잠들지 않았으면 자기 방에 와서 한잔하는 것이 어떠냐고 했다. 나는 썩 내키지 않았지만 그의 한국어 구사력이 무난하고 또 그의 생애가 궁금하지 않은 것도 아니어서 못 이기는 척 그의 방으로 올라갔다. 예상대로 그는 보드카 병을 탁자에 꺼내놓고 의자에 앉아 나를 기다렸다. 그는 양치 물컵에 그득 부은 독한 보드카를 들어 단숨에 마시기를 권했다. 입에 한 모금 머금는 순간 얼굴이 저절로 찡그려졌다. 물론 술안주가 있을 리 없었다.

술잔을 내려놓고 내가 물었다.

"어찌 그리도 한국어를 자연스럽게 잘하세요?"

그는 6·25전쟁 시절, 북한 지원군으로 파견되었던 소련 공군 장교의 아들이었다. 가족과 함께 평양에 와서 약 칠 년간 거주했다고 한다. 그가 1946년생이니 부친을 따라 평양에 왔을 땐 네다섯 살쯤이었을 것이다. 당시 그의 한국식 이름은 김용택이었다고 한다. 십대 초반까지 북한 만경대 구역에 거주하며 평양외국인학교를 다녔다고 하니 특별한 추억도 친구도 많았을 것이다. 한국의 파란 많은 현대사의 과정 속에는 이처럼 상상할 수 없는 곡절과 개인사를 지닌 경우가 비일비재했다. 그의 한국어는 순전히 소년 시절 평양에서 익힌 북한식 억양과 발음법이었다.

나는 그날 밤, 강제 이주 문제에 대한 그의 토론에 대해 단 한 마디도 꺼내지 않았다. 오히려 그가 먼저 그 문제를 건드릴까봐 크게 염려되었다. 심하게 왜곡된 꼭 같은 이야기를 다시 반복해서 듣고 싶은 생각은 추호도 없었기 때문이다. 다만 그의 성장기와 무려 삼십

년 넘는 세월을 소비에트 관제 언론에 몸담고 살아온 블라디미르 김의 생애를 확인할 수 있던 것은 작은 소득이었다. 그가 고려인 강제 이주를 주장하는 배경에는 이렇듯 그가 살아온 생애가 그 모든 것을 저절로 납득시켜주었다. 그는 강제 이주를 전혀 거론할 수 없는 환경 속에서 살아왔던 것이다. 내가 시집 『강제이주열차』를 집필하기 위해 카자흐스탄의 한국어 신문 고려일보를 방문해서 관련 기사를 찾아보려 무진 노력을 했지만 한 토막도 찾을 수 없었다. '강제 이주' 등과 같은 민감한 항목에 대한 기사를 일절 다룰 수 없다는 구소련 시절부터 지속적으로 내려오는 소비에트 정부의 서슬 푸른 방침이 있었던 것이다. 블라디미르 김은 이런 러시아 정부의 언론 방침에 철저히 길들여진 인사였다. 거의 술주정에 가까운 그의 장광설을 듣다가 갑자기 피로가 몰려와서 더 있다가 가라는 그의 강권을 뿌리치고 내 방으로 도망치듯 내려오고 말았다.

블라디미르 김은 2019년 제20회 KBS 해외동포상을 받았다. 우즈베키스탄 거주 고려인 언론인의 한 사람으로 전체 고려인들의 단합과 한민족 정체성 유지에 큰 공로를 세웠다고 국내 언론에 수상 이유가 소개되었다. 나는 그가 소설가로서 어떤 작품을 남겼는지 전혀 모른다. 이와 더불어 그가 고려인 단합과 한민족 정체성 유지를 위해 과연 어떤 공로를 세웠는지 전혀 아는 바가 없다. 확실한 것은 고려인 강제 이주 사실을 줄곧 일관되게 부정해온 인사에게 '자랑스러운 해외동포상'을 수여하는 것이 과연 적절하고 상식에 부합되는 결정인지 새삼 궁금해진다는 것이다.

제자들을 위한 기도

지난 2015년 대학에서 정년퇴임을 하기까지 교단에서 흘러간 세월이 무려 사십일 년이다. 그야말로 눈을 감았다 뜨니 마흔 해가 바람처럼 지나갔다. 이런저런 일들도 많았지만 그저 불철주야 원고와 미련스레 씨름하며 그동안 팔십 권이 넘는 저서를 발간했다.

국문학자로서 가장 자랑스러운 성과와 보람은 분단 시대 우리 문학사가 잃어버린 보배로운 시인 백석의 삶과 작품을 내 손으로 찾아 간추리고 정리하고, 그것을 전집으로 발간하여 최초로 복원시킨 일이다. 백석 연구를 하는 후학들이 반드시 내가 엮은 전집과 논문을 기억하기 때문이다. 그뿐만 아니라 분단 시대의 여러 매몰 시인들, 이를테면 권환, 조명암, 이찬, 조벽암, 박세영 등의 시전집을 발간한 것도 스스로 자랑삼을 만한 활동이다. 분단 시대의 일그러진 문학사를 새로 깁고 보충해서 완성된 민족문학사를 수립하는 일에 보탬이 될 수있는 성과다. 시인으로서 보람찬 일은 우리 독립운동사가 줄곧 외면했던 홍범도 장군의 일대기를 서사시 작품으로 완성해서 책을 발간했고, 이어서 두 종류의 홍범도 평전 및 일대기, 두 권의 홍범도 테마 시집까지 펴낸 일이다.

그리고 또 흐뭇했던 일을 떠올린다면 대학원 과정에서 모두 예순 명이 넘는 박사, 석사 제자를 길러낸 일이다. 연구실을 비우고 이삿짐을 정리할 때도 그 제자들의 논문을 모두 소중하게 챙겨서 안고 왔었다. 하지만 이제는 그 모든 애착과 인연의 끈을 정리해야 할 때가 된 듯하다. 그 목록들을 내 마음속에 고이 간직하고 있으면 될 것이라는 생각을 한다. 그래도 작별이 못내 아쉬워서 제자들 논문을 모두 펼쳐 놓고 찰칵 기념사진을 남겨두었다. 왜냐하면 그들과도 이제는 작별의 시간이 다가오기 때문이다.

대학원 수업 개강을 할 때면 나는 제자들에게 이렇게 말했다. 학부 시절에는 단지 스승과 제자로 지냈으나 이제부터는 형제나 친구처럼 서로를 대해야 한다, 인간적 유대를 돈독히 쌓아가고 무엇보다도 의리에 충실한 사람이 되기를 바란다고 했다. 학문적 활동뿐만 아니라 국문학을 연구하면서 같은 삶의 길을 걸어가기 때문에 그렇다는 취지의 말을 늘 강조하곤 했다. 국문학은 문사철文史哲을 공부하는 것이므로 연구자 자신이 특히 자료의 중요성을 엄중히 깨달아야 한다고도 강조했다. 수십 년 된 옛 시집이나 평론집을 갖고 와서 돌아가며 책냄새를 맡아보라고도 했다. 오래된 책에서 풍겨나는 특유의 냄새가 있지 않은가. 거기에 익숙해져야 한다는 뜻을 자주 일깨워주곤 했다. 틈날 때마다 자료 수집과 찾는 일에 노력하라고도 했다. 외국에 가더라도 고서점을 꼭 찾아가며 책이 꽂힌 곳에서 오래 머물러 성찰하라고도 했다. 모두 나의 경험에서 나온 이런 말들이 제자들에게 얼마나 가까이 다가가고 체득이 될지는 알 수 없다. 하지만 조금이라도 먼저 앞길을 걸어간 선배로서 들려주고 싶은 말이 있지 않겠는가.

제자들은 그런 수련과 연마의 과정을 겪으며 석사 이 년, 박사 삼 년의 수강을 모두 끝냈다. 사실 한 편의 논문을 쓴다는 것은 복잡한 구조의 건물 한 채를 짓는 일과 같다. 얼마나 많은 재료의 준비와 철저한 설계, 빈틈없는 시공의 과정이 필요하리오. 여러 제자가 자신의 학위논문을 완성에 이르게 하려고 몹시 힘든 고생을 했을 것이다. 그렇게 해서 대학에 자리를 잡은 제자도 여럿이고, 또 여전히 여러 대학에 바쁘게 출강을 다니는 제자도 있다. 언젠가는 제자리를 찾게 되리라 확신한다. 해마다 스승의날이 가까우면 제자들이 함께 한자리에서 만나 식사를 겸해 환담을 나누는 자리가 있다. 거의 수십 년 동안이나 이런 행사를 해왔다. 올해부터 이 행사를 계속하지 않도록 일렀다. 스승이란 역할도 시효가 있다는 생각을 한다.

그렇게 세월이 흘러서 나는 드디어 대학에서 정년으로 캠퍼스를 떠났다. 그 소감이 얼마나 후련하고 시원한지 모른다. 정년을 하고도 벌써 십 년이 지나갔다. 옛 어른들이 말씀하시던 망팔望八이 슬슬 다가오는 느낌이 든다. 왜 이리도 세월은 바람 같은가. 정년 이후에도 시인으로서 시를 쓰는 일, 각종 산문집을 기획하고 발간하는 일에 바쁜 일정을 보냈다. 라디오와 TV 프로에도 요청이 오면 출연했고, 강연이나 토론장에도 빠지지 않고 참석했다. 이젠 그것도 차츰 정리해야 할 무렵이다. 무엇보다도 건강한 몸으로 나에게 주어진 여생을 살아가야 할 것이다.

이날까지 따스한 인간관계를 이어가는 제자도 있지만 그런 경우는 극소수이고, 대부분은 물위의 거품처럼 흘러가버렸다. 무슨 이유인지 모르지만 아주 인연을 끊어버린 제자도 여럿이다. 처음에는 그게 서운하고 가슴이 쓰라렸지만 이젠 그것도 대자연이 보여주는 이치의 하나라고 여기니 오히려 마음이 편안하다. 모두들 제자리에서 충실하게 자기 삶을 잘 살아가기를 두 손 모아 눈을 감고 기도한다. 내가 주었던 작은 가르침이 그들의 삶에 조금이나마 어떤 영향을 끼치고 있다면 그것이 곧 나의 보람이 아니겠는가.

쾌활당에서 그리운 이름들을 불러보며

세월을 칠십 년 이상 살아보니 그리운 사람들의 이름을 나직이 불러볼 때가 더러 있다. 그런데 그 이름들의 대다수가 이미 이 세상에 있지 않다. 시작품을 쓸 때에도 작품 속의 소재나 등장인물이 되었던 분들, 내 부모 형제와 일가친척들, 다정했던 친구들과 여러 지인의 얼굴이 주마등처럼 눈앞을 스쳐지나간다. 눈앞의 시야는 마치 눈이 펄펄 내리는 들판 같기도 하고, 안개가 자욱이 낀 길거리 같은 느낌도 든다.

그들은 모두 내 가까이에 있었다. 그 이름들은 생각할수록 그립고 애잔하다. 그런데 왜 먼 곳으로 떠나갔는가. 왜 좀더 머물러서 정을 나누지 않고 서둘러 떠나갔나. 가만히 생각해보노라면 그들이 떠났기에 그리움이 내 가슴속에 이슬처럼 고였다. 늘 가까이에 있다면 지금처럼 살뜰한 그리움으로 다가오지 않았으리라. 눈에 보이지 않고, 불러도 대답이 없고, 이승에서 다시 만날 수 없다는 것을 알기에 새삼 그립고 허전하고 왈칵 보고 싶어지는 것이다. 오래된 사진첩에서

누렇게 빛바랜 옛 사진을 꺼내보는 심정도 그러하다. 몇 년이고 열어
보지 않던 상자에서 옛 편지를 찾아서 한 장씩 읽어가는 마음도 그
러하다. 그들의 육신은 이승에 있지 않지만 종이와 기억에 끼쳐놓은
흔적들은 여전히 남아서 설렘으로 작용하고 있다. 그래서 그들은 아
주 이승을 떠난 것이 아니다. 그럴 뿐만 아니라 그들은 여전히 나에
게 이런저런 말이나 메시지를 보내주고 있다. 그런 실감을 할 때가
한두 번이 아니다.

사람과 사람의 만남이란 것은 얼마나 소중한 것인가. 그토록 많은
사람 중에 어찌 나와 함께 피를 나눈 혈육이 되고 친척이 되어서 끈
끈한 정을 나눌 수 있단 말인가. 친구도 마찬가지다. 비록 혈연관계
는 아닐지라도 친구는 정신적으로 아주 밀착된 결합의 관계라 할 수
있다. 그러한 인연을 소중히 여기지 않는 이들은 진작 모습을 감추고
스스로 떠나버렸다. 그들이 떠난 뒤의 공허를 결코 슬퍼하거나 탄식
하지 않는다. 그들과는 이미 인연이 다해버렸고, 나는 그들에게 더이
상 미련을 갖지 않는 지혜를 터득했기 때문이다. 이처럼 세상살이에
는 여러 지혜가 필요하다. 만약 그런 방법을 터득하지 못했다면 세상
은 고해苦海를 면하기 어려웠을 것이다. 오, 망각의 소중함이여. 소멸의
아름다움이여. 그런 가운데서 나는 오늘도 내 그립고 살뜰한 이들의
이름을 하나씩 불러보고 그 모습들을 떠올린다.

그들은 나에게 크나큰 선물을 주고 떠났다. 그들이 베풀어준 온갖
지혜와 용기, 사랑과 분별의 힘으로 나는 오늘 하루를 잘 버티며 살
아간다. 나도 내 가족과 친구들, 또 여러 지인에게 오래오래 기억되는
존재가 되어야 하리라. 한참 세월이 지나서 그들 역시 내 이름을 그리
움으로 호명하는 시간을 갖게 되기를 바란다. 삶이란 이처럼 복잡다

단한 듯하지만 한편으론 사랑스럽고 애잔하기 그지없는 시간과 공간의 터전인 것이다.

　내 집필실 방문 위에는 괴목 현판으로 제작한 추사의 글씨 한 점이 있다. 거기엔 쾌활快活이란 두 글자가 추사 특유의 글씨체로 새겨져 있다. 그래서 나는 내 집필실을 쾌활당快活堂이라 부른다. 때로 마음이 울적해질 때마다 나는 그 현판을 가만히 바라본다. 한참 그렇게 보노라면 나는 어느 틈에 무념무상의 경지로 슬그머니 접어든다. 이 짧은 생애를 어찌 슬피 탄식하며 걱정 근심으로 일관할 수 있단 말인가. 무조건 쾌활의 시간 속에서 넘실거리자. 그게 우선 내가 선택해야 할 최선의 지혜다. 그런 점에서 추사의 현판 글씨는 내 삶의 균형을 유지시켜주는 매우 유용한 도구라 하겠다. 나는 오늘도 쾌활당에서 원고를 쓰다가 내 그리운 이름들을 나직이 불러보며 이 하루를 호젓하게 보내고 있다. 힘들고 지친 독자들이여. 모든 긴장에서 잠시 놓여나 어서 당신의 쾌활 속으로 달려가시라.

나직이 불러보는 이름들
ⓒ 이동순 2025

초판 인쇄 2024년 12월 17일 | 초판 발행 2025년 1월 3일

지은이 이동순
책임편집 김봉곤 | 편집 김혜정
디자인 백주영 | 저작권 박지영 형소진 최은진 오서영
마케팅 정민호 서지화 한민아 이민경 왕지경 정유진 정경주 김수인 김혜원 김예진
브랜딩 함유지 함근아 박민재 김희숙 이송이 김하연 박다솔 조다현 배진성
제작 강신은 김동욱 이순호 | 제작처 한영문화사

펴낸곳 (주)문학동네 | 펴낸이 김소영
출판등록 1993년 10월 22일 제2003-000045호
주소 10881 경기도 파주시 회동길 210
전자우편 editor@munhak.com | 대표전화 031)955-8888 | 팩스 031)955-8855
문의전화 031)955-2696(마케팅) 031)955-2660(편집)
문학동네카페 http://cafe.naver.com/mhdn
인스타그램 @munhakdongne | 트위터 @munhakdongne
북클럽문학동네 http://bookclubmunhak.com

ISBN 979-11-416-0154-6 03810

잘못된 책은 구입하신 서점에서 교환해드립니다.
기타 교환 문의 031)955-2661, 3580

www.munhak.com